蜀道天下

Shudao Tianxia

元夫 著

成都时代出版社
CHENGDU TIMES PRESS

图书在版编目（CIP）数据

蜀道天下 / 元夫著. -- 成都：成都时代出版社，2022.5（2024.11重印）
ISBN 978-7-5464-2986-1

Ⅰ.①蜀… Ⅱ.①元… Ⅲ.①散文集-中国-当代Ⅳ.①I267

中国版本图书馆CIP数据核字(2022)第002652号

蜀道天下
SHUDAO TIANXIA

元夫 著

出 品 人	达 海
策 划	王剑平
责任编辑	张 巧
责任校对	李 佳
封面设计	昕远文化
装帧设计	原创动力
责任印制	黄 鑫 曾译乐
出版发行	成都时代出版社
电 话	（028）86742352（编辑部）
	（028）86615250（营销发行）
印 刷	成都博瑞印务有限公司
规 格	165mm×235mm
印 张	22
字 数	400千
版 次	2022年5月第1版
印 次	2024年11月第3次印刷
书 号	ISBN 978-7-5464-2986-1
定 价	88.00元

著作权所有·违者必究
本书若出现印装质量问题，请与工厂联系。电话：（028）85951708

自 序

历史的起承转合，起因于地理，而天下道路则源起人心，并延伸于野心。

公元前316年，秦灭巴蜀，伟大的石牛道诞生，蜀道正式成为官道。

一

四川自古被称四塞之国，秦巴山脉北横，横断山脉西耸，云贵高原南矗，巫山山脉东峙，绵延逶迤成一个高度闭合圈，圈内即四川盆地。盆地内自西向东为成都平原、川中丘陵和川东平行岭谷，是传统意义上的巴蜀之地。巴与蜀本是不同的两个区域，川西为蜀，川东为巴，但人们却习惯将其合称为巴蜀。本书在石牛道的发轫之地昭化一带对此有详细阐述，在此前置一句：公元前316年秦并巴蜀开启巴蜀连写、合称模式。

大山从来就隔不住人类窥视山那边的欲望，圈内圈外相互好奇、相互诱惑、相互吸引，哪里有阻隔哪里就有突围，阻隔越厉害，突围越强悍。于是，路，就在脚下诞生了。

于是，长江上游支流岷江之畔的川西平原就有了以成都为中心，东边的长江水道，西面的茶马古道，南垣的五尺道、身毒道（南丝路），北郭的秦蜀、陇蜀古道这些早期的、广义的蜀道。

于是，蜀地就有了物质与文化的输出与输入。

于是，殷商、周朝用于占卜的牛胛骨上，"蜀"字就被频繁地灼刻其上。

于是，《诗经》里就有了"蜎蜎者蠋，烝在桑野"的秀美与华丽。

于是，就有了秦惠文王并巴蜀，石牛道诞生并成为先秦官道。

于是，就有了秦昭襄王末年李冰改造的都江堰。

于是，就有了《隆中对》里"天府之国"的富庶。

于是，蜀地就成为历代天下人的诗和远方，直至今天。

二

三星堆鼎盛时期，蜀都无疑像汉唐长安、北宋汴京、今日北上广一样，是一座国际化都市，四散的道路系统想必已无比通畅。出土实物显示：南丝路的输出与输入已超出今日中国国界，远抵今印度、阿富汗甚至地中海沿岸，秦蜀道路的畅通，让南丝路与北丝路差不多围绕青藏高原形成了一个闭合圈。只是古蜀文字大多消逝，巴蜀图语尚未破译，今人无从找寻明确记载而已。至于张骞在大夏国（今阿富汗）发现蜀布和邛竹杖，已是很晚的事了。

然而，在秦巴山脉以北，与三星堆文明比肩而立的殷商文明却创造出了如蚕丝般浪漫的象形字"蜀"。殷商是被国际认可的中国历史上第一个有文献可考的王朝。商周王廷，那一个个被占卜师深灼于牛胛骨的"蜀"字，在三千多年时光深处仍泛着幽光，一束束幽光汇聚到一起，便炫目起来，强势刺激着中国学人的瞳孔。有学者发现，"蜀"字甲骨文居然有67条之多，其中，完整叙事的有20条。文字显示两国之间邦交往来无共主与方国关系，属国家间的交往，且战和不定，有正常友好交往的"至蜀""在蜀""于蜀"；有与蜀发生战事的"征蜀""克蜀""伐蜀""代蜀"……

《尚书·牧誓》记述公元前1046年，协助周武王伐纣的有"庸、蜀、羌、髳（巴）、微、卢、彭、濮人"，"蜀"居第二，可见其实力不可小觑。

《华阳国志·巴志》："周武王伐纣，实得巴蜀之师。"

《华阳国志·蜀志》："武王伐纣，蜀与焉。"

显然，早在殷商时期，中华文明已进入"一山两河"时代，秦岭这座父亲山便情系河江、和合南北、泽被华夏，将中华母亲河——黄河、长江——连成了一个整体。

河南安阳、洛阳是不同时期的商都，正宗的黄河文化发祥地，富庶的中原中心，向来被称"中州之地"。可殷商文明对中国的影响远不如其后的周。商后周代，将奴隶制推向鼎盛，享国八百年，承宗法创礼乐成中国大一统之滥觞，诸子学说奠中国哲学之基，对中国历史的影响起着决定性作用，以至今天我们仍自豪于宣称"礼仪之邦"，津津乐道那思想家辈出的"轴心时代"。

三

随着周部族在黄河上游支流渭河流域崛起，号称"八百里秦川"的关中平原登上中国历史舞台。关中平原与成都平原虽处不同流域，地理环境却惊人相似：四围高山，一水贯流，自古也被称为"四塞之国""天府之国"。

《战国策·秦策》中，苏秦对秦惠王说："大王之国……田肥美，民殷富，战车万乘，奋击百万，沃野千里，蓄积饶多，地势形变，此所以天府之，天下之雄国也。"《史记·留侯世家》中张良对刘邦说"关中左崤函，右陇蜀，沃野千里……此所谓金城千里，天府之国也"。可见关中天府比四川天府早好几百年。

《史记》中反复提及"关中"一词。"关中"顾名思义四关（东函谷关、南武关、西大散关、北萧关）之中，还有六关说、两关说、一关说种种，我在大散关采用四关说，在此采用一关说，即以函谷关和崤山为界，以东是中原大地即关东平原，以西是关中大地即关中平原。史书典籍中常常出现的"关东、关中""关东、关西""关内、关外""山东（崤山以东）"等称谓即采用"一关说"。

古人多以自己是关内人而自豪，"杨仆徙关"的典故就是明证：汉武帝时，河南新安人杨仆功勋卓著，但却身居关外，深以为耻，为了让自己成为关内人，居然上书汉武帝，请求将函谷关东移300里，他自出经费。后经武帝批准，函谷关东移到河南新安。

唐代函谷关的战略军事地位逐步被潼关取代，此为后话。

四

黄色的关中平原登上历史舞台，注定紫色的成都平原也一定会登上历史舞台。

中国地势西高东低，关中位于黄河上游，对黄河中下游形成俯瞰之势；如果成功控制长江上游成都平原，那么长安与洛阳、成都则势成犄角，长安紧攥黄河、长江这架巨型马车的两条缰绳，背靠昆仑居高临下，则构成俯瞰天下之势。

或许你会说，只要控制住汉水上游汉中，就能轻松控制长江流域。的确如此，周朝的势力范围已达汉中、荆襄，但这样一来，势必就放弃了广大的南中岭南甚至更为广阔的大西北青藏地区，一个雄心广阔的帝王一定不会止于就近控制汉中。

三千年史实已经如此，十三朝帝王陆续建都关中的三千年岁月里，特别是周秦汉唐四大盛朝建都关中并孕育"长安"以后，历代统治者视中原、成都为两翼、两臂抑或双足，洛阳、成都顺理成章成为长安的陪都。这就是为什么我们常常在典籍里看到洛阳被称为东京、成都被称为南京的原因。

关（中）—洛（阳）大道东西走向，黄河通衢，虽有崤山之阻，仍有多条通道，至于屡见于史籍的函谷关，并非关中通向中原的唯一通道，只是最便捷通道。

关（中）—成（都）大道南北走向，要翻越东西横阻的秦巴大山，且无直接沟通的大江大河，与关洛两京大道不可同日而语，人心的不可估量亦在于此。本人五年来所关注的重点亦在此：翻越秦巴山脉的道路系统。

秦岭称"秦岭"，因其孕育了大秦帝国；巴山称"巴山"，因其为巴国故地。

让我们先用航空视角来整体打量秦巴山脉：

放大卫星地图，秦岭是关中与汉中的界山，渭河与汉江的分水岭；大巴山是汉中与成都的界山，汉江与嘉陵江的分水岭。

可为何世人常将秦岭、巴山合称"秦巴山"，当今政治术语中常常出现"秦巴山区""秦巴连片扶贫"等字样呢？

缩小卫星地图,可以清楚地看到,秦岭与巴山实为一体,东南西北四方紧紧相连,横卧中国中部,成为中国南北分界线,所以被誉为"中央公园""中央水塔""中国龙脉""父亲山"。西、中、东三段即父亲山的头、腰、腹,最有魅力的是腰际马甲线,没一丝赘肉,略呈弧形,正好揽抱关、成两大盆地。腰部正中出现蚯蚓般大小的断陷裂口,像父亲裸露的一节脊椎骨,这就是汉江冲击而成的狭长的汉中盆地(东西长116公里,南北宽5~25公里)。

这样,秦蜀古道就以汉中为界分为南北两段,这也是本书分为上下两部的原因。翻越秦岭为北栈:自西向东依次为故道(陈仓道)、褒斜道、傥骆道、子午道;翻越大巴山为南栈:自西向东依次为金牛道、米仓道、荔枝道。金牛道趋蜀,荔枝道趋巴,米仓道居中趋巴、蜀均可。

交会于汉中盆地的这七条秦蜀官道即狭义的蜀道。

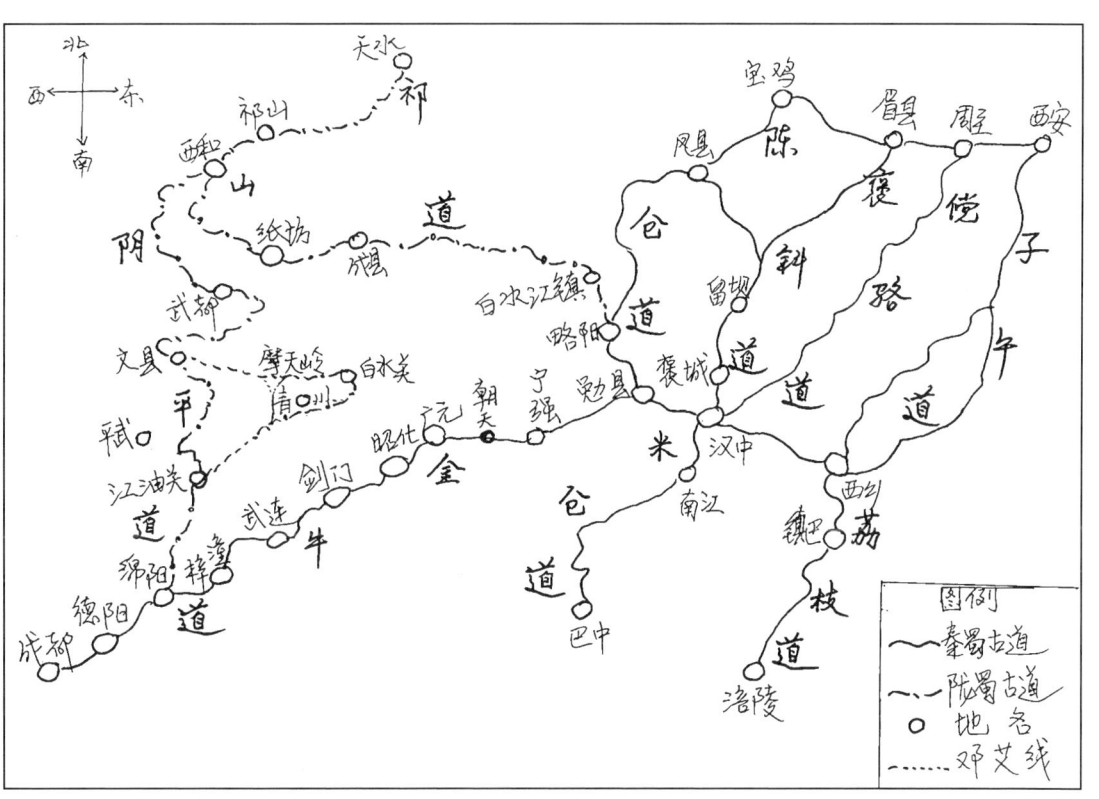

古蜀道示意图(元夫制作)

五

显然，蜀道的概念在历史长河中有一个从广义走向狭义的演变过程。

"蜀道"一词最早见于《后汉书·张霸传》："今蜀道阻远，不宜归茔，可止此葬……"张霸为东汉侍中，蜀郡（治今成都）人，知蜀道艰难，嘱身后不必运回蜀地安葬。

此后"蜀道"一词频见于古籍。汉魏以来，历代文人对蜀道都有不同形式的描写渲染。南北朝时期，有三位诗人写有《蜀道难》诗：梁朝皇帝萧纲的两首《蜀道难》中有鱼复、永安、巴渝、巫山等实名，刘孝威《蜀道难》中有玉垒、铜梁、江汉等地名，阴铿《蜀道难》中有灵关、高岷、九折路（雅安）、七星桥等地名，可见四川东、西、南、北均在"蜀道"范围之内，显然，这一时期的蜀道概念还是广义范畴。

至唐，狭义蜀道概念悄然流行。初唐张文琮的《蜀道难》是一个小小风向标："梁山镇地险，积石阻云端。"梁山即大剑山，张文琮开篇即写剑门关一带，整首诗中再无秦蜀道路之外的蜀道地名。

中唐李白《蜀道难》一声惊雷般问世，并以其惊天动地的声威广泛传播，震惊了当世，当然也影响到了后世。太白、青泥、剑阁、连峰（剑门七十二峰）及锦城，这些秦蜀道路实名，让狭义蜀道概念更为清晰。秦巴大山的奇丽艰险，被他虬飞蠖动地融入乐府古题而推陈出新，矗立文学制高点，像剑门关一样成为蜀道标志性界碑，傲视天下。

蜀道成为世界性文化符号，李白及其《蜀道难》是主要也是重要推手。李白之后，诗人鱼贯入蜀，蜀道书写俨然成为一种文化现象流行不衰。蜀道作为人类艰难跋涉不懈奋斗的历史见证，已超越了历史地理范畴而进入审美意象系列。

广义上讲，蜀地道路之最难，并非在秦蜀之间。明人何宇度说："大都蜀道无不难，如上青天者，峡固险矣，而陵亦匪夷，如夷陵至巴东之陆程，则视栈道何异？是其难又在楚不在蜀耳。"凭我已有的经验，赞同何公说法。只是自唐至今，"蜀道"以及"蜀道难"已专指秦蜀古道了，以至五代以后中央政府迁至洛阳、开封、北京之后，世人仍将秦蜀道路称为蜀道。如清王士禛《蜀道驿程记》、张邦伸《云栈纪程》，均以宝鸡益门镇大散关为起点，与我的第一次蜀道寻访同程。

蜀道概念由宽变窄这一演变过程颇具中国特色：其一，它折射了中国政体的中央—地方放射体系，五代以前中央政府大多在关中；其二，说明古蜀这个早期中国的"外国"，对于历代中原王朝的重要性——物产丰富、气候温爽只是一方面，更主要的是西南前线、战略要地；其三，蜀地本身的魅力，李冰修建都江堰之后的秦汉数百年间，蜀地自身经济强力发展，特别是隋唐时期，秦蜀道路得到前所未有的开拓，蜀地政局稳定，经济出现"扬一益二"之繁荣辉煌；其四，证明了中原文化的强势同化能力，前316年之后，蜀地融于中原文明的步伐之快，可谓加速度，以至于让古蜀语言文字消失殆尽竟无一传承……

我将公元前316年秦并巴蜀定为寻访时间上限，这是重要原因之一，当然，另一重要原因是让人费解的"石牛粪金"。

六

在说"石牛粪金"之前，需特别说明一下嘉陵江。

嘉陵江发源于秦岭之巅代王山，一路向南，顺父亲山脖颈擦龙门山边缘而下，穿越大巴山纵贯四川盆地，一路高歌猛进，于重庆汇入长江。秦岭流程很短，上中下游均流经大巴山，故又称"巴江"。

古人开辟道路的原则是循水觅道，嘉陵江基本贯穿南北，秦岭北麓有清姜河上秦岭与嘉陵谷相接，本应让秦与巴蜀交流少些阻碍，然，事实却并非如此。汉初以前（远古—前186），嘉陵江源头并不在秦岭而在白龙江，今嘉陵江上游诸水均流入汉江，而今嘉陵江上游的西汉水原本为汉水上游。

前186年，武都道（今略阳与宁强交界处）大地震，造成汉、嘉分水岭一带发生巨大山体崩塌，阻断古汉水，形成堰塞湖，之后湖水溢坝流入嘉陵江，史称"嘉陵夺汉"，直到公元8世纪唐代才彻底完成袭夺过程。

知道这一点，就不难理解嘉陵江上游在古籍中一直被称为西汉水，周朝势力范围顺利到达汉水流域，司马迁在《史记·河渠书》中总是将故道与褒斜道互为参照，等等。考古显示先秦之前的南北交往与汉中密切、与成都稀疏也就顺理成章了。而我一直纠结的"石牛粪金"也有了合理解释。

"石牛粪金"是司马错伐蜀的前戏，《蜀王本纪》载："《秦惠王本纪》曰：'秦惠王欲伐蜀，乃刻五石牛，置金其后。蜀人见之，以为牛能大便金。牛下有养卒，以为此天牛也，能便金。蜀王以为然，即发卒千人，使五丁力士拖牛成道，致三枚于成都。秦道得通，石牛之力也。后遣丞相张仪等随石牛道伐蜀焉。'"说明当时关中至汉中的道路非常畅通，而汉中至成都的道路太小太窄，不能行军打仗，秦惠文王灭蜀的计划亟须蜀王修通道路，"石牛粪金"计策应运而生。如果彼时嘉陵江如今天一样纵贯秦巴，也许就无"石牛粪金"这档子事了。

还需说明一点，即便今天，嘉陵江也不能全程沟通成都，嘉陵江行至昭化以后，便与金牛道分道扬镳。"嘉陵江水此东流，望喜楼中忆阆州……今朝相送东流后，犹自驱车更向南。"李商隐《望喜驿别嘉陵江水二绝》就记录了这一地理现象。江水东南流向重庆，金牛道只好作别嘉陵江开始寻山觅道，走向西南成都，大剑山七十二峰、蜀道地标剑门关迎面而来，蜀道进入高潮。

蜀道此去剑门关、翠云廊、梓潼七曲山仍属嘉陵江流域，古巴国地盘（后被蜀王开明占领），直至绵州跨过涪江才是古蜀领地，因为涪江是春秋战国时巴、蜀界河。

蜀道特殊的地理结构造就了特殊的文化单元：关中平原（黄河文明）、秦岭南北（河江文明融会）、巴山蜀水（巴蜀文明融会）、成都平原（古蜀文明）。本书的结构就这样构成，认知体系和思想体系也随之形成。

可见，蜀道不仅是一条政治经济军事大动脉，还是最早沟通南北的文化运河——蜀道畅则文化融合，蜀道阻则文化断裂。当然，蜀道更是一条生命与生态运河、美学与哲学运河，跟着我的脚步，您都会碰上。

七

在昭化，嘉陵江南流，金牛道西去，昭化古城这个界点就很有意思了，山、水、路、史在此交汇、分岔、放射，蜀道的很多故事都要从这里讲起。

而我，就诞生在这个界点附近。

于昭化而言，长安、成都、重庆不过是她半径基本相等的三个"卫星城"；于历史来讲，没有昭化就没有秦并巴蜀；于蜀道而言，她是枢纽、腰站、中点，是大椎穴；于文化来讲，她是早期羌、氐、巴、蜀、秦、楚文化交融之地，后来的四川移民汇聚之地。

于我来讲，没有昭化就没有我自小对于蜀道的那些纠结。

我一直生活在嘉陵江边，一个江水银波与蒹葭花浪相互映衬、白鹭与伊人相互媲美的地方。诗情画意之美，是学了《诗经》之后才有所感悟，大大晚于孩提时代诞生在江边的好奇心：这条江从哪里来，要流到哪里去？江边这条路从哪里来，又将走向哪里？

"每一个人在本性上都想求知。"亚里士多德说，人出于本性的求知是为知而知、为智慧而求智慧的思辨活动，不服从任何物质利益和外在目的。哲学的光辉普照每一个人。时光疯长，几十年过去了，对于幼年的疑问我也递进式地得出过多个答案，由短到长，由长到更长，由交通层面到文化层面再到象征层面。尽管如此，我的疑问却越来越多。

近年来，蜀道申遗在四川刮起一阵旋风，发力点其实在广元，因栈道、石窟、壁画等经典遗存，以及逶迤山间的大量原真性古道均在广元境内——广元就是一个蜀道大型露天交通博物馆。

一直如鲠在喉的那些蜀道硬核，如："石牛粪金"是童话还是寓言？是传说还是信史？蜀王真的会相信如此荒唐鬼话？褒斜道为什么使用年限最长？诸葛亮为什么不采纳魏延的子午奇谋？傥骆道长什么样？……作为一名年纪不轻的党报记者，我敏锐觉察到，是时候让这些硬核分散瓦解，化为我的精神和思想营养了，否则恐日久成疾！

我把重走古蜀道这个想法说与先生，他沉默一分钟后说："回老家把你小时候去外婆家的路走一遍，如果还走得通不出错，再考虑走古蜀道吧。"

这下该我沉默了。去外婆家的那条路不过几十年变迁，早就被现代公路代替几遍了，原路还真难寻觅，何况有着几千年变迁的古蜀道。顿时，重走古蜀道的难度在我心里增加了一万倍。

然，想法一旦产生，越难越不想放弃，我开始查阅资料、做方案。连自家先生都说服不了，怎么说服领导？

我在方案里这样阐述：西安是北丝路起点，成都是南丝路起点，而秦蜀古道则是连接南北丝路的中间通道，像一根扁担，一头担起关中平原继而担起北欧；一头担起成都平原继而担起西亚、南亚。而广元（境）刚好位于扁担中点，对应人体大椎穴，一发力便担起两大平原，进而担起了世界。几千年来广元自觉承担起守护古道、维持道路枢纽运转等各项职责，不辱使命，今天亦然。而我作为新时期广元市民，一名宣传战士，理应有所担承。

这话听起来有点大，但确是事实，回来时我会按顺序一一细说。

生活不只是眼前的苟且，还有远方，是否有诗不重要，重要的是我得走出去才能释疑，不然拿什么安抚我那老爱追问的灵魂？

于是，定下司马错灭蜀、石牛道正式成为官道这个节点与线索，扛起蜀道寻访大旗，满怀激情上路，从寻找司马氏开始。

寻访考察途中，对蜀道又有哪些新的发现新的认识，我将用五年来的每一个脚印、整部书的每一个文字来作答。

如果您对历史文化有一定兴趣，兼有探秘、探险爱好，跟着我的脚步定会有所收获！

是为序。

目 录
CONTENTS

上部：北栈风云

第一章　风追司马

1. 从广元出发 / 002
2. 聆听秦岭 / 004
3. 风追司马 / 007
4. 鲤鱼跃龙门 / 008
5. 史圣千秋 / 011
6. 咸阳有个统一广场 / 015
7. 秦惠文王在周陵？ / 017
8. 秦宫探月 / 020
9. 司马错不错 / 022
10. 拜谒无字碑 / 024
11. 交交黄鸟 / 027

目 录
CONTENTS

第二章　褒斜相吻

12. 择道的尴尬 / 033
13. 阳春白雪大散关 / 035
14. 千里嘉陵第一滴 / 038
15. 故道回望 / 042
16. 连云道取巧 / 045
17. 九道枢纽汉中 / 047
18. 石门洞天 / 049
19. 石门十三品 / 052
20. 韩信"泪奔" / 055
21. 血雨腥风武休关 / 057
22. 矜持的老街 / 059
23. 大勇若怯 / 062
24. 柴关岭小悟 / 066
25. 回车道的述说 / 067
26. 神秘天栈 / 071
27. 山那边是海 / 075

28. 西当太白有鸟道 / 079

29. 褒斜相吻 / 081

30. 走过斜峪 / 084

31. 寻找斜峪关 / 086

32. 悲怆五丈原 / 089

33. 问道楼观台 / 095

34. 寻找傥骆道（其一）/ 101

35. 寻找傥骆道（其二）/ 104

36. 第一张植物纤维纸 / 108

37. 寻找傥骆道（其三）/ 111

38. 寻找子午道（其一）/ 115

39. 寻找子午道（其二）/ 118

40. 拜谒草堂寺 / 121

41. 寻找子午道（其三）/ 125

42. 寻找子午道（其四）/ 128

43. 寻找子午道（其五）/ 131

44. 第一颗黑米 / 133

目 录
CONTENTS

下部：南栈春秋

第三章　剑门无关

45. 热闹的诸葛古镇／140

46. 邂逅阳平关／144

47. 静静的诸葛墓／147

48. 与"石母"擦肩而过／150

49. 走过那些金字村庄／152

50. 七盘关的仪式感／156

51. 龙门阁风光依旧／161

52. 筹笔驿情结难解／164

53. 明月峡荡气回肠／167

54. 朝天关苇絮翻飞／171

55. 眸子闪处尽是绿／174

56. 最是那一低头的温柔／176

57. 江潭女儿心／182

58. 风流广元／186

59. 桔柏有界／191

60. 岁月没有湮灭司马错／197

61. 太极鱼眼／202

62. 死而不倒的天雄关 / 207

63. 牛头山的哲学行走 / 210

64. 以梦为马，砥矢周行 / 212

65. "腰站"大朝驿 / 215

66. 一叶扁舟云台山 / 217

67. 小桥老树人家 / 219

68. 白卫岭：王者的反省与张狂 / 222

69. 走向剑门关之古道热肠 / 225

70. 走向剑门关之七十二峰的神性 / 227

71. 剑门无关 / 230

72. 杖挑一滴江南水 / 236

73. 三百长程十万树 / 244

74. 大柏树湾的"干爹树" / 246

75. 神奇的"石蟾蜍" / 248

76. 抄手铺的大会场 / 250

77. 钟鼓楼的幽暗美学 / 252

78. 古柏在上 / 254

79. 鹤鸣山：定格大唐中兴气象 / 258

80. 拦马墙："小偷"变"大王" / 262

81. 觉苑寺：佛传壁画的世界孤本 / 264

目 录
CONTENTS

82. 走向七曲山 / 269

83. 鲜红的七曲山 / 271

84. 温暖的送险亭 / 276

第四章　精神海拔

85. 涪江一舞惊鸿雁 / 282

86. 西蜀子云亭：扬雄的两次华丽转身 / 285

87. 戏剧江油关 / 288

88. 造访江油关 / 291

89. 报恩寺欲说还休 / 294

90. 神秘青溪 / 296

91. 摩天岭的精神高度 / 302

92. 白马关：最后的小咽喉 / 308

93. 绵远河畔寻诸葛 / 312

94. 梦幻旌城 / 317

95. 幸好有个三星堆 / 319

96. 偷望武担山 / 323

后　记 / 329

上部：北栈风云

第一章：风追司马
第二章：褒斜相吻

第一章 风追司马

1. 从广元出发

寻访古蜀道是我今生一次壮行，选定今天（2016年3月5日）出发是刻意为之。我家住广元，金牛道中间，我该将车头南向成都还是北指长安？

（1）

广元位于嘉陵江上游，与昭化相距25公里，有古老的建城史：公元390年置兴安县，但相比昭化却晚了七百多年。前316年司马错灭巴蜀之时，这里是蜀王开明的葭萌之地，之前为巴国领地，如今作为地级市管辖着昭化区。

广元得名于元朝，承载着至元大帝忽必烈广播德威、广拓疆土的勃勃壮志。名字听起来大气磅礴宽广无垠的样子，实为山区城市，城市所在地两水交汇，相对宽阔。龙门山、秦岭、大巴山三大山系把广元像饺子馅一样紧紧包裹其中，使之成为川陕甘"金三角"，自古为川北门户、蜀道枢纽。

1236年蒙古军攻利州、破剑门、占隆庆、入成都均未逗留，而是"旋回利州（今广元）"逡巡。彼时，蒙古的王们即看上了利州水陆通达的战略优势，忽必烈、蒙哥汗先后命元将汪德臣在利州筑城，"以为攻蜀大计"。汪德臣不辱使命且耕且守苦心经营17年，使利州牢不可破，南宋多次收复均以失败告终。蒙军把军事基地迅速从秦岭向大巴山南移，最终锁定广元为破蜀灭宋的前沿军事基地，于1253年将最高军事指挥中心都元帅府置于利州，继从京兆（咸阳）移陕西、四川行中书省于广元，辖广元、昭化两县，保宁一府，剑、龙、巴、沔四州。后升广元县为广元府，近似把元大都搬到了广元，与宋军长期对峙。

南宋不得不将蜀口防线收缩至剑门关一带。

广元以及汪德臣对于大元帝国的建立功不可没。

但广元人对这段历史和汪德臣其人似乎不那么感兴趣，仅停留在史志层面，大众更在乎从广元走出去做了女皇的武媚娘，即便在她遭受唾弃的那些年代，广元人都像娘家人一样疼惜她，广元今天的城市宣传口号为"女皇故里，剑门蜀道"。

蜀道难变蜀道通，在广元得到了最精彩的演绎。今天的广元成为中国西部海陆空立体交通枢纽，俨然"西部郑州"。京昆、广陕、广巴、广南等高速公路在这里交会；作为中国铁路网十个支点枢纽之一，西成、宝成等铁路在广元境内站点林立；83公里的绕城高速，城周东南西北4个高速路出口，让许多省会城市都自惭形秽；"千里嘉陵第一港"广元红岩港通江达海；广元机场航线亦能通往全国各地。

对交通道路格外敏感的广元人，似乎随时可以向着世界的各个方向跑起来，游起来，飞起来。

（2）

车头朝向哪边，交通已不是问题。关键是我一出发，就要有文字记录，记录需要逻辑，且需一气呵成。我必须在成都与西安两个蜀道源头中选定一个作为起点，并越过这个源头去看看蜀道之外的古道是啥样，以便在对比中抓住其本质特征。

有人建议我从成都开始，毕竟省内熟悉，很多事情好办，这是为我好。再者，蜀道蜀道，顾名思义即蜀人走出来的道路，石牛道最早也是古蜀部队"五丁"开凿，我理应选择成都这个源头。

但是，有很多但是，在后面会陆续告诉你……

毫不犹豫，我将车头朝北。领队、助手兼司机，三人为众，出七盘关，一眨眼便跨上京昆高速，过宁强、勉县，穿过汉中平原，一路春意盎然，中午便抵达秦岭七亩坪服务站。

春色戛然而止，灰色大山四面矗立。

在秦岭一号隧道与二号隧道之间，陕西省用花岗岩建造了一组南北走向的巨型群雕曰"华夏龙脉"（长260米、高8.5米）。几次北上都匆匆而过，无暇细看，今天蜀道文化寻访，一定认真参观一下。

走近巨型石雕群，耳熟能详的历史典故与代表人物，从历史深处朝我们走来。自太极海纹开始，春秋战国、秦汉三国、唐宋元明清每一段历史过往都被展示，全方位、多视角，俨然一部直观简约的中华文明史。"盘古开天辟地""五丁开道""石牛粪金""萧何月下追韩信""明修暗度""上林苑骑猎""木牛流

秦岭华夏龙脉雕塑（熊芙蓉摄）

马""九井驿凿石拓航""一骑红尘妃子笑"等故事呼之欲出；秦惠王、刘邦、项羽、诸葛亮、唐代武士、宋代力士等人物栩栩如生……脉络清晰、疏密有致，圆雕浮雕相融，与周围环境浑然一体，气势恢宏。

广元在这组雕像中占比相当大：张裛容开凿九井驿三巨石；曹友闻火烧明月峡栈道抗击蒙军；嘉陵江沿岸居民集资修建朝天驿潜龙桥、沙河驿连升桥；筹笔驿、千佛崖、皇泽寺等相关历史事件与人物，均以图文生动展现，直观印证了广元历代为水陆运输通道，与秦、陇一衣带水、唇齿相依，大多时期属于同一治地的亲密关系，秦岭大阻从来就不曾隔阻南北交流与沟通。

雕塑另面对北栈褒斜、傥骆、子午诸道的形成原因、年代做了详细交代，与新蜀道西汉高速进行对比展现。

这组雕塑似乎是专为我们蜀道寻访团准备的导航图。

在秦岭服务站，我们为汽车加油，往腹中加餐，这组群雕，则为我们蜀道寻访小团队增添了无穷信心和勇气，正如陈忠实解读雕塑时所说："在我阅览的过程中，无意识间涨起关于一个民族的豪壮之气和骄傲的情怀，脊梁顿然挺直起来。"

2. 聆听秦岭

秦岭于我是神秘的。

秦岭天分南北，地隔江河，如今小学课本就有这一地理概念，然而我直到上高中时才具体理解这一概念。在一个麦熟季节，我第一次坐火车翻越秦岭去北京。那时还没有高速公路一说，出入四川都坐绿皮火车。翻越秦岭时，透过车窗看到Z字形盘山公路，很是壮观。在秦岭火车站停下换车头的时候，感觉冷气袭人，从车窗看出去，山上植被低矮稚嫩，也不茂密，不是我想象中的古老山脉应该有的原始森林。一地小麦还绿油油的像韭菜一样，比我家乡的季节整整晚了半年。

秦岭首次教会我差异性感知同一事物。

后来才知道，这是宝（鸡）成（都）铁路，通过马蹄形、螺旋形（8字形）迂回上升来翻越秦岭，有的地方甚至出现了三层铁路重叠。火车上坡时需要三辆电力机车前拉后推方可驶上秦岭站，下坡时一路刹车，火花四起，蔚为壮观，现被列入中国工业遗产保护名录。

20世纪30年代的川陕公路和20世纪60年代的宝成铁路两条新蜀道，虽然也有桥隧，但究其本质，仍算"翻越"。

今天站在七亩坪服务站，望着即将进入的二号隧道，"硬度"与"速度"两个词蹦出来立于眼前，现代科技在改变人类出行方式的同时，也改变着汉字生态，比如今天我再也不用"翻越"，"穿越"即可。

一丝忧虑夹杂在欣慰中，某根神经隐隐作痛。翻越变穿越也就十来年，中国的发展似乎才刚刚开始，穿越将持续下去。

为了保护秦岭动物群种，西（安）汉（中）高速三分之二都是隧道和桥梁——136座隧道、540座桥梁，为全国第一桥梁群、世界最大隧道群。

每次从此路北上，在汉中、关中、荆楚等平原疾驰都容易产生疲劳，而穿越秦岭却很兴奋。日与"夜"频繁转换，明与暗不断交替，耳鼓膜永远也搞不准鼓息频率，心跳与呼吸始终不会和谐一致。一如六七亿年前，海洋与陆地、板块与板块在这里进行的一次次伟大碰撞。碰撞的频率，碰撞的节奏，碰撞得怎样天翻地覆，又是怎样风生水起，须站立于喜马拉雅峰巅仰望星空才可想象。

天地玄黄，宇宙洪荒，秦岭终于有了今天的格局：以群山浩瀚似海洋之波的姿势，绵延东西1500千米，横亘于川陕之间。

秦岭于人类是伟大的。

在第四冰川纪的进与退之间，成为动植物以及人类的庇护所。可人类却总是让秦岭受伤。对她伤害最深的就是她庇护有加的关中平原，十三朝帝都的更换、厮杀、毁建、砍伐使得秦岭伤痕累累。至于卖炭翁"伐薪烧炭南山中"以换点家用钱，几乎可以忽略不计。

好在人类懂得自省，20世纪50年代砍伐树木大炼钢铁之后，经过几十年的休养生息，2003年4月22日，世界自然基金会宣布：秦岭是大自然献给地球的第八十三份礼物。这份礼物的献出虽然迟了些，但毕竟献出来了。今天的秦岭已然是朱鹮、大熊猫等野生动物的乐园，1000多种植物的基因库。

秦岭于地球是伟大的。秦岭于中国更是伟大的。

在明与暗的转换中，我听见了秦岭哺育周秦汉唐的辉煌脚步。周王朝订立了典章制度，产生了朴素的唯物辩证法；秦王朝完成了中华统一霸业；汉王朝奠定了辽阔的中国版图；唐王朝把中华文明推向全面繁荣。

今天秦岭又承载"南水北调"的使命，牵系中国未来。

在岁月的交替中，我看见了秦岭孕育的中华早期文明。蓝田猿人在秦岭直起了身子，一步一个闷响，他们走了一百万年，才看见半坡母系氏族公社的一片繁荣景象……

7000年后，尹喜在函谷关望见一缕紫气从东边飘来，老子骑着青牛从洛邑走向函谷关，关令尹喜拦下他并陪同他一路向西来到秦岭脚下。老子本对自己的"道"悟而不述，来到秦岭却一改初衷，于是"道可道，非常道"的吟诵在楼观台响起。《道德经》的光辉从秦岭发散开去，照耀全中国，继而辉耀世界。

大约又过了500年，西汉哀帝元寿元年（前2），大月氏使臣伊存来到长安口授《浮屠经》（后世亦称《佛陀经》）。400年后，东晋，鸠摩罗什从西域来到了秦岭脚下的草堂寺，苫草为堂翻译佛经，从此中国有了三论宗。又过了200年，玄奘从印度游学回来在长安大慈恩寺翻译佛经。

从草堂寺到大雁塔，中国完成了佛教与本土文化的高度融合。

之前，中国和印度并不知道，佛教这粒种子最适合在中国道与儒的土壤里生根发芽。所以，当佛教在创始之地印度逐渐式微时，中国不仅敞开胸襟接纳了它，而且还为其发展提供了广阔的空间，与中国本土文化水乳交融，彼此吸纳，共同成长。佛教丰富了中国文化的内涵，也吸收中国道与儒的精髓丰富了自己。当佛教中国化时，又是一番三维鼎立的崭新气象。正是儒道释的三维坐标，构建了中国人内在的精神世界，并铸就中国人的核心价值观。中华文明源远流长从无中断，我想，立体三维的稳固性，是其重要因素吧。

汽车在桥隧间轰鸣交响，忽而清脆忽而沉闷，我的思绪回到了唐朝。孙思邈走进太白山竟终生不仕，隐居48年，将辨证施治、医为仁术熔铸在《千金方》的字里行间；李白醉书《蜀道难》；王维挥毫《辋川图》；白居易低吟《长恨歌》……

历代才子深入秦岭，便一见钟情，挥毫泼墨，纵情秦岭。

今天，终南山还有现代版的五千隐士，挥锄种菜……

穿越秦岭，如同穿越一部浓缩的中华文明史。

如果说黄河、长江是中华民族的母亲河，那么秦岭就是父亲山。

当我们从华夏龙脉的胸腔穿过，聆听父亲山雄健的呼吸节奏，怎不心疼，又怎不肃然起敬？

3．风追司马

穿过秦岭，进入八百里秦川，渭河平原，关中盆地。

秦岭绵延庞大的身躯，以略带弧形的走势把关中平原揽于怀抱，既阻刀兵又护土地，难怪历代英豪都会把关中这块土地深深惦念。

沿京昆高速疾驰，跨渭河向北，直抵关中东北隅黄河龙门古渡，陕西省所辖副地级市韩城市。一位同道前辈在那里等着我，他就是史圣司马迁。我要趁这次寻访蜀道之机去朝圣。

抵韩城已华灯初上。"史记韩城，风追司马"的巨幅灯景已经开始向我们述说这座城市的地灵人杰和千年神韵。

韩城市文广新局党组书记焦永忠为我们送来了介绍当地文化的书籍资料以及韩城特产大红袍花椒。之前只知大红袍茶叶是武夷山茶之极品，原来大红袍花椒还是韩城椒之珍馐。一股麻香味直钻鼻子，仿佛与家人又置身于四川的麻辣火锅前。

焦书记认为，司马迁是迄今为止史上最伟大的记者。他曾想为韩城策划一个永久性的与记者有关的活动，这样海内外记者便可齐聚韩城，对韩城的文化旅游、经济，以及韩城知名度都有极大提升。我为这个策划点赞。

韩城因周武王封地"韩侯国"（韩厥为其后裔）时所筑韩城而名，沿用至今。北依黄河龙门天堑，历代为兵家必争之地。春秋时期，韩、赵、魏三家分晋之前，韩城属晋；分晋之后，韩城属魏河西之地……

简单介绍韩城情况后，焦书记领我们参观了韩城夜景。

很意外，韩城还处在浓浓的年味中。韩城市与韩国光明市缔结了友好城市，两市联合举办的韩·韩国际灯会为韩城的夜晚增添了无穷意趣。我暗自纳闷韩城的春节居然这么长，看日历才发现今天还在农历正月里。踩着韩城的年尾，窥见了这座古老城市对外开放的气息与胸怀。

韩城并不是蜀道的起点和源头，此次蜀道寻访，改变原计划选择造访韩城，是基于多方考虑。

风追司马为其一。朝拜司马迁，是我多年的心愿。他摅血性为文章，布大信于天下，忍辱含垢十四年成就我国第一部纪传体通史《史记》，其事迹秒杀古今中外所有励志故事，其精神早已融入中国传统精神谱系。

"史，记事者也。""记事者"就是今天的"记者"。蔡元培先生在北大首倡新闻学研究时说"新闻之内容，无异于史也"；如果硬要说有所区别，那么，史官是撰写过去的新闻，记者是采写现代的历史。而我此行的使命二者兼有，其内容注定要将历史与现实相糅，这样，我便站在史官与记者的中间，向司马迁靠近了一步。蜀道几千年历史积淀，《史记》作为《二十四史》开篇，是指路明灯，我还得靠近靠近再靠近。决定把第一站设为韩城，让身体靠近这位前辈，以及孕育他的这块土地，进而靠近他的灵魂，对自己进行一次彻底的批判和洗礼，完善世界观，寻找方法论。

其二，寻找司马错。司马错为司马迁八世祖，战国时期秦国著名将领，历仕秦惠文王、秦武王、秦昭襄王三朝。在秦惠文王时期曾跟张仪有过对蜀策略的争论。公元前316年，秦惠文王采纳他的意见，命他与张仪率军征蜀，于是便有了不绝于史的"石牛粪金""五丁开道"。第一仗"葭萌大战"在广元昭化展开，自此巴蜀之地尽归秦，石牛道正式成为秦蜀官道。我想从中寻找司马错的一些蛛丝马迹。

其三，跳出蜀道看蜀道。"不识庐山真面目，只缘身在此山中"，寻找视点是我多年来养成的一种习惯，不论一篇短文，还是一部长篇，我固执地认为，只要视点对了，一切就会简单起来。对于道路来讲，首需高度视角，次需长度视角，对于道上的点，则需深度视角。对于蜀道这样非常典型的道路系统，其特点难点重点均在翻越秦巴大山，必须跨过源头回望，这样视野将更为开阔清晰。

韩城跳出了四川，跨过了长安，符合我的长度视点。

韩城满足了我的三个初衷，是蜀道寻访第一站的不二之选。

4. 鲤鱼跃龙门

《埤雅·释鱼》："俗说鱼跃龙门，过而为龙，唯鲤或然。"

传说大禹开凿龙门之前，每年春天冰消雪融之后，大量鲤鱼汇聚于龙门之下，竞相跳跃，只要跃过龙门就能变成龙，在宽阔的黄河遨游，而越不过的就只有碰壁而返。（版本很多，这是传说之一）

龙门就在韩城市北20公里处，黄河从壶口咆哮而下的晋陕大峡谷最窄处，两山对峙，形如门阙，是黄河由陕西进入华北平原的关口，传说为大禹所开凿，故又称"禹门口"。

一方水土养一方人。于韩城来讲，鲤鱼跃龙门已融入他们的血液，成为他们的精神DNA。《史记》的面世就是典型的鲤鱼跃龙门。

《史记·太史公自序》曰："迁生龙门，耕牧河山之阳。"司马迁诞生在龙门之南的高门原，西汉没有科举，其父司马谈是西汉第一任史官，给儿子取名"迁"是希望儿子有所作为而得到升迁，拥有一片广阔的天地施展才华。

公元前110年，司马谈跟随汉武帝去往泰山封禅，刚到洛阳就一病不起，作为史官不能见证这一盛事，在遗憾中郁郁病逝。临终嘱托儿子："今汉兴，海内一统，明主贤君忠臣死义之士，余为太史而弗论载，废天下之史文，余甚惧焉！汝其念！"他希望司马迁能继承先祖自周朝以来的史书撰写职责，完成一部能与《春秋》媲美的史学著作，记录并评判《春秋》以后400年来的历史大事件。

司马迁终不负父望。

《史记》不仅是司马迁的成就，也承载了司马家族的理想。

司马迁为写《河渠书》，沿大禹治水足迹，去江、淮、河三大河流最易出事的地段实地踏勘，而后悟出禹为何不径挽黄河东行入海，反而使它东北流入渤海湾的原因（他认为是由于朔方至龙门一段，地势高，水流急，孟津以东地势渐低，落差太大，易生水灾，所以把它引入鲁西北的高地，以减小水势）。在司马迁之前很少有人提出这一问题，他不但提出来，还给了正确的解答。这一解读本身就是"鲤鱼跃龙门"对韩城人世世代代影响力的映射。

为留下一整块时间拜谒司马迁，上午我们抓紧时间浏览了大禹庙、梁带村、党家村、古城三庙。

韩城一瞥，黄河文明的深醇已可见一斑。

梁带村芮城（前641年芮国被秦国吞并）遗址告诉我们，我国第一个女政治家不是芈月，而是芮姜，她扮演了跟芈月差不多的角色。途经"十三进士村"，即解家村，一个小村子居然十三子登科，明朝期间，一母所生五子，竟出三进士一举人一贡生。

党家村元代古建被誉为"东方人类古代传统文明居住村寨的活化石""世界民居瑰宝"，村里的"进士第""文魁楼"、御赐节孝碑、祖祠"钦点翰林"、街旁"惜字炉"，无不散发出浓郁书香气息，"言必称圣贤，语必出六经"的门楣题字，让人不胜嗟叹。

文庙、城隍庙、东营庙三庙连为一片的元明清古建群蔚为壮观，"文化大革命"中作为文化馆、学校使用得以幸存。在"砸烂孔家店"的呼声中躲过劫难，本就是对一个地方人文最好的诠释。

文庙规模仅次于山东曲阜和北京国子监街，号称全国第三，明洪武四年（1371）建筑，几百年岁月尘垢难掩其华丽庄严。建筑层层递进将尊经阁推至最高处。这里是大平原，并非山区的依山就势，从设计可窥韩城对儒家学说的尊崇。

在博物馆我们看到，韩城仅明清两代科举中试者高达1396人，位列陕西之最，全国罕见。于是就有"朝半陕，陕半韩""名士高官摇篮""一代史圣、两朝状元、三朝宰相、四代世家、五子登科，一门四子三清华"等佳话流传。

韩城还有一句民间谚语——"下了韩奕坡，秀才比驴多"。

韩城的祭孔仪式格外庄重肃穆，吃饭、更衣、洗手，韩城的科举兴盛与这样庄重的祭孔仪式不无关系。可韩城的魅力远不止于科举。韩城街头，哪怕是很不起眼的生意门面，都不忘用对联来装饰门楣。细看对联内容，不仅为其文字功夫叫绝，更为其内涵称颂。"满山玛瑙红；一城书卷香"，这是一家花椒店联；"但愿世间人病少；何妨架上药生尘"，这是药店联……这文采、这境界啊！

古城有许多巷子，都以历代名人高官的姓氏命名。贾家巷记载了这样一个故事：明朝年间，有一位老者贾渊，一早出门碰见丢了金耳环的少妇在啼哭，少妇看见贾渊后硬说被他捡了，贾渊看她哭得可怜，也不争辩就将妻子的金耳环给了她。这位少妇回家又找到了自己的金耳环，才知冤枉了贾渊。此事被邑令知道，盛赞贾渊，这个故事传唱至今。

故事虽小，但贾渊与背负骂名抚养赵氏孤儿的程婴、韩厥（韩城人，见《史记·韩世家》）神似，与司马迁忍辱完成《史记》的精神内核一致，正是这种精神内核，成就了韩城的城市品格。

"黄河西来决昆仑，咆哮万里触龙门"，黄河出了龙门水流减缓，泥沙大量沉积，抬高河床后，河水便改道而流，几十年后河床抬高又从原道流淌，形成"三十年河东，四十年河西"的自然景观。

韩城自古为秦晋关口，历史的车轮不停地将其碾碎、撕裂、分割、聚拢、修复，循环往复。像黄河水流总是改道而始终不会改向一样，韩城人总是信奉着正向价值观。

过去我把"鲤鱼跃龙门"简单等同于金榜题名飞黄腾达。韩城之行，让我对其内涵外延有了更深刻的认识、更丰满的理解——那就是以全部儒家思想为纲的，一个个具体的、正向的行为。

因为司马迁，韩城被誉为"文史之乡"，可韩城又岂止一位司马迁？从春秋程婴到现代师哲，代代有榜样，鲤鱼跃龙门的故事几千年层出不穷。如泥沙沉积光阴，韩城三千年儒雅之风、文士之气日益厚重，文德双馨。

漫步韩城，我们时时被这种气息包裹。

5. 史圣千秋

一进本纪广场，便远远地冲着对面那尊高大的司马迁铜像而去，一刻也不想耽搁。

走在广场中轴线，余光扫视两边的本纪园——十二本纪雕塑是那么精美大气，多想停下来欣赏啊，可太史公身穿汉服，手握书简，气宇轩昂地站在广场那头，我生怕去晚了，他就不见了。

整个上午的韩城之旅，身心尚在古老而内敛的氛围中，突然来到这壮美华丽的本纪广场，时空转换比光速还快，思维脱节，大脑似乎落在了古代。好在长长的中轴线，可以等待大脑慢慢回归。

望着太史公高大的身影，脑海飘过尼采写给叔本华的诗：他的生命依然挺立，这是因为——他不曾向任何人屈膝！

靠近，膜拜，瞻仰，合影。

本纪广场为2013年新建，现代广场与古老的司马迁祠结合得天衣无缝，每年清明，海内外人士在此隆重祭祀司马迁。我们跨过与黄河相交的芝秀桥，上行，开启朝圣之旅。

（1）

司马迁祠位于韩奕坡悬崖顶上，东临黄河，西枕梁山。西晋韩城太守殷济"瞻仰遗文，慕其功德，遂建石室，立碑，树柏"，距今1700余年。

进入第一道牌坊，便踏上一条宽阔的千年古道。

我欣喜若狂，踏破铁鞋无觅处，得来全不费工夫。这条古道是魏国开通韩城（少梁）与河西各地交通时所开凿，比蜀道成为官道略早，应属同一时代——前453年三家分晋，前403年，周天子正式承认赵、韩、魏三家为诸侯，韩城此时属魏。

司马迁祠建于其北侧后，此条道才被称为"司马古道"，北宋铺砌石条。此时我们刚好踩在八百年前的108国道上。石条被车轮碾轧、风雨侵蚀，虽凹凸不平，但依然厚实牢固。对比金牛道那薄薄的青石板，是两种截然不同的观感、触感。韩城是秦、晋、魏三交之地，战争的铁蹄和繁忙的商旅需要这么厚重而结实的路面吧。

我不知道开凿这种石条与开凿青石板哪个更具技术含量，但有一点可以肯

司马大道（梁栋摄）

定，蜀道的修筑艰难得多，难在路基的开辟、石材的运输，这是山区与平原的区别。这里古柏蓊郁，树干如铁，却不高大，这是缺水所致；金牛道上翠云廊古柏高大茂盛，充满活力，这是北方与南方的区别。司马古道像一位中原汉子，壮实血性；金牛道则像一位蜀地女子，婀娜纤秀。

感谢司马迁，感谢殷济，这段道路得以如此完整地保存，让我对蜀道之外的古道有了直观印象。

（2）

从古道右侧"高山仰止"牌楼进去便是司马迁祠。

《史记》赞叹孔子"高山仰止，景行行止"，写到屈原时"未尝不垂涕，想见其为"，在司马迁眼中，两位前辈用生命追求真理，高山仰止。在我眼中，司马迁不仅用生命追求真理，还交出一份尊严，更是高山仰止！

沿朝神道上行，穿过"史笔昭著""河山之阳"两座牌楼，即到达崖顶的司马迁祠，其间99级台阶。九为数之极，九九则是至高无上了，可见殷济当年选址、建祠的用心。瞻仰圣人，需要这种峭壁式攀登。于我，有足够的心理空间靠近《史记》的万丈光芒。

一步一步，我有些气喘。攀登的过程似乎在告诉我《史记》完成的艰辛历程。我仿佛看见风流倜傥的司马迁举行完成人仪式，便在父亲的安排下开启了历时两年的全国漫游，北到包头南到九嶷，东到绍兴西到崆峒。长途跋涉，收集传闻，考察地理，探究民俗……这些壮游为撰写《史记》积累了丰富素材。读《史记》就会明白，他足迹所到之处，全是《史记》中重要人物的活动区域、重大事件的发生之地，可以说，这些壮游奠定了他"成一家之言"的基础。

一步一步，《史记》的余光照到我身上，料峭春寒中，渐渐温暖。

在他笔下，造反的戍卒入"世家"，皇帝的敌人入"本纪"，《货殖列传》记载百姓发财致富，《河渠书》为山水立传，布衣、侠士、刺客都可立传……如此

"究天人之际，通古今之变"的选材定位，是多么了不起的开创，需要多么伟大的唯物性和人民性！在他笔下，帝王们也有无耻、懦弱，一介布衣也豪气干云，同僚已然是酷吏……何等客观，何等境界，何等勇敢！站位之高远，视角之独到，眼光之深邃，他用自己犀利的世界观告诉人们历史发展的规律及动因！

一步一步，《史记》的万丈光芒直射过来，我大汗淋漓。先不说五类各部自成一体、互为经纬、互文见义、相辅相成、浑然一体的体例创新，以及对后世的贡献，只说130篇526500字的劳动量（双倍，还誊抄了一版），他是怎么做到的啊？我仿佛看见昏暗的油灯下，一个席地而坐的佝偻老人，在竹简上写啊写，写完一卷又一卷，简卷垒起一座座小山，几乎要把他彻底淹没……

"史家之绝唱，无韵之离骚"，鲁迅对《史记》的评价可谓绝；"借用文学书写历史，借用历史印证文学，"余秋雨对他的评价可谓准，"在汉赋的包围中，他居然不用整齐的形容、排比、对仗，更不用辞藻的铺陈，而只以从容真切的朴素笔触、错落有致的自然文句，第一次通过对一个个重要人物的生动刻画，写出了中国历史的魂魄。"

能把千钧历史撬动起来浸润到万民心中的，只有最本色的文学力量——这也许是我开启蜀道寻访首先要树立的方法论吧。

可太史公伟大的人格、非凡的智慧、坚韧的毅力，我有吗？

他为李陵仗义执言而获死罪，但《史记》尚未完成，按当时规定，若获死刑，缴钱财即可免，宫刑亦可免。司马迁拿不出钱来，只好选择宫刑。士可杀不可辱，宫刑对于士大夫来说是多么难以承受的耻辱——忍辱苟活，以图所成，司马迁的伟大之处就在于此——把"舍生取义"的人生观推向了更高境界！

完成《史记》后，他给好朋友任安写信（《报任安书》）后，便人间蒸发。

公无渡河公偏渡，公无渡河公竟渡！司马迁用鲜血和尊严把中国历史捋清，为中国历史树立起一座丰碑，却给自己的后半生画上一个大大的问号……

（3）

一步一步，终于登上司马迁祠，风清气爽。

转身眺望，滔滔黄河携芝水东去，八千里路云和月尽收眼底，我想，如此形胜之地应该可以告慰史圣的灵魂了吧。

我在心里默念：太史公啊太史公，为了《史记》您虽生犹死，留下《史记》您虽死犹生！

祠中是一场饕餮文化盛宴，历代文人政要碑刻盛满献殿。郭沫若五言诗曰："龙门有灵秀，钟毓人中龙。学殖空前富，文章旷代雄。怜才膺斧钺，吐气作霓虹。功业追尼父，千秋太史公。"才子相遇，惺惺相惜，但两位人格的契合与分离，却为后人留下非常有趣的想象空间……

褚遂良梦碑即《古汉太史司马公侍妾随清娱墓志铭》，传为唐代褚遂良所作，学者徐无闻先生指为伪作，但许多人愿意相信是真的，我也是。一代红粉佳人为曾经风流倜傥的司马迁痴迷守候千年，让人略感欣慰。

寝殿供奉的司马迁塑像历经800余年仍保存完好。司马迁祠院在"破四旧"浪潮中没遭破坏，是因为毛主席为他点过赞："古时候有个文学家叫司马迁的说过，'人固有一死，或重于泰山，或轻于鸿毛'。"

祠后，苍松翠柏掩映着司马迁的八卦墓茔，为元世祖忽必烈敕命改建。忽必烈认为，正是司马迁在《史记》中为少数民族立传，蒙古族才有了自己民族渊源的文字记录，故按蒙古族习惯，为史圣改建了这座蒙古包形样的砖砌圆墓。

墓顶长出一棵分叉古柏，西北方（乾）一枝被雷击断，似乎与司马迁命运暗合。围绕墓冢转一圈，以表达敬慕与哀思，尽管我们知道，这墓冢只是象征性的……

落日已经挂在梁山腰间，我们必须结束这次朝圣之旅，尽管有太多的不舍。

黄河低落日，史圣鼎千秋！

下得山脚，从芝秀桥返回广场，司马迁铜塑在晚霞中熠熠生辉……

司马迁墓（梁栋摄）

附言：

1. 《史记》在东汉以前称《太史公书》，被指责为对抗汉代正宗思想的异端，被视为离经叛道的"谤书"，并未立刻流行。司马迁完成《太史公书》之后另誊抄了一份，正本"藏之名山"，副本"留在京师"司马迁的女儿司马英处。司马英次子杨恽在宣帝时继父兄爵任常侍骑，左曹，受封平通侯，为《史记》第一读者，在他的努力下，《史记》得以出版流传。

2. 司马错将军在韩城的遗迹很少，仅在博物馆司马家族世系表上看到他的名字。地方史料上有司马一门的详细介绍。司马错将军葬于花池村，墓联：西征巴蜀挥刀斩断三江水；东取垣轵纵马奠定一统天。

至此，我的三个愿望悉数满足，韩城朝圣之旅完满收工！

6. 咸阳有个统一广场

穹顶灰暗，压抑，想逃。

昨晚下榻富平县，今日一早参观习仲勋博物馆，因周一闭馆，只能看看外围。顶一路雾霾入西安，看陕博的计划也只得取消。在西安市委宣传部逗留一阵，参观了小雁塔及西安市博物馆。我们的目标人物是秦惠文王和司马错，他们应在咸阳，距西安30公里，为给明天寻访节省时间，决定驱车下榻咸阳。

咸阳地处八百里秦川腹地，是秦国都城一路东迁路上唯一的一次西迁——从栎阳迁至咸阳，"九都八迁"的最后一站。

在栎阳，秦孝公重用商鞅变法图强，破井田重农桑奖军功，让秦国成为各国惧怕的虎狼之国。但栎阳太靠近魏国，易受威胁；再者，秦老士族对于变法的阻力较大。《史记·商君列传》载，秦孝公十二年（前350），商鞅进行第二轮变法，变革法令中一项重要内容就是把都城从栎阳迁至咸阳。咸阳居关中之中，远离老士族根基较深的栎阳，有利于减轻变法阻力。

事实证明迁都咸阳是明智之举。秦孝公时，秦国日益强大；秦惠文王时，司马错收服巴蜀，秦的版图成为同时期版图最大国；秦昭襄王时，李冰修都江堰，四川天府成为秦统一六国的坚强后盾；秦始皇完成统一中国霸业，成为中国第一位皇帝。"士不产于秦，而愿忠者众"，一时间咸阳人才云集，秦纳六国之士博采众长，成为诸子百家摇篮，政治、经济也兴盛繁荣出现质的飞跃。咸阳成为名副其实的"中国第一帝都"。

夜晚住在咸阳湖景区一家私人酒店，顺着景区步道来到统一广场。咸阳湖、咸阳楼、统一广场连成一个整体。景区以秦文化为主线，以秦横扫六国的重大历史事件而展开。秦始皇巨像石雕庄严雄伟，矗立于广场北面高台，两侧的巨大石雕龙柱次第而上，把秦始皇推向高处，居高临下俯瞰渭河，磅礴气势跃然而出，设计理念承咸阳宫之魂。

对于秦始皇，"暴君"是其留给人们的主要印象。上学时老师常给我们敲黑板画重点：秦统一六国的伟大意义在于结束诸侯割据战乱，统一度量衡，书同文车同轨。往往忽略秦为我中华大一统格局所奠定的基本政治格局，郡县制和中央集权制对中国封建社会2000多年来之影响根深蒂固。秦之后，中国虽也分分合合，但统一始终是主旋律。

秦始皇之所以能在短短10年间横扫六国，建立伟业统一中国，除顺应了历史潮流之外，还有一个重要原因，即秦国在强大起来后，视"统一天下"为己任，将"统一天下"作为基本国策。不怕做不到，只怕想不到。春秋战国五百年间群雄并起，列国谁都想彼此吞并，但谁都没旗帜鲜明地将统一天下作为基本国策。真正敢将这一理想付诸实践的只有秦国。从这个意义上说，秦人堪称伟大。

秦人的伟大还在于推行土地私有制，逐步废除分封制。分封制起于何时，专家们众说不一，但分封制的逐步完善且达到顶峰是在周朝。周朝分封制在中国历史长河中的积极影响不可否认：结束了邦国林立的混乱时代，文化形式广泛覆盖，对边远地区的开发等等。随着诸侯争霸，周王室日益衰微，兼并战争日起，新贵众多，土地渐少，分封制势渐僵化。秦顺势改进纠偏，在秦地逐步推行郡县制，没有像其他六国那样任其僵化，钻进死胡同，统一后郡县制遂遍行于全国。

虽然，郡县制肇始在楚而不在秦，但秦却率先把郡县制加以改造并推向深入。郡县制解放了社会生产力，促进了农业的发展。这一国策从商鞅变法就开始实施（广元青川郝家坪出土的"秦田律"是最好的证明）。秦始皇统一中国之后，这些措施又继续延伸到皇族规制和世卿世禄制度，"使秦无尺土之封，不立子弟为王"；各级官员勋爵，均凭军功授予，以"功臣为诸侯"；至始皇驾崩时，国朝不封皇后、不立太子，群臣百官均依制任命，各司其职。可见秦始皇已萌芽"以民为本"的治国思想，他提出并积极推动中国走向"君主法治"。

过去，我们太注重秦灭亡的经验教训，死死抓住"暴政""焚书坑儒"等关键词，而忽略了秦政治经济文化的奠基性和先进性，今天得以补充认识，不虚此行。

渭河从广场前面缓缓流过，这里被打造为宽阔的咸阳湖。夜幕之下波澜不惊，甚至不见涟漪，静静的像一块玻璃，灯光、喷泉、水景营造出一派帝都龙韵。几天来，我在这里第一次看到一条充盈的渭河，仿佛整条渭河的水都集中流向了这里。

"统一"这个名字好，既凸显了咸阳最值得骄傲的文化，又符合今天人们的某种期盼。更主要的是，深度契合了每一个中国人内心的统一情结。

当今世界何尝不是一个放大版的春秋战国？世界可以统一吗？地球能真正成为一个村，世界各国、各族人民和谐相处，没有海关没有国界，没有相互防范的足以毁灭人类的那些武器吗？能天下和平天下大同吗？

构建人类命运共同体，大国担当，这些政治术语其实是我们老祖宗天下担当天下情怀的现代延伸，传统中国精神的具体实践。这些提法与作为应是中国对全人类的贡献。

咸阳湖南面有个"版图广场"，地面由秦朝时统一的齐楚燕韩赵魏秦七个国家版图构成，被北面的"秦始皇"紧紧盯着。这种设计让人联想起秦始皇在咸阳宫里仿建的六国宫殿，秦始皇的办公大楼紫微宫高高在上，每天都可以俯瞰六国宫殿。

十年前破题的"西（安）咸（阳）一体化"规划建设，曾被认为是陕西经济发展史上观念突破、体制创新的里程碑式重大事件。这话说得好没历史感。事实上，西安、咸阳自古一体，从来都是一座城市，随意翻出某段历史都可佐证，分开不过几十年而已。

《史记》对汉长安城的描述是："长安，故咸阳也。"《旧唐书·地理志》对唐长安城的描述是："京师，故秦之咸阳，汉之长安也。"司马相如《上林赋》："终始灞浐、出入泾渭。沣镐潦潏，纡馀委蛇，经营乎其内……"也就是说，今天的西安加上咸阳才是过去人们所说的长安城。

"诗家清景在新春，绿柳才黄半未匀。若待上林花似锦，出门俱是看花人"。漫步咸阳湖，嫩柳摇曳，景致频频，眼前仍然是一幅杨巨源《城东早春》图景。

7．秦惠文王在周陵？

渭河边，丝丝细柳与春风缠绵，柔柔梳过车窗。这是王维的柳。

"渭城朝雨浥轻尘，客舍青青柳色新"，千古意象。咸阳没有辜负王维，却被这浓重的雾霾辜负了。渴盼一场春雨。

（1）

清晨，我们几乎与咸阳市委外宣办的领导同时跨入办公室。在李永的安排协调下，我们先到咸阳市博物院。研究室主任刘晓华说，他们一般是根据实物对历史进行研究，而秦惠文王时期的实物基本没有，她的研究方向不在秦惠文王这一段。她说目前很多专家对周陵有争议，认为周陵其实是秦惠文王和王后的墓冢。她不想让我们白跑一趟，帮我们联系了周陵博物馆领导，让我们去周陵镇，也许会有所收获。

驱车至周陵镇周陵博物馆，院内青石铺路，建筑古朴，碑刻林立，气氛庄重肃穆，历代名人碑刻文字清晰，保护完好，所有文物古迹均为祭祀周文王、周武王的文治武功。

文字介绍说，周陵在宋初就被作为国家祭祀单位，自乾德元年（963）赵匡胤祭陵诏书发布至今，已逾千载。

陵园占地近百万平方米，乾隆年间陕西巡抚毕沅为周文王和周武王所立碑刻矗立两座巨墓之前。武王陵呈圆形，文王陵呈覆斗形，一说为"天圆地方"；还有一说即文王没做天子，封土为方，武王做了天子，封土为圆。

站在两座山似的陵墓中轴线上，感觉自己渺小得就像坟上的一棵草、一粒土。沿石梯爬上墓顶，环顾宽阔无垠的关中平原时，我同这帝王巨陵一起渺小了下去。

（2）

咸阳周武王陵（梁栋摄）

博物馆馆长张俊辉以及文物科科长刘义接受了我的采访。他们说，周陵的归属问题学界早有争议，有秦文、武二王陵，秦王、王妃陵，甚至还有汉陵之说。考古界经过几代人，包括写《周陵志》的戴季陶先生当时作为陕西行政长官，做了大量考证，认为周陵不是周陵而是秦陵。陕西省考古研究所前所长焦南方也认为，周陵很可能是秦墓。一段时间，甚至有人直接说周陵镇应改名为秦陵镇。

而民间祭祀文化显示其为周陵。周陵后面的姬姓守陵人已经传承至第83代，有族谱记载，最早祭祀在洪武年间，有朱元璋所立祭祀碑为证，现已传至第84代孙，一直祭祀周文王与周武王。祭祀与考古出现矛盾，所以出现争议。

考古显示为秦陵，2008年一次文物考古中，在周陵发现大量先秦墓葬实物。中国古代墓制形式，一个陵园里面出现两个帝王陵墓是不可能的，一般前面是帝王陵，两侧是夫人，少有一个陵园葬两个帝王，且正南正北。周朝礼制规定陵墓不封不树（不封土，不立碑），而这里的陵墓规模大，且平地起冢。平地起冢是从秦开始的，所以专家们认为这里是秦惠文王及其王后的可能性很大。从现阶段能拿出的实物看，确为秦陵。但专家们又不能完全否定是周陵。

关键是截至目前，没有发现周文王、周武王陵墓，也没发现秦惠文王陵墓。到底是秦陵还是周陵，只有留给后人去发现去确定了。正如刘义所说，"这就是考古的乐趣所在"。

显然，周陵存在的附加文化已经湮没了其陵墓的本体文化。周陵已不仅仅作为墓冢而存在，而是作为"民族先祖"的表征而存在，一千多年来我们祖宗追踪礼仪、祭祀文武周公的依托只有周陵。"真正吸引我们的，不是陵园内的那几堆封土，以及后人添加的砖瓦，而是它所象征的周朝的高度文明。"张馆长的一席话，让我们释然。

中国古代朝代无数，独对"周秦汉唐"尊崇备至，周排第一，是因为"周礼"开启了中华民族的真正文明，历经三千年风雨，已成中华文化DNA。周陵顺理成章成为人们表达怀念之情的载体，那么，周陵究竟是谁的陵墓还重要吗？

（3）

告别周陵，工作人员送我们出门，介绍一棵古柏。

古柏雌雄同株，当地人称"文武柏""阴阳柏"，自然生长在陵园的中轴线上，树干从3米处开始呈圆锥形生长，直至10米，枝梢分别长出侧柏和刺柏两种柏叶，虽成团生长，却泾渭分明。

周陵争论不休，这株柏树告诉人们的信息也是模棱两可。似乎又是一个隐喻。

返程路上，我们一行从"雌雄同株""文武柏""阴阳柏"三个关键词出发，引发秦陵与周陵的猜测性争论，争论半天还是可周可秦。但，仅就三个词的词义来讲，秦陵与周陵之比却是2∶1，假如树木真有神灵的话，那么它告诉我们：这陵墓就是秦惠文王和他的王妃。

两位队友不置可否。而我，感觉故意在给今天的寻访成功找理由。最后我们设定一个赌局，期待某天文王、武王或秦惠文王及其王妃的考古发现，来揭晓这个赌局的谜底！

千秋万岁名，寂寞身后事。帝王们例外。

8. 秦宫揽月

从周陵回到咸阳市，采访完咸阳市作协副主席杨焕亭后，已是下午四点，赶紧驱车咸阳宫。在去渭城区窑店镇牛羊村的路上，咸阳宫的巍峨壮丽，碎片似的在脑海迅速拼接。

咸阳宫静极了，只有铜漏发出单调而有节奏的滴水声。一钩弯月挂在朱红檐牙，禁兵手持戟戈列队宫墙下。"越罗衫袂迎春风，玉刻麒麟腰带红"，大红灯笼高悬宫街，秦宫成为梦幻仙境。紫微宫还亮着灯，君王还在专心致志披读奏牍。一阵微弱的梆声从远处朝这里蔓延。楼廊婉转再复转处，是君王的后宫，"楼头曲宴仙人语，帐底吹笙香雾浓"，佳丽们在此窃听君王的脚步声。

可君王还在大殿为国事紧蹙双眉。是孝公在思考第二轮变法，还是秦惠文王在思考张仪与司马错的廷辩？是昭襄王在谋划远交近攻分化六国，还是始皇帝在审定阿房宫规划图？四位雄主太勤勉了！

当我们到达秦咸阳宫遗址时，已快到下班时间，两位保卫人员接待了我们。虽为保卫人员，但在这里工作几十年，他们也成专家了。

"鸾篦夺得不还人，醉睡氍毹满堂月"，李贺笔下辉煌壮丽的咸阳宫以几间陈列室、示意图、沙盘、壁画拓片、出土文物呈现在我们面前。让人陡生"万里长城今犹在，不见当年秦始皇"的无限怅惘。尽管如此，张旭老师还是就现有陈设带我们玩了一回"穿越"。

秦宫遗址（72平方公里保护区域）种上植物，宫殿之间由砖砌小路相连，小路即当年的廊甬，步行其间感觉楼廊婉转、宫阁相连，好在我的空间感还不错，咸阳宫格局尽在脚下。

来到1号宫殿遗址。

我等山民看惯了高山，眼前这个矮矮的夯土台毫不起眼。可踏上土台，一望无垠的关中平原居然尽收眼底。旁边是一条深深的南北向壕沟牛羊沟，东边的另一座夯土台阶为6号宫殿遗址，与我们脚下的台地相对应。无疑，这里为咸阳宫主殿。

这里就是当年吓坏燕国勇士秦武阳的那高高的咸阳宫宫阶？张旭看我一脸疑虑，说："两千多年前的地表位置不能确定，2号宫殿位置就在现在地表之下2至3米处。"

我还是需要很费力地想象。

有一点可以肯定，秦咸阳都城建设理念十分先进，城市功能区的划分特征明显，显然咸阳城的建设是有总体规划的。把都城建设放在一个总体规划的指导下来进行，即便在今天也不落后。

咸阳宫遗址（熊芙蓉摄）

《汉书》载："起咸阳而西至雍，离宫三百。"《史记》云："咸阳之旁二百里内，宫观二百七十。"杨焕亭老师对270多座宫殿做过研究，他认为咸阳宫是当时世界上最大的没有城墙的城市，南秦岭、西陇山、北山西和东崤山就是外城墙，咸阳宫差不多就是整个关中平原。秦人的心胸和格局可见一斑。

秦始皇曾设想在终南山修建门阙，作为咸阳南大门，与阿房宫之间架起空中阁道，北渡渭水，与咸阳塬上宫城连接。他认为咸阳宫象征天帝居住的紫微宫，渭水好比银河，天帝可以从极庙而出，经过阁道，横渡天河而到达紫微宫、阿房宫。

这简直就是一幅"人间天上图"，秦始皇已经把自己当作天人了。除咸阳塬主宫外，秦朝还在关中地区修建300多个离宫别馆，涵盖今宝鸡、咸阳、西安、渭南四地市。这些离宫别馆之间用各种复道、甬道、阁道等连接起来，形成一个大型封闭圈，构成广义上的咸阳宫，直径80余公里。

从商鞅"大筑冀阙"开始，至秦始皇扫平六国之后，迁徙六国十二万户充实咸阳，仿建六国宫殿，修建大桥横跨渭河，在渭河南岸建阿房宫，咸阳宫城每年都在不同程度地扩大。至秦二世，咸阳宫富丽堂皇至极："东西八百里，离宫别馆相望属……"

只可惜项羽一怒，"烧其宫室，火三月不灭"。

眼看他脚下起朱楼，眼看他宴宾朋，眼看他楼塌了……

回到博物馆，天色已暗，团长和助手也是秦文化粉丝，秦蜀渊源的话匣子就此打开……

"这里就是秦帝国征蜀策源地",司马错与张仪的廷辩就在这里展开,"司马错就是在这里接受虎符,然后回蓝田大营集结军队,开拔蜀地……"

9. 司马错不错

今晚准备下榻乾县,第二天去拜谒武则天。

去乾县的路上,秦将司马错成为我们的议论主题。

司马错一生基本在蜀地出入,灭蜀、平蜀、取道蜀地浮江攻楚。说他是开辟蜀道的先驱一点不为过。

"如果没有司马错的征蜀大计,秦国统一天下至少要推迟五十年。""推迟百年也不好说,能不能统一六国都不好说,蜀地这个大粮仓、大后方对于秦统一六国的作用太大了。""首先秦国的军功就没地方消化。"助手是秦史发烧友,把秦国的军功奖励制度讲得毛骨悚然,"士兵把敌人脑壳拴在裤腰带上去领赏。"

白起、王翦、蒙骜、蒙恬等秦国战神更是杀人如麻。从秦孝公到秦昭襄王的一百多年里,秦军杀敌总数超过130万,白起一人就斩杀92万,仅长平之战白起就下令坑杀40万赵军。王翦与其子王贲在辅助秦始皇兼并六国的战争中,除韩之外,其余五国均为王翦父子所灭。以军功论奖的秦国,战将的历史地位显而易见。

难道这就是司马迁为白起、王翦都列了传,不给司马错列传的理由?不,司马迁的世界观应该不是这样的。

"在以战争求和平的冷兵器时代,就比谁杀人多,司马错命债少,我认为司马迁应该第一个为他列传!"团长认为司马错才是真正的战神,择弱进攻巴蜀以壮大秦国国力,扩大秦国版图,奠定万世基业。

也许在白起、王翦这两位大将面前,司马错的伐蜀攻楚、平定叛乱这些功劳显得太平常了。

虽然司马迁没有给司马错立传,但我们仍可在相关典籍中零星获得司马错的一些信息,《史记·秦本纪》中有8处提到司马错,其中5处与蜀地相关。在韩城寻访,有关司马错的信息少之又少,天下人到韩城都是冲着司马迁去的,估计除我们之外,很少有人关注司马错。

或许,这就是文臣与武将的宿命吧。

当时不被重视,后人也知之甚少。今天回望历史,不能不说司马错才是秦国伟大的战略家。白起、王翦靠杀人成就当世之功,司马错则凭战略为后世所赞颂。我们的寻访,不正是以实际行动祭奠他吗?

公元前316年,秦惠文王想利用巴蜀发生战乱之机,兴兵伐蜀,不料韩师犯秦。面对这种局势,秦惠文王举棋不定,于是就有了张仪与司马错的一场精彩廷辩(原文见《战国策·秦策<司马错与张仪争论于秦惠王前>》)张仪主张先攻韩国,而司马错力主取蜀。司马错认为"得蜀则得楚,楚亡则天下并矣"。他认为秦国要统一天下,扩张领土、增加财富和施行仁政,三不可缺一。扩张要从最容易的地方下手,蜀国富庶,地盘不小,却是蛮夷番邦,僻处边疆,以秦国之强取之如探囊取物,其他国家也不会干预;反之,东进攻韩则必然招致六国联手抗击。他认为,拿下蜀国既能扩张领土,又可得到财富,一举两得。更主要的是,"(巴蜀)水通于楚,有巴之劲卒,浮大舶船以东向楚,楚地可得"(常璩《华阳国志》)。他的这一番宏论,在当时无疑是非常具有远见的战略主张。要知道,当时张仪非常得宠,秦惠文王对他几乎言听计从,而这次,秦惠文王采纳了司马错的主张,不愧一代英主。

征蜀最大的难题就是翻越秦巴大山的道路。虽然关中至汉中的道路是畅通的,但汉中至成都的小路难以支撑起行军打仗的部队,还得加宽加固,重新修整一番。此时的秦国哪有人力财力修路呢?再说,整修蜀道,还是蜀王主动为好,如果秦国先行整修,岂不暴露了目的?怎样才能让蜀王主动整修道路,而且要把道路整修得结结实实的呢?

"石牛粪金"计策酝酿、出炉、实施。

"石牛屙金",蜀王真的会愚蠢到相信如此鬼话?这是侮辱蜀人智商啊!常听人如此说。可《蜀王本纪》《华阳国志》的作者扬雄与常璩都是蜀人哪!

作为现代人来看,这是违反基本常识的。然,回溯至名士纵横捭阖、宿将战场争锋、各国混战不断的战国时代,把视角立场还给当时,就不会轻易下结论了。

苏秦张仪,合纵连横游走四方,编造了多少谎言计策,哪一次不是把君王大臣们骗得一愣一愣的?

伐蜀的主张是司马错提出的,但"石牛屙金"这主意肯定出自张仪这个烂脑壳(蜀方言,指诡计多的人)。李斯在《谏逐客书》中说得很明白:"惠王用张仪之计,拔三川之地,西并巴、蜀,北收上郡,南取汉中……"李斯作《谏逐客书》在公元前237年,距司马错灭蜀(前316)相隔不过79年,准确性应该很高。

要知道,蜀国有大石崇拜和尚五观念的,在开明王时代,对大石和对数字"五"的崇拜达到了顶峰。秦蜀之间自古交往频繁,在争夺褒汉之地的拉锯战中,秦国对蜀地的这些风俗、对蜀王的喜好早就了如指掌。在闭锁而又崇尚巫术的蜀国，来一个内外勾结联合蒙骗，加之秦蜀之间被大山阻隔，文化风俗大异，信息难以沟通。当一个有心另一个无意，再加一个内奸怂恿，上当亦有可能。至于这条计策是不是受当时变化莫测的时局影响，蜀王会不会将计就计等细节（回到昭化继续说）如今都不得而知。两千多年前的真相烟云般扑朔迷离，我们只知道结果：蜀王修好道路之日就是亡国亡命之时。

秦对蜀的统治并非一帆风顺，但在司马错的努力下，几次平定蜀乱，终使蜀地稳定。"浮江伐楚"的战略构想很好，但实施起来也并非一帆风顺，"通三川，窥东周"，一路向东才是秦国的终极梦想，主力依然集中在北方。尽管如此，司马错并未停下脚步，《华阳国志·蜀志》载，公元前280年，司马错率军从陇西出发，经由蜀郡，补充巴、蜀之众十万，大舶船万艘，米六百万斛，浮江而下，大举攻楚，占领了楚国的黔中郡。

秦取蜀不过30多年，就能囤积如此数量的粟粮，出动十万大军，可见取蜀的重要意义。之后三年，司马错调兵遣将，与北边白起、南面蜀郡张若合力对付楚国，楚国地利尽失，只好割让上庸和汉水以北之地给秦国，迁都陈地躲起来。秦国调张若为黔中郡守，蜀守一职交水利专家李冰接替。

至此，司马错设计的夺取巴蜀、浮江攻楚的连环大戏完美落幕。楚国丧师失地，可谓大势已去，兼并之势不可逆转，只是时间问题。司马错践行了他得蜀即得楚的预言，且相比长平之战的胜利，轻巧许多，着实高明。

司马错的军事战略，不仅为秦统一中国做出了重要贡献，而且其避实击虚战略、大迂回战术策略，也丰富了中国古代军事思想。

三峡地区成为秦楚争战主战场达40年，使人们第一次认识到了巴蜀的重要性，后世历代帝王都将巴蜀视为必争之地。

10．拜谒无字碑

乾陵。

无字碑下干净而整齐的雪面被我们踩上了一串脚印。

清晨起床见雪花飘落，两位队友很是欣喜，雪花落下就像敞开了一扇紧捂的天窗。

冷比闷好得多。

媚娘从广元出发，几经辗转，一路走向唐宫。从才人、昭仪、皇后而至皇帝，定都洛阳建立武周王朝，死后以皇后身份与丈夫李治合葬乾陵。前几年，我步媚娘足迹走了一遭，此次来到乾陵拜谒无字碑，为武则天文化寻访画上句号，继而开启蜀道文化寻访之旅。承上启下，祈望这位蜀中前辈、邻家阿姐的灵魂护佑。

无字碑前站着一位上了年纪的男士，举着伞，一看就是非法野导。这大冷的天，挺不易，我们就请了他。

无字碑与李治述圣纪碑东西相对。无字碑巍峨壮观、雕刻精美，线刻图纹精细流畅，碑刻九龙栩栩如生，又称"九龙碑"，有框无字，至今是谜。述圣纪碑由七节组成，故称"七节碑"。据载，媚娘亲撰五千雄文述高宗文治武功，儿子李显用楷书书丹。每字笔画间"填以金屑"，光芒四射，使高宗功绩照耀陵园。今天自然难见金屑，文字也大多剥蚀，依稀可见残存文字笔画。

不难看出，媚娘所做，有其政治因素。此时媚娘虽为皇后，但早已行使皇帝之权，深处权力旋涡中心，失去李治等于失去依靠和庇护。恨她入骨想置她于死地的大有人在，内外勾结，灭掉她就如掐死一只蚂蚁。此时她除了承受一般女子的丧夫之痛而外，还必须在悲痛中打起十二分精神，独自面对处处阴谋处处陷阱的皇宫和朝廷。

我不敢想象，媚娘在如此复杂局势中的自保、宏业和登顶。但我更多看到的是她作为妻子对丈夫的感恩和深情。"看朱成碧思纷纷，憔悴支离为忆君。不信比来长下泪，开箱验取石榴裙。"这是她在感业寺因思念李治而作的《如意娘》，我想媚娘在撰写碑文时，帝王的滥情早已随风飘散，而只剩他们曾经的柔情蜜意了。

高宗在较为短暂的独立执政生涯中，虽也有过伟业，但他长期有病，正常处理朝政的时日非常有限，于当时，于历史，武则天的魄力、作为都在高宗之上，而九龙巨碑却空无一字。两人在这里的鲜明对比，不由让人唏嘘、疑惑，进而生出诸多感慨。

乾陵无字碑（梁栋摄）

人们都说武则天当皇帝是天意，如果"天意"就是顺理成章，我更相信媚娘的初心是因为对李治的爱，真爱。真爱无敌，所以她才倾尽一腔真情和智慧协助李治在实质上收回至高无上的皇权，而不被大臣掣肘。此时她并未觊觎皇权。如果说她一生只为皇权，那她一定会为李治另选墓地，而自己独葬乾陵，也不会在晚年还政李唐。李治死后，武则天才开始建造乾陵，在乾陵建造的23年中，武则天万人之上，万国来朝，可她却笃定要在百年之后与李治合葬，唯真爱是也。

宋代开始，就有历代游人题字于碑，使无字碑成为"有字碑"。后人题写字迹大多模糊，看不清楚。导游背出其中一首当地百姓题在上面的诗："乾陵松柏遭兵燹，满野牛羊青草齐。惟有乾人怀旧德，年年麦饭祀昭仪。"我为媚娘感到欣慰。

为武则天守墓的六十一番臣石像，大多被削去头颅。据说是他们的后代参观乾陵时认为其祖为一个女人守墓是耻辱，怒毁祖先头颅。

无字碑为什么无字，后人说法很多，但都是揣测。我并不想介入其中去探明究竟。媚娘的胸襟，岂是你我之辈能够猜度？她的功过是非，也不是我今天探讨的重点，这是她与李治厮守的地方，应该少些俗事打搅。此时，我只想以虔诚敬畏之心来拜谒在这里沉睡千年的老乡，缅怀这位从广元走出去的奇女子，增加有关她的精神美感。

乾陵所在的山叫梁山。梁山形如一位女性仰卧大地，即便在这样云遮雾罩的雪天，依然能看到女人仰卧状的梁山轮廓。海拔千米的北峰为头，南二峰海拔较低且东西对峙，酷似一对丰乳，号称"奶头山"。

导游用各种花哨的说辞来阐释武则天选此地为万寿之域的初衷。我只想说，媚娘选择具有女性特征的梁山安放自己，是因为她始终忘不了自己是女人，今生不得不做男人一样的大女人，只望来世做个纯粹的小女人，一生不为国事操心，只听丈夫轻唤媚娘足矣。

乾陵是唐陵中唯一没有被盗的陵墓，也是唐十八陵中主墓保存最完好的一个。从武则天躺进乾陵的那一刻起，职业盗墓贼、封疆大吏、土匪、军阀、农民起义军，纷纷前来盗墓均无功而返。黄巢调出40万士兵，开挖无果；五代耀州节度使温韬，挖掘17座唐皇陵，却挖不了乾陵；国民党将军孙连仲出动一个现代化整编师，用机枪大炮轰炸乾陵也未能如愿，冲在前面的士兵还吐血身亡。媚娘的智慧密码，岂是几个大毛贼就能破译的？

汉武帝、唐太宗、康熙大帝等帝王陵都被盗墓贼搬空，为什么单单武则天的乾陵可以独善其身？人们百思不得其解。

媚娘，生前你与李治没有好好相守，总有人和事来打搅你们，你绝对不允许死后有任何人来打搅你们相亲相爱。

我想说，媚娘，你的气场好强大。你用18年时间做了皇后，用35年时间做了皇帝，而在死后又用了1300多年时间保证了自己陵墓的坚固及不朽。

生前征服了天下，死后又征服了历史，续写传奇，世间哪有女子能与你媲美？

"正月二十三，妇女游河湾"是广元沿袭千年的习俗（纪念武则天生日），演化至今成为女儿节，全国唯一。

在广元人心目中，武则天的才情与美丽、胸襟和智慧，她在书法、诗文方面的造诣往往重于她的帝位。我更多地把她看作一位在外面成长壮大起来，并让自己的生命散发出无限光辉的邻家阿姐。

11. 交交黄鸟

自宝鸡驱车凤翔，寻访雍秦故都雍城，此乃秦人崛起之地。

雍城改名凤翔，基于一个传说：秦穆公之女弄玉善笛，引来善吹箫的华山隐士萧史，知音相遇，终成眷属，后乘凤凰飞翔而去。唐至德元载（756）取"凤凰鸣于岐，而翔于雍"之意更名凤翔，沿用至今。

（1）

车出连霍（高速）上宝汉（高速）从凤翔出口下高速进入西府大道，只见蓝天下一只抽象的红凤凰展翅高翔，凭直觉这是凤翔县城市地标——目的地到了。

在外宣办主任范宝军一行引领下，我们前往参观秦公一号大墓遗址。

巨大的墓室、惨烈的人殉、高规格葬制，一个个数字震得我们发蒙。大墓主人是秦景公嬴石，"春秋五霸"之一秦穆公（秦第13代国君，在位39年）的四世孙，秦始皇第十四代先祖。在位40年，是雍城执政时间最长的秦君。

中字形墓室看上去像一条幽深的峡谷，"临其穴，惴惴其栗"。大墓总面积达五千多平方米，比河南安阳商代国王陵大10倍，比湖南马王堆一号大墓大20倍，可以想见景公时期的国力是多么强盛。

大墓呈东西向，墓主头朝西，脚朝东。从陇西到关中，所有秦墓都是这个朝向，像一个暗喻，暗示了秦人的初心：渴望东归。回归故土，人之常情。至于在这条初心路上，秦逐步强大后理想不断升级，砥砺东进行为不断增值之后，才结出统一霸业的辉煌果实，此为后话。

秦本东夷部族，颛顼后裔，事商、忠商，商末周初助纣为虐，周灭商后将其迁往西陲，且废姓绝祀。

"废姓绝祀"在古代对一个部族来讲是毁灭性打击，每一个秦人梦萦魂牵的应该是东归山东故土，还姓祭祖。

只是，此时的秦人在内心深处呐喊："我拿什么东归？"

周孝王时，秦非子一族因为周天子养马有功被封为"附庸"（依附其他诸侯，封地不超过五十里），"使复续嬴氏祀，号曰秦嬴"，奠定了秦的肇始之基。秦之称"秦"自非子开始，非子被公认为秦一世；周宣王时秦征服西戎，秦仲长子祺（秦庄公）被授"西垂大夫"，西周等级序列为天子、诸侯、卿、大夫、士，秦的地位显著提高，职责也由养马转为镇守边陲，自此秦有了车马以及礼乐之好，有了纪年，有了陇西一带称"秦"的诸多地名；公元前771年，西周灭亡，秦襄公护送周平王东迁有功，被赐岐丰之地，封诸侯国，秦正式立国，这在秦的历史上算得上一次飞跃。

周平王之所以封秦为诸侯，是因为戎狄虽退出镐京，但仍"居于泾渭之间"，控制着岐、丰之地。周平王的赐封实为空中画饼，为秦人开出的一张空头支票。"秦能攻逐戎，即有其地"，意思是你能拿回来就是你的，你拿不回来，是自己没本事。秦人地位提高了，但处境并未因封侯而发生改变，依然在夹缝中艰难度日。

但是，秦没用画饼充饥，而是把画饼当机遇，当成合法征讨戎狄的依据，整顿武备兵甲，东进西退，几经成败，甚至用和亲缓和局势，终于在20多年之后把空头支票变现——收复了西周故地。

秦识大体，懂政治，把岐东之地拱手送给周平王，自己只拥有岐西之地。秦自知地位的继续提升还得仰仗周，尽管此时周已显颓势，但瘦死的骆驼比马大，可见，秦能审时度势。除此之外，秦虚心向西周故国遗民学习周朝先进文化，得以迅速在关中西部站稳脚跟。

在与西戎的拉锯战中，秦人付出惨重代价，秦襄公战死疆场。但秦在与戎族的交锋中也吸收游牧民族精于骑射、强悍尚武等特点，缔造出一支强大的虎狼之师，奠定了秦国强大的军事基础。

（2）

秦国历史大致分为西陲、雍秦、帝国三个时期。

在关中西部稳住阵脚之后，秦一步步东扩、东伐、东略，都城不断东迁，越过陇山，从秦邑、西犬丘、汧邑、汧渭之会、平阳、雍城、栎阳、泾阳，直至咸阳，史称"九都八迁"。如果说秦人的墓葬是暗喻，那么都城的不断东迁则是明喻，明暗齐头并进，初心逐步升级。

雍城是雍秦时期的核心，秦东进路上"九都八迁"的第六个都城，定都时间最长。秦德公前677年迁都雍城，至前383年秦献公迁都，历时294年。秦国33代国君，19位国君在雍城，筑城垣，建宫殿，立宗庙。

定都雍城是秦牢牢控制关中的标志，实力增强、环境更优的标志，临时都城转为正式都城的标志，收复领地转为扩张领土的标志，对戎防御转为进攻的标志。

秦崛起的路上，曾实行即位制改革，即兄终弟及。德公就属"弟及"。武公临终时，公子白尚小，他担心公子白主政后造成权臣干政，于是废掉太子，传位于弟德公。秦君中有四位国君属兄终弟及，三位均因为嫡长子年幼，一位是因领兵御敌，在外与西戎作战。可见秦为了发展壮大，是多么务实。雍秦时期还有许许多多的改革措施，比如武公结束权臣宫廷争斗；献公令"止从死"结束人殉制度，并"初行为市"促进封建生产方式和商品经济发展；穆公开启客卿制度广纳天下贤士；简公推行"初租禾"，建立土地私有制；孝公"废井田开阡陌"顺利完成从奴隶制到封建制的转型……这些改革措施均凸显了秦人在紧要关头，总能审时度势地把握机遇、促进发展。

秦德公迁至雍城后，立志"饮马于（黄）河"。三百年稳定都城，平稳发展，至秦穆公时，强大的农业基础使秦国脱颖而出。穆公颇具远见卓识，非常懂得以退为进的迂回策略，他暂时放弃东进，掉转枪头攻伐西戎，"益国十二，开地千里，遂霸西戎"，成为西方霸主，跻身"春秋五霸"。几番以德报怨、恩威并施地与晋国建立、重修、巩固秦晋之好，他的贤德大度让秦国顺利挤进中原诸侯朋友圈。从穆公到景公，又历120多年发展，秦国"GDP"日渐高涨，遂联楚攻晋将黄河以西尽收囊中，把晋国军队赶过黄河，终于实现"饮马于河"的理想。

景公之墓的发掘历时10年，轰动世界，被海内外称为考古史上石破天惊的大事件。因为它独霸了我国考古史上的5个之最：

中国迄今发掘最大的先秦墓葬；

殉人186具，是中国自西周以来发现殉人最多的墓葬；

椁具"黄肠题凑"是中国迄今发掘周、秦时代最高等级葬具；

椁室木碑是中国墓葬史上最早的墓碑实物；

墓中石磬是中国发现最早刻有铭文的石磬。

石磬上180多个籀文文字尤为珍贵，记录了景公即位的庆典盛况。考古学家依据"天子郾喜，龚桓是嗣"推断墓主人为秦景公；依据"高阳有灵，四方以萧"证明了秦人乃华夏族裔。

大墓虽历遭247次严重盗扰，但仍出土了3000余件珍贵文物。这些文物再现了秦人高超的工艺水平、丰富的物质文化生活；专家们据此否定了"秦国生产力落后""秦国奴隶制统治薄弱"的论点，让世界重新认识秦国历史。

（3）

我的思维随着这些陈列介绍起飞，沿着秦人的迁徙路线、发展路线，光速般自东向西，又自西向东绕回雍城。我似乎看见22岁的秦始皇意气风发从咸阳回雍城斋戒，举行成人加冕仪式，然后回咸阳亲政，罢相，重用贤臣能吏，挥师东进，扫平六国，统一全中国。

显然，雍城19位国君不忘初心，奋发向上励精图治苦心经营，为秦始皇统一中国奠定了雄厚的物质基础、精神基础和政治基础。显然，雍城是秦国发展壮大的一个重要里程碑，是秦迈向统一征程的起点，更是秦统一六国的坚强后盾。

景公大墓（王永刚摄）

在"黄肠题凑"实物柜前，我似乎看到远古关中平原上那茂密的森林，为了帝王们的生与死，树们不得不一株株、一批批、一片片前赴后继地倒下，才有现今干枯的渭河、让人窒息的雾霾。

进入"黄肠题凑"复原地宫，一下感受到盗墓小说中描写的氛围。前朝后寝，事死如生，秦君在另一个世界也极尽奢华。雍水河南岸埋葬着众多秦人先祖，秦君为了满足事死如生的理念，在雍城建立了庞大的秦公陵园，以及地下宫殿群，景公大墓不过是九牛一毛。

"黄肠题凑"葬制在当时只有周天子才能享用，景公公然僭越，足见其雄霸天下的野心。其实，僭越周礼之事早在秦襄公立国之时就开始了，秦襄公在立国庆典上"做西畤用事上帝"，司马迁认为秦襄公越礼，因为只有天子才能祭祀上帝，诸侯只能祭祀本国的名山大川。不过，刚刚封侯的秦襄公时代，秦人应该还没有统一宇内的理想，可能只是想称霸西部而已，但由此可窥秦蔑视传统的勇气。

考古发掘雍城面积约11平方公里，超过了当时周天子居住地雒邑（今洛阳），相当于今西安城内的总面积。宫殿、宗庙、凌阴（冷藏室）、交易市场、手工业作坊等等一应俱全。雍城建都早期，一名叫"由于"的戎族使者面对豪华壮丽的秦都雍城，发出"使鬼为之，则劳神矣；使人为之，亦苦民矣"的惊叹。

"秦孝公据崤函之固，拥雍州之地，君臣固守，以窥周室"，上学时死记硬背的《过秦论》被眼前的这一切彻底颠覆，显然，秦早在秦孝公之前的雍城就埋下了"囊括四海之意，并吞八荒之心"了。

可见，西陲时期秦的初心是东归，秦建都雍城之后，雄心勃勃，大踏步迈向统一全国的伟大征程。当秦始皇统一全国之后把驰道修到山东沿海，并浩浩荡荡巡幸山东半岛，初心与理想之下的所有目标得以全部实现。

（4）

"交交黄鸟，止于棘。谁从穆公？子车奄息。维此奄息，百夫之特。临其穴，惴惴其栗……"此情此景，不能不让人联想到惨烈的人殉制。《黄鸟》只是哀叹秦之良臣子舆氏奄息、仲行、针虎三人在从死之列，而对其他殉葬之人并无哀叹，这是《黄鸟》的历史局限，对惨无人道的人殉控诉得虽然强烈，却不彻底。但在中华文明史上，却是最早睁开的一双批判性眼睛。

可是，秦人的批判精神并未引起统治者的重视。《史记·秦本纪》明确记载了秦国人殉始于武公二十年（前678）："二十年，武公卒，葬雍平阳。初以人从死，从死者六十六人。"穆公殉葬"从死者百七十七人"，而景公不但没有废除还增加至186人。"献公元年，止从死"，而实际并未终止，秦始皇死后，秦二世担心工匠泄露墓中机密，将建造陵墓的工匠也封闭在墓内，被害者"计以万数"，还诏令："先帝后宫非有子者，出焉不宜。"皆令从死。

可见，秦的人殉制不但没有终止，反而愈演愈烈，暴政升级。哪里有压迫哪里就有反抗，当人们揭竿而起时，"天下云集响应，赢粮而景从"，是"仁义不施而攻守之势异也"。历经700年强大起来的大秦王朝顷刻间灰飞烟灭！

人类从野蛮走向文明的过程总是曲折而艰辛。野蛮的人殉葬制始于殷商，随着奴隶制的崩溃，人殉现象逐渐减少，代之以木俑、陶俑殉葬，兵马俑就是陶俑殉葬达到高峰的见证。在秦的发展史上也曾有杜绝，但却只停留在嘴上和纸（简）上。秦之后的统治者接受教训，汉、唐两朝不再殉葬而是陪葬，即在皇陵附近让皇亲国戚和达官显宦死后陪葬皇陵，这在中国古代封建专制社会，是多么了不起的进步！

可宋、明两朝，人殉又因各种原因死灰复燃。直到天顺八年（1464），英宗下遗诏说："用人殉葬，吾不忍也，此事宜自我止，后世勿复为。"这才最终废止了惨无人道的人殉制度。

清朝问鼎中原后也曾沿袭"八旗习俗，多以仆妾殉葬"，直至康熙年间，有人提出人殉"非盛世所宜有"，人殉才真正得以终止。

呜呼！人类文明进程中，要踩实每一个突破性脚印何其艰难！

第二章 褒斜相吻

12. 择道的尴尬

宝鸡是一个与蜀道密切相关的城市。故道、褒斜道两条古蜀道，以及川陕公路、宝成铁路两条新蜀道的起点均在宝鸡境内。

宝鸡与广元是有些渊源的。宝成铁路以广元车站为界，宝鸡到广元段归西安铁路局管辖，广元到成都段归成都铁路局管辖，宝鸡与广元以此结为友好城市，交往甚密。我小时候对于秦岭以北的城市，最先听说的不是西安而是宝鸡，估计正是基于此。今晨吃早餐的那条路居然叫"广元路"，真是太巧了。

这只是我的道路视角，宝鸡还有更重要的历史渊源。

中华文明"上下五千年"，在宝鸡，得习惯说"上下八千年"。关中平原酷似一条肥美的鲫鱼，宝鸡在西部鱼尾处，昆仑与秦岭孕育了华夏始祖炎帝，以及周、秦二朝。关桃园等遗址开启了宝鸡8000年文明史；毛公鼎、大盂鼎等5万余件青铜器，无声地述说着宝鸡作为早期黄河文明中心的璀璨夺目。

宝鸡之前称陈仓、雍州、雍城、周原、西虢、西岐、岐邑、岐阳、西府、阳平、凤翔，这些称谓静静地层累着宝鸡的沧桑历史、厚重人文，唐时因"石鸡啼鸣"之祥瑞改称宝鸡，城市宣传口号为"炎帝故里，青铜器之乡"，行走宝鸡街头仿佛进入巨大的青铜器博物馆，青铜篆字随处可见，古老而不乏现代感。

《诗经·商颂·玄鸟》曰："天命玄鸟，降而生商。"《史记·秦本纪》曰："秦之先，帝颛顼之苗裔孙曰女修。女修织，玄鸟陨卵，女修吞之，生子大业。"可见商、秦同源。晋张华《萧史曲》："龙飞逸天路，凤起出秦关。"如果说"鲜衣怒马"可概括长安之繁华，那么"玄鸟秦关"则可对应宝鸡之高古。

自凤翔归来，在决定走哪条道去汉中的问题上，三人小分队出现意见分歧。蜀道几千年来已形成网状道路系统，我有写作任务，被网进去还须抽出一条线来，否则我会被这张网网死。褒斜道被公认为金牛北栈，司马错伐蜀就是沿褒斜道进入蜀地的，这是最早的秦蜀官道，也是我寻访的重点。可两位队友却想走散关故道，"楼船夜雪瓜洲渡，铁马秋风大散关"，陆游的诗让大散关扎根于读书人心目中，就像"诸葛亮六出祁山"扎根于百姓心中一样。我亦如此。两位队友劝我这次走故道，下次再访褒斜，我犹豫着。这种犹豫让人浮想联翩：历史上很多战争当事人与今天的我有着相似的择道尴尬。不同的是他们是为开疆拓土、收服统一而犹豫，而我今天只不过为寻访他们的足迹而犹豫。今天，选择此道放弃彼道，可另找时间再访。而历代英豪只能选择其一，一旦判断失误，轻者尸骨无影，重者家国无存！怎样在犹豫中定夺一个万全之策，比拼的不只是勇气智慧，还有实力和运气。

秦岭四道（子午、傥骆、褒斜、故道）基本平行。虽在不同时期作为官道使用，但民间与军事上大多同时通行。道路越多，选择越难。无论从南到北，还是从北到南，都存在同样一个问题：进攻我走哪条道？防守我堵哪条道？进攻和防守，不可能在每条道上平均分配兵力。尤其在秦岭这样的莽莽群山中，不可随意择道，因为走进群山迷魂阵，比走入诸葛八卦阵还惨，要么小命不保，要么沦为兽类。于是便开始了心术较量。秦岭这样特殊诡秘的道路系统，唯有人心的诡谲可与之匹配。

"兵者，诡道也"，古代军事指挥官们均熟读兵书，三十六计人人通晓，然，当遇到秦岭这样特殊的道路系统时，任何谋心高手也感到棘手。

谋心首先得谋对手的心，张良就是这样的高手。刘邦当年被项羽贬为汉中王时，张良建议刘邦烧毁栈道，其目的是让项羽不疑心刘邦再图关中而对刘邦放松警惕。张良此计为刘邦在汉中赢得了养精蓄锐的时间，为后来一统天下埋下伏笔。时机成熟后，刘邦暗度陈仓，连能征善战的章邯也始料未及，刘邦以迅雷不及掩耳之势平定三秦，取得最终胜利建立大汉王朝，秦岭帮了大忙。

此一时彼一时也。等到诸葛亮北伐中原时，情形就不一样了。最有把握取胜的第一次北伐，被马谡失了街亭，葬送了诸葛亮谋取雍、梁二州以图关中的谋划以后，魏蜀之间就等于明打。明打得靠实力，各方面实力——士兵、粮草、国力，以及指挥官的头脑、寿命等，加上诸葛亮与对手司马懿的猜心术旗鼓相当……这些因素叠加，就是天意，天意即宿命，是客观因素的总和。诸葛亮在其后的几次北伐中也不乏谋略，疑兵、诈攻、声东击西等计策，还发明木牛流马运送粮草，最后一次居然直杀渭河南岸五丈原，与曹魏隔河相望，却未能实现"兴复汉室"的宏愿。

任凭人们怎么折腾，秦岭岿然不动。从这个意义上说，历朝历代有关秦岭南北战事，演绎的是山的精彩与魅力。

今天我们到底走哪条道？

两位队友居然异口同声："你说咋走就咋走！"

此时，我的意见就是方向，可我明白，自己也难定夺。我决定先采访专家，然后做决定。宝鸡市考古研究所道路研究专家张程已经在等着我们，他提供了两条道的基本资料，展示了他们考察时所拍的照片。采访完后，我反而更难做出决断。

真是无路也迷茫，有路也迷茫，路多更迷茫。

天色已晚，我提出折中意见：大散关距宝鸡只有19公里，晚饭后驱车去看一下，然后回宝鸡住下来，第二天走褒斜道去汉中。

夜色裹挟着春雪，恰如寒冬。驱车来到大散关，只见关门城楼上旌旗猎猎，紧闭的铁门、若隐若现的石刻碑铭，以及鬼魅般蹲在后面的大散岭，绵延起伏的山体轮廓如铅笔画一般涂鸦天幕。赶夜路的车灯，倏地将它照亮，又倏地将它掷于黑暗。

感谢这忽明忽暗的车灯，它神奇地让时光复活，让"楼船夜雪、铁马秋风"真真切切再现眼前，陆游好像前一刻才从这里离开，金兵好像就蹲在某一个山坳等待天明，宋军的指挥官余玠兄弟俩好像就在那扇隐隐约约的木格窗后面，突然被狂风吹熄了灯捻，宋兵也许就潜藏在某个火铳或者抛石机旁边，鹰眼圆睁，耳贴地面，警惕着周围动静……

导航显示不远处就是嘉陵江源头。

散关故道，我再也不能舍你而去。遂决定回宝鸡住下，第二天仍从这里去汉中。

13. 阳春白雪大散关

今天正式开启道路寻访模式，首访大散关。

"关中"顾名思义位于四关之中。东函谷关，西散关，南武关，北萧关。四大关隘在冷兵器时代为保卫关中平原安全，承载多少血雨腥风，多少热血男儿抛家弃子，血洒关隘，魂魄无归。

散关位于秦岭西部，宝鸡市大散岭。西周时期，此地为散国所在地，因名。始

古大散关遗址（熊芙蓉摄）

于西汉，废弃于明代，扼川、陕咽喉，故道第一关口。刘邦暗度陈仓经此，所以故道又称"陈仓故道""散关故道"。自陆游《书愤》之后，称"大散关"。

古人从故道入蜀，起点为益门村（曾为益门镇，在宝鸡与大散关之间。益门即益州大门，过了益门镇就进入了益州的领地），逆清姜河流而上，过大散关，越秦岭梁垭口顺嘉陵江一路南下，由马岭关嘉陵江支流红崖河折向西北，经两当、徽县、略阳顺沮水至勉县抵汉中入川，约等于今天的宝成线。

白天的大散关被现代气息包裹，与昨夜的大散关相距千年。庆幸有这次对大散关的昼夜体验，从理论到实践完成一次历史性穿越。

司马迁在《史记》中说散关"北不得无以启梁益，南不得无以固关中"，为兵家必争之地。此时，我必须从眼睛里抹去公路才能想象。

川陕公路为我国近代公路之父赵祖康1935年主持修建，当年从这里路基下挖出许多宋代遗物，经考证此地就是大散关遗址。兴奋之余，他提笔写下"古大散关"四个苍劲大字，真迹就在路边。此道至今仍是陕西通往四川方向的交通要道。

关者，门闩、要塞也。就是说只要关上这一道门，任何人都别想过去。所以才会有闭关、开关、守关、破关等延伸词。在大多数人眼中，关，只关乎战争；其实，关，只关乎利益，战争的最终目的是利益，亘古不变。而大散关仿佛只关乎战争。从楚汉相争开始，到人民解放军向退守秦岭的胡宗南残部发起"秦岭战役"，其间经历70多次战役。

历代登临此处的文人骚客不胜枚举，留下的名词佳句甚多，以陆游的诗词为最。当年大散关之于陆游，犹如陆游今之于大散关。也就是说，当年的大散关成就了陆游的报国忠心，陆游的诗歌成就了今天大散关的旅游。我们不就是因为《书愤》而选择了这条道路吗？

陆游生逢北宋灭亡之际，从小受其父（爱国士大夫陆宰）熏染，忧国忧民，立下"上马击狂胡，下马草军书"之壮志。自幼习文研武练剑，十七八岁以诗闻名，二十五岁师从曾几学诗，奠定了诗歌的爱国主义基调。他一生主张抗金，立下"报国欲死"誓言。可是在主和派当权的宋高宗时代,连岳飞、张浚都受到排挤,他的一颗报国心,也只有付诸东流。

1172年,著名抗金将领王炎把宣抚司从广元迁到南郑(汉中),慕名请来陆游做军中幕僚,48岁的陆游在这一年终于来到抗金前线。

他亲着戎装在大散关举起了抗金大旗,实现了自己一生唯一一次亲临抗金前线的军事实践。这一年让陆游的生命焕发出无限光辉,理想进入高峰,诗歌创作进入高潮。虽只有一年,但这一年的军旅生活让他终生难忘,因此大散关便成了他诗歌中经常咏叹的地方。陆游有26首诗词咏及大散关,写作年代相距37年,晚年删诗时将这一时期诗歌选入《剑南诗稿》。1186年,陆游被罢黜赋闲在山阴老家,对国家仍是忧心忡忡,写下《书愤》,弥留之际又写下《示儿》,这些诗被选入今天的中小学课本,凡是读过这两首诗的人,都会被陆游的爱国主义情怀所感染。大散关碑刻作品中,《示儿》被排放在最显要位置。

陆游去世后,大散关仍处在战争的硝烟之中。南宋初年,大散关又成为抗金前线。吴玠、吴璘二人在此以两千精兵大败金国将领兀术十万之众,保全了南宋偏安江南的局势。

我以为爬上笔陡的一溜天梯就是大散关遗址,可爬上去,我已气喘吁吁,关楼还不见踪影,一条小路顺着山脊向上延伸,遗址还在上面。刚踏上蜀道,它就给我一个"难于上青天"的下马威。

一些游人从小路上下来,我不停地问:"古关楼还有多远?"几天来都在找寻道路源头和原动力,今天才真正踏上古蜀道,刚切入主题,就败下阵来?陆游会嘲笑我,吴氏兄弟脚下生风,都不屑瞟我一眼。我得继续前行!

阳春三月,积雪还躺在树林里的枯叶上,阳光漏下来,反射出耀眼的光,好一个阳春白雪大散关!我终于明白,咏及大散关的诗词为什么都离不开霜与雪。

关楼高踞关道之上,风雨剥蚀锈迹斑斑。两枚红衣大炮架在古战场遗址垛口,无硝烟之气,有沧桑之感。龙泉的古井与故道组成了一幅精美的白描图。传说吴氏兄弟守关时,岭上无水,吴玠拔出龙泉佩剑剁地,泉水应声而出。另一边是抗金名将吴玠、吴璘兄弟的雕像,英姿勃发,是他们在这一带阻止了金兵南侵。

历代名人过散关的诗作被刻在关楼周围,陆游的居多。因为《甄嬛传》的热播,我不禁对果亲王的《益门镇》仔细诵读:"峭仞奔霆会益门,乱峰中袤一丝行。更登大散关头望,无数云山此送迎。"十七阿哥才气不凡,寥寥四言便将散关一代群峰攒聚的磅礴气势展现出来。

烽火台上狼烟散尽，迎面而来的春风依然冷峭透骨，我不由得打了个寒战。绵延起伏的秦岭群山向我次第奔来，我大声地招呼它们："秦岭，你好！""山们，你们好！"我想赋诗一首来表达我与秦岭的欢欣相逢、热情相望，正苦苦思索，低头却见明代薛瑄的诗："石积层崖知地厚，路登绝巘觉天宽。驱兵过此思诸葛，大节长留宇宙间。"眼前有景道不得，古人有诗在墙头。

散关之下是川陕公路，公路之下是清姜河，炎帝最早的活动区域。向南俯瞰，川陕公路、宝成铁路、清姜河三根细线并排紧邻，蜿蜒钻进秦岭腹地。三道平行，像一个哲学符号言尽时空辩证法——古今之近，近在咫尺，一眼可观，伸手可触；古今之遥，远距千年，隔空喊话不应。

一声轰鸣，绿皮火车在山峦间像土行孙一样钻进钻出；一声笛响，汽车在大散岭蛇形蜿蜒，像蜗牛往上爬；只有清姜河水汩汩南流，亘古不变。

喇叭声咽，代替了昔日的马蹄声碎，只有霜雪的凌厉和寒风的凛冽依然如昨。

今天的和平，可以告慰陆游以及先烈们的英灵了吗？

14. 千里嘉陵第一滴

滴——答——滴——答——

几滴水珠从山岩岩层间缓慢渗出，间断性交错落下，将周围洇成一片湿地，这便是秦岭父亲山的第一滴津液，嘉陵江源头。

（1）

当我从一颗受精卵开始生命时，便是嘉陵江在供给我血液和水分，直至今天，我体内的每一分营养，都来自嘉陵江。

曾经，我取道重庆回家，只为去朝天门瞻仰母亲河汇入长江那一瞬间的激情澎湃。而今逆流而上，在不经意间来到母亲河源头，岂有不回家看望母亲之理？

驱车川陕路蜿蜒爬行大散岭14公里，一座仿古关楼提醒我们到了宝鸡凤县境。嘉陵江源头风景区标志牌赫然出现在眼前。

"落其实者思其树，饮其流者怀其源"，像在外漂泊多年的游子回到家一样，我们不顾一切地往里冲。可厚厚的积雪堵住了大门，堵住了前进的路。

这一带广义上均属大散关。值班的年轻后生说冰雪季封山，不对游人开放，但他已接到电话，等待我们多时，于是领我们外围参观。他带我们去最佳视点俯瞰川陕公路在大散岭上迂回而上的壮观，居然折出10个"马蹄"才爬上秦岭。

但无论怎么伸缩镜头，都只能装下6个"马蹄"。不过，6个已经很震撼了。

就在我和助手使劲往相机里装"马蹄"之时，团长"公关"成功，小兄弟允许我们进山。进山的路与故道重叠，临崖而凿，半尺积雪，弯弯拐拐，车开得很慢很慢。

与雪相遇，本就让人兴奋，更何况在阳春三月。小兄弟是不错的导游，路过和尚原、点将台、煎茶坪时，都没忘记告诉我们，这些地名承载着陈仓故道重要的历史事件。

秦岭大散岭（梁栋摄）

煎茶坪承载大汉起源。当年刘邦暗度陈仓袭击章邯时，还有闲心在此煎茶喝，真是潇洒。有萧何筹粮、张良用计、韩信领兵，他只需按明修暗度、声东击西的部署等待捷报就行；再说，他走的这小路荒无人烟，只有张良韩信熟悉，章邯估计都不知晓。陈仓故道是刘邦取得天下之后才出名的。换作今天，不说细作告密领赏，即使沿途村夫随拍发个朋友圈，刘邦也没那么潇洒了。

点将台承载三国事件。诸葛亮第二次北伐时在此点将。诸葛亮五次北伐三次走祁山道，真正翻越秦岭只有两次：第二次走散关故道，第五次走褒斜道直抵五丈原。从散关故道北伐中原是一次小规模战争，出军一千多人，持续20多天。诸葛亮从此道进攻陈仓，刚好被曹魏猜中，在陈仓做好防御，蜀军终因粮草不济而撤军。其实，这次北伐是演给东吴看的，凭诸葛亮的智慧，这样的仗可以不打。但诸葛亮一生谨慎，即便是演，也不会敷衍，点将台就是明证。

和尚原让我们肃然起敬。前面讲过南宋抗金战役对于中国、对于四川的意义。吴玠、吴璘仅靠富平之战后所收集的数千散卒扼守关口，敌军则有十余万，数倍于我，而且和尚原远离内地，供给没有保障。有人想劫持吴氏投降金兀术，在此危急关头，吴玠深明大义，召集诸将勉以忠义，以诚感泣诸将，使上下一心，积粟善兵，列栅死守，终于以少胜多击败金军，"兀术之众，自是不振"。和尚原之战极大地挫败了金军，他们不得不退回凤翔，暂时放弃攻入四川的想法。

和尚原，让我停止了对于雪的兴奋与聒噪。洁白的雪在我眼里瞬间融化成一片殷红，染红了秦岭。

汽车在宽阔处停下，我以为到了源头。清澈的流水冲破积雪潺潺而下，与江中积雪、石缝冰晶、两岸森林形成一幅绝美天然水彩画。

我与助手被这样的美景迷住了，掬一捧母亲的乳汁饮下，清凉至每根毛细血管。就在我们陶醉之时，团长又一次完成了对这里领导的"公关"，对方同意带我们进入嘉陵江源头，但要换乘他们的专业防滑车和专业司机。我环顾四周，恍然发现这里原来是游客服务中心，真正的源头还在前面。小兄弟带我们来这里原来是向他的领导谭主任汇报。

（2）

春雪并未完全覆盖秦岭，落叶树从雪茸茸的灌木丛中探出身姿，看上去像一幅铅笔素描图，用手机随便截取一张都姿容俏丽。一步一弯，一步一景，雪的姿态因地貌的改变而绝不雷同，枝蔓树木因种类差异而形状各异；天与山的构图、山与路的组合因处于运动状态而变幻无穷。我手机拍得发烫、死机，连上充电宝继续，似乎永远拍不够。

终于来到海拔2230米的嘉陵江源头。阳光透明，"嘉陵江源头"几个红色大字与白雪相映生辉。任步武先生的书法，磅礴气势中透出一丝典雅娟秀，与我心中的嘉陵江吻合。

我们以拥抱母亲的激情，飞奔着扑向这块石头；用与妈妈合影的姿势向她靠拢；用最环保的方式在雪地上印上自己的手印脚印，签上自己的大名。我们用这些方式告诉母亲：您的几位广元儿女，来对您道一声谢谢，感谢您的养育之恩！

石碑后面是嘉陵谷，长约3公里，谷的尽头是一座断层岩，犹如秦岭的上下颚，上下颚之间"滴——答——""滴——答——"渗出的几滴水珠即嘉陵江源头，把地面洇成约三十平方米的湿地。

秦岭代王山嘉陵江源头（梁栋摄）

多么伟大的第一滴啊，多想瞻仰并舔饮这第一滴水，可此时这条谷被厚厚的冰雪覆盖，只能在冰雪融化时才能看到。今日无缘亲睹，留下遗憾只待来日。

秦岭的这一滴滴津液，孕育了嘉陵江，继而孕育出第一条翻越秦岭的古蜀道——嘉陵道（故道、陈仓故道、散关古道）。在父亲山的哺育下，嘉陵江收千山溪纳万壑水，茁壮成长，形成千里嘉陵巨卷，飞洒银河雪，沧浪贯山间。群峰叠翠，岚烟渺渺；江流逶迤，舟帆点点；沃野平畴，稻稷滚滚，养育千千万万子民。

何以称嘉陵？谭主任说，"嘉"即"美好"，宝鸡炎帝陵寝古称嘉陵，此水头枕嘉陵，为宝鸡境内最大河流，为纪念炎帝而称嘉陵江。

世受嘉陵江恩泽，今天才知其名字来历，惭愧。不过，有生之年能够知晓并告诉嘉陵江的子子孙孙们，总算不晚。

炎帝为姜姓，清姜河一带即炎帝最早活动区域。羌族人均为炎帝后裔，他们白天采药，夜晚燃起篝火跳舞，近年来我常在四川藏羌走廊一带采风，发现羌人传统仍被原始地保留着。

在我国，一条江的正源往往出现争议。嘉陵江正源一度也出现争议，秦岭最终被水利部确立为正源。炎帝是华夏始祖，我们是炎黄子孙，将这里确立为正源，让我等炎黄子孙从地理上、心理上都有了归属感。

或许被我们的激情所感动，这次不用"公关"，景区工作人员主动带我们继续上行，到达代王山制高点——海拔2596.98米的观日台七彩云顶，离天最近的地方。沿五里梁石梯上爬，我频频回首，眺望已在我脚下的浩瀚群山。雄壮霸气的高山风电就像小时候玩的纸风车，在秦岭之巅转个不停，一列列，一排排，顺着山脊蜿蜒消失于天际。

山高我为峰。以我为圆心转动，目之所及是一望无际、博大浩渺的群山。此时，我俯瞰着山的海洋。我从未想过要用"海洋"一词来形容山。竹海、花海你能想象，但你能想象山海吗？或许只有站在这秦岭之巅，才能相信我的用词准确，才能理解秦岭如大海一样虚怀若谷的气魄，才明白山与海不只是岸与水的关系，还有海与浪的关系。

风从四面袭来对我们肆虐，觉得耳朵不是自己的了，我有些招架不住，赶紧戴起防寒服帽子，把脑袋包起来。

七彩云顶这一小小方形台地，紧紧抓住三条沟谷——清姜谷、嘉陵谷、秦岭沟。清姜河北下入渭河，秦岭沟东下进汉江，显然，这里是长江、黄河的分水岭。

秦岭在此代王山，更偏爱长江。

有星星点点的小绿，是矮小的松树，高海拔地区，难得一见；还有好几片大绿，是一片3亩左右的原始冷杉森林，有冷杉120棵，树龄在30至160年不等。这是我今生第一次看到秦岭年代相对久远的成片森林，倍感欣慰。守护这些不多的冷杉不被盗伐，也是谭主任他们的职责。地面积雪齐膝，树枝积雪成簇，风一吹簌簌落下，直往颈脖里钻。冷杉每年的生长期只有100天左右。一年中，它们要用约四分之三的时间来抵御寒冷，多么顽强的生命力啊！

正是这些终年的小绿、大绿，以及一个月以后全绿的五里梁、代王山、秦岭，涵养着我们的母亲河，涵养着黄河、长江，涵养着中国。

对这里的一山一水、一草一木，我们都心怀感恩；对于守护母亲河源头，守护父亲山的绿色卫士们，更是心怀敬意！

告别时，松开紧握的双手，向他们行一个庄重的军礼！

15. 故道回望

出嘉陵江源头已是下午三点多，没地方吃饭，在车上就现有吃食填下肚子，又抓紧时间赶路。趁赶路之机，整理一下我所获得的关于故道的相关信息，包括沿途看到的秦岭风光、聚居村落，以及路牌、地名、桥隧名，以丰富对故道的认识。

（1）

《史记·河渠书》载："抵蜀从故道，故道多阪，回远。今穿褒斜道，少阪，近四百里。"显然，这里的"蜀"特指汉中，而非成都，因为褒斜道止于汉中。一言以蔽之，就是故道比褒斜道多出四百里。汉代一里约等于415.8米，即现在的333里，对于徒步行走的古人是怎样的概念？就今天开车而言，这个距离不算短程吧。

大散岭川陕公路（熊芙蓉摄）

追求便捷是筑路史趋势，所以后来才开辟了褒斜道。

相比褒斜、傥骆、子午三道，故道在历史上名称变化较大，曾称嘉陵道、陈仓道、陈仓故道、散关故道。有专家说散氏盘（即矢人盘，为周朝散国文物，我没看到，专家对此也有争议）上称"周道"，但嘉陵道是周朝通往蜀地的主要通道这一点是肯定的。

古人开道的基本原则是寻水

觅道，只要水能走出去人就能走出去，以水命名称嘉陵道是自然。凤县秦时为故道县。秦为什么置故道县？故者，老、旧也，过去的。显然，秦置故道县时，嘉陵道已是一条旧有的老路。至于散关故道、陈仓故道的叠加称谓，皆属后人强调散关和陈仓这两个知名度高的地名而已。散关故道，前面已经阐述，是因为护佑关中平原的重要关口散关位于故道上。而陈仓故道，主要来源于"明修栈道，暗度陈仓"这个家喻户晓的经典成语故事。

（2）

这个成语已让我纠结得头疼，前面已出现过好几次，每次我都试着绕开这个话题，可越是想绕开却发现越是难以绕开，索性在这里加以说明。

"明修栈道，暗度陈仓"之陈仓，即古陈仓城，是周秦文化发祥地，在今宝鸡市金台区代家湾附近。这个成语在大多数人心中是这样理解的：韩信假意派遣樊哙带几百士兵去修张良此前烧毁的栈道，以麻痹项羽，而暗地从陈仓进攻雍王章邯进而平定三秦。罗贯中在《三国演义》中描写诸葛亮北伐都沿用此说。《三国演义》本属文学作品，不奇怪，但汉中一带的博物馆、旅游景点都这么介绍，以至于我怀疑全国人民都这么认为，因为此前的我也这么认为。

出发之前阅读《史记》中关于刘邦、项羽、韩信、张良、萧何的相关文献，企图从中找到明修的是哪条栈道，结果发现这些文献中并无"明修栈道"的确切记载。《史记·高祖本纪》中只说："八月，汉王用韩信之计，从故道还，袭雍王章邯。"《史记·淮阴侯列传》有"八月，汉王举兵东出陈仓，定三秦"的描述。

从史料上看，"暗度陈仓"属实，"明修栈道"无考。

一路走来，针对这一疑问提问专家，终于获得答案。原来，"明修栈道，暗度陈仓"一词最早来源于元代杂剧《暗度陈仓》第二折的一句戏词："着樊哙明修栈道，俺可暗度陈仓故道。这楚兵不知是计，必然排兵把守栈道，俺往陈仓故道抄截，杀他个措手不及也。"在此之后，元剧《气英布》第一折："孤家用韩信之际，明修栈道，暗度陈仓，攻完三秦，截取五国。"

也就是说，"明修栈道，暗度陈仓"最早出现在元代戏文中，元代以前包括与汉代靠近的文献中并无此记载。后人将这一文学表达总结成三十六计之一写入了兵书，被后人误认为是史实也就不足为怪了。

真相是韩信当时命樊哙、灌婴等人率兵从祁山道佯攻陇西地区，韩信部从故道奇袭陈仓，从而夺取了关中之地。由此看来，历史的本来面貌应该是"明攻陇西，暗度陈仓"。

（3）

昨天在宝鸡采访，张程指着照片对我说："你看，故道很开阔，很平坦，一点儿也不险峻，而且沿途居民密集，后勤补给也不成问题。"

嘉陵河谷开阔易于行走，但确实太绕，所以才开辟相对便捷的褒斜道；褒斜道后来又出现局限性，于是开辟子午道；子午道出现局限性时又开辟了更为便捷的傥骆道。至此，翻越秦岭就有了四条主道，每条道在不同历史时期都承担着相应的南北通行任务。

需要注意的是，驿道废、置都是相对而言，作为国家官道设驿站、置马匹，即作为主道使用，并不是其他道路就彻底废弃，而是作为辅道使用，在民间与军事上依然有通行功能，且主道与辅道可随时切换，比如主道被战争或自然灾害等损毁之时、维修之时，辅道又开始行驶主道作用。像今天一样，高速公路是主要通道，然而旧有的国道、省道、县道一样具有通行功能。

比如唐玄宗时代，子午道是入蜀官道，但唐明皇在安史之乱中逃亡蜀地，却西行从故道入川，一部分大臣则从褒斜道入川，而传说杨贵妃在马嵬驿被调包从傥骆道入汉中从水路逃往日本。几千年的道路系统，不可能切分仔细，专家们的研究也通常使用代表性朝代加以表述，比如秦汉时期、唐宋时期、明清时期等等。

按张程的指引，我们如果要走完宝鸡境内的故道，如黄牛铺、凤州、双石铺、马岭关、红崖河等地，看完土石道、碥道、栈道、拱桥等遗迹点，至少也得两天，而且还必须有当地专家领路。今天是周末，别人愿不愿意且不说，我的助手必须在星期天下午赶回广元，下周一上班，留给我们在汉中活动的时间只有一天半，所以今晚必须赶到汉中。

且行且看吧，能访到的算是意外收获，访不到的只有留下遗憾。有遗憾，才会有下次到访。况且，我的重点在褒斜道。

继续前行，路过凤县东河桥村。秦岭绵延的山峰在这里交错形成一块宽阔凹地，嘉陵江在这里回旋，地势开阔，风景优美，丰沛的水流环绕村庄，百姓丰衣足食。我们常说广元是嘉陵江长子，是从市级行政机构来讲的；号称"千里嘉陵第一港"的广元港，是从港口来讲；从村级行政机构来讲，东河村为"千里嘉陵第一村"。

"消灾寺"路牌映入眼帘，箭头所指对面山上散落着的佛像，金碧辉煌依山而立,为大山增添了无穷禅意。原来这里是古凤州豆积山,寺庙始建于唐,唐玄宗因安史之乱逃难入蜀时曾在此祈福消灾,因名。

终于看到一家路边店,下车正式吃午餐。此处为凤县县城,春秋时为氐、羌族聚居地,公元221年,秦置故道县于此。

16. 连云道取巧

午饭后驱车两公里看到连云栈道栈门,颇有古代兵营气势。原来这里就是如雷贯耳的连云栈道起点。栈门两边是停车场,墙上是连云栈道简介和地图,以及历代文人描写连云栈道的诗词。

在我所熟知的栈道线路里,并无连云栈道,这是咋回事?连云栈道与几条主道又是什么关系?

其实我也糊涂了,别急,先看看地图。连云栈道其实是两条主道故道与褒斜道之间的连接线——从这里翻越凤岭,在汉中留坝境内的武关驿接褒斜道。始修于汉,北魏正始四年(507)至永平二年(509)畅通。元代"因其道路盘旋于崇山峻岭,高可连云",因名连云道。元、明、清时期为关中通往西南的官驿大道。

哦,连云栈道也是元代才有的称谓。

这样一来,连云栈道在秦岭道路系统中的地位和意义就非同一般了。凤州以北借用故道,武关驿以南沿用褒斜道,从凤州到武关驿这一段将故道和褒斜道连在了一起,既排开了褒斜道的险峻,又规避了故道的迂折;既利用了故道的缓平开阔,又利用了褒斜道的便捷。从这个意义上说,连云栈道的开辟具有划时代的先进性意义。

如今这段栈道的凤岭一段还保留着原始风貌,可供驴友徒步。从这里越凤岭经心红铺、三岔、留凤关、南星、连云寺、榆林铺、高桥铺、越柴关岭入留坝县境,然后接褒斜道。单看这些诗词,就让人望而生畏。"路绝无钩梯,直上若悬溜……"(清王士禛《凤岭》)。果亲王的诗《凤岭》又出现在这里:"天梯屈曲连,扪星(参)还

连云栈道山门(梁栋摄)

历井。骖镶欻（炊）断续，散坠如旋缏。石作奇鬼狰，崖露青锋颖……"生僻字太多。宋代邵雍《南岐州》好读一些："凤州十二大峰崇，峙立嵯峨宇宙中，不与巫山高下论，敢同四岳列群雄……"

当地还有一句谚语："秦岭不及凤岭腰。"

传说中凤凰停留过此山头，因名凤岭，真不想错过。驾车穿过山门，沿着窄窄的水泥路面蜿蜒上山，想接近连云栈道，即便不走，远远看一眼也行。大约开出十多公里还不见影子，沿途没有一个人可以问路，我们越走越虚，看到前面有一农家，赶紧停车问连云栈道还有多远，老人说："远呢，还有60多公里。"快五点半了，我们怕耽误太久，赶紧掉头回到316国道上。又一次遗憾，又一次心疼地放弃。

大约开出一个小时，一座仿古关楼骑在头顶，成为宝鸡凤县与汉中留坝县界楼。凤县境建羌式碉楼，书"凤凰之乡""羌族故里"。

穿过关楼进入留坝境，旁边一小亭里有块石碑，上书"柴关岭"。柴关岭在古代和现代，都是一处险关咽喉。316国道由此进入留坝，古代连云栈道也由此进入留坝。也就是说，此时此地，我们的车辙又与古人的脚印重合了。这时，我才彻底明白：在吃午饭的地方，316国道已经甩开沿嘉陵江迂回的故道，折向东南而取连云道之捷径了。

你看我这方位感，简直太糟糕了。

冥冥之中，老天给了我们最正确的选择：一次踏上三条古道：故道、连云道、褒斜道，还弄清了三者之间的关系。原来，我们所走的，是一条最年轻的蜀道，早上在大散关只顾关注陆游去了，其实我早该想到，果亲王都在此题诗，说明清朝已走此道。

接下来继续沿连云道，经留坝武关驿接褒斜道。

暮色苍茫，路牌显示到留坝还有22公里，到汉中118公里。可一看时间已经18：33。一个小小凤县，我们不过穿境而过，居然花了7个小时，除嘉陵江源头耽误一点时间，连云栈道口稍做停留，其他地方就是路过，车都没下。我的大秦岭啊！

留坝全境均为连云栈道，是古道咽喉也是川陕公路咽喉。过了柴关岭一路直下，全是弯道，我们在咽喉里小心前行。

紫柏山风景区大门已关。远山如黛，晚霞释放出万道金光笼住层峦叠嶂的紫柏山，交错的山峰次第而下，仿佛在为我们层层打开一道道山门，"开放""欢迎""接纳""拥抱"这些词语跳出来站在我面前。最后一道山门，被一道宽宽的三层梯形关楼锁住，关楼之下是游人进出的三个门洞。有放有收，有收有放，一幅绝美的哲学画面。一道山门尚有解读不完的密码，山的深处，还有多少神奇让人惊叹？

前行几分钟是张良庙。夜色中的张良庙，依稀只见轮廓，却释放出一种强大气场。精致古朴的门楼、照壁、碑刻，以及透出墙外的玲珑古建、蓊郁古树，无不闪烁出强大场能。

紫柏山透出高深，留侯庙尽显神秘。看来，探古访幽还真需在万籁俱寂的夜晚进行，尽可能地脱离现实，才可最大限度地接近本原。

继续前行，热闹繁华之处应该是留坝县城了。夜色正酣，一抹金碧辉煌的古城墙倏地从视野中消失。一路走来，"留坝"一词已经让耳朵长茧，看来留坝是个神秘的地方，下次一定将留坝细读。

在留坝县城吃完晚餐后已20：00。留坝距汉中90公里，夜间山路行驶会慢一些，两小时到达没问题，于是马上预定汉中宾馆。

可人算不如天算，驶出留坝县城就开始堵车，运载沙石的大货车，还有一些庞然大物似的油罐车，一问是宝汉高速在夜间施工。堵车的时候，我索性在车上睡觉。睡觉之前，提醒两位队友，到武关驿叫醒我，我要看下连云栈道与褒斜道相接的枢纽长什么样。

这一路太累，我只有两句梦呓：武关驿到了吗？武关驿过了吗？直到进入汉中市区，都没人提起武关驿的只言片语。等我醒来时看到的是萧何追韩信处，"石门栈道""褒谷口""褒国故址"等路牌，分明已经上了褒斜道。

我明白，已经错过了武关驿，想哭。

凌晨，汽车驶入刀砍斧削的天汉大道，到汉中了。

整整开了16个小时，我的大秦岭啊！

"熊老师，到汉中了！"团长也失去了淡定，兴奋起来。

"我要去吃夜宵！"助手欢呼着，要去吃汉中米皮。汉中的米皮相当于广元的米凉面呢！

我们一行仿佛走出迷宫的孩子，热泪盈眶的。

17. 九道枢纽汉中

早餐时，两位队友又要了汉中米皮，好像昨晚的夜宵还没吃过瘾。嘉陵江与汉江都是长江女儿，两姊妹习性相近，其子民的饮食习惯也相似。

（1）

把汉中放在此行的最后一站，是因为我们与汉中的空间距离、心理距离很近，可临了却不知从何说起。在韩城首先得说司马迁，在咸阳直接说秦始皇，在宝鸡得说炎帝，在汉中呢？刘邦、萧何、张良、韩信、蔡伦、张骞、曹操、刘备、诸葛亮，还有第一个进入史书的美女褒姒，随便挑一个都知名度极高，都有一件甚至几件与他们相关的历史事件，不好厚此薄彼，干脆直接切入主题说蜀道，因为围绕这些历史名人而展开的事件，都离不开蜀道。

秦、巴本为一体，却被汉江自西而东冲出一道裂口，久而久之形成狭长的汉中盆地。汉水分开秦巴，汉中盆地也成为天府之国，当然，相对关中、成都两大平原，汉中只能算"小天府"。

冲着小天府的富足，子午、傥骆、褒斜、故道从北面的秦岭迤逦而来，金牛道、米仓道、荔枝道从南面的大巴山蜿蜒而去，加上汉江东西水陆通道，汉中平原成为九条道路的枢纽。

汉中一手擒住九条古道，"前控六路之师，后据两川之粟，左通荆襄之财，右出秦陇之马"。只手擒天，北可号令中原，南可破袭巴蜀，西能遏制关陇，东能浮水荆襄。如此得天独厚的战略要地，岂是一般人能把控住的？能把控住的不是英雄也是枭雄，抑或神仙。总之，觊觎天下者一般都会盯住汉中，汉中成为名副其实的英雄会所。

春秋战国时期汉中一度为秦蜀楚三争之地，秦据此灭蜀，得蜀后援，统一六国；刘邦在此休养生息，成就大汉霸业；诸葛亮将行营从成都搬至汉中，将汉中作为北伐的前进基地，为兴复汉室，生死相守汉中……

（2）

今天是周日，陕西理工大学梁中效教授得空接受我们的采访。他是该校文旅学院院长，秦岭与蜀道文化研究中心主任，多年致力于蜀道研究，发言专业且高屋建瓴，比如他提出蜀道研究应从无序走向有序、从西部走向全国、由蜀道走向丝路、由考据走向文化、由历史走向现实、由科研走向科普。他甚至将蜀道研究的重要性提至国家经济战略层面加以解读："蜀道通则西部荣，西部荣则国力强，国力强则文明盛""蜀道是汉唐雄风的脊梁和走向世界的基地，是西部大开发的重点地带"。他非常欣赏我们的这次蜀道寻访活动，给予我们极大的鼓励。

告别梁教授走进花果山。非虚构的花果山又名"花村"，神仙之名，神仙之地，依秦岭傍褒河，落差大，风景美。花果山下就是古褒国故址。烽火戏诸侯、一笑毁周朝的美女褒姒故里。春日花海，田园风情，各式民居散落在一片片桃李园中、杏梨园里。桃园深处是汉中市摄影协会主席李平的家。家外是花果山大花园，家里有一个专属于自己的小花园，阳光照进玻璃房，温暖极了。

桃园顶端，是俯瞰汉中盆地的最佳视角。这是花村居民每天清晨和傍晚的吸氧之地。李主席微信上那些唯美而充满艺术气息的图片，就来自这个视角。那些朝霞云海、群山晚霞、雨滴露珠、花草枯木，被他从各个视角通过光与影的关系哲学地表达出来，打通了一条汉中通向外界的光影通道。这条光影通道不亚于甚至超越任何一条古道。在读图时代，一张具有视觉冲击力的图片远远胜于一段精彩的文字描述。具有6000万年历史的濒危鸟类朱鹮，在洋县被姓何的哥俩发现，就是因为看过几张朱鹮图片。此后，汉中摄影界涌现出一大批鸟类摄影爱好者，用影像促进自然保护信念。

李主席常在汉中市内外甚至北上广等大城市组织、举办有关汉中的摄影展、摄影比赛，将汉中的珍稀资源以及文化向全世界传播，以唤起人们对秦岭生态的热爱与保护，可谓功莫大焉。

18. 石门洞天

在花村李主席家吃过午饭，讨得书法墨宝一幅，下山沿着褒姒当年浣衣的褒河逆流而上，瞻仰石门栈道，伟大的石门洞。

石门栈道始于褒斜道最南段进入汉中平原的褒谷口。

《史记》载"栈道千里，无所不通，唯褒谷绾毂其口"。绾毂即扼控——褒谷口南入汉中，北上留坝，东进勉县，一口锁三道，可见褒谷口的险要和重要。

以"石门"命名，是因为公元61年汉明帝刘庄下诏，在公元63至66年汉中太守鄐君承修褒斜栈道的过程中，史无前例地开通了一条长16.3米、宽4.2米、高3.45米的人工隧道石门洞，成为褒斜道的点睛之笔、蜀道的点睛之笔，乃至中国道路史的点睛之笔，成为承载古人智慧的重要载体。

今天的石门栈道成为著名的水利风景区，入景区大门褒谷口关楼，是一条打造的长长的文化长廊。汉王蜀相英姿飒爽，扑面而来，让人目不暇接。褒姒周围,有历朝知名美女相陪,石雕美女依然风情万种,亦能让人在审美疲劳中为之一振精神。

褒姒是汉中入史的第一个女人,《史记》载"周幽王三年(前779)伐褒,褒人以褒姒女焉",当年她就从这里出发进入周朝王宫,做了周幽王宠妃;刘邦送张良回韩国,从这里启程;诸葛亮最后一次北伐,经这里直杀五丈原……

我的重点是石门隧洞。两位队友因为困倦,不再与我一同前行,就地等我。我一看快到五点,有些焦急,赶紧搭乘电瓶车前进。

汉中数不胜数的历史典故全部浓缩在这条长廊。还不够,将整个三国故事也搬到这里。汉中实为蜀汉陪都,可以理解。一部《三国演义》小说的光辉,依然在此散发出强势的光。

到达长廊终点,一座大桥横跨褒河。一抬头,画面让人震撼,两岸峭壁耸立,一座巨高的水库大坝,以内凸外凹呈弧形稳稳嵌入两边山体之中,仿佛从天而降的一把巨锁,赫然稳固锁住褒河,难怪下游河床裸露。单看自下而上修筑在坝体上的"之"字形铁梯,就让人惊叹不已——这就是石门水库,1969年开始修建,历时十年竣工投入使用。

回望,褒河狭长而悠远,从逼仄的两山之间蜿蜒而出。左边山腰是昨晚走过的316国道,汽车轰隆而过。公路之前,栈道是唯一的通行道路。

枯水季露出的石门隧洞真迹(黄家祥摄)

上得水库大坝,高峡出平湖。两岸奇峰林立,依旧逼仄,却壮阔许多。水库两岸是复制的仿古栈道。

茅以升先生称古栈道是与万里长城、京杭大运河齐名的土木工程,此处3.6公里的仿古栈道,目的是再现古人智慧。平梁立柱式、石基式、多层平梁立柱加棚盖式、千梁无柱式等多种形制的道路形式,在这段栈道中均有所体现。虽为复制品,但毫不影响今人对古人智慧与心性的感知。

一路小跑气喘吁吁，远远望去一列山脉突兀地伸进河水之中，挡住去路，而架修栈道十分不方便，咋办？打个洞钻过去呗！古人也是这么想的，于是石门隧洞就诞生了，跟今天的隧道原理一样。今天要劈个山钻个洞，小事一桩，开来钻头机，不几天工夫就成了。可在两千年前，铁器的使用都不很普遍，怎么办呢？

火淬水激！先架柴火给岩石加热，然后泼水降温，利用热胀冷缩的朴素原理，循环往复，让岩石一点一点脆裂，再施以锤敲，"积薪一炬石为坼，锤凿既加如削腐"，直至

石门水库（熊芙蓉摄）

凿通。今天打通这一隧道，估计要不了三天，可石门隧洞的开通居然耗时三年！

旁边一木牌上书："真迹淹没于石门大坝200米处，隧道内岩石裸露，但表面平顺，无斧凿痕迹，开凿之法极为奇特……"

看来要找个合适的地方来做一个石门隧道复制品，也不是一件简单的事情，好在这段峡谷不难找到类似山体。真品被淹，查看周围地形推知司马错的军队当年怎么通过（肯定得翻山越岭）已是徒劳，甚至已不重要，重要的是这一石破天惊之举的首创意义以及带给后人的方便。

北魏《石门铭》描绘了石门通车的盛况："穹隆高阁，有车辚辚。……千载绝轨，百辆更新。"车同轨以后车宽1.5米，石门隧洞可以并行两驾马车。

自石门开通后，过往的仕官商贾、文人墨客，在饱览胜迹之余，记事咏物，抒怀为文，镌刻于石门内外的崖壁上，世代不绝，形成了蔚为壮观的石门摩崖石刻。

据1960年文物普查统计，石门故址石刻104种（汉中博物馆前馆长郭荣章统计为177种），仅石门内壁就有34种，上自汉魏，下至明清，琳琅满目，俨然一座石刻宝库。其中尤以13种汉至南宋石刻出类拔萃、蜚声古今，世称"石门汉魏

十三品"。这些宝贝在修建水库时被整体凿迁下来,陈列于汉中博物馆。

看来明天必须到汉中博物馆一睹这些宝贝尊颜。

19. 石门十三品

前往古汉台。

进门,一座秦汉宫廷样式的牌楼迎面而立!

这里就是汉王刘邦的府邸旧址古汉台,今天的汉中市博物馆。明清重建,三进院落,自南而北逐级升高。高台为人工夯土,夯土台为汉朝基业的象征,有史为证,有诗为证:

"留此一抔土,犹是汉家基。"这是宋代模样;

"赤帝龙兴事已陈,层台巩固尚如新。"这是清代模样;

旱莲嫣璨十月胎,石门宝笈入汉斋。这是今天我眼中的模样。

刘邦本应为关中王,鸿门宴上差点丧命,得力于张良与项伯的斡旋而脱险并被分封为汉王,"王巴、蜀、汉中,都南郑"。南郑并非今天的南郑区,而是此地今汉台区。

刘邦率众从子午道来到汉中,心中本就窝火,再看汉中如此荒芜,与富饶的关中平原是天壤之别,更是心中不快。此时,萧何劝刘邦说,汉中虽落后,但却能保全性命,"汉水上应天汉",很有寓意(可见汉族的名称源于对银汉的崇拜和敬畏)。刘邦听后十分高兴,于是重整旗鼓,拜韩信为大将,精心准备四个月后举兵陈仓,灭三秦,定天下。为纪念这段历史,刘邦称帝时定国号为"汉"。自此,"汉"字成为汉民族文化图腾,汉字、汉语、汉文化,都与汉中紧密相连!

这里本为衙门,后来改造成博物馆,俨然江南小园林,飞檐翘角,雕栏玉砌,朱柱黄楹。

匆匆一转直奔我的重点——褒斜古栈道陈列室、石门十三品陈列室。

蜀道沙盘把秦岭四条北线、大巴山三条南线立体展示出来,对于方位感为负数的我来讲,如救命般一目了然。

在这里看到了石门隧洞真迹图片,前晚错过的武关驿栈道遗迹,以及褒斜道上的一些重点遗迹和创造性栈道形制,为我下次考察褒斜道提供了方向。

陈列室内,拓自陕西省略阳县灵岩寺内的一通"仪制令"石刻较为珍贵,这是我国迄今发现最早的交通规则石刻——"贱避贵,少避老,去避来,轻避重",款识为宋淳熙八年(1181)。意外收获,大喜。

石门十三品,又称"汉魏十三品",修石门水库之前抢救性整体凿下移存这里:一品《石门》碑;二品《鄐(chù)君开通褒斜道》摩崖;三品《鄐君碑释文》摩崖;四品《李君表》摩崖;五品《石门颂》摩崖;六品《杨淮表纪》摩崖;七品《玉盆》摩崖;八品《石虎》摩崖;九品《衮雪》摩崖;十品《李苞通阁道》摩崖;十一品《潘宗伯、韩仲元》摩崖;十二品《石门铭》摩崖;十三品《重修山河堰》摩崖。

目不暇接,面对一席古文化饕餮盛宴,我有些慌乱,囫囵吞枣。十三品价值多元,我给它们排序为:历史价值、水利价值、书法价值、文学价值。若换作书法家给它们排序,书法价值应会排在首位。事实上,十三品已经让全国乃至国外书法家们趋之若鹜,日本人颇为欣赏,将其列为学习书法"必修之古典"。

交通规则仪制令拓制石刻(高敏摄)

"石门"二字的黑白拓片美得让人心旷神怡,昨天在石门景区看到的石刻,美感并不强烈。也许黑白拓片对比值高,书者的本意得到了充分的视角展现吧。

"衮雪"二字传说为曹操书写。曹操建安二十年(215)、二十四年(219)两次来汉中,具体哪一次书写已不得而知。据说他在褒河边见褒水浪花飞溅如滚雪之状,即兴书写"衮雪"二字。笔画圆滚滚的,水滚出雪的姿态是什么样,字就什么样。"雪"字笔画如冬雪卧橡,形象逼真;"衮"字的最后一笔,让人猜想出当年褒河水的流势与流形。滚字少

博物馆"石门"拓片(熊芙蓉摄)

了三点水，大概因为"衮雪"本是水，就不用多此一举了。古人喜欢这样，广元千佛崖的"崖"字没有山字头，估计也是因"崖"本就在山上之故吧。古人喜欢这么玩，叫创意；今天书法艺术家都不敢这么玩，一般人更不敢，那叫错别字。

张良所书"玉盆"，郑子真所书"石虎"，状物抒怀，美不胜收。

《鄐君开通褒斜道》摩崖为神品级别，被称作"陕南第一古石"，石门最早的石刻，镌刻于公元66年，记载汉明帝刘庄复通褒斜道开凿石门隧洞之事——"永平六年，汉中郡以诏书受广汉、蜀郡、巴郡徒二千六百九十人开通褒斜道"。整修里程258里，建桥阁栈道623间、大桥5座，沿途驿置等设施64处，可见此次整修工程浩大。这是多么珍贵的史料记载啊！

隶书篆势，浑朴苍劲。刘熙载《艺概》云："隶之古也。"康有为《广艺舟双楫》云："隶中之篆也。"杨守敬《平碑记》云："其字体长短广狭，参差不齐，天然古秀若石纹然，百代而下，无从摩拟，此之谓神品。"于书法角度，为篆隶过渡之典型代表，全国仅此一种。

最有名的当数《石门颂》，全称《故司隶校尉犍为杨君颂》，建和二年（148）刻。"至于永平，其有四年，诏书开斜，凿通石门、中遭元二，西夷虐残，桥梁断绝……"记述了汉顺帝年间司隶校尉杨孟文向皇上上书，力驳众议，并修复褒斜道的历史。

在此之前，褒斜道断绝后不得不启用子午道，但子午道是怎样一番景象呢？"平阿淖泥，常荫鲜晏。木石相拒，利磨确盘，临危枪砀，履尾心寒。空舆轻骑，滞碍弗前。恶虫弊兽，蛇蛭蟓螨……"从这些文字中，我们可以清楚看到子午道不能具言的艰危、愁苦。

《石门颂》反映出东汉时期穿越秦岭间四条道路的历史，弥补了史书记载空缺，对于道路研究具有极高的历史文献价值。全文气势恢宏、跌宕起伏，细细读来，让人心潮澎湃。

书者没留下姓名。也许他当时的心情和撰文者王升一样，情绪激昂、感情饱满，字的大小、长短、粗细等都出现了丰富变化，姿态奔放、自由，行笔矫若游龙，好似褒河之水，绵绵不绝、意犹未尽、曲终音旋，书法艺术达到极致境界。杨守敬赞道："其行笔真如野鹤闲鸥，飘飘欲仙。"张祖翼认为"盖其雄厚奔放之气，胆怯者不敢学，力弱者不能学"。

书者没想到，他饱含激情的书写被后世称为隶中极作、书法珍品，成为历代书法家的临摹范本、书法艺术家的研究范本。

20. 韩信"泪奔"

阳光咄咄逼人，端午在即，我开启了第三次蜀道寻访之旅。

第一次在阳春三月，低地鲜花盛开，乍暖还寒；高山披雪，犹在隆冬，山上几无绿色。第二次正是人间四月天，巴山绿渐肥，秦岭红不瘦。这次已然盛夏，一行三人迎着铺天盖地的绿，出七盘关过宁强，直奔汉中。

第一次汉中之行匆匆结束，只为本次隆重造访。汉中是汉人的老家，蜀道枢纽，山山水水都浸染着民族心智，一草一木都从厚厚的历史层累中拔节，我怎可一掠而过呢？这次，我要溯褒水而上，找到斜水，沿斜水找到斜峪口（关），完成我对蜀道之冠——褒斜道——的重点寻访，补上第一次寻访遗漏。

自广元驱车两小时到汉中，不差分秒。下午造访汉中日报社，中饭后利用午休时间参观了拜将坛（台）。

拜将坛距刘邦府邸古汉台200米，原址新建，相比古汉台，里里外外宽敞大气得多，汉中人民用行动告慰英灵。"将军坛上冷云低，宰相祠前春日暮"，陆游当年看到的冷落破败一去不复返。

据说象棋为韩信所发明，他在死前为报答狱卒的关照而传授给狱卒棋术，被后人世代相传。拜将台景区按一张象棋棋盘创意布局，韩信石雕屹立在楚河汉界的正中高台。韩信铠甲裹身，右手托印，左手持刀，虽有兵仙神帅之气韵，但与这硕大的高台相比，略显矮小了，这样的设计也许更符合韩信当时的汉中身份吧。

想当年，他就这般在众人惊异的目光中，心内意气风发外表略显矜持地走上了拜将坛，走上了楚汉相争的军事大舞台，也走上了一条不归路（萧何与吕后联手在未央宫诱杀了韩信）。

许是天长日久、风雨侵蚀，"韩信"脸上渗出道道柱状黑印，颇似泪流满面。两千多年过去了，韩信哪韩信，莫非你仍对刘邦耿耿于怀？

汉中拜将台（熊柱举摄）

《汉中府志》曾记载："拜将台，在南城下，相传汉高祖拜韩信为大将，筑此以受命。今址尚存。"如今，修葺一新的坛场更为壮观。夯土台即便有新土加筑，也在两千多年前的残台之上，真迹是有特殊气场的，来到这里，敬畏之情油然而生。

公元前206年，萧何月下追回韩信，并说服刘邦重用韩信，刘邦终于采纳萧何意见，"择良日，斋戒，设坛场，具礼"。韩信在三军将士面前的那份荣耀，部分将帅的那份吃惊和失落，赫然在目。《史记》载，在设坛场的过程中，诸将皆喜，人人都以为自己将被拜大将。至拜将那天，才发现所拜大将是韩信，一军皆惊。"盖世勋名三杰并；登坛威望一军惊"，坛柱这副冯玉祥的题联即讲述当年情景。

韩信与张良同为韩国人，韩信少时孤苦，勤奋读书，熟谙兵法，胸怀大志。秦末农民起义爆发后，楚地项梁率众渡淮河北上。韩信先后投奔项梁、项羽均未得到重用；曾多次向项羽献计献策，都不被采纳。在关中遇张良后投奔刘邦，刘邦看韩信貌不惊人，只命其做粮草小官，而萧何是刘邦的后勤总管，韩信便常与萧何议论军事。萧何慧眼识英才，认为韩信堪当大用，死劝刘邦重用韩信，刘邦却一直听不进去，才有后来的韩信逃跑、萧何夜追、寒溪夜涨等典故发生。有才之人必有气节，他怀揣张良的荐书就是不拿出来，对萧何也只字不提。古人这做派，一出一出地迭生波澜，留给后人无穷回味。

事实证明，韩信确属军事奇才，堪称兵圣。自拜将以后，叱咤疆场，伐魏、举赵、降燕、定齐、灭楚，所向披靡，为刘汉王朝建立赫赫战功，助刘邦打下半壁江山。

得人才者得天下，拜将坛就是这句至理名言的注脚。如果说古汉台是大汉的龙兴之地，那么拜将坛则是大汉的奠基台。可是……

韩信于大汉可与周、召、太三公之于周朝相比，假使韩信能如张良不自恃功高，知止，当是另一番结局。他最大的愚蠢在于人心思定时图谋叛乱（这是不是刘邦设局呢？帝王惯用这样的伎俩），逆历史潮流而动，岂有不灭之理？可叹一世英名落得被诛灭宗族。当然，谁都知道，功高震主才是他必死的原因。

史河洄游，可以清楚地看到历代统治者在天下初定时，都唯恐军功显赫之人危及他们"家天下"的统治地位，越王勾践开其先，汉高祖继其后，朱元璋一脉相承，心毒肠狠，手起刀落；而光武帝刘秀与宋太祖赵匡胤，则以"高秩厚礼，允答元功"等怀柔方式"杯酒释兵权"，偃干戈去甲兵，不管哪种情况，都难以掩饰其"鸟尽弓藏，兔死狗烹"的狰狞面目，且迫不及待。韩信死后，连忠心耿耿的萧何后来也不得不做出一些自毁名节的事情，以消除刘邦疑心，到最后依然落得被囚，不得善终；张良不得不主动隐退紫柏山修道。

"汉初三杰"可谓功莫大焉，可他们都逃不掉皇权体制的悲哀、时代的悲剧。"辜负孤忠一片丹，未央宫月剑光寒。沛公帝业今何在，不及淮阴有将坛。"这首《登台对》的无情控诉与鞭笞，字字血泪。

打天下时"共天下"，打下天下则"家天下"，坐几年天下便"独天下"了，凡是危及自己皇权的隐患，哪怕是家人和亲人，统统杀杀杀！两千多年帝制，无一不是这样循环往复，这是我大中华耀眼文明之中的糟粕。

好在这样的糟粕在今天已无存在的土壤，相比韩信，我们是不是应该庆幸生长在今天这样的时代呢？

21. 血雨腥风武休关

下午拜访完汉中日报社，溯褒河沿316国道向北，过石门水库进入留坝界又遭堵车。一条新蜀道即将诞生，堵车是山区新路诞生前夜的阵痛。

宝汉高速正在施工，密密矗立于褒河中的高架桥柱浑圆、粗壮、笔直，坚硬的身躯试图拉直山河，费尽心机却是徒劳，只能在幽深的褒河中像褒河那样蜿蜒成一条壮观的练，被青山绿水映衬得银辉闪闪。现代人凭借先进的生产工具穿山架桥，折腾捯饬，始终没有偏离古人勘踩的路径——公路、铁路均沿古道线路行进。

三个月前路过这里时已是深夜，错过了武关驿、姜窝子等重要节点，今天可不能马虎，一路眼睛都不敢眨一下。

褒城驿、青桥驿、马道驿、武关驿……

大约60公里，经过了四个驿站，据文献记载，褒斜道其盛时"五里一阁、十里一亭、三十里一驿"，栈道与今天里程基本相等，至少这一段是这样。

马道驿有个被称为改变中国历史走向的故事——"寒溪夜涨"。

韩信在张良的举荐下投靠刘邦，刘邦却迟迟不予重用，韩信一气之下，骑马直奔褒河峡谷，准备回关中。

守军见韩信出了城，急报相国萧何，萧何深知韩信是难得的将才，连派两拨人追赶都无功而返。心如火燎的萧何赶紧备快马，一路加鞭，亲自追韩信，但路上根本见不到韩信的影子。

韩信骗过了追赶他的人，跨马向北。当他来到马道驿韩溪（后称"寒溪"）时，天色已晚，只见溪水哗哗东流，正待牵马涉溪而过，忽然一阵巨响，寒溪上游涌起几股巨浪。霎时间，寒溪水涨数丈，逼得韩信只好退回岸边。这时，萧何已汗流浃背赶到溪边，紧攥韩信的手，死劝其返回汉中。韩信见萧相国一片真诚，这才掏出张良的荐书，一道打马回程，这才有后来的刘邦筑坛拜将。

马道镇西沟，现在仍称寒溪。为感念寒溪夜涨之奇功，清代有人在此立石碑两通："寒溪夜涨""汉相国萧何追韩信至此"。

"不是寒溪一夜涨，哪得汉家四百年"这一脍炙人口的诗句也广为流传。

韩信逃跑路径争议有三：一说留坝马道驿；二说宁强县西流河，古称"韩溪"；三说米仓山中截贤岭，又名"韩山"。因褒斜、连云二道经马道驿，故马道驿一说广为人知。韩信逃跑线路史料记载混乱，我莫衷一是。但真相只有一个，韩信不可能同时踏上几条道，这与当时的政治形势以及韩信内心的真实想法有关。从马道只能回关中，那是项羽的势力范围，岂不自投罗网？宁强当时是羌氐实力范围，不足以施展韩信之才；截贤岭在米仓山中，可以逃往风起云涌的荆楚之地，倒适合韩信施展拳脚。韩信是不是真想逃跑？萧何为什么能准确追上韩信，其历史密码本就令人费解。后人可以揣度，可以研究，可以得出说得通的结论，但只能代表后人观点，代表不了历史真相，真相只有他俩清楚。于我来讲，这些都不重要，重要的是我遇见了马道河之遗迹……

从马道驿驱车16公里便到了武关驿。武关驿是紧邻武休关的驿站，关口与驿站相距很近，被当地人看作一个地方。武休关历代为褒斜道到达长安的蜀之咽喉。连云道开通以后，自武关驿分道，武关驿成为两道枢纽的交会点，其交通、战略位置更为重要了。

为了证实传说中武休关的险要，我在留坝两位专家宋玉华、柴秦滇的带领下两次到这一段实地踏勘。

褒河一路聚川汇流至古武休关，又迎来沿连云道而来的北栈河、东来的武关河，水势更为浩大。每当雨季，山洪暴发，百川汇聚，奔腾咆哮，势不可挡，河水冲刷出一道隘口——武休关。山崖壁立陡峭，形成两山夹水、中空一线的雄险格局。而古代先民沿河

武休关栈孔（熊芙蓉摄）

踩踏的原始小路，以及秦汉开凿的栈道，皆需从关口下方经过。冷兵器时代，这里便成为一处天然要塞，攻守双方谁得关谁取胜。

公元207年曹操南下汉中，攻武休关不克而返；263年魏将钟会攻克武休关进入汉中；1949年胡宗南据此驻扎重兵做"秦岭防线"的最后关闸，闻解放军二野60军威名，不及交火便炸毁公路桥梁，弃关逃走……留坝地方志这些简略的记载，不知湮没了多少血腥。

武休关北一公里处姜窝子对面有个"倒水湾"。关于这个地名的来历，两位老师的讲述让我毛骨悚然。

宋绍兴三年（1133）二月，金将撤离汉中，由此北归，吴玠遣刘子羽部千余士兵于武休关截杀，"死伤金兵数万，坠涧者无计，尽弃辎重，落荒而逃"。因谷道狭窄，死伤金兵和丢弃的辎重堵住了河谷，使殷红的河水倒流一公里。

"倒水湾"之名就这么得来……

这一关的血雨腥风，这一道尸体垒砌的河堤，这一河倒灌的殷红血水啊！

我南宋军民英勇杀敌本该让我生出欢欣与自豪，可我的心却沉了又沉……

我自剑门关来，从大散关而下，武休关在我眼里不雄也不险，战事也不能与剑门关、大散关相提并论，可它的血腥味却让我史无前例地痛。这痛，仿佛没了阶级感情；我不知道，这痛是超越了、升华了，还是本能的生理反应？

泪眼迷离中，看到新开通的武关驿隧道中，工人正在繁忙地铺设路面，武关驿驿站原址上散落着十多户人家，青山做伴，绿水为友，鸡犬相闻。只有褒河水上那一溜岩石栈孔，依旧在诉说如烟往事……

"武休关"终于止戈息武了。我不知道这名字起于何时，谁赋予了它这个名字，但我能感觉这名字承载了热爱和平人士满满的期冀，以及带给所有热爱和平人士的慰藉。

愿天下永无刀兵，愿世界永远休武。

22. 矜持的老街

我不明白，老街的一份矜持，何以让我如此感动。

下榻留坝老街，留坝宾馆紧贴山峦，飞檐翘角的朱红与蓝天、白云、青山组成一幅层次分明、色彩艳丽的画。赤日炎炎的盛夏，这里却有着惬意的、饱含负氧离子的整体清凉。

老街窄窄的、矮矮的，古朴宁静，秦巴风情扑面而来。老街经过精心修饰，但不做作，显得很自然，就像一位气质美女，虽精心打扮却看不出她俗气的脂粉。那些挂在墙上的斗篷、蓑衣，吊在墙角的鼎罐、巴篓，堆在墙角的青瓦、石磨，随意安放的石碾、风车就是老乡的日常生产生活用品。

没有此起彼伏的吆喝，没有扑向顾客的推销，没有煞有介事的传统工艺表演，安静，自然。三三两两的中外游人，看起来就像是路过或者回家的本地人一样，这状态让人非常放松。

一份难得的矜持内敛，让这条老街超凡脱俗。

两位少女在秋千上窃窃私语，我对着她们举起了相机，当发现我在拍她们时，她们羞涩地捂住了自己的脸。少女本能的矜持让我获得无限美感，哦，久违的美感。

前几天六一儿童节应邀去一所山区小学为获奖学生颁奖，颁奖与孩子们的庆祝活动交叉进行。表演节目的小女生，那台风那姿势，个个具有明星范儿，大方得让人瞠目结舌。惊叹之余，我总觉得缺了点儿什么，现在明白了，少了一份少女本能的羞涩与矜持。

当地老乡告诉我，脚下的青石板就是连云古道。我惊得差点俯下身子亲吻——我日思夜想的古道啊，不经意间已被我踩在脚下。

老街形成于清嘉庆年间，在连云栈道成为官驿大道之后，街市应运而生，极尽繁华，作坊林立、店铺如云：火神庙、魁星楼、马匹交易市场、水果蔬菜市场等等。可以想象，南来北往的官员才子、商贾行人，或于酒坊品秦蜀山珍、猜拳行令，或从街头策马扬鞭，绝尘而去。

"东风夜放花千树。更吹落，星如雨。宝马雕车香满路。凤箫声动，玉壶光转，一夜鱼龙舞……"辛弃疾《青玉案·元夕》的上阕就是老街的前世，下阕仿佛在写老街今生：穿街而过的行人"蛾儿雪柳黄金缕，笑语盈盈暗香去"；于我，则是"众里寻他千百度，蓦然回首，古道却在灯火阑珊处"。

上次路过留坝县城，没发现县城深处还藏着这一尤物。正回味老街妙处，"娘家菜"餐馆里出来一位略显矜持的美女将我们迎进去。菜品秦风蜀韵，别样精致，食材生态环保，原汁原味清香四溢。

安静的老街让人迷醉，红灯笼将老街笼罩在雾里看花的意境之中。书吧里，一丝轻音乐和着一杯咖啡，三五人在秉烛夜读。书吧的布置颇具设计感，用墙面和隔断的装饰来区分出成人区、少儿区、男生区、女生区，每一个细节都显出匠心独运。老板是浙江人，从一个经济发达的地方来到秦岭腹地，经营一份寂寞而清雅的文化事业，近似隐居，难道是受张良的影响？

我似有所悟，矜持的表象后面，是一种底蕴，天地人共同积淀而成的、深深的底蕴。虽处秦岭腹地的绵延山峦

在老街书屋举行赠书仪式（方毅君摄）

之中，却一点也不显荒蛮，处处彰显出一种高贵与雅致。

留坝县委宣传部在书店为我举行了一场简单的赠书仪式，我却感觉好隆重。自己的书能躺在这里，即便无人阅读，都是一种荣幸。临别时，书店老板赠送一本限量版《张良庙楹联》，我如获至宝。

留坝是一个仅有4.7万人口的小县，古代有五条栈道在境内交会，当年张良选择在此隐居为留坝留下一个深深的注脚。

"留坝，留吧！"

"留坝的夜不是黑，而是蓝得深沉。"

你听听，我身边的这些当地年轻人，他们随口一句，都是诗的语言！

宾馆大厅墙壁上有一首《浪淘沙·紫柏山怀古》："大雾锁青山，茫茫云烟，七十二洞藏幽景，八十二坦显奇观，如梦如幻。　秦汉越千年，悲喜张韩，未央宫中烹猎狗，紫柏山上闻管弦，英雄神仙。"

紫柏山的奇秀、险峻，以及历史人文被作者高清浓缩，整首词所营造的迷幻意境与哲学意蕴相得益彰，让人称奇。这首词署名无名氏，是2000年在紫柏山脚下修路的一个工棚内发现的，估计是一工人用烤火遗留的木炭写在墙壁上，被后来人发现并抄写下来的，成为今天留坝对外宣传的旅游名片。

我有点目瞪口呆了！如果说古今文人骚客途经留坝留下千古绝唱不足为奇，那么一个筑路工人都如此有才，我还敢在留坝留下些许文字吗？

23. 大勇若怯

出老街沿316国道向北行17公里，入紫柏山汉张留侯祠，谒张良。

紫柏山又称"如龙山"，为秦岭主峰太白山支脉，背秦面蜀。古籍云："其山两头高，状如龙形，固以山为名；因树多紫柏而名。"

一段体验性仿古连云栈道直通张良庙，木板朽坏，藤蔓缠绕。徒步走过遇见一些原始珍稀古树，那株古老子遗红豆杉足有脸盆粗，尤其珍贵。紫柏山植物的多样性可见一斑。

张良是汉高祖刘邦的开国谋士，字子房，誉称"谋圣"，与孔丘、关羽、杜甫等人并列为中国古代14位圣人，成为中国智慧的代名词。

刘邦称帝后，问群臣自己何以得天下，下臣称赞他是因为大仁大义。刘邦道："夫运筹帷幄之中，决胜千里之外，吾不如子房；镇国家，抚百姓，给饷馈，不绝粮道，吾不如萧何；连百万之众，战必胜，攻必取，吾不如韩信。此三者，皆人杰也，吾能用之，此吾所以取天下也。"可见张良在刘邦心目中，属三杰之首。自此，"运筹帷幄之中，决胜千里之外"成为对高明军师的经典赞语。

论功封赏时，刘邦令张良自择齐国三万户为食邑，张良辞让，谦请封始与刘邦相遇的留地（今江苏沛县），刘邦同意了，故称张良为留侯，"留坝"因此而名。

群臣争封，张良却力辞重封，借故体弱多病，行"道引""辟谷"之术；放言"愿弃人间事，欲从赤松子游"，处处表现出急流勇退。紫柏山就是张良当年"辟谷"之地。400年后，其十代玄孙张鲁做了汉中王，缅怀先祖功绩品行，修建了"汉张留侯祠"。张鲁为五斗米道教首领，祠庙成为道教活动中心。一千八百多年来，几度佛道相争、更替兴衰，又经兵祸战乱，在历代朝廷大员和地方官府的屡次护佑下，祠庙得以延续至今。

张良庙五山环抱，二水夹流。远远望去，万绿丛中跳出一彩色亭阁，为张良庙最高建筑"授书楼"。前行，但见庙宇玲珑、楼台迭现、古朴典雅。

"博浪一声震天地；圯桥三进升云霞。"道光年间的青砖门楼配以砖雕楹联，更显精致。牌楼靠川陕公路，临淙淙小河。走过进履桥进入庙祠，泉音似琴，鸟语啾啾，殿宇庄严，古树蓊郁。亭阁回廊婉转处，更有山水环绕；石径云梯通幽时，才是洞天福地。祠庙设计以及历代题刻均围绕张良生平而展开。

张良为战国时期韩国人，祖上五世相韩，秦灭韩国后，他为报丧国之仇，结交刺客，在博浪沙（今河南原阳东南）椎击秦始皇失败后逃亡至下邳（今江苏睢宁北）时，遇黄石公老人，三进圯桥，隐忍怒气为黄石公"拾履"，终得《太公兵法》，认真研习后成为帝者之师，辅佐刘邦成就帝业。

碑刻大多被收藏在拜殿大院，而摩崖、匾额、楹联随处可见，琳琅满目。书法端美，文采飞扬，无疑是祠庙中的一道饕餮文化大餐。祠庙依山势而建，山体石壁均有摩崖嵌刻，其中不乏精品。清代、民国时期所留甚多，可见连云栈道在这一时期的繁忙。

"借君之椎，以椎暴日"，这幅摩崖的抗日气概让人动容！我仿佛看到一个民国版的张良，血气方刚，气冲霄汉。

米芾"第一山"碑矗立于拜殿显眼位置，三字三体。厚重遒劲的楷书"山"字稳稳托起上面两字。凝重的笔法中，我似乎看见了山的恒久不变，古人对于山的敬畏和崇敬。张良庙未见明代以前书刻，北宋米芾所书"第一山"碑现立于泰安岱庙。全国许多大山，如泰山、嵩山、庐山、峨眉山等均立有此碑，显然为翻刻。紫柏其山，张良其人，可以拥有。

"送秦一椎，辞汉万户"为近现代草圣于右任先生所题。让我感兴趣的不仅是老先生潇洒俊逸的草书艺术，更主要的，八个字概括了张良一生卓尔不群的两件大事、两次隐匿。

第一次隐匿下邳，是"送秦一椎"失败后的逃亡；第二次"辞汉万户"隐匿紫柏山，是功成不居急流勇退。两次隐匿意义截然不同。如果说第一次隐匿是迫不得已，一般人都会做出相同选择，那么第二次在功成名就之时舍得放下，一般人却难以做此抉择。

贪慕虚荣、追求名利乃人之常情。张良在如此奇功面前，接受滚滚而来的红利理所应当，然而他却断然拒绝，这不仅需要智慧和勇气，还需一颗抱素怀真之心。这一退，张良把自己清新淡雅的士人形象存于浩瀚历史星河，熠熠生辉，为后世中国知识分子树立了一个富贵不淫、淡泊明志、高风亮节的典范。

"修身、齐家、治国、平天下"是古代中国知识分子的最高理想。张良在辅佐刘邦成就帝业的过程中，一直扮演"帝者师"的角色，可谓已达理想之巅。但其最值得称道的智慧，不在辅佐功绩，恰在他的急流勇退——不以功高盖世而讨封，不以位极人臣而自居；功盖天下而主不疑，位极人臣而众不嫉。

君不见那满山颂扬之词，多数是对他"知机其神"的赞颂。

赞词琳琅满山，各有千秋，唯"大勇若怯"让我回味无穷。此摩崖为孙蔚如所题。孙曾追随杨虎城，参与发动西安事变，是陕军抗日主帅。这幅摩崖启发了我对张良的重新认识。瞬间，"大智若愚""大巧若拙"等词与"大勇若怯"的异曲同工之妙在脑海一起闹腾。最终，"大勇若怯"成为张良的显著标识。

干一番大事业，需要大勇；面对复杂局势，需要大怯。"怯"包含一份明白、一份敬畏、一份自信。只有对周遭所有人、事、物心中有数且充满敬畏，才能冷静分析判断，进而做出正确决策。

纵观张良一身，特别是在辅佐刘邦期间，很多计策都表现出大勇若怯。如智取咸阳之后谏主安民约法三章、鸿门救主、火烧栈道、谏联三雄、计抚彭韩、谏封雍齿等计策都出在汉王朝尚不强大之时。这时的"怯"来自张良对历史发展规律的敬畏、对百姓的敬畏。没有此时的"怯"，就没有后来汉朝的强大。

当汉王朝根基稳固之后，张良逐渐抽身政事，由"帝者师"成为"帝者宾"。此时张良"怯"的又是什么呢？

他深知"狡兔死，走狗烹；飞鸟尽，良弓藏；敌国破，谋臣亡"的帝王之道。与春秋末期辅佐越王勾践的范蠡一样，他们都有一双洞穿历史、洞穿帝心的鹰眼。伍子胥、文种、韩非的结局就是张良的警钟，所以他效范蠡毫不犹豫急流勇退。

果然，"未央宫里烹猎狗，紫柏山上闻管弦"，"汉初三杰"之中，韩信被杀，萧何被囚，只有张良得以善终。

说实话，来此之前我不喜欢张良，认为他过于诡谲。火烧栈道，斗心斗智不择手段；辞汉万户，城府世故；辟谷隐世，明哲保身……

"大勇若怯"彻底颠覆了我之前对张良的看法。

年轻时的张良以家国存亡为己任，博浪沙刺秦，将安危抛诸脑后，血性真男儿，大勇无怯；逃亡岁月中潜心研习兵法武装自己，韬光养晦，逐渐蜕变，是大勇大怯；几经甄别，选择刘邦作为施展抱负与才华的合作伙伴（《史记·留侯世家》云：良数以太公兵法说沛公，沛公善之，常用其策。良为他人者，皆不省。良曰："沛公殆天授。"故遂从之，不去见景驹），择良木而栖，并准确定位，是有勇有怯。

在人生磨难中将"勇"与"怯"这对矛盾体有机统一，磨砺出"大勇若怯"之性格，并修炼至炉火纯青，达"骤然临之而不惊，无故加之而不怒"之境界，运筹帷幄神机妙算，可谓集中华智慧之大成。

焚烧栈道虽为破坏行为，但在频繁征战的历史长河中，不是家常便饭吗？辞汉万户，是真能放下；归隐紫柏，虽有保全自己的意思，但"谋圣"如果搭上性命，又算什么谋圣呢？何况他并非真不问世事——紫柏山位于故道、褒斜二道之间，长安一有风吹草动,人们可迅速找到他。后来在太子废立问题上,张良仍为吕后出谋划策,避免了大汉出现乱局,可见其居庙堂之高也忧其民,处江湖之远仍忧其君。

站在今天的时空点,来苛求一位皇权专制下的智者,多么幼稚。我为曾经对张良的偏见深感惭愧,进而深深检讨。

"为天地立心,为生民立命,为往圣继绝学,为万世开太平。"(北宋张载语)我国古代知识分子为了这一至高追求和终极目标,除练就十八般武艺外,还得练就一双鹰眼,洞若观火;不仅要抱朴归真,守住初心,还要明哲知止,适时进退;建功立业之后,更得小心翼翼,否则性命难保。对于肉胎凡身来讲,何等苛刻!又何其悲哀!皇权专制下,古代知识分子的集体悲哀!范蠡张良的伟大在于能及时果断地、举重若轻地放下,这一放,将至极悲哀化于无形。

"若不撇开终是苦,各能捺住即成名。"一笔得到,一笔失去;一笔执着,一笔放下;一笔过去,一笔将来。写好人生何其难!张良一生既能撇开,又能捺住,轻轻松松把苦乐禅转,英名永留,可谓完美人生,堪称英雄神仙。

虽然《老子》早有总结:"功成,名遂,身退,天之道。"然真能悟道者有几?信史可查,张良之前不贪恋红尘者寥无几人,范蠡可谓先师楷模。中华文明史上,他们可谓悟道先驱、得道高人,把中华文化的"中和"之美体现得淋漓尽致。范、张之后,仍有功臣心存侥幸贪恋官场,被人构陷致死者比比皆是。

登上授书楼,天山相接,云霭缭绕,肃穆幽静,宛若人间仙境,真乃三元五福之地。难怪官宦名流、才子佳人常流连于此。

授书楼下有一片清幽竹林,是庙里有名的"拐拐竹"。竹子出土一米左右,

留侯祠英雄神仙碑(熊芙蓉摄)

便弯曲生长，拐来拐去，几拐之后便直冲云霄，如果将此地拐拐竹移植别处，便与普通竹子一样，不再弯曲扭拐。对这种现象，植物学专家尚未说出缘由。有人说，拐拐竹佩服张良人品，因恭敬而弯曲；也有人说，此竹是张良能屈能伸的性格写照。

娑椤树又称"七叶树"，相传为张良亲手种植。树身高大，枝繁叶茂，叶片由七片树叶组成，五月开花，九月落果，如果真为张良所植，应该有两千年树龄了。

还有一株400年树龄的挂甲垂柳柏，树干为柏，结实挺拔，刚性十足；树叶如柳，披拂下垂，温柔如发。莫非又是张良刚柔并济性格的写照？树皮似古代将士身穿铠甲的甲片，我生平第一次见这种柳柏，这是张良庙也是紫柏山唯一一棵珍奇树种。

奇人奇地。这些珍稀植物平添了紫柏山和张良庙的神秘色彩，也成就了张良庙独有的奇特景观。

24. 柴关岭小悟

出张良庙继续向北，抵达柴关岭，汉中留坝与宝鸡凤县界点。

古籍中对柴关岭多有记载，"两面崇岗，中通一线，路程盘曲，上下十余里，大木千章，云雾笼罩，地势险峻"，自古为"南北锁钥，秦蜀咽喉"。上次路过虽暮色迷蒙，但对这一记载已有所体会。

柴关岭为紫柏山东峰，连云栈道险关，横亘留坝与凤县交界处。自开通连云栈道后，汉中至长安的主干道改为从褒谷口经留坝柴关岭至凤州，越秦岭出大散关，经宝鸡、凤翔至长安。沿途张良庙、紫柏山、柴关岭、凤岭这一带就繁荣起来，诗词文章浩如烟海，关隘自然也声名远扬。横在视线前面的箭楼，为留坝、凤县界楼，修川陕公路时所建。

"柴关岭"石碑为赵祖康题写，被路边一精致小亭罩着。柴关岭山顶中间有凸出的小山峰，海拔1645米，状如樵夫新打的一捆柴，由此得名"柴岭"；宋朝为抵御金兵南侵，在柴岭设关驻兵，名曰"柴关"，后演化为柴关岭。明朝留坝巡检司驻守柴关岭。

因连云道的繁荣，柴关岭在明清发挥着重要作用，稽查行人，方便留坝县官员与凤州的联络。前者作用很小，因紫柏山里有其他小路可以进出，行人不一定经过柴关岭。后者作用明显，留坝彼时属凤州管辖，小县人口不多，由于山高林深，交通不便，匪患严重，历史上曾多次发生土匪围困县城之事。只要守住柴关岭，县令和文职官员即可随时到凤州述职。

昨晚在老街就听人说，清乾隆二十九年（1764）设留坝厅，厅城很小，土墙围城周长约1.5公里，城内只有办公衙门，时称"通判署"，厅城城墙遗址至今仍在，老街却在城外。今天方才明白，厅城城墙就是当年为防匪患捍卫留坝县衙的。据说三丈厚的厅城城墙后来也被匪人毁坏。

外地人眼里，柴关岭的特色是大雾和冰雪。

清王士禛《题栈道飞雪图·送曾道扶之汉中》："西指褒斜路，凄然送远心。千峰盘雪栈，数骑出云林。蜀道连天起，秦关入望深。今宵图画里，如听暝猿吟。"曾国藩《柴关岭雪》："我行度柴关，山关惊我马。密雪方未阑，飞花浩如泻。万岭堆水银，乾坤一大冶……"当地方言："柴关岭雾气腾腾，张良庙赛过北京。"在当地人眼里，柴关岭的特点也是大雾和大雪，两位老师说，每年冬天这里被大雪覆盖以后，很多喜欢滑雪的、摄影的都来这里游玩。

这样的壮景我们两次都没遇上。上次路过天色已晚，什么也看不到，只感觉路陡弯急；今日阳光灿烂，远山近景青翠葱茏，公路两旁古木遮天，负氧离子充沛，行走其间，惬意凉爽至极。

虽没遇上柴关岭的"特色产品"，但也不枉此行。我悟出了"暗度陈仓"与连云道应运而生的内在的地理、历史逻辑。

当年，韩信与张良在关中相遇，韩信揣着张良的荐书进入汉中，褒斜、子午已被张良烧毁，韩信肯定不可能从这两条道进入汉中。那么，他只有先上散关故道到凤州，然后从凤州抄小道进入汉中，而这条小道就是后来的连云栈道，即"陈仓沟道"。此道彼时为关中通往汉中的一条秘密小道，当年韩信准备回逃关中也是准备原路返回，刚到寒溪就被萧何给追了回去，看来这条小道韩信与萧何是清楚的。韩信被刘邦拜为大将之后的第一个计策即暗度陈仓，说明韩信对这条小道了然于胸。

从这个意义上说，连云栈道也是一条改变中国历史走向的道路。

25. 回车道的述说

现在，我们要从柴关岭到达江口镇，踏上褒斜道寻访之旅。

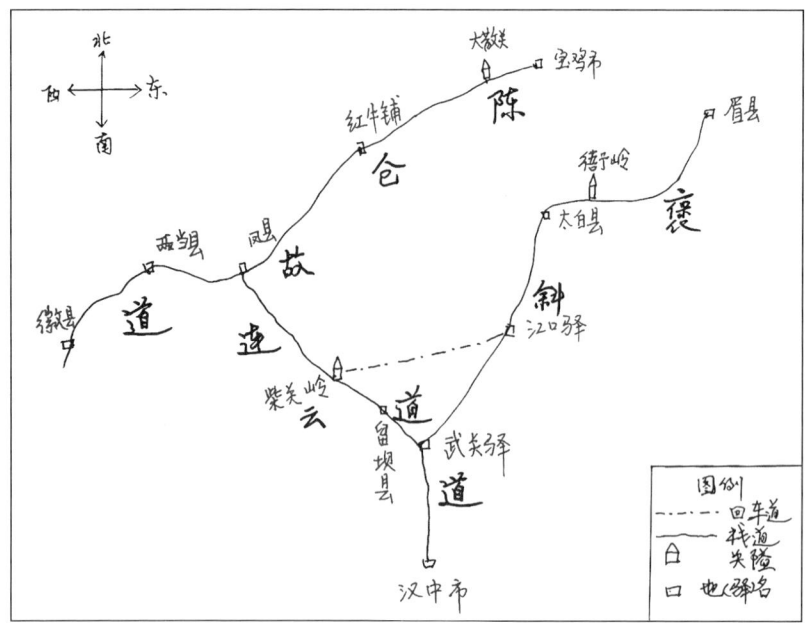

故道、褒斜道、连云道、回车道的关系（元夫制作）

（1）

得先介绍一下武休关、柴关岭、江口镇三个点位在留坝的位置，以及与褒斜、连云二道的关系。

留坝县县城在连云道上，县域覆盖连云、褒斜二道。武休关、柴关岭、江口镇在留坝境内构成一个以武休关为顶点的等腰三角形，两腰边即连云道、褒斜道两条古代国栈，今连云道演变为316国道，褒斜道演变为210省道，而连接柴关岭与江口镇之间的这条三角形底边即回车道，演变为县乡道路——高江公路（起点在凤县境内的高桥铺村，终点为留坝江口镇），又称"回车戍"或"回车阁道"，始建于北魏正始四年（507），因凤县境内回车河而得名。

今天的回车道指路线的终端或路侧供车辆回转方向使用的回车坪或环形道路，古代回车道特指道与道之间的连接线。今古词意发生变化，但尚未偏离本意。

拉长时间轴来看，连接故道、褒斜两道的连云栈道，本就是一条最高、最古的回车道，而我们今天即将要走的这条回车道（柴关岭至江口镇）是连接褒斜、连云二道的回车道。留坝境内除两条古代国道外，还有古太白道、古文川道两条省道，因此回车道有多条，分别连接国栈、省栈、县栈三级栈道，是名副其实的栈道之乡。

今回车道—古回车道—回车道，三者在留坝境内构成俄罗斯套娃关系。回车道即现代江高公路，既连通了褒斜、连云二道，又连通了太白、文川二道，所以意义非同一般，且因20世纪80年代修缮改建，成为一段风景优美极具特色的山区公路。

在不到两千平方公里的一个小县境内，竟同时拥有两条国栈、两条省栈、几条县栈三级栈道，以及最终指向国栈的各级回车栈，如此高度浓缩、高度密集、标准全面的栈道网络，一路走来，实为罕见。如此，留坝便成为古栈道集散地，形成了四通八达的密集栈道网，大动脉、中动脉、小动脉、毛细血管齐全的一个交通运输系统。

系统的形成，关键在于回车道的连接。由此可见，古回车道的意义在于：把路嬗变为路网，把血管串联成为一个血液循环系统。国家的政治、经济、军事便随之正常运转。

留坝地处秦岭南麓腹地，谷地幽深，河流纵横，因此栈阁密集，形制结构复杂多样。据《留坝厅志》记载，境内原有栈孔遗迹25处，20世纪修公路时毁掉了一些，比如红岩河"二十四孔阁，四十八窟窿"、晋《太康碑》摩崖石刻等毁于公路建设，如今还剩20处。今天沿连云—回车—褒斜—连云的顺序，把境内遗存的著名栈孔遗迹猴子岭、倒角、黑羊坝、阎王碥、孔雀台、武休关逐个进行了考察。

虽只剩栈孔，亦能推知其形制。

（2）

如今从柴关岭去江口镇的回车道上，树木参天，绿荫如盖，行走其间的惬意度与舒适度远超国道和省道。

经过玉皇庙镇，一听镇名就有故事，我追问地名的来历，宋老师开讲。

该镇因有个玉皇庙而得名。传说玉皇庙原来在高山上，庙里住着师徒俩，山上缺水，徒弟每天要下山挑水上山以供生活之用，一挑好几年。徒弟开始抱怨："师父，这庙当初咋不建在下面而要建在山上啊，每天挑水累死了。"师父不予理睬，徒弟照常每天下山挑水。有一天，师父对徒弟说："我要出去云游，你在家守庙。"徒弟一听急了："师父，你走了徒儿吃什么啊？"师父没好气地说："吃石头吧，或烧脚杆吃！"说完云游去了。一年后师父云游回来，见徒弟仍在庙里，问徒弟这一年吃什么，徒弟说："我就吃石头和脚杆啊！"师父不信。徒弟说师父走后，他就烧腿吃，吃了又长，长了又吃。徒弟边说边撩起裤腿，师父果真看到徒弟腿上有很多疤痕。

"师父，您饿了吧，徒弟去给您煮石头！"徒弟把一碗石头端给师父，师父拿起来软软的,吃起来香香的,像土豆一样。师父拍着徒弟的肩膀说:"这几年水没白挑,你修成了。"

徒弟又提出把庙搬到山下,师父说:"人哪搬得动啊,你去借几头牛吧,明天让每头牛拉一根柱子下山去。"徒弟遵师嘱,去老乡家借了几头牛。可第二天起来一看,师徒俩和庙子都已在山下的一块平地,即庙现所在位置。师徒俩连忙跪地而拜,他们知道是玉皇大帝帮了他们,从此这庙就叫玉皇庙。

只要能吃苦,神仙都会帮你。多么励志的故事啊!

（3）

一棵硕大的银杏树从车窗外一闪而过。一路走来,我最不愿意放过的就是古树,于是掉转车头。银杏矗立的位置刚好在回车道与褒斜道交界处的西河口,因其年代久远而被称为"银杏王"。这里被打造成一个小景区,有参观步道、介绍说明,还有一个小型停车场。大树被远远地围了起来,足见银杏王现在备受尊重。

大树根部中空,三米见方可容纳30多人,若置放一个八仙桌,可围坐四人打牌。

银杏王（中共留坝县委宣传部提供）

大树周围长出许许多多小银杏树,子孙满堂的样子。旁边立有一块石碑,一面书"神寿天兹"四个大字,另一面则详细介绍其三围及其地位:其胸径为4.4米,树高29米,树龄4000余年,中国林学会银杏分会按照树的胸径排名,此树排名全国第三、西北第一,为国家一级保护古树。

根部挂满祈福许愿的红色许愿条。显然,这株银杏被当作了树神。

冬天叶黄时节,树上树下黄澄澄的"金子"相互辉映,足以点亮整个秦岭。据说留坝县这一带两千年以上树龄的野生银杏颇多,秋天这一带金耀四方。为此，中国林学会银杏分会2007年命名并授牌留坝县为"全国银杏种植基地县"。

据说90年前，古树枝繁叶茂，冠幅方圆达50余米，年产干果5000余斤。在1939年至1964年间，树干中下部腐朽部分先后因不明原因起火，银杏树被大火残酷地烧过5次，树心被烧成空洞。1972年"以粮为纲"时期，生产队为消除树冠荫地，将树干上的枝梢全部砍光，"几个小伙子背了好几天，才把砍下的枝梢背完"。

神树就是一位时间老人，将栈道的前世今生、历代过往、芸芸众生全部收纳进而融化于骨髓血液，渗于根茎枝叶。

我钻进古树的心脏久久站立，环顾被烧得黑黢黢的树心，惊异于生命的伟大，唯有仰望，祈祷，祝福。

四千年风霜雪雨、云卷云舒，历经重重劫难，银杏老人依然虚怀若谷、生机盎然，愿您世世代代生生不息。

26. 神秘天栈

今天的意外收获也是最大收获——在江口镇（驿）发现了掩藏于悬崖高处的古栈，惊为天栈，斗胆猜其为史前栈道遗迹。

一路走来，从未发现如此奇特的栈道现象；从未在古籍里看到过关于这种栈道的记载；从未听沿途专家提起过；留坝本地干部群众对此也不甚明了，印证了"天下栈道数汉中，汉中栈道数留坝，留坝栈道数江口"一说。

（1）

"江口"这个地名在蜀道上很常见。两水或三水交汇处一般都会出现这个地名。河流交汇之处，往往是道路交会之地。

江口镇为留坝县北大门，与宝鸡市太白县接壤，处褒斜腹部。褒河在这里宽宽阔阔、浩浩荡荡。此时，我站在褒河第一桥中间北望，一列当地称"羊圈梁"的山脉自北向南逶迤而来，直矗褒河中间。左为红岩河，右为太白河，奔腾而下，与桥下的褒河交汇后，滚滚向南。褒斜道、文川道、回车道、太白道在此交会。战略要塞，秦蜀咽喉，代有驻军把守。古代设渡口，通漕运。红岩、太白二水上游的木材、药材放流至江口汇聚而下至汉中。

漕运是古人的高速通道。两千年来，褒斜道是沟通西南与中原贸易的重要纽带。经褒、斜打通渭水与汉水之间的南北漕运，是历代统治者的幻想。《史记》

载,汉武帝重修褒斜道,主要目的是"以通漕运",认为太白境内河流落差大水流湍急,无水之地达百余里,可用车转至斜水后,再以漕运入渭水,到达长安。但终因"水湍石,不可漕"。

虽说褒斜漕运不能一气呵成,但很多地段可以漕运,比如江口驿至褒城驿再入汉水;衙岭经斜峪关入渭水。诸葛亮第五次北伐兵出褒斜也是基于可以利用水运转运粮草。

来往客商行旅促使江口镇成为土特产集散地。商号、作坊、店铺先后发展到留坝县城一带,才形成留坝集镇。境内的洪武寺遗迹、桫椤树古城、三交城遗址,都是与古栈道、古渡口相生相伴的历史产物。

1935年7月25日至30日,红二十五军在江口进行整编,扩充兵员,播下红色种子,然后经玉皇庙、庙台子、留凤关出境留坝转向西北挺进……

（2）

在江口镇午餐后,随当地村民来到镇西南的"倒角栈道"遗迹处。

褒河宽阔,石头裸露,可以想见在水流丰沛季节应是蔚为壮观的。

倒角之处是褒河绝地,自古通行困难。山体在这里绝壁千仞,悬崖石壁凸出来马上又凹进去,倒出一个角,"倒角栈道"因地形而名。此处恰在褒斜道必经之地,开凿栈道是必须的。

如今的倒角栈道孔上面已凿出窄窄的一条村道,密集的栈道孔遗迹被水泥封得严严实实。方部长翻出原来的照片,我们只能从图片上来对照想象。

正遗憾失望,见众人都仰头观望,于是跟着大家顺着刀削似的崖壁仰望。绝壁顶端有一排不规则的石条横空伸出。我数了一下,是八根,每根石条之间距离大约为一步之距,石条之上没有铺就任何东西。

我知道,古栈也有立体双层

天栈（熊芙蓉摄）

高架桥，且很普遍。上层建阁，阁可供路人歇息；下层通行，走马通车。褒斜、子午、傥骆、金牛道上这种栈道形制均很普遍，但栈、阁之间的高度最高不超过两米。

这条双层栈道上下相距大约十多米，且石条的上方依然是绝壁，再无栈孔。仔细观察这些石条发现，没有铁器甚至看不出任何人工加工痕迹，大小长短形状都不一样，石条外表光滑、线条圆润，说明取自天然，就像是这褒河河里的石头。查看周围地形发现，栈道之下的绝壁面积是栈道之上绝壁的好几倍，八根石条之外便有可依附的灌木。显然，这是古人智慧的体现：他们选取了最为便捷的地方凿孔安装石条。

这排石条应是最古老的栈道！

这石质天栈是怎么建造的呢？

虽然垂直距离很高，看不清石条是怎样稳稳地"栽"到这岩石绝壁上的，但可以肯定，绝对没有使用过铁器凿孔；"火焚水激"之法也不可能。火焚水激适用于石门那种隧洞开凿，栈孔这样的小洞在火焚水激之下，栈孔的形状和大小不可控，怎么能稳稳"栽"住石条呢？

在褒斜道宝鸡段的考察资料中，我看到支道三岔河古道上有一石质栈道——鲁班栈遗址，是用石条做横梁嵌入崖壁，上面铺就片石成道，但明显是人工使用铁器开凿的栈孔与石条，四棱上线，并非天然，与这里的石质天栈完全是两个概念。

道路不断更易，栈道历代修筑，官方和当地民众修造杂糅，致使形制差异大；在漫长的历史岁月中因洪水、天灾、人祸，道路的不确定性随时在发生，这里是栈道必经之途，说明这里道路历经数次更变。显然，"天栈"因远离人类而保存至今。

可以断定，这段栈道与我们脚下的栈道不但不在同一时期建造，且相距至少三千年，距今至少五千年，甚至更远。因藏于这大山之巅，又在一个山体倒拐的地方，上下都是悬崖绝壁，在这危险地带经过，人们一般都只看脚下，很难发现头顶的这一秘密"天栈"。

褒斜栈道建筑结构非常丰富，有平梁直柱、框架式、平梁直柱加斜撑、平梁立柱有棚盖、平梁无柱悬空等形制结构。

从结构上看，"天栈"没有任何支撑，形制简单，跟"平梁无柱悬空"结构近似，但不能等同。天栈石材取自天然没有人工凿痕，上面肯定不平（古人或许会稍加打磨）。

会铺放什么吗？感觉什么也不能铺，铺什么都不稳当。请允许我暂称其为"横梁悬空"结构吧。

斗胆推测，"天栈"应该是石器时代产物。我国先民早早地就会将玄武岩、火成岩、燧石等硬度较高的石头制作成石斧、石锛、石锥等用于生产生活，这里的栈孔也许就是远古先民使用他山之石开凿出的栈孔：根据在河坝中捡来的石条形状，再在绝壁上根据石条最小那头的长相，用石锥之类的石器凿磨而成，然后"栽"进石条，以供踩脚通行。

如果真是这样，那这段栈道就是"铁杵磨成针""愚公移山"似的伟大工程啊！

（3）

如此推测，有理有据。

蜀地自古称塞国，"蜀道之难，难于上青天"，似乎道出了蜀地的独立与孤傲。而我认为，"难"字的密码恰恰是"通"，只有在通的过程中才会感觉难，老死不相往来，怎会感觉"难"呢？

上古时期已有黄帝和蜀山氏联姻的记述，有学者认为，陕西省神木市石峁遗址很可能是黄帝部族或其后人的居驿。其间发现了很多燧石制器，这种石头的硬度比玻璃还要高，可切割玻璃，石峁遍地都是燧石箭头，威力无比，可以轻易射穿脊椎骨。那，会不会因迎娶蜀山氏而修凿这一截栈道呢？还有，大禹治水期间亦多次往返于长江、黄河流域，中原、川蜀之地。大量的考古资料告诉我们，古蜀与中原的文化传播交流在史前开始，殷商时期更加密切，春秋战国时不绝于史。

《华阳国志·序志》载："《蜀纪》言：'三皇乘祇车出谷口，秦宓曰："今之斜谷也。"'及武王伐纣，蜀亦从行。"说明褒斜道开凿于三皇五帝时期。清代顾祖禹说："褒斜之道，夏禹发之而汉始成之。"（《读史方舆纪要》）。禹起于公元前22世纪左右，这条道路的开辟，已有四千多年历史，从公元元年那里打了个对折。殷墟出土的甲骨"卜辞"中有"放蜀""至蜀""征蜀""克蜀"等词；后有"武王伐纣，蜀亦从行"的记载。三星堆出土的铜罍，造型和纹饰具有明显的中原色彩，说明此时蜀地与中原文化交流甚密。周幽王伐褒、司马错灭巴蜀之时，褒斜道已非常畅通了。秦丞相范雎整修栈道，应是为褒斜道提速，以便快速将蜀中战备物资运往秦国前线，进行统一六国的战争。

梁山旧石器、蓝田猿人、南郑龙岗寺、西乡李家村新石器时代文物与西安半坡仰韶文化遗存，也可成为这一推论的理由：早在三皇时代，关中和蜀地先民就顺着褒斜道渔猎，在早期的文化经济交流活动中，江口羊圈梁也许是他们栖息的家园（新石器时代人们已经懂得把吃不完的猎物圈养起来，羊圈梁也许缘此而名）。而"倒角"悬崖绝壁，不长乔木和灌木，猴子都难以攀爬，下面是波涛汹涌的褒河，难以通过。于是，古人为了解决这一"肠梗阻"，就用当时的工具磨制栈孔，"栽"几根石条，不用铺就任何东西，能踩脚通过就行。当然，也有可能是大禹的治水部队所为，亦可能是黄帝的迎亲队伍所造……

我可以这么猜，你千万不能这么信。

但天栈是一个客观存在，希望我的这些猜想能引起考古界对天栈的重视，邀请专家现场考证，指不定会有更多的收获呢。

27. 山那边是海

晨，自留坝县城出发，出八里关隧道，上姜眉公路，向北，继续寻访褒斜道。

秦岭南麓到处是三交之地——三水交汇、三道交会。围绕主道的支道、岔道丛生，如诸葛亮的八卦阵。

（1）

江西营村（驻过兵才称营）、江口镇等地自然成为锁钥咽喉之地，地理位置险要，历来为军事要冲。

"锁钥""咽喉""一夫当关，万夫莫开"等语词已反复出现。重复乃写作之大忌，但没办法，这才开始，之后还会继续频繁出现，这是秦蜀古道的特点：关隘重重，关口林立。什么时候才能甩开"锁钥""咽喉"，到时我自会交代。

三交城为汉高祖北定三秦的主要军事重镇，尔后为三国、晋的军事战略要冲。风云变幻朝代更替，蜀道战事频繁，往往在三交之地交兵，三交城屡建屡毁，原址重建时都有一定程度的挪动。最早的三交城在江西营村，西魏三交城移居梭罗村，即如今的梭罗古城。这种情形在秦岭、大巴山比比皆是，我老家广元、昭化也是这样。

看见两家农户，停车，寻找，家里没人。墙上嵌有一幅字"山那边是海"，像一句励志名言，像一盏灯，更像一个标注的箭头符号。山的那边是广阔的天空、浩瀚的海洋，主人家今天去山那边了吗？很想见见这家主人，跑到门前几亩庄稼地里去寻找，一个人影子也没见着。回头继续前进。

眼里全是山，一座座，一列列，犬牙交错，没有规律。我们走进了山的迷宫。相对于在代王山顶俯瞰秦岭山脉绵延如海洋的万顷碧波，此时我们正在这山海的细小波浪之中泛舟。这条颇具年代感的姜眉公路，古代的褒斜道，仿佛是神仙用法术在大海中辟出的一条通道。要不是这条道路，我真不知怎样才能走到山那边。

走过一山又一山，跨过一水又一水，挡住视线的除了山还是山。何时才能到达山那边？

回想起十年前一位北京来的记者与我同去青川采访，车子转过一弯又一弯，一弯一弯全是山，她心情紧张，心脏怦怦直跳，脸色苍白，直到抵达县城，长吁一口气，悬着的心才放下来。她说犹如走入迷宫，迷路了一样，她好怕，怕走不出去。今天的我没有她那样紧张，但还是不由自主地焦急。我今天是开车穿越秦岭都如此心情，古人徒步穿越该是怎样的心情？

刚转过一山，长长一列汽车从前面山脚下一直朝我们堵来。据说隧道里面在施工，两小时放行一次。这是省道，常常需要扩建修补。

山那边是海，隧道那边是什么呢？

我对隧道的另一边充满向往，突然从灵魂深处理解了那家主人对山外的向往。顺红岩河谷望出去，峰峦交错，看样子穿过隧道依然是山，山下依然还有隧道。

这几天转山得知，山里最早的居民大多是因逃难、逃荒、避祸、避战乱、避宫斗而躲进深山隐居之人；后来，随着栈道的繁荣，重要驿站聚集了买卖人，慢慢形成街道；街道由一条变成多条，就成了小型城市；然后政府就开始在这些地方设置建制、驻军，行驶管辖权。

和平盛世，走出大山成为山里人的理想，特别是今天的年轻一代，对山那边有着无限憧憬。海象征着宽阔无涯、自由自在、没有阻挡。海阔凭鱼跃，天高任鸟飞。可海洋并不平静，海的那边更不平静，有的地方剑拔弩张、炮火纷飞。大海情绪多变，海面无风时，风平浪静，一旦起风则转瞬"瀚海阑干百丈冰，愁云惨淡万里凝"；有温柔的海浪轻漾、帆影绰绰，也有凶猛的海啸潮汐。即便风平浪静，也隐藏着暗礁险滩，一不小心，葬身海底尸骨无存。当危险逼近，你是退守秦岭还是捍卫海洋？

足足等了三小时，车队开动，我们穿过隧道时特地看了一眼，是方家村隧道。穿过隧道依然是山，路的下面依然是红岩河，我正努力寻找路标，"古栈道遗址公园"几个红色大字的巨石，恰到好处地闯入我的视线。

进入宝鸡市太白县境了。

（2）

入宝鸡境，地势宽敞起来。

小公园里亭阁回廊，有图有文，有栈孔真迹，名曰王家堎镇"赤崖栈道遗址"。褒斜道上重要古驿站芝田驿和巡检所驻地，相传为蜀军大将邓芝北伐中原时所设，主要用于屯兵、物资中转。

陕西1979年栈道调查数据显示：褒斜道全长249千米，留坝县境内约140千米，太白县境内约110千米，姜窝子以北至斜谷口栈道遗迹共25处，留坝县境15

褒斜栈道遗址（熊柱举摄）

处，太白县遗迹10处，王家堎镇6处。可见，这里仍属褒斜腹地。

与其他地方的山岩不一样，这里崖壁发红，故称"赤崖"，壁立千仞壁陡如削。栈道依崖而建，可见当年崖下是湍急的河道，今天这里已成为一溜草坪，姜眉公路穿越其间，河道已在公路另侧。

被保护起来的栈孔，如今看起来与水面距离为1.5~2.5米，顺着这一溜栈孔向两边延伸。扒开灌木丛，在两头找到很多栈孔，与这一排在同一水平线，由此可以推知这里的栈道形制为"千梁无柱"式。这种形制的栈道因水大而急，无法在水中立柱，人马车辆从栈道上经过时"浮梁振动，无不摇心眩目"。为使栈道牢固安全，有的地方把木制的横梁改为石质横梁。汉台博物馆有很多斜插栈孔的大石梁老照片。

诸葛亮第一次北伐曹魏时，赵云、邓芝出兵褒斜道，赵云作战不利退兵时，曾焚毁赤崖以北百余里栈道，以阻止曹魏追兵。各位不要疑惑，诸葛亮第一次北伐兵出祁山，赵云、邓芝领兵据守斜谷，是诸葛亮安排的声东击西，配合他兵出祁山出奇制胜。"六年春，扬声由斜谷道取郿，使赵云、邓芝为疑军，据箕谷，魏大将军曹真举众拒之。"（《三国志》）这是一个三国版的韩信计策。

赵云、邓芝被魏将曹真击败，汉军退守赤崖安营扎寨，邓芝驻扎赤崖，赵云驻扎河西赵家寨（现名赵家山）。赤崖里地势平坦，以此做府库，两岸设有哨所，隔岸呼叫传递军情。赵云、邓芝撤退时，烧毁赤崖以北栈道，曹真的军队未能进入。谁知一场倾盆大雨，河水暴涨，又把赤崖以南的栈道摧毁，造成南北路断。

赵云与邓芝无法会合，遇事只能隔岸吆喝，后勤补给也运不进来。屋漏偏遇连夜雨，赵、邓只有率兵就地开荒种地，以充实军粮、休养生息。

我们一行在赤崖补课、复习、凭吊，然后继续向北。

走完褒斜道必须经太白县内的王家塄、白云、咀头、桃川、鹦鸽五个镇，分别对应古时的芝田、白云、平川、连云、松岭五个驿站。

今天是端午节，放假，单位肯定找不到人，公函派不上用场。"鼻子下面通四海"，只能靠这张嘴。好在姜眉路基本沿褒斜道修建，山形地理、河流山川几千年来变化不大。我对于栈道设置原理、建造结构已基本掌握，剩下来的主要任务就是找到主要节点——衙岭和斜峪关，只要找到这两个关键点，也算大功告成。

定下这样的预期，驱车太白县城。姜眉路开始上行，过太白河乡；穿过板桥、郝家坪、马槽沟、橡岭河几条隧道，进入白云乡。好像爬上了秦岭顶端，山脉在这里绵延成小丘，地势格外开阔，号称"秦岭的香格里拉"，快到"山那边"的感觉。

我甚至怀疑这里就是我苦苦寻找的，秦惠文王与蜀王打猎相遇互赠礼物，秦在相遇之地"作五石牛，以金置尾下，言能屎金"的地方。继《蜀王本纪》之后，《本蜀论》《华阳国志》《水经注》《十三州志》《刘子·贪爱》《艺文类聚》等不同时代众多典籍对"石牛粪金"都有引用，引用并非老老实实一字不漏原文照搬，而是在主要事实"作五石牛，以金置尾下，言能屎金"不变的前提下，或多或少加入自己的理解，这就让我等老实人犯了迷糊。常璩在扬雄的基础上增加了细节——打猎相遇、互赠礼物；后来的记载又增加了"蜀王从万余人"。一路走来，只有留坝和这里两个地方可以屯人一万。

公元前750年，蜀望帝杜宇"以褒斜为前门"；前7世纪，蜀王开明氏二世卢帝曾攻秦至雍；前387年，秦与蜀争夺南郑，蜀胜。在这里相遇也有可能。

但这里没有任何标识，"石牛粪金"到底发生在哪里？走吧，或许有新发现。就目前来讲，方位、路线仍扑朔迷离。我所走过的地方，有明确记载和标识的最远年代是汉代——尽管十分稀少，三国居多。不过这些故事也能够很好地承载褒斜道。

一望无垠的菜地里，锄头绘制的线条优美而亲切。农民对土地的打扮绝不亚于美女对脸的打扮，化妆笔在脸上勾画的妆容可获短暂的审美愉悦，锄头在土地上勾勒的线条却能引领灵魂回家。

一路上很少看到人，见人就停车，总想从老乡的嘴里打听点我们所需要的信息，但每次老乡总是摇头，或说不知道。

"河，大河，就叫大河。"他们不知道养育他们的河流还有名字，这不怪他们。

28. 西当太白有鸟道

进入太白县城。

远远迎接我们的是"太白金星"老人，鹤发童颜，银光闪闪矗立翠矶山顶，让人陡生联想。

旅游气氛热烈。白皮肤黑皮肤黄皮肤，仿佛全世界的旅游达人、登山达人都齐聚于此。公厕里都播放着高清电视，介绍景点风光，奇、秀、险、美，秦岭的诱惑在这里达到极致。显然，县城还有一个功能：旅游中转站。有从这里去黄柏塬的，去青峰峡的，还有全副武装准备挑战秦岭东、西太白山的，还有去凤州的，去西安、咸阳、眉县的。

"雪域太白，秦岭夏都"的口号足以让人一生至少两次动身去太白。目前正是夏季，一波接一波的游客。在县城吃午饭，要找个地方坐下来还真不容易。我试着对每一个可以搭讪的游客张口，希望从中发现跟我们类似，以栈道遗迹寻访为目标的游客，但没有。

太白县城所在地咀头镇，被翠矶山揽在怀里，太白河穿城而过，两岸流光溢彩，城市标志火凤凰（不知怎么解读）矗立于中心区域。

太白县城被称为"最高之城"有两层意思：第一，县城海拔1543米，县境内平均海拔千米以上，是陕西省107个县中海拔最高的县；第二，秦岭第一高峰太白山主峰拔仙台海拔3767米，位于太白县鹦鸽镇境内，第二高峰鳌山，海拔3476米，在太白县桃川镇境内。两山东西对峙，又称为东、西太白山，是青藏高原以东最高的两座山峰，均位于太白县境内。

县政府就在附近，午饭后我们去县政府碰碰运气，看能否找到向导。值班老头直摇头。时值端午小长假，在预料之中。

导航显示，方才关村在附近一公里处，为褒斜道重要驿站。这是一个有故事的地方，诸葛亮病逝五丈原后，按他生前遗嘱，封锁消息，悄悄退回斜谷，将灵柩运放此地才发丧，三军皆悲。自此后这里

停放诸葛亮棺木的村子（熊芙蓉摄）

称"放材关",后更名"方才关"。

如今的方才关村已开发成为蜀道休闲度假新村,农家乐、农家宾馆等设施齐全,整体风貌为浓郁的蜀汉风情。一切都是新的,包括"灵柩"。虽为仿造,我依然能感受到诸葛丞相的气息,仿佛他的肉身仍停留于此。往事如一缕青烟在心头萦绕。村子现在以绿色有机蔬菜种植为支柱产业,当年为北京奥运会直供。对面施工工地上写有"虢川河"字样,我明白了,这里就是虢川河谷(褒河上游始称"虢川河"),周朝西虢国封地。

太白县在此设了旅游服务咨询站。问值班人员,他说太白县没设旅游局,但像这样的旅游服务站设置很多,遍布景点和三岔路口,专为游人提供旅游咨询。太白县1961年始建,是陕西最年轻的县,年轻意味着活力与创新,敢于打破旧制,直接把机关搬到前沿现场办公,真正为人民服务,可作为经验推广。记者的职业病被激发,立即发微信表扬,果然,点赞者众多。凭吊完毕,转而驱车翠矶山。

翠矶山为太白县城西屏障。有了对蜀道的三次造访,我自认为已对秦岭比较熟悉,可面对眼前这孤峰独秀的翠矶山,又陌生起来,她怎么就如此葱翠呢?绿、青都不足以来形容她的面容,唯有"翠"字贴切。在半山腰停车场发现,后面峰更高,峰顶有高塔。爬上高塔也许还有更高的峰,秦岭就是山峰的海洋,在这一带要爬到太白山主峰拔仙台,才可一览众山小。次第而上低万山,让攀登者一生乐此不疲。

山青,天蓝,云白,花美,风大,凉爽,这里是俯瞰太白县城的最佳位置。太阳特别晃眼,仿佛到了高原,我赶紧戴上墨镜。太白县城跟留坝、凤县等秦岭腹地县城一样,诞生于秦岭山海中两水或三水交汇处一个稍宽的凹地,在一张绿色大网中兜底,被清一色的绿围绕着、呵护着成长、壮大。

太白县的得名是因为太白山位于其境,太白金星与太白山有关系吗?这个疑问从进县城看到太白金星那一刻起就萦绕在脑。金星是地球的"姐妹星",太阳系行星之一,离地球最近,质量与地球类似,中国古代称"长庚""启明""太白金星"。传说太白金星本为老子唯一学生,玉皇大帝使者,忠厚善良,深受人们喜爱,道教神仙中他知名度最高。于是我便猜想,太白山最高,距离天宫很近,莫非太白金星就是从太白山往返天上人间,为玉皇大帝传递消息?

看到两位知性老者,我将这一疑问抛给他们。

"太白金星就是太白山山神,传说中太白金星从太白山打开了通往天宫的门,你去过太白山吗,那里有个开天关。"一位老者说。

哦?果然我猜得还有几分道理。

李白在《登太白山》中写道:"西上太白峰,夕阳穷登攀。太白与我语,为我开天关……"原来"太白与我语"指太白金星,之前还以为指太白山。

李白之所以称李太白,源于一个传说,这个传说与太白金星有关。传说李白因其母梦见太白金星落入怀中而生,因此取名李白,字太白。李白的做派、诗词颇有几分神仙气质,这是不争的事实。贺知章一看《蜀道难》便赞叹:"只有天上神仙才能写出这样的妙句。"

太白山的泼墨山传说是诗仙李白醉卧山水、挥毫泼墨畅抒胸臆的地方。想必太白山古道就在那一带,"西当太白有鸟道,可以横绝峨眉巅"的灵感,应来自李白当年登太白山走过的那段古道吧。

太白山的鸟可以直飞峨眉进入蜀地,今天这"鸟道"肯定去不了啦!太白山最高峰拔仙台海拔3767.2米,传说是姜子牙封神的地方,令人心驰神往,也许是我第二次动身去太白的目标。

下翠矶山去衙岭,发现一个很好的拍摄角度,停车用手机拍了两张。回放时惊奇地发现一只大鸟闯入画面,正待飞过太白金星和楼塔。我的神哪,飞鸟一瞬间被抓拍到!"西当太白有鸟道,可以横绝峨眉巅"的意境啊!这可遇而不可求的巧合让我欣喜若狂。正遗憾去不了鸟道真迹,却发生这一难得的小概率事件,惊喜。

难道是诗仙李白和神仙太白金星在不约而同地帮我?

29. 褒斜相吻

出太白县城沿姜眉路向北,十分钟即到五里坡。五里坡又称"五里衙",衙岭,仍属咀头镇。

一岭的白滨菊,花开正酣。

咀头镇,好奇怪的名字,与吃相关吗?一路走来细究地名已成习惯,地名之中往往潜藏历史、地理密码。在太白县城就发动每个毛孔广纳信息仔细琢磨,仍不得要领。直到此时看到衙岭中脊的江河分水岭巨型雕塑,才恍然大悟:这里的"咀头"与吃无关,与

褒斜相吻(熊芙蓉摄)

"吻"相关。

原来，我们一行已抵达褒水与斜水的分水岭，褒斜道顶点、接点、中点、重点。

五里坡地处秦岭终南山段之中脊，褒水、斜水源头，长江与黄河分水岭，褒谷与斜谷、褒水与斜水、褒道与斜道的吻别之处。正如雕塑所示：青龙与黄龙两只龙嘴一嘟，托起一颗晶莹剔透之珠，这珠子象征五里坡第一滴水，分流南北形成褒水、斜水，褒水从南坡汇入汉江再入长江；斜水自北坡流入渭河再进黄河。她俩收纳、汇集、发育，成长为华夏文明的母亲，一路哺育、滋养，江河文明日渐丰满，最终以浩浩荡荡之势奔赴浩瀚海洋……

姊妹俩没有忘记五里坡的第一滴营养，逆长江、黄河而上，抖动一身鳞甲，甩退万顷波涛，相向而来，迎面相拥，只为在母亲怀里深情一吻。960万平方公里的山山水水、沟沟壑壑顿时光芒万丈……

毫无疑问，咀头镇由嘴头镇演化而来，老祖宗的修辞水平高啊！

五里坡地理位置非常特殊，虽为秦岭之脊，但刚好夹于海拔3500米的鳌山与青峰山之间，呈"工"字形屏障，其绝对海拔与相对海拔均低。东西宽约2公里，南北长约20公里。南北打量是一道较矮的小山梁，东西观看是一道东低西高的山坡，东侧垂直下沉，从坡底到山顶仅五里，故称"五里坡"，属秦岭山脊中最平缓地段。

古人开辟褒斜道正是看中了五里坡的优势——"少翻山，路便捷"。褒、斜二谷虽然穿行于崇山峻岭之中，但沿谷而行并无大的登山之劳，经五里坡顺利沟通。褒斜道的诞生、发育、繁荣均源于五里坡这道梁的低海拔地势，古人择道的伟大智慧在这里得到最充分的体现。

因五里坡独特的地理位置，历史赋予它诸多使命：长江黄河分水岭，褒斜道交通枢纽，秦蜀分界线，关中与汉中的自然分界线，三国时期魏、蜀边境线。如此节点与界点，自然成为军事要

古褒斜道（今江眉公路）在此通过衙岭（熊柱举摄）

塞，兵家必争之地，官府衙门派兵戍守之门户，"衙岭"因此而名。

诸葛亮第五次北伐，首先得控制衙岭，扼衙岭进可攻取关中，退可守虢川谷地。蜀汉军直逼五丈原时，魏、蜀边境线北移至渭河，衙岭成为蜀汉的军需中转站，蜀地粮草沿褒水运至衙岭，再从衙岭经斜水运抵五丈原。

彼时魏蜀边境线已然成为蜀汉后方大本营，足见这一时期魏蜀对峙中，蜀汉的强势。历史仿佛又轮回到古蜀开明王"以褒斜为前门"的古蜀时代。

衙岭如今已建成三国文化主题公园，孔明亭、汉长廊、棋盘广场等景观设施以及人物脸谱均以蜀汉为主。姜眉公路横穿五里坡，把衙岭一分为二，公园设计又把五里坡合而为一。"三国古关"关楼横跨姜眉路，以楼为桥，把五里坡连成一个整体，颇具匠心。

《汉晋春秋》所记"死诸葛吓跑活仲达"的传奇故事也在这里演绎。诸葛亮生前料知他死后司马懿必会追击蜀军，故命部下在衙岭上设下埋伏，搬出自己的木质雕像来恐吓司马懿，结果真把司马懿吓走了。五里坡下的桃川镇，就是司马懿当年被吓得仓皇逃窜之地，谓之"逃川"，后当地人为避晦气依谐音改为"桃川"，广种经济作物核桃，成为真正的桃川。

诸葛亮北伐出兵五次，只有一次兵出褒斜。《三国志·诸葛亮传》载："（建兴）九年，亮复出祁山，以木牛运，粮尽退军……十二年春，亮悉大众由斜谷出，以流马运，据武功五丈原，与司马宣王对于渭南。"其实，亮最看好褒斜道，因褒斜道可以解决他最为头疼的运力问题，木牛流马可充分发挥其作用。

据专家考证，"流马"其实是一种拆卸式快船，如遇不能直航而需翻山时，则可重新组装成"木牛"。

古代水运即高速通道，其运力远远大于陆运。汉中沔水可直通褒水，前面写过褒水不能全线通漕，但至少可达留坝江口驿。然后将"流马"组装成"木牛"将粮草集结衙岭。入斜谷至五丈原为下水，组装成"流马"就顺风顺水了。诸葛亮看重褒斜道，主要因其水运物流系统比其他几条道路较为健全，运输粮草方便快捷。事实证明，兵出褒斜，是诸葛亮最接近"兴复汉室"理想的一次北伐。

我终于有些懂了，诸葛亮北伐为什么是在经过充分准备之后，最后一次才使用褒斜道……

熊熊战火消逝于翠色青烟，汽车喇叭撕碎了嘚嘚马蹄，英雄魂魄幻化为白滨菊的雅致。趁着这份凉爽，我们自五里坡而下，进入斜谷……

30. 走过斜峪

穿过衙岭，沿五里坡下行，进入秦岭北麓桃川谷地。

桃川镇南靠太白山主脊，北依青峰山脉，中部偏北为狭长谷地。我们从狭长谷地穿过，虽然只是路过青峰峡、路平沟等景区大门，但那份沁人心脾的干净和清凉告诉我们，景区内一定别有洞天。

虽然"峪""谷"意思相同，均指两山之间的流水之道，但秦岭南北称谓却有区别——南称"谷"，北称"峪"，谓之"褒谷""斜峪"。我之前一直比较纠结这些字眼的细微区别，出入秦岭的次数多了也就明白了——这与秦岭南麓山势绵延而北麓山势陡峻有关，无"山"突出的是水沟，有"山"强调的是山势，中国汉字之魅力便在于此。

一条峡谷仄仄而出，这就是青峰峡。一泓清泉在峡谷中淙淙流淌。顺水前行，峡谷一下收拢，这就是白云峡，斜水在这里也被称为"白云峡河"，自古为褒斜道咽喉，山高谷深，景色绮丽。

据我现场所观，白云峡应是终年盛产白云，故名。

唐朝诗人于武陵《斜谷道》："乱峰连叠嶂，千里绿峨峨。蜀国路如此，游人车亦过。远烟当叶敛，骤雨逐风多。独忆紫芝叟，临风歌旧歌。"千年之后，我依然是这般感受。

已近傍晚，白云已回家，只留下山岚雾气。高密度的负氧离子难得逮着我们几个人类活体，蜂拥而来，以每个毛孔为入口直往里渗，把死去的毛细血管也激活了，肺叶被强力刷洗，整个身心被冲洗得淋淋沥沥。这一谷负氧啊，可供全世界人享用，独独赐予我们一行，奢华至极。过往车辆也舍不得停下脚步，呼啸而过，我疑惑，他们居然不停一停脚步，世上还有比这峡谷更有魅力的地方吗？

入鹦鸽镇境，这是斜峪道上的第一个驿站——松岭驿。这里是去往秦岭主峰太白山拔仙台北麓的进山口，历代官员庶民，凡是上太白山求雨祭天、索签拜道、采药打猎，便从这里出入。

"药王谷风景区"的路牌赫然入眼。哦，药王孙思邈悬壶济世之地。太白古道就在其中，李白、杜甫、苏轼等一代名流文豪都曾在此留下足迹。难怪这一川呼吸如此惬意，原来，一缕来自圣洁的太白雪峰，一缕来自《唐新本草》的馨香，还有一缕来自诗仙的月亮。

一座铁索桥横跨斜河，停车驻足，原来是柳茵峡口。如名，依依杨柳如茵。站在桥上回望上游，群山嵯峨；眺望下游，河面渐宽，石头争流。

石头是这段河流的主人，石头河的得名不言而喻。

远处一个穿红衣服的人在河中低头逡巡，是在寻找奇石吗？典籍记载"褒斜产奇石"。看样子他比我们更奢华。柱举大哥喜欢奇石，随手翻找，我也跟着翻找，却心不在焉。水在石头中间寻找路径，温柔前行。此时，水势很弱，我知道她在等待，等待山洪，山洪暴发之时她就会不顾一切地裹挟着这些顽固的石头冲向下游。

进入石头河国家湿地公园，无疑进入了人为打造景区，但山水相叠、绿蓝互衬，虽少了野趣，却不乏诗情；鸟翔湖底，水天一色，也有一番画意。河面渐宽，心境豁然。

想当年，司马错率秦军溯斜水而上，进军蜀地，豪情满怀；诸葛大军顺斜水而下，流马放歌，众志成城。两位能臣曾在这条斜谷相向而行，心怀不同时代的使命与责任，都志在必得。金戈铁马，羽扇纶巾，马蹄嘚嘚，旌旗猎猎，好不威武壮观！

不同时代、衣着迥异的军队在峡谷中相向而行，一路路，一队队，互不理睬，互不招呼。旗帜上书体不同，篆书隶书楷书；旗号不同，征战割据统一。各种旗号在我眼前不住地晃动，让人眼花缭乱。

正遐想时，"走蜀道申世遗"的旗号在我眼前晃动起来，团长拿出我们的队旗，让我在斜谷村的路牌处留影。

暮色苍茫，我们已进入广袤的关中平原。肥沃的土地，一望无际的玉米地和猕猴桃果园，园中流水潺潺。凭直感，我们错过了斜峪关。找到老乡一问，果然。他手指我们来的方向说："你们走过了，走过好几公里啦！在那里，石头河水库大坝下面。"

狂风怒吼，田园绿浪翻伏，路面尘土飞扬，老天似在酝酿一场冰雹。我们不再返回，此时的光线已拍不了照片，若遇上暴雨也会劳而无功，便决定到眉县住下，明天再说。

进入眉县县城，下榻美阳宾馆。洗去尘垢，准备出宾馆去欣赏一下眉县夜景，顺便找点眉县特色小吃作为晚餐，谁知电闪雷鸣，暴雨倾盆而下，我们只有在宾馆餐厅用餐，吃蘸蘸面。

眉县原名郿县，先秦置县。"郿"源于《诗经·大雅·崧高》："申伯信迈，王饯于郿。"东汉奸相董卓筑郿坞于此。曾有过武功、邰县、郿县、美阳众多县名。查看卫星地图，发现五丈原和眉县县城不在一条线路上，而是在水库大坝处分路，五丈原呈西北走势，而眉县县城呈东北走势，三点正好构成了一个三角形。

姜眉路直抵眉县县城，而斜水却流向五丈原，尔后汇入渭河。我们决定第二天一早找到斜峪关，然后去五丈原凭吊诸葛丞相。

31. 寻找斜峪关

雷雨随梦飘散。

开窗远望，晨曦在凹处的水迹里泛着红亮的光。洗滤过的大气夺窗而入，稀释了一屋浑浊，好一个清爽的早晨。

早餐后掉转车头寻找斜峪关。本来，顺昨日来路原路返回石头河即可，可一出酒店就上错了道，城里的路四通八达，何况这里是关中平原，导航打开仍然出错，不比在大秦岭中，想错都错不了。

这一错便进入了眉县的猕猴桃基地，只有将错就错。

平畴沃野，铺天盖地的绿中挂着一串串水晶露珠，那是天公赐给地母的无数钻戒。水渠与硬化的田间道路相依相携，四通八达。要找到石头河，顺总渠逆水而行即可。这一走又发现了基地的水利设施：河水翻着跟头从总渠滚滚而来，在核心地带通过中转水闸房进行分流，一分为二，二分为四；一分为三，三分为六，六分为十二……四渎之精就这样撒着欢儿进入小渠，去完成各自的灌溉使命。

这情形跟岷江之水出玉垒分堤灌溉成都平原如出一辙。

眉县像斜峪这样的峪口还有泥峪，大、小黑峪，滑峪，汤峪五峪，五口水库。整个秦岭北坡有72峪（古人喜用72表示很多，实际远不止于此），每条峪口都有水库收集秦岭元气津液，大大小小粗粗细细的水渠就像人体血液系统，游龙走蛇似的布满关中平原，把水输送到田间地头、家家户户。

我明白了，留坝那个徒弟挑水上山的励志故事只会诞生在秦岭腹地，"山那边是海"的理想只有山里人才会怀揣。

大秦岭之水就如此这般地丰盈渭河、滋养关中，成就关中平原之底气、血色。十三朝帝都就这样被孕育出来，周秦汉唐就这样强盛起来。

突然想起横渠先生，莫非在这里？横渠先生即北宋理学家张载，其四句名言冠名"横渠四句"，我想与这样的水渠不无关系。问"度娘"，横渠镇果在附近，距我们20公里之东南，汤峪灌溉区。

"为天地立心，为生民立命，为往圣继绝学，为万世开太平"，铮铮之声至今响彻寰宇。儒学虽不发源于此，但却在此被推向高峰。我似乎看到横渠先生站在太白顶峰，伸出宽袍大袖仰天长啸的身影。也许只有在太白山这样的自然高峰之下才会诞生如此精神高峰吧，这高峰成为一代代学人们的人生遵循、孜孜追求。正是这些精神高峰的前赴后继，才有我们民族的生生不息，绵延至今。

我不由自主地挺了挺脊梁，升起一股自豪感。

突然，被一个三岔路口的村子，不，是一条街道，不，是街道的一面墙堵住了去路。顺街望出去，隐约能看见水库大坝。这里是三通之地，摊点门面设在三个方向，热闹繁华，这，就是斜峪关村。

我们不知该怎么走才能到达大坝。那面陈旧砖墙被粉刷一新，上方"农业学大寨"几个红色大字和一颗红五星特别耀眼，下方是"两学一做"巨幅宣传广告，署名"中共眉县齐镇委员会宣"。

一堵墙，浓缩半个世纪历史。

一中年男子身着黑色短装，两手各抱一酒瓶，一白一啤，轮换饮用。世界之大无奇不有，这样的"酒仙"让我大开眼界。太白积雪流化而下，孕育出先秦"杀神"白起、三国蜀汉名臣法正、北宋思想家张子厚，也孕育出我眼前这位"酒神"。他机敏地发现我们是外地人，直往跟前凑，人还未到酒气便熏了过来。"你们想知道啥？我什么都知道。"我本能地回避，可团长已经开口："斜峪关在哪里？""给瓶啤酒钱，四元，我告诉你。"金额很小，团长赶忙掏钱。他并不言语，手朝背后一挥。

立即倒车，不出一秒就看到斜峪关路牌高高矗立于三角形绿地中间，一巨石刻着"褒斜人家"。原来这里就是眉县和祁山县的分路口，昨晚路过这里时因天色已暗，没看到。

资料显示古代斜峪关有东、西两关，位于石头河东西两岸，分属岐、眉两县管辖。西关是三国古驿站，经落星堡直通五丈原，是褒斜道最北的关，即褒斜道尽头。想必西关只存在于三国时期，以护卫五丈原为职责，此后便没有存在价值，早已消散于历史烟云。

重点在东关，清朝就有驻军把守。原有古城关堡，毁于战火，一条南北向街道，两旁店铺、货摊林立。我突然明白，刚才一堵墙那里就是斜峪关东关，标牌不过是现代人立在了主干道上而已。斜峪关村与我们昨天晚上看到的斜谷村是两个村。此处的斜峪关村——太白、眉县、祁山三县交界之地才是斜峪关所在地。

显然，真正的关口是114米高的石头河水库大坝，被称为"亚洲第一土石高坝"，一坝锁死斜峪，万夫莫开。如果今天还需为斜峪设关，只需在大坝中间设一

石头河水库大坝（熊柱举摄）

个岗哨便可。近前观望，让人目眩。峪口为一喇叭形豁口，气势雄壮。

北望石头河，是一马平川的河川之地。

大坝有两个闸口，一面灌溉眉县，另一面灌溉五丈原。

回转，去五丈原。不知是柱举大哥思想抛了锚还是导航出了问题，车子一飚又超过了斜峪关，到了加油站。我不会开车，更不看路，我相信世界上所有人都比我的方位感强。柱举大哥车停加油站并未加油——昨晚到眉县后已加满了油，在坝子里停车摆弄导航。

我坐后排，并不需要上厕所，却莫名地推开车门下了车。开门关门那么大动静，前排两位居然不知道，猛地一踩油门向北驶去，我以为他俩商量好跟我开玩笑，等我着急的时候，就会在前面停下等我，我便不着急，漫步到公路，看他们并无停下的意思，这下才开始着急，招手、呼喊，仍不见停下。包、手机都在车上，咋办？我急忙借一车主手机，幸好还记得团长的号码，他接到我的电话才发现后排没人，赶紧回转。此时，车子已经跑出十多公里。回来途中，柱举大哥发现去五丈原的路线错了，应该向西。在加油站接上我，三人理论一阵都觉得奇怪。"诸葛神灵告诉我们走错路了，留下你让我们回来。"团长一句话让我们停止了争论。

上车朝南行驶，到斜峪关了，柱举大哥又停车摆弄导航，因"丢"过一次，我特地向他们招呼道："我下车补拍一张照片。"随即推门下车。

拍好照片，车子又飙走了，又甩掉我了……这是咋了的，斜峪关莫非出灵异了，这么邪门！这次完了，等我借到电话又该飚出去十多二十公里了。我快步跑到刚才碰上"酒鬼"的地方准备借电话，发现车子已经在西边路口停着，两位大哥已经下车盯着我走来的方向，表情难以琢磨，不笑也不怒。我准备接受两位大哥毫不留情的训斥，但，没有。安安静静上车，柱举大哥语重心长地说："下车一定要打招呼，不为别的，只为安全，就怕你正在下车，而我却踩了油门，这样就惨了。"语气出奇地平缓，可我却听出了其中的严肃。

天哪，我好冤！我的招呼他们居然没听见，两人都没听见。

这斜峪关是什么地心磁场啊，居然把我的声音和行为都给屏蔽了！团长一言不发，估计愤怒了。这次我不是哭笑不得，而是哭笑不出，只觉背心凉飕飕的。

斜峪关哪斜峪关，你不让我们轻易找到你；找到你，却不让我轻易离开；此为何来？莫非是晋朝眉县令诸葛京（诸葛瞻幼子，诸葛亮之孙）想留我摆摆他与爷爷的龙门阵？

32. 悲怆五丈原

在斜峪关兜兜转转几大圈，终于踏上去五丈原的正确道路。

这条只有19公里的路，我们却走了很长很长时间。

（1）

经过落星湾卧龙谷景区，看到"落星石"那一刹，一种悲怆情绪开始萦绕心头，我们都会同时想到公元234年那个秋天，这片土地带给诸葛亮的遗憾和悲怆——蜀汉十万大军已经屯兵渭河南岸五丈原，雄视近在咫尺的汉室旧都长安，可老天在这个时候却要陨落将星……

"当时不是长星坠，席卷中原未可知。""出师未捷身先死，长使英雄泪满襟。"孙盛《晋阳秋》载："有星赤而芒角，自东北往西南流，投入亮营，三投再还，往大还小，俄而亮卒。"落星湾景区想必就是根据这一记录展开，但我们的目的地在诸葛亮庙。

原上刚收割完小麦，一望无际的麦茬地一色儿地黄着，这辽阔让人想飞。老百姓把麦子晒在路上，车行缓慢。出于对五丈原和诸葛丞相的敬畏，我们很有耐心，柱举大哥更是不急不躁，对路边老乡报以友好的微笑。我们知道，1700多年前，蜀汉军队跟这里百姓建立了亲密关系。汉中到五丈原的粮草补给线长达500里，即便有木牛流马，也不能一朝一夕全部送达。"亮每患粮不继，使己志不申，是以分兵屯田，为久住之基。耕者杂于渭滨居民之间，而百姓安堵，军无私焉。"（《三国志》）那时五丈原可比不得今日五丈原有石头河水利灌溉，蜀汉士卒与百姓在艰苦的战争环境下自然会结下鱼水情谊。

"原"同"塬"，地貌学名词，即顶面平坦宽阔、周边为沟谷切割的黄土堆积高地。五丈原就是这样的地形，高出平地120余米，三面凌空环水，南依秦岭棋盘山，东濒斜水，西临麦李河，北俯渭水，易守难攻。台原高平、旷远、深险。在这种台原上走着走着，突然，脚下的土地就不见了，变成一条深不可测的断崖深谷，不得不突然收住脚，倒吸一口凉气。这种惊心动魄和突如其来的惊险，有一种不可预料的奇崛之美，我等川人难得有这般体验。

柱举大哥干脆停车欣赏，使劲儿地拍摄河谷与原台的高差。

五丈原名字的由来众说纷纭：一说秦二世西巡原头曾刮起五丈尘柱大风；二说原高五十丈，由五十丈原简化为五丈原；三说为葫芦形台原，最窄处为五丈；四说地形像汉代五铢钱的五字，由五状原误传为五丈原。

这些说法均为今人所解读，在我看来与古蜀先民"尚五"传统有关，如《华阳国志》中的"五丁""五妇""五石犀"等；三星堆以"五尺高冠"为代表的"五"字单元数不胜数；蜀文化中的五色帝、五尺道、五里垭，昨天刚刚走过的五里衙等等，连秦惠文王给蜀王送礼都是五头石牛、五位美女。

可见诸葛亮最后一次北伐的历史影响，居然把蜀文化传播至渭河流域，这也许是长江文明向黄河文明渗透较深的一次吧。

（2）

《资治通鉴》载："司马懿谓诸将曰：'亮若出武功，依山而东，诚为可忧；若西上五丈原，诸将无事矣。'"彼时"武功"包括今天陕西省武功县全境、扶风县中南部、眉县全境和祁山县南部，太白山次峰时称"武功山"，石头河古称"武功水"，历代为长安都城的京畿之地。

不知司马懿当时真这么说，还是后来晋室夸耀先祖聪慧的伪托，但司马懿畏惧与诸葛亮正面交锋是不争的事实。蜀军若兵出武功，司马懿就不得不与蜀军主力展开决战，而他根本没有全胜的把握。对于蜀军来讲，若兵出武功，即进入关中平原腹地，集中兵力威逼长安，但却失去依凭，没有退路，同样没有全胜的把握。这样做相当于拿蜀军全军性命豪赌，若胜还好，若败，则全军覆没。诸葛亮一生谨慎，用兵打仗的谋划都是进退有据、万无一失，魏蜀实力悬殊，诸葛亮不敢拿蜀军冒这个险，所以西上五丈原屯兵，这样至少可保蜀军无虞。

从纯军事角度来说，不敢冒险，往往已失战机。

但诸葛亮还有一手：控制五丈原对岸的北原。北原即渭河北岸周原，与五丈原两原夹渭河河川谷地形成门户。控制北原，即可截断关中与陇西通道，把魏军分为两半，使其左右不能相顾。蜀军从这里进攻关中，取长安，进退有据，可谓稳操胜券。可人算不如天算，雍州刺史郭淮却看出了北原的重要性，抢先占领，"堑垒未成，汉兵大至，淮逆击却之"。郭淮击退蜀军，司马懿"引军渡渭，背水为垒"，渡渭河背

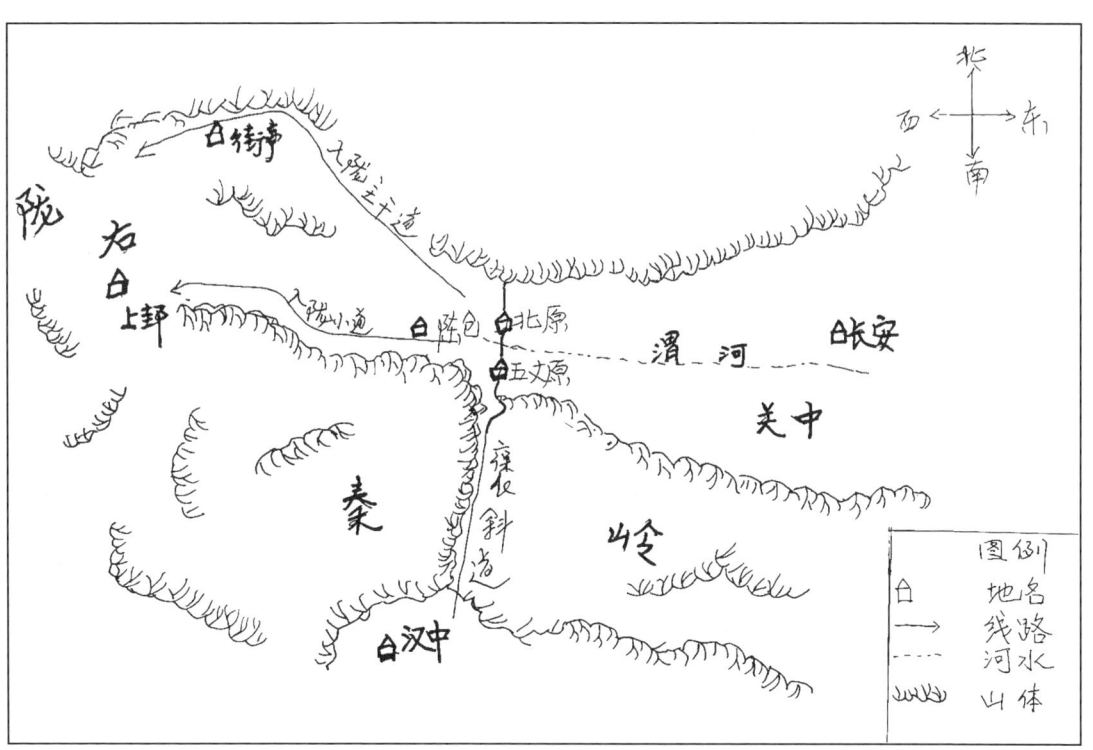

五丈原示意图（元夫制作）

水设营，截断了蜀军过河的进攻路线。诸葛亮只有退守五丈原与魏军对峙。

司马懿占尽了天时地利人和，按常理，他可以乘胜进攻五丈原，然而他却坚守不战，对诸葛亮围而不攻。他们一生宿敌，过去的一系列交手，司马懿从未捡到便宜，畏亮如虎。此次诸葛亮占据五丈原有利地势，他更不敢轻举妄动。他清楚地意识到，只要他不出兵，诸葛亮就拿他没办法。于是双方就这样耗着、拖着。

起初，诸葛亮也不急，他在等待机会，等待东吴对魏开战，魏无暇西顾之时他就对司马懿开战。可魏明帝却咬着牙让司马懿坚守，自己带病南下与东吴周旋，命司马懿按兵不动。曹叡的硬气可能不在诸葛亮的预测之中，他急了，毕竟蜀汉军队战线太长耗不起，于是引诱魏兵入葫芦谷作战，并放火烧断谷口，欲大败司马懿，未料突然一场大雨，司马父子死里逃生。诸葛亮长叹一声："谋事在人，成事在天！"自此身体每况愈下。

七月，盟友孙权在合肥大败，诸葛亮听到这个消息，喷出一口鲜血，自此身体雪上加霜。对于责任重于泰山的诸葛亮来讲，更感时不我待。眼看双方对峙100多天了，他急于要与司马懿进行决战，在曹叡回军之前干掉司马懿。要知道，为了这次北伐，亮息民休士准备了三年，劝农讲武，做木牛流马，使诸军运米，集于斜谷口，治斜谷邸阁，可谓孤注一掷，成败在此一举。

司马懿不怕对峙就怕决战，任凭蜀汉军队怎么挑衅，他都坚守不出。诸葛亮没辙，给司马懿送一套女人服饰。堂堂一国丞相，这辙都能想出，可见是急不可耐了。司马懿恼羞成怒，但仍不敢出战。为了向部众表明自己敢于用武，故意上表请战——他料定曹叡不会批准，果然，曹叡派人节制司马懿，不许他出战。

显然，魏的策略是要耗死诸葛亮。

事必躬亲的诸葛亮积劳成疾、油尽灯枯，八月，在军中与世长辞，遗命秘不发丧，整军而退。

（3）

正思绪万千时，蔡家坡镇五丈原村诸葛庙到了。

几位卖香蜡纸烛的大嫂一拥而上，换作平时，我会甩开她们径直向前，可此时，我已泪满眼眶，不想与任何人多说一句话，不知道给了多少钱，也不等找补，就抱着香蜡纸烛进去了。

祠前伫立铁制香炉，我点燃香烛时，眼眶终于没有收住泪水。我不是三国迷，也不是"亮粉"，去过很多武侯祠，今天这种悲怆之感从未有过，真切感受到一丝诸葛丞相的生命气息……

"心外无刀"的石碑是广场最醒目的景物，为日本友人野吕雅峰先生于1993年9月为纪念诸葛亮逝世1760周年所立。日本人痴迷王阳明心学，"心外无刀"应是借用王阳明"天下无心外之物"的观点赞扬诸葛亮的用兵之道。看样子，野吕是一位忠实的"亮粉"，对《三国志》《三国演义》研究颇深。全国有几十家武侯祠，上规模的也有七家，野吕为何将价值十多万的碑刻单单落户五丈原？且是诸葛亮毫无胜绩的五丈原？

或许，就像我的眼泪独独在五丈原扑簌簌落下，怎么也收不住是一样的道理吧。或许，不以成败论英雄所折射出的才最应该是人类共同的信守和信仰。

"心外无刀"石碑（熊柱举摄）

为报答刘备三顾茅庐的知遇之恩，为永安托孤的承诺，诸葛亮鞠躬尽瘁倾尽一身心血，明知不可为而为之，为兴复汉室半生北伐，而这一次，在生命的最后关头依然考虑的是如何为弱小的蜀国、柔弱的后主保存军事实力以延续国祚，这份忠诚何其难得。

泰始四年（268），诸葛亮去世34年之后，其孙诸葛京被西晋朝廷任命为眉县令。晋《泰始起居注》载诏曰："诸葛亮在蜀，尽其心力，其子瞻临难而死义，天下之善一也。"这就是古人，易朝易人不易心，在可贵的内守面前始终坚持着。诸葛京在任上政绩突出，又被尚书仆射山涛举荐为东宫舍人，后又被提拔重用至江州刺史。不能不说，诸葛京的命运正是先祖生前的磊落之光所照，是古人对一个人可贵品质的肯定与奖赏。这是我们今天在五丈原必跪的两个原因。

有人说诸葛亮一生心心念念而不得的长安，被小孙子给轻松拿下，历史给诸葛亮开了个天大的玩笑。这话就如有人批评诸葛亮逆天行事、反历史潮流一样，只是脱离时空的"事后诸葛亮"而已。

（4）

诸葛亮毕生志向是北定中原，全国武侯祠一反古代祠庙坐北朝南的习惯而坐南朝北（成都武侯祠例外，因成都武侯祠在汉昭烈庙内），这种朝向是为了顺应其生前未了心愿。五丈原也不例外，诸葛庙面对渭河，元朝所建。据说最早为诸葛京为眉县令时为祭祀先祖所建。谁建，并不重要，重要的是武侯祠遍布全国，上至皇帝下至百姓都极为尊崇，至今香火鼎盛。

"一诗二表三分鼎；万古千秋五丈原"，大门楹联够有气势，可楹联中间的牌匾"五丈原诸葛亮庙"的排版居然把"诸葛亮"的名字分开，我编辑的职业病又犯了，觉得这错误有点低级。

导游坚持要从献殿前那棵百年国槐讲起，说这树是庙里一绝，树形神似"义"字，象征诸葛亮一生忠义，特别是两枝丫相交处的那个树洞所代表的"点"，如神来之笔；献殿上方一根通长五丈的元代原

五丈原（熊柱挈摄）

落星亭（熊芙蓉 摄）

木檩条，为第二绝；正殿前的两根立柱，东侧木纹形似凤凰，西侧形似长龙，天然形成，无一点人工痕迹，为第三绝。

又见岳飞《出师表》手书碑刻，"纯正不曲，书如其人"，与南阳卧龙岗三绝碑不分伯仲。全国武侯祠好像都有岳飞《出师表》手书碑刻，都说自己所存为真迹，这个你懂的，我没有这种专业鉴别能力。

尊诸葛亮遗命，遗体运回汉中，葬于勉县定军山下，正殿西南侧的诸葛亮墓，实为亮之衣冠冢，是为方便百姓祭祀、纪念。墓冢周围砌有石墙，28根立柱隐喻诸葛亮辅佐刘备28年。

正殿南侧建有落星亭，亭中立一陨石，被玻璃封住，表面坑洼不平，呈土黄色，陨石形状与五丈原的地形非常相似。导游说这块陨石是在落星湾发现，运来这里的。显然，是为了配合《晋阳秋》中那颗"三投再还"的赤星，时至今天，我们不至于愚蠢到去研究这块陨石的真伪，围绕这块陨石的文化现象和象征意义才是我们应该关注的重点。从古至今，围绕这块陨石的诗词不可计数，民间更是把落星石传得神乎其神。"落星石"早已超越传说本身，已然成为"鞠躬尽瘁，死而后已"意象的代名词。

我在地图上数了一下，仅五丈原就有带"星"字的12个地名，落星堡、罗星湖、罗星乡，此外还有带"星"字的村子9个，可见当地百姓对"千秋名相"的无限追思与崇敬。

（5）

出大门顺阶梯而下，立有一个指示牌：诸葛亮祭灯台庙。

显然这是根据《三国演义》"诸葛禳星续命"情节设计的一个景点。

诸葛亮"攻心为上，攻城为下；心战为上，兵战为下"的策略为世人所敬仰，但是为了匡扶汉室正统、辅佐刘备父子，一将功成万骨枯，诸葛亮明白他的这些计策是以折寿为代价的。

记得幼年时父亲给我们讲诸葛亮这一劫数时,他的表情和语调充满惋惜:"孔明啊孔明,三顾之恩,你早已报答,托孤之责也竭尽所能,至于永延汉祀,自有天意,你又何苦强求啊?"

一个很好的素材,被弄得粗俗,不知是何人所为。诸葛亮治军也是他一生的亮点之一,想当年诸葛亮去世,一军整退,司马懿追而不及,到诸葛亮营垒察看,归置整齐无一丝狼藉,感叹:"天下奇才也!"两千年后的今天,居然被好事者为了蝇头小利弄得一片狼藉,这是对诸葛丞相的大不敬,让人愤怒。

柱举大哥沿石梯往下跑,他想下去看诸葛井,听导游讲,当时五丈原缺水,士卒在原下打井往原上挑水,那口井后称"诸葛井"。跑了一段,发现要下到原底部还很远,又赶紧上来。尽管我们知道,原底就是渭河,跨过渭河就是北原,但我们都累了。

站在诸葛庙前茂盛的槐树下,俯瞰渭河,眺望北原千山,想象当年丞相站在我的位置,仰望星空,凝视那颗即将陨落的将星,遥望长安,"兴复汉室,还于旧都"的理想将成泡影,他是那么落寞,那么不甘……

此时天好蓝啊,白云缓缓移动、变化,我惊异,那不是羽扇纶巾的丞相吗?丞相,我们可否来一次跨越两千年的对话?关于正统,关于感恩,关于责任?我仰头虔诚地呼唤。

一阵清风袭来,槐树枝叶抖动。

"呵呵,假如你能沿着时空隧道来到我所处的时代……"

恍惚间,我似乎看见丞相手摇羽扇,慈眉善目笑容可掬地看着我。我似有所悟。任何伟人,都离不开他所处的时代,而如今一些所谓的知识分子,却喜欢跳出时代,毫无敬畏地对古圣先贤指手画脚,这种自以为是的高明,殊不知已彻底陷入"事后诸葛亮"的泥潭而不能自拔。

我深鞠一躬,离开了让人心酸的五丈原。

33. 问道楼观台

出五丈原向东,去周至县骆峪镇,按计划寻找傥骆道。

调整好导航发现道家七十二福地之首的古楼观就在骆峪镇以东30公里处,传说这里是老子西出函谷关隐居之地,他曾在此为弟子尹喜讲授《道德经》,后成为天下道教中心、唐朝皇家李氏宗观,李白曾于此造访玉真公主。

赤日炎炎，我们决定先到楼观台，瞻仰老子的同时避过中午火热的日头，于是从祁山县一路向东，直驱楼观台。抑制住内心激动，极力在脑海里搜寻、连缀《史记》等相关古籍中那些有关老子的记载与传说……

（1）

2600年前，一个小生命降临到楚国苦县厉乡曲仁里（今河南省鹿邑县太清宫镇）一个贵族家里，他就是春秋时思想家、道家创始人——老子李耳。家系史官先辈，为老子幼年提供了良好的教育环境，拜大学者商容为师，商容为老子的好学深思而惊异，"实乃老夫之学有尽"，便推荐老子入周都深造。老子入周，拜见博士，入太学，天文、地理、人伦，无所不学，诗、书、易无所不览，文、典、史无所不习，学业大有长进，博士便推荐老子入守藏室为吏。守藏室是周朝典籍收藏之所，集天下之文，收天下之书，包罗万象，无所不有。公元前547年，年仅24岁的老子出任东周王朝守藏史，久居宫中，伴君左右，在个人学识积累达到巅峰之际，却眼见东周王朝一天天衰落。

周景王驾崩之后，王室内讧，典藏失窃，朝政混乱，年过五旬的老子毅然远离王室，西出函谷关……

话说函谷关关令尹喜，精通历法，善观天文。一日，见东方紫气西迈，天文显瑞，知有圣人当度关而西，于是命人洒扫道路，焚点香火，恭候圣人到来。老子倒骑青牛行至函谷关，尹喜深知老子学识渊博，恭迎至家中，行拜师大礼，对老子说"子将隐矣，强为我著书"。于是老子乃著书上下篇，言道德之意五千余言而去，莫知其所终。

（2）

思忆之中，不觉车已驶入景区大门。

人山人海，进进出出，交警在路旁指挥。本想寻个清静地，谁知……难道这么多人都去楼观问道？

硬着头皮往里走。原来这里面是两万多公顷的国家森林公园，有观音山、首阳山、百花园、百竹园、闻仙沟等好几大游园。

我们的目标是楼观台，需从左侧进入，另收门票。警察查看了我们的证件，顺利放行。谢天谢地，这里清静许多。

据说尹喜拜老子为师之后，决定终生追随老子，遂辞去函谷关关令之职，随老子继续西行,来到此处,见这里北仰南俯、山大沟深,山岭、河谷、台地相间,是隐居与观察天象的好地方,于是在此结草为楼,古称"草楼观",在草楼南为老子建"说经台",后合称"楼观台"。附近有老子炼丹炉、晒经石、老子墓,一切显示出老子的活动轨迹。

春天造访大散关,还有书籍介绍老子在大散关著《道德经》,然后出大散关与尹喜去了天水呢!个中真相,且行且听。我问两位大哥:老子到底去了哪里?

柱举大哥说:"老子穿越秦岭来到我隔壁的成都青羊宫。"《蜀王本纪》记载:"老子为关令尹喜著《道德经》,临别曰:'子行道千日后,于成都青羊肆寻吾。'"梁大哥说:"莫知其所终。"司马迁的记载是准确的,这才是圣人应有的状态、老子应有的状态、太上老君应有的状态。两位的回答太有水平了。

说经台建在海拔580米的山岗上,正如资料介绍,犹如竹海松林中泛起的方舟。"方舟"这个比喻太好了,让人想起《圣经》中的挪亚方舟。《圣经》里的方舟是为拯救地球生命,而《道德经》的方舟是为拯救人类思想灵魂。西方经典拯救生命,东方经典拯救心灵,二者合璧,人类世界即刻完美。

德国有句谚语:左手一本《圣经》,右手一本《道德经》,你将无往而不胜。虽说这谚语有悖于《道德经》本意,但足以证明《道德经》对世界文化的影响力。联合国统计,《道德经》是除了《圣经》以外被译成外国文字发行量最多的文化名著。

广场左侧八卦亭内的"上善池"石碑,三个隶书大字笔法劲道、气韵生动,为元代书法家赵孟𫖯题,亭侧石砌水池,池内有一张口石龙,口中吐水,池水终年不断。显然,"上善池"取《道德经》"上善若水,水善利万物而不争"之句。水是老子对道最形象的比喻,"处众人之所恶,故几于道",老子认为"水"的状态最接近于道。这是《道德经》的精髓之一,也是金句之一,千百年来世代相传。将老子思想融于书法,非一般书家所能为,特别是那个"善"字变体,颇耐人寻味。

老子祠(熊柱举摄)

说经台依山而建，顺山势蜿蜒向上，遵循老子大道自然的哲学思想。沿石梯而上不仅仅是身体运动，也是精神的升华。我希望自己能像攀登这些石梯一样，一步一步靠近老子的思想核心和本质，体悟老子抵达不朽思想巅峰的过程。风清气正，沁人心脾。每一个台阶，每一棵古树，每一朵山花，每一寸绿，似乎都引领着人们悟道。

一转身，老子的金身塑像在另一个山坳里巍然挺立，从绿叶中透过来，光芒万丈！

登上说经台，视野豁然开朗，北瞰渭水，南依秦岭，千峰叠翠，好一个福地洞天！"此台一览秦川小，不待传经意已空"，苏轼的千古名句，也正是我们一行此时的感受。

台南为老子祠，据说老子当年在此为尹喜讲经。

"老子祠"三字为赵朴初先生题写，佛教协会会长为道教圣主祠堂题写匾额，也许是道、释相融最好的注脚。本土的儒与舶来的释，终合于道，道、儒、释精神内核互补，构筑起华夏文明稳固的三维坐标，并在历史长河中形成"正反合"的自我调节机能，并得以相融共生，不得不感谢老子在中国奠定的道家哲学土壤。

（3）

《道经》与《德经》石刻分列说经台两边，被现代木栅栏设施护罩，阔大厚重的石碑、工整的唐楷与《道德经》文本三者构成的美学范式大气磅礴，立体而震撼，给人一种直击心灵的审美冲击，让人不得不惊叹李唐王朝尊李聃为李姓祖先、尊道教为国教的荣光与显耀。

《道德经》并非一般意义上的人伦道德，也不等于在此基础上演化而成的道教，而是老子关于天地人的终极追问。

《道经》与《德经》为后世学者所分，共81章，前37章为《道经》，后44章为《德经》。《道经》是老子宇宙观、自然观的反映，即天之道；《德经》是老子社会观、人生观的反映，即人之道。有学者认为这种分章并不严谨，因为老子往往在道中讲德，在德中又阐述道。细读《道德经》，自会明白。

我国古代思想界，大多关注人伦社会问题，鲜有人关心宇宙自然，"古代的学者，只有一个史；古代的学术，只有一个礼"，当今学界普遍认同这一说法，先秦诸子百家几乎全都关心人伦社会，而老子是第一个仰望星空追问世界终极的思想家，其哲学思维所达到的高度，与任何时代的西方大哲相比都毫不逊色。黑格尔承认他的哲学思想很多来自老子，海德格尔把老子的"道"视为人们思维得以推动的准则。

道论的核心是无为，德论的核心是不争，中心论点为"弱者道之用"。"无为"表现为"柔弱"，老子反复论述这一观点，五千言中"柔弱"二字多次出现。顺道而行即为德，德就是不争。然而人类总是爱争、好争，且"力争上游"。所以老子认为人之道偏离了天之道，他阐释天之道，就是为了让人知道应该怎样做才不会偏离天之道，即"人法地，地法天，天法道，道法自然"。

可见，中国思想早期是信奉自然的，包括阐述世间万象变化的《易经》（老子思想的主要来源）。吊诡的是，中国这些高端哲思后来却一路沉沦，一方面下坠为实用之学，另一方面被无限拔高演绎为宗教神学，与西方从神学宗教走向自然的思想脉络刚好相反。更可悲的是，近现代某些中国人，崇洋媚外达到极致，不愿回望老祖宗的高端学说，即便回望，也大多流于表面，领会老子思想主旨的少之又少。

两千年来《道德经》注本汗牛充栋，肤浅的解读甚至误读不少，即便真领会了，愿意遵循者也极为稀少。

知行分离本就是人性弱点，即便"人王"也是如此。老子非常清楚这一点，所以他在《道德经》第七十章说"知我者希，则我者贵"，老子预言很少有人能读懂他的思想，读懂且能遵照执行的就更难能可贵了。一般情况下知难行易，而对于"道"却是知易行难，知行统一者即为圣人，而圣人有几？他的学生孔子算一个，但孔子的学说仅限于人之道，而且孔子悟道很晚，五十岁请教老子之后，才开始钻研《易经》。

一游人问柱举大哥："老子与孔子谁更伟大？"柱举大哥说，两位人物的思想都已国际化，只是二人智慧之树结出的果实不同罢了。司马迁记载得很清楚："孔子适周，将问礼于老子……孔子去，谓弟子曰：'鸟，吾知其能飞；鱼，吾知其能游；兽，吾知其能走。走者可以为罔，游者可以为纶，飞者可以为矰。至于龙，吾不能知其乘风云而上天。吾今日见老子，其犹龙邪！'"孔子在自己的学生面前把老子比成天上的龙，你说谁更伟大？

老子比孔子年长，基本算同时代人，诸多文献和考古资料证实孔子曾多次问礼于老子，记述表明"老子与孔子同时，且为孔子之师"。据说，孔子曾四次问礼于老子：第一次是孔子17岁即鲁昭公七年（前535）时，在鲁国巷党问礼于老子；第二次是在春秋昭公二十四年（前518），问礼于周都洛邑，被司马迁记入《史记》；第三次是孔子53岁时，即周敬王二十二年（前498），在一个叫沛的地方；

第四次在鹿邑。

《庄子》《吕氏春秋》《韩诗外传》《孔子家语》都有"孔子学于老聃""孔子问道老聃"的记载，所有记载内容都是在某一非常情况下，孔子从老聃那里所得到的教示。各地出土的《孔子见老子》石刻画像也反映出儒、道思想的交流与沟通。

由此可见，两位圣人所处的时代，并没有儒道之分，且儒道同源，两家文化有着千丝万缕的联系和诸多共通之处，只是研究范围不同，风格与思想路径各异而已。

然而在几千年封建社会中，儒家一直被尊为正统，道家往往被称为"异端"，这是为什么呢？

或许正如独立学者王东岳所说，佛家是金，道家是玉，儒家是稻粱，人生无玉无金尚可，但却不能没有稻粱。

而我想说，无孔子则无英雄之进取，无老子则无英雄之守成。两家学说互补，才是最佳状态。

（4）

人类竭尽全力竞争，争先恐后发展，在"人之道"上勇往直前，你追我赶，极速奔跑，拼命索取，对地球与环境不管不顾，舍不得停下脚步仰望星空，审视自己的行为，以致灾难频发、气候异常，还不知警觉。

放慢脚步，重新读读老子，认真体会下老子的思想吧！

德国学者尤利斯·噶尔曾说："也许是老子的那个时代没有人真正理解老子，或许真正认识老子的时代至今还没有到来……"

我想说，今天，认识老子的时代已经到来。人类已经被绑在同一条船上，消除国与国之间的隔阂迫在眉睫；回望老子"反者道之动""弱者道之用"的道论核心，反思老子意绪、审视老子倾向于今天人类的意义，进而克服"慢"的恐惧；试问，我们不顾一切快速奔跑，竭尽所能创造的一切所谓的文明，对人类真是百分百有利的吗？如此极速奔跑，到底要奔向何方？

老子两千多年前发现的问题，随着历史发展，愈来愈清楚地展现在人类的面前。《道德经》智慧如海，其中暗藏解决新时期人类危机的钥匙，能不能从中打捞一二，就看人类有没有这个悟性，肯不肯延展这个悟性。

五千真言，法启众生……我相信。

34. 寻找傥骆道（其一）

出楼观台，寻找傥骆道北口。

六月的关中，把季节的旋律演绎得蓬蓬勃勃，把秦岭的心思理解得苍翠欲滴，把硕果累累的诗句背诵得滚瓜烂熟。

（1）

傥骆道南口位于汉中洋县傥水河口，北口位于周至县西骆峪，因名。长约240公里，是翻越秦岭通向汉中四条古道中最快捷也最险峻的一条，因其险峻，最晚开通，又最早废弃。

三国魏正始五年（244），魏将曹爽出骆峪伐蜀，"大发卒六七万人，从骆谷入"；甘露二年（257），"魏大将军诸葛诞叛于淮南寿春，蜀将姜维乘虚兵向秦川，率兵数万人出骆谷"；263年钟会灭蜀也分兵一路从骆谷出兵。

可见三国时期傥骆道已经畅通无阻。

南北朝时期傥骆道荒废，隋朝又开通利用，并在骆谷关"设关官"。唐武德七年（624），亦"开傥骆道以通梁州"。唐代中后期傥骆道使用最为频繁，特别是安史之乱后，皇帝、官员为求便捷，多取傥骆道往返于长安、汉中之间。北宋时期，傥骆道一度仍为官方驿道。南宋时与金兵军事对峙，傥骆道也发挥了重要作用。元明时期，傥骆道逐渐荒废。新中国成立以后，傥骆道再也无人问津，只开通了空中傥骆道——西（安）汉（中）航线，所以傥骆道是秦岭深处仅存的、唯一一条免遭现代文明的破坏的古道，栈孔、路基幸存于秦岭深处。

在周至县猕猴桃园里小费周折，终于看到西骆峪水库大坝，驱车坝底经一片桃园，殷红的果实将矮矮的桃树坠得直不起腰。

傥骆道北段栈孔（赵永武摄）

"骆国山寨"简易木门抓住了我的眼球,从旁边广告牌上得知,这里是古骆国遗址——人文始祖轩辕黄帝第三子骆明的封地。史载骆明是骆国君主,大禹祖父,中华民族先祖之一。骆国山寨距今4500余年,比楼观台还古老,这是今天的意外收获。

这就是关中,每一寸土地都厚厚层累着人类活动遗迹。

木门旁石碑刻着"骆峪村"三个字。无疑,这里就是中晚唐那些诗篇中的"骆口驿"。驿卒、马夫、馆舍、城楼、邮亭、马厩已消散于历史烟云,正对大坝的骆峪镇镇政府,端午节放假,大门紧闭。几位大嫂在一家农户闲谈,我上前想就一些问题咨询,交谈几句发现互相听不懂对方在说啥,只好作罢。

寻轰隆隆的水声而去,发现了水库出水口,在强大的压力之下雪浪翻卷,顺渠而奔。此洞命名为"七一洞",红字记载水库于1970年7月1日竣工,字迹清晰。

上得水库大坝,高峡出平湖。平湖的尽头,数列山峰犬牙交错,目之所及,水库至少拦截了十多条沟壑之水!在晚霞的辉映下,我似乎看见傥骆道陡险的深处。

傥谷和骆谷虽是傥骆道的南北两口,但两谷并不直接相通,骆谷(约20公里)与傥谷(约50公里)的路段仅占全程的1/7,中段还要经黑水、湑水、酉水等众多河谷,迂回曲折,陡险无比。

西骆峪水库大坝(熊芙蓉摄)

见水库两侧有水泥路，决定驱车深入。拐进一条深沟，这里是水库尽头，很多人在深沟戏水避暑，沟谷水流干枯、卵石裸露，简直不可想象，正是这些沟谷的细流汇成了如此饱满丰盈的西骆峪水库。

沟的对岸有一条水泥路，即傥骆道。沟中有垒砌平整的车道，驱车过河上行，沿途罕有人家，没看到栈孔遗迹，遇着一个人，或挡着一辆车便询问有关傥骆道的信息，当地人说，栈孔遗迹还远着呢，车子去不了，得徒步去找。

此时已过19时，我们只有从骆谷出来。又一次放弃，遗憾。

（2）

2020年的春天，荼蘼花盛开的季节，我在周至县文旅局领导的陪同下，再次深入傥骆道深处一百多公里，直到一堵墙将车子挡住，再也不能前行。

沿途奇峰高耸，峡谷越往里走越幽深逼仄，几乎呈90度的绝壁奇观已经让我领略到傥骆道北段之一斑。

里面仍有村民居住，有人在路边开起农家乐，专门服务那些驴友，以及进山避暑的游人；更多的是养蜂人。

徒步前行，转过一弯又一弯，走过一峰又一峰，似乎又走入山的迷魂阵，仍然未见到栈孔，随行人员已经有所恐惧，恐惧山洪，恐惧迷路，恐惧毒蛇，恐惧瘴气，恐惧深山里那些意想不到的事情发生，意思是劝我停下脚步，说今天没做好准备，等来日"武装"一下再行徒步。

傥骆道从骆峪口进山，路线大致为过陈家河上游，翻老君岭，沿八斗河、大蟒河河谷，至厚畛子，然后过秦岭大梁到老县城（佛坪厅旧址）、都督门，向西南翻越兴龙山到汉中洋县的华阳镇出傥水。其中要翻越西骆谷水与黑水之间的十八盘岭、黑水与湑水之间的秦岭主脊、湑水与酉水之间的兴隆岭、酉水与傥水之间的牛岭和贯岭梁等五六座海拔近3000米的高山。特别是从老君岭到都督门之间一段"黄泉"险地，一直沿着太白山南侧迂回，山高谷深，上上下下，野兽出没，没有人烟，生长着毒虫和有毒植物，还有不散的瘴气……自古以来，这些地方令人们谈之色变。

显然，我们尚未接近这些高危地段，尽管已经比前次深入很多。

我只好放弃前行，返回，敬佩那些背着干粮走过傥骆道的驴友。

傥骆道在历史长河中也像其他古道那样，演绎出了形形色色的历史精彩和传奇。据说，傥骆古道替唐朝皇家隐瞒了一个不能言说的秘密：唐朝天宝年间安史之乱，杨贵妃马嵬之死是找人替代，真正的杨贵妃由马嵬坡悄悄南下，进傥骆道，直达汉中，沿汉江入长江到扬州，在扬州改名换姓为太真，混迹青楼，后去日本。

传说有两个依据：一是日本有杨贵妃的墓葬和后裔；二是白居易的《长恨歌》有"马嵬坡下泥土中，不见玉颜空死处""忽闻海上有仙山，山在虚无缥缈间"等句。白居易曾做周至县令，写《长恨歌》离事件的发生只有50年，因时间与空间的接近，作者可以得到真实的素材，但又不可能将实情一一写出，所以在《长恨歌》里借助诗歌艺术，埋下一些"真雷"。

当时，唐玄宗出长安，过马嵬，从陈仓故道入蜀。贵妃绝不可能追随其后，退回长安更不可能，唯一一条道路就是直接南行，从骆口驿入傥骆道，逃生于南方。马嵬驿与骆口驿极近，且在一条直线上，她只有选择捷径逃生。

陕西著名作家叶广芩挂职周至县委副书记时，从骆峪村入谷，亲自走过一段傥骆道，还被蚂蟥咬过。她在一篇文章中也提到杨贵妃这件事情，她似乎还认为是真的。

为这个传说，很多学者在日本追寻杨贵妃的足迹，包括叶广芩，她在日本专程去拜访供奉杨贵妃的庙宇和她的墓地，墓上书"杨贵"，去"妃"而称"杨贵"。是的，当唐玄宗李隆基在马嵬驿被士兵要挟，不得已赐死杨玉环时，她已"妃"将不"妃"了。

假如这个故事是真的，那么秦岭中的四条官道，有两条就与这位集三千宠爱于一身的胖美人有关。子午道是她的荣宠之路，傥骆道是她的"死亡"之路，而这两种截然不同的结局皆因一个人：拥有至高皇权的李隆基。

呜呼，人生何处不风月！

35. 寻找傥骆道（其二）

傥骆道没被现代文明破坏，值得庆幸，尽管给我的踏勘带来了麻烦。

从地图上看，骆峪与黑水峪走向平行且相距很近。我们决定沿黑水峪（108）国道进秦岭，下榻汉中市佛坪县城，目前只有通过这种方法来感受傥骆道。

在周至县马召镇吃晚饭，山上飞檐翘角的寺庙映入眼帘，店主告知是仙游寺。我的天，这可是琉璃瓶内存有10粒舍利子的古老名寺啊！"乘龙快婿"典故、《长恨歌》诞生的地方啊！又一个非常想造访而又不得不放弃的地方（2020

年春天专程造访，得知仙游寺原在黑河峪口之内的金盆村，舍利塔为隋炀帝杨坚下令建造，修建黑河水库时，将这座舍利塔每一块塔砖编号，整体原样迁至现在位置重建）。

20时准点出发。进入峪口，清风徐来，燥热逐渐消散。沿途建有观景台，有不少人在沿岸纳凉避暑。其实下午从楼观台出来寻找西骆峪时走错路，已在水库大坝下面见识了其雄伟身姿，高大宽厚的坝体结结实实锁住峪口，坝体切面"之"字形道路成为一道壮观风景，"黑河金盆水库"几个红色大字镶嵌于坝体斜面。黑河目前为西安市主要直供水源地，被称为西安市的"生命河"。

"黑潭水深黑如墨，传有神龙人不识"，白居易眼里的黑河水，跟我今天看到的一样，这高差，这水色，千年来没有变化。变了的是这山岩多了一条现代公路。

越往里走，空气越清新，山势出奇地险峻。虽至暮色，但山河轮廓清晰可见。我们俩第一次走这条道，没想到如此壁立千仞、深险奇峻、一步一弯，傥骆道与故道、褒斜道、子午道的对比全然显现。

我开始后悔没有留在周至，待天明游览仙游寺再从这条路去汉中，可以欣赏沿途美景。秦岭七十二峪，峪峪不同啊！但是，已经出发，只能朝前……这几天在秦岭进进出出，陷入"围城"，出来又想进去，进去又想出来。秦岭腹地宁静清幽，但总像钻进了迷宫，绵延嵯峨的群山总是挡住视线，封住心灵，没有尽头，让人焦虑，一心向往山那边；可钻出迷宫，山外的喧嚣与聒噪又让人心烦意乱，不想多停留一刻，于是又向往钻进山里，去享受凉爽和静谧。

这是一条半隧式国道，直接从山岩凿进去，像古栈道的槽道，如此宏大气势的开凿古人不敢想象。古人寻水觅路，因生产力水平有限，一般都选择相对平坦宽敞之地，遇到过不去的地方才凿孔架桥修栈建阁，这也是秦蜀古道中土石道、碥道所占比例总是大于其他几种道路制式的主要原因。

一直有不息的车流朝我们对开过来。我不明白，现在去西安一般都走高速，这国道怎会如此繁忙？继续前行，见"黑河国家森林公园"标牌才明白，原来端午假期，人们都进山避暑，假期今日结束，都赶着回西安明日上班。

"这路跟开川藏路差不多，不摆龙门阵了。"柱举大哥发话了。夜色朦胧，车流繁忙，老司机也紧张起来。

周至县学者赵永武先生说，这是一条"三线建设"的战备公路，工程代号为"0702"，其父兄都曾参与公路的修筑。据统计，当年筑路时仅周至县就死亡68

人、伤残95人,网上一检索,发现参与者、见证者的记录车载斗量。

1969年中苏关系恶化,国际形势严峻,为备战需要,国家计划修建一条穿越秦岭的战备大动脉。经勘探,决定从周至黑水峪进山,翻越秦岭,向南经佛坪、洋县抵城固县,即今天的周城公路,全程270公里,今属108国道之一段。1969年11月动工,沿线周至、佛坪、洋县、城固组织7万多名民工,会同陕西省公路局二、三工程处4个队,以及中国人民解放军建字851部队修建,历时3年竣工。建大桥9座、涵洞923道,防护砌石27万立方,共移动土石方1000万立方米,其中石方占72%,1974年铺筑柏油路。堪称伟大工程啊!

20世纪六七十年代的筑路水平,想必跟《红旗渠》电影里所描写的差不多吧。有篇找不到署名的文章这样写道:"就拿抡锤打钎来说,在较平坦界面倒还罢了,实际上人们更多在悬崖峭壁上进行。抡锤的腰上拴着绳,扶钎子的腰上也拴着绳,把自己悬挂在空中,抡锤的挥一锤荡一下秋千,扶钎子的要把钎子挪一下,让石窝里的石粉出来,并且让石窝大一点点,免得把钎子卡住了。他们就这样演着杂技,艰难地打出一个又一个炮眼。"文章还说:"不知道别的队上怎样,光我们队拧了腰、折了腿、断了胳膊的就有好几个,他们休息几天,身上缠着绷带,或贴着膏药,喝着药酒,就又开始工作了。我有个亲戚,在工地扶钎子时不小心钎花飞进了眼睛,瞎了一只,留下终身残疾……"

一位叫黄文庆的作家写了这么一个故事:一位姓段的村民,平时爱看书,写顺口溜,一年没有回过家的他,心里难受,就偷偷在石头上写了一首谜语诗:

　　远看峨眉山不在(我),

　　天下西女谁不爱(要),

　　口中有口难开口(回),

　　法字去掉三点水(去)。

不料被人看到了,胡乱分析说他盼望国民党回大陆,开会批斗他。他哭着解释:"我只是想说'我要回去'!"批斗会开到中途,开不下去了,因为在场的人大多数都哭了。

这并不遥远的历史,让人瞬间泪奔……我们行驶在先辈用生命和鲜血开凿的道上啊!我不知道这些避暑车流的幸福感里有没有一丝对老一辈的感恩。

大晚上的怕二位兄长忌讳,没有把我查到的东西告诉他俩。

走过黑河森林公园,跨过一座小桥,进入板房子河流域,车流陡然消失,安静异常。柱举大哥说:"刚才的车流是享受型的,若现在碰上车那一定是生存型的。"话音刚落，迎面开来一辆大货车，不得不佩服老同志洞观世事的敏锐。

我问："我们这车呢，是什么型？"梁大哥说是冒险型，柱举大哥说是探险型。为了我的事让两位如此受累，我有些过意不去，但此时却不适合表达这种情绪，我只有在心里默默地感恩。

21时30分，到达板房子镇综合服务区，服务区已经熄灯，停车休息片刻，柱举大哥如释重负地抽一支烟。

多么美好的夜晚啊！天边挂着一轮弯月，月亮周围被厚厚一层雾气包裹，像嫦娥用纱巾遮住了脸庞，朦朦胧胧。众鸟栖林，万籁俱寂。原来，秦岭深处的月亮也如此与山外的不同，夜晚也如此别致，轰隆隆的沉静、清幽。我甚至幻想，若此时在这里弹一曲古筝，让余音如山岚雾气般在静谧的山中袅袅弥漫、融化，闭上眼，我也会像一个音符那样，在这清澈的天地之间悬浮、游荡……

工作人员出来给我们打招呼，估计我们搅了人家清梦。

板房子镇是周至与佛坪的交界地，历史上板房子镇时属佛坪时归周至，循环往复很多次，现在属周至县，是西安、汉中两市交界地。

厚畛子镇就在板房子镇山后，傥骆道必经之地，我已经感觉到傥骆道的气息。事实上，今晚的整条路线都是傥骆道的影子。

继续赶路，开始绕山爬行，估计在翻越秦岭主脊，傥骆道的"黄泉"路段。穿过南天门隧道，紧接着又穿过长长的秦岭隧道。一路走来，柱举大哥发车、停车、到站的时间总是在整点整刻，整得让人发怵。穿过秦岭隧道停车刚刚22时。估计这里是108国道最高点，车流稀少，几近于无，气温骤降，出奇地清凉。停车查看，海拔1675米。

傥骆道的气息越来越浓。

继续向佛坪县城进发。何谓佛坪？"度娘"说：清道光五年（1825）始设佛坪厅治于佛爷坪（今周至县厚畛乡老县城村），故名。1913年改厅为县；1925年县治迁袁家庄，即今晚我们的目的地。

经观音山、佛坪大熊猫自然保护区，我本能地感觉到傥骆道就在我脚下，或许就隐藏在我身边——大熊猫打鼾的地方。

汽车下行，凭直觉，翻过了秦岭主脊，进入秦岭南坡。

23时准点抵佛坪县城，路边一家酒店住宿已满，团长没有预先在手机上订房，终于尝到苦头。好在酒店老板推荐了一家后街的私人客栈，打了电话，老板亲自来接。客栈名叫"正顺和"，吉利，正能量，就此住下。

后街是老街，街道很窄，房子修得老高老高，更显街道窄逼。秦岭腹地的县城大多窄逼，我所住过的，这里为最，山势所限，另面证明了傥骆道的艰险。

老街经过统一风貌整治，一些零散旅客搭一张小方桌乘凉、夜饮，静谧，悠闲，惬意。

老板娘说他们先辈是民国十八年（1929）关中大旱逃荒至此，靠十个大洋买了点苞谷面起家，苦心经营，然后盖了这栋楼房。民国十八年即公元1929年，佛坪县城搬迁至此仅4年。这一年西北大旱，有人说是千年不遇的大荒年，一千多万人因饥饿丧命，尸横遍野……

老板一家能在如此特大灾难中生存延续至今，从"正顺和"三字切入，或许就能破译其密码。很想与老板娘聊聊他们家的百年创业史，但夜已深、人已累，明天还得赶路，只得作罢。

行走，就是由无数遗憾构成的，每一次相遇，都有一段精彩可供遗憾，我已经习惯并为之乐此不疲。每行走一步，都会打开一个视野盲区，拥抱已知世界的同时，更大更多的未知世界也如约而至，并透射出更为宏阔的背景、沧桑之底色，供我窥探或瞭望，好奇心和求知欲随之满足，并继续延伸……

感谢行走。

36. 第一张植物纤维纸

鸟儿叫醒了山谷，叫醒了小县城，也叫醒了我们。

今天的主要任务是找到傥骆道南口傥河水库，对傥骆道形成一个粗略完整印象；顺便找寻一下子午道南口，把今年四月在关中平原对子午道北口的寻访文字连缀起来。

驱车大河坝镇上高速，电话咨询汉中理工大学梁中效教授，他建议我们在龙亭下高速看下西汉龙亭侯蔡伦墓祠，然后北上华阳古镇考察傥骆道栈孔遗迹。

（1）

纸张之于读书写字的人，如土地之于农民。在龙亭下高速，拜谒"纸圣"蔡伦。

汉安帝元初元年（114），蔡伦被封为龙亭侯，邑三百户。龙亭即今陕西省洋县龙亭镇，蔡伦死后葬于封地。

蔡伦出生于东汉桂阳郡（今湖南耒阳）。少年入宫，历为明、章、和、殇、安五帝之宦官。善于观察思考，神赐睿智。靠宫斗上位，最后死于宫斗。据记载，蔡伦在任尚方令（汉代官名，负责皇家作坊，专替皇帝制作御用刀剑等器物，尚方宝剑由此得名）期间，改进造纸术；元兴元年（105）他向和帝献纸，"帝善其能，自是莫不从用焉，故天下咸称'蔡侯纸'"。

公元105年，蔡伦掀起了一场人类文字载体革命——用树皮、麻头、破布、旧渔网等十分经济、便利的原料，造出了植物纤维纸，在人类文化史上留下了光辉的一页。这一节约资源的革命浪潮，不亚于现代互联网革命。自此，读书人再也不用在龟甲兽骨、木牍竹简上艰难刻写，不再为昂贵的丝帛而发愁了。

像牛顿被苹果砸出"万有引力"定律一样，古今中外任何一项发明的背后，都隐藏着无数机缘密码。据说蔡伦当年是从包贡果的絮纸得到了灵感。絮纸即将蚕丝在竹席上拍打成絮后，留在竹席上的一层薄薄的纤维，铺平晾干后揭下来就是絮纸。但做絮纸的蚕丝在当时是稀少而贵重的物品，蔡伦就想，能否用一些不太贵重的物品来代替蚕丝做成纸张呢？

接下来就是千百次的选择、试验，无数次的失败、改良，最终选择树皮、麻头等材料在宫廷作坊施以锉、煮、浸、捣、抄等法，历时十多年，直到成功做出第一张植物纤维纸。

聪明的蔡伦将造纸过程、方法写成奏章，连同造出来的植物纤维纸，呈报汉和帝，和帝大加赞赏，蔡伦造纸术很快传开。人们把这种纸称为"蔡侯纸"，全国"莫不从用焉"。后来东传日本，西传欧洲，乃至风靡世界。

蔡伦的创新不仅在于改进造纸术，还有一项世人瞩目之成就：改进钢刀制造工艺。《后汉书》记载他"监作秘剑及诸器械，莫不精工坚密，为后世法"。三国时《广雅·释器》记古剑有"蔡伦"之名，便是蔡伦职掌尚方令时监制的精良剑。他总结工匠们多年积累的丰富经验，促使当时的冶炼技术得到质的改进，如"尚方宝剑"的铸造。

可见蔡伦聪明伶俐，善于实践操作，是难得的科学技术人才。

祠门外有个小广场，"蔡伦"雕塑身材高挑纤细，着汉服，抱纸卷，那神态像是要去给皇帝汇报。紧挨着，是一尊雕塑"老先生"，手拿书卷，给小朋友传道授业解惑。

我们赶到蔡伦祠时，正见一位花枝招展的小姑娘站在"老先生"对面去触摸那本厚厚的古书，年轻的爸爸在给女儿拍照。这画面颇具穿越感，生动美妙，让古人一下子活在了当下，中华文明生生不息的传承逻辑，跃然眼前。

（2）

祠内幽静，陡增肃穆。

青苔、古树、殿宇、碑石、名人书法、牌匾，还有德宗皇帝的御书，比比皆是。原有25亩规模的墓园，现为6亩。从中轴线依次进入山门、拜殿、献殿，而后进入墓葬区。墓冢气派，在我眼里，龙亭侯规制在其次，它更具发明家应有的分量。

"天下书生仰面谢恩参纸圣；世间读者低头祈福拜龙亭。"在墓冢前我虔诚跪拜，同时忏悔。我想起我笔下的那张纸，那张供我涂鸦的纸，那张我动辄浪费的纸，那张我曾不屑一顾的纸。

柱举大哥也跪下了，我说您老站着拜就可以啊，但他一定要跪拜。他曾做过档案局领导，我明白他对纸的敬畏。

"字纸有神灵"，耳边响起祖母的话。祖母没文化，却敬惜字纸。她老人家从不轻易随意丢弃、践踏字纸，我很小的时候，总是见她将字纸理得干干净净，放得整整齐齐，拿到干净的地方化掉（那时村里的字库塔已毁）。而我却嘲笑她，并背着她悄悄撕下书页折纸牌玩。

童年的淘顽早成过去，今天的书写也不全依赖纸张。可我们仍需循着纸的踪迹回溯，由蔡伦找到仓颉，由仓颉找到蒙恬，由纸找到砚、笔、墨；找到由纸承载的文字、图形、线条、色彩，进而找见我们的根、我们的来龙去脉；找见那一张张可亲可敬的面孔，那些我们熟悉抑或陌生的风景；找见周秦的思想、汉唐的气象、魏晋的风度、两宋的文采；找见李白的豪气、杜甫的忧思、苏轼的旷达；找见荆轲的勇

蔡伦墓祠（熊柱举摄）

敢、苏武的隐忍、张良的智谋、孔明的清忠……进而点燃藏在纸里的梦想和激情的种子。

蜀道寻访是一个立体探寻过程，不仅需要在野外寻踪，更需在纸上探秘。第一站剑指韩城，只为去借一盏圣灯，以照亮那些发黄的纸卷，进而照亮我的行程。今天在蔡伦祠一跪，我完成了对推动人类文明进程的伟大发明家的虔诚拜谒，以及对自己的检讨，这一跪将监督、照耀我的未来……

中轴线两侧的钟楼、鼓楼、厢房、戏楼等古建别有韵致，它们与存放在玻璃橱窗的"蔡伦纸"一同陪伴着蔡伦在此安然长眠。蔡伦怎样寻找、选择植物纤维材料，怎样实验改良的故事，"度娘"有众多介绍，洋县有口皆碑、家喻户晓，已无须我在此赘述。我的造访，重点在于这一跪的仪式感。

蔡侯祠的西侧是蔡伦纸文化博物馆，原始造纸作坊的一些老物件在此静静地述说着蔡伦造纸的工艺流程，说是可以现场制作、演示、操造"蔡侯纸"，因没有管理人员在场，我等不敢造次。

园区内青竹吐翠、花木含丹。那树火红的石榴花，像是在向苍天控诉，控诉宫廷的腐朽是怎样扭曲摧毁一位科学家。

张骞、蔡伦、张衡属于同时代的科学家，在汉代出现，说明汉代我国已出现领跑人类文明的强劲势头，说明我们的老祖宗并不缺少科学素养。一代伟大的发明家蔡伦，最后竟死于宫斗，不由让人深深叹息。

37. 寻找傥骆道（其三）

出蔡伦祠，驱车华阳古镇。

高速出，古道进，颠来簸去，如山海泛舟。好在阳光明媚负氧离子弥漫，山山水水绿波浩瀚，大哥车好、驾技好，使我并无疲倦之感。

行至茅坪，稍加整治的黑龙潭如一幅古朴的天然画卷：流水、深潭、小舟、茅亭，诗意盎然。忍不住停下来扑进这天然画卷之中，如饮一壶醇绿的酒，醉了，化了。

此时我们所走路线即傥骆道南段，缓平而幽深，老银杏、古槐等行道树偶尔擦窗而过。

华阳风景区是ＡＡＡＡＡ级综合旅游景区，被誉为"中国中央公园""秦岭芯"。平均海拔1700米，最高海拔人坪梁3000余米，傥骆道翻越人坪梁到华阳古

傥骆道汉中茅坪段（梁宗勤摄）

镇，古人得走三天。

白云造型别致生动，牌楼矗立高旷之地，伸入云天。与低地浓绿不同，空气中似乎少了某种介质，天地间仿佛被白云稀释成粉蓝色。

一仰头，惊了：一轮圆月镶嵌在蓝天，此时正是大中午啊！生平第一次见日月同辉天象奇观，古人认为见此天象是吉兆，心中大喜，庄重记下这神圣一刻：2016年6月11日14时14分。

景区派一位对傥骆道有所了解的导游、一辆观光车，引领我们开启傥骆道寻访模式。

华阳古镇于秦汉形成集镇，唐宋设华阳县治，为傥骆道上重要驿站，自古为军事、经济、政治重镇，如今成为旅游胜地——导游口中"北方的丽江"。

华阳对应华阴。山之北谓之阴，山之南谓之阳。唐时秦岭以北设华阴县，秦岭以南设华阳县。以西岳华山（属秦岭）为界。《华阳国志》主要记载华山之南的陕西、湖北南部以及四川、云南、贵州等"华阳"地区历史。华山即"华夏之根"，中华之"华"源于华山。华者花也，华山即花山，表明中华民族源头就是爱花，讲究鲜花美学，这些在仰韶文化陶纹中都能得到佐证。

沿东河上行，直达景区终点。一路见老百姓依然故我在田间劳作，景区将百姓农田、山林规划在景区内，老百姓的生产生活并未因旅游而受影响，点赞。

自坐上观光车那一刻，我们所走即傥骆道原址。进山的十多公里车程，一会儿阴云密布，一会儿阳光灿烂，大山深处的气候说变就变，临近苍耳崖，又下了一场太阳雨。苍耳崖驿站是景区终点，往前没路了，站在小桥北望，峡谷幽深，不见尽头。该驿站是秦岭南麓第一驿，建在山岩上，像吊脚楼一样悬在半空中，长30多米，有十多间栈阁。公元784年，唐德宗皇帝为躲避泾原兵变携嫔妃、皇子皇女从骆峪逃往汉中，就夜宿此驿，龙床今被洋县博物馆收藏。

今天所见只是一块光秃秃的岩体，没看到栈孔。导游说栈孔在水底，枯水季节才能看到。我揣测这是景区所做的苍耳驿站文化符号，真正的苍耳驿还在小桥以北的更深处。

德宗进入傥骆道是冬天，在这夏无酷暑、冬日极寒的大秦岭，皇帝万金之躯怎受得如此寒冷？且前有险路，后有追兵，车轿都派不上用场。据说德宗长女唐安公主走出秦岭，过了傥河口就暴病而亡，年仅23岁。洋县城西马畅镇现存唐安公主墓，墓志有"不堪艰险而亡"的记载，显然是劳累过度。

傥骆道南坡第一驿苍耳崖（梁宗勤摄）

马嵬兵变，杨贵妃逃亡时住过苍耳崖驿站吗？

导游摇头，这本是秘密，岂是人人得知。如果杨贵妃真从此道逃亡日本，肯定化装而行，且随从更少，充其量有个贴身丫鬟或小太监一枚，没人鞍前马后，甚至连吃食都是问题，其艰险远胜于德宗一行，可见38岁的杨玉环，生命力远胜公主。叶广芩老师说："阴冷的傥骆道，因为悲催的贵妃和惨淡的公主而增加了些许温柔。"

百年以后，唐僖宗李儇因黄巢进围长安，同样在腊月初二滴水成冰的时节，在傥骆道重演了一遍狼狈的"幸蜀"把戏。傥骆道仿佛专为皇室人员修建的逃难通道，皇上只有性命不保时才会想到去蜀地，可那时候朴实的蜀人还把皇帝"逃难"称"幸蜀"，当作荣宠，悲哀呀！

据说僖宗幸蜀至此时，自言自语道："我大唐竟有如此朴实子民，如此美好河山。"所以东河河谷又称"龙吟峡"。天子的一句自吟，让蜀地百姓记诵了千年，今天的导游还在为游客背诵。

河边草坪里百姓走马贸易的铜塑栩栩如生，彼时蜀地茶叶、丝绸，以及自贡的盐均通过此道运往关中。龙吟峡预备恢复昔日傥骆道之繁华与风采，操作手法大同小异，碑刻、诗词，图文并茂展示傥骆道历史，景区没有忘记这些贩夫走卒，他

傥骆道南段龙吟峡水底立木栈桥孔（熊芙蓉摄）

们才是这条道路的主人、王朝的主人、历史的主人。曹爽、姜维也好，皇帝、贵妃也罢，支撑他们留名千古的，是这些千千万万不知姓名的人。

河中石头上有密密的圆形栈孔，这种水底栈孔即栈桥孔——在孔中立柱，上面铺设木板或石板，使之成为栈桥，以供行人过河。这种栈道形制在古栈中所占比例不高，多建在河流狭窄之处，从栈桥过河，是为了能够走在对岸宽敞的碥道上。秦岭其他几条古道我还没遇见过，曾在剑门关志公寺前面的小河里见过这样的水底栈孔。

每条古道有栈孔的地方，总让我们流连忘返，那兴奋像老鼠看见了大米，像考古学家在青铜器上发现了铭文一般。

龙吟峡栈道复原模型（熊柱举摄）

在这龙吟峡，很少看到悬崖栈孔。重建的那一小段栈道，对面宽阔处应该有碥道，因古人绝不可能多此一举在此修建栈道，故推测应该是景区为方便游人参观而仿建的模型。

据记载，傥骆道因河流峡谷地段较多，悬崖栈道多达近百处，约占全程的三分之一，个别地方多达70余个，有方形、圆形、马蹄形、三角形多种形制。据此看来，傥骆道栈道凌空飞架，蜿蜒于崇山峻岭之间、湍流绿波之上，时而亭阁时而楼的壮美雄奇，应该大多在河谷众多、峡谷深切的北段，而南段大多为碥道。

出龙吟峡建有傥骆大门楼，此即傥骆道上最大的驿站——谷口驿，目前正在按古代规模进行恢复重建，第一期工程已告一段落，辉煌气派。傥骆道全程设11个驿站，从苍耳驿到傥水口一共5个驿站。"十里一走马，五里一扬鞭""一驿过一驿，驿骑如星流"，何等盛景啊！

出华阳，原路返回洋县，寻找傥河水库。

傥河出谷后流经洋县县城，成为县城一道靓丽水景。县城市民在两岸消闲散步，没有任何标识，只在傥河一侧看到一个非常小的牌子：傥河路。多少有些失望，一打听，说还得往北走三公里，找到水库大坝，那就是真正的傥骆道南口了。

驱车往北，似乎又走错了道，远不止3公里，一番周折之后19时20分爬上大坝。远远望去，山峰几成横线平行排列，与骆峪北口陡然耸立的犬牙交错相比，平缓而温柔。北陡南缓的秦岭山势造就了傥骆道北口与南口迥然不同的风格与风光。

夕阳西下，青山倒影，半江瑟瑟半江红。一转身，阳光因为坝体遮挡而直线切分南面山体，半山瑟瑟半山红，韵致无限。

大坝下面是洋县朱鹮保护和养殖基地，傥河口如今称朱鹮湖。前面已经说过，朱鹮是秦岭对全球生物界最伟大的贡献。

对傥骆道已形成大致印象，寻访暂时画上句号。

接下来寻找子午道南口。

38. 寻找子午道（其一）

子午道与傥骆道不是我的重点，到了关中找找北口，到了汉中找找南口，形成一个粗略完整印象，以便跟褒斜道、故道进行对比。

为方便读者对子午道形成完整印象，特将2016年4月的子午北口寻访文字放在前面，一气呵成。

（1）

子午道始通于战国，得名于西汉，繁盛于汉、唐。东汉、唐一度为官驿大道。

古人以"子"为正北，以"午"为正南，刘邦在关中建都修筑长安城时，子午峪口正对都城中轴线，为正南北向，因名。或许这是世界上最早的本初子午线。西汉末王莽下令修复，设子午关，子午道正式成为官道。

子午道最早见诸文字为《史记·高祖本纪》，公元前207年，刘邦鸿门宴后，被迫由霸上去南郑就汉王位时"从杜南（杜城县南，今西安大雁塔一带）入蚀中（汉中谷道名，即子午道）。去辄烧绝栈道"。

秦岭古道中，子午道本来最为冷落，因其险峻，有些地方连牲畜都不能通过，货物通过时只能人背，一天仅能走50里。据说诸葛亮当年没有采纳魏延"子午谷奇谋"，就是不敢挑战子午道的险峻。第一次北伐，魏延曾提出由他率兵五千，从子午谷直取长安，诸葛亮率大军从褒斜与其会师。但诸葛亮用兵谨慎，认为该计划过于冒险而未采用。可唐天宝年间，冷落的子午道因一位美女而热闹起来。天下事不论大小，只要与美女相关，自然就有了高知名度和关注度，至今亦然，何况她是皇帝的女人。

"一骑红尘妃子笑，无人知是荔枝来"，杨贵妃贪食荔枝，唐玄宗李隆基便下令在涪州（今重庆市涪陵区）建荔枝园，为使荔枝色香味不变，通过八百里快骑在三日内将荔枝运抵长安，荔枝新鲜如初。皇帝为宠妃的一点食欲，不惜动用国力整修一条"高速国道"。子午道的通畅，理所当然为唐朝经济繁荣做出了不可磨灭的贡献，但在岁月长河中早被美人的光艳所遮蔽。

（2）

踏上子午道之前，先去太平峪看紫荆花、彩虹瀑布奇观，用去一整天时间。太平峪紫荆是我国紫荆的发源地，太平峪得名于武则天爱女太平公主当年在峪口建造行宫。又与美女相关。也许太平当年就是看上了这一谷的紫荆花吧，这一山一山的紫荆花开得让人心醉，如烟似霞，像公主慵懒的红颊，又像她瑰丽的睡袍。

秦岭七十二峪，随便进入一峪，自然奇观都足以代表秦岭。眼前的太平峪，连峰去天不盈尺，枯松倒挂倚绝壁。悬殊的高差，林立的峭壁，叠嶂的峰峦，连绵的沟谷，次第而上的瀑布群等自然的奇俊足以盖过公主的光辉。这也许是太平峪至今没有植入所谓的文化元素，保持清清爽爽的原因吧。

通向山顶的道路，让人震撼。

迂回曲折紧贴崖壁，虽属现代打造之栈，但险象环生，让人望而生畏，也许我心里装着蜀道，所以才如此敏感。《石门颂》中对子午道的险状做过这样的描述：

太平峪紫荆花（陈洋摄）

"上则悬峻,屈曲流颠;下则入冥,倾泻输渊。"平缓处道路泥泞,苔藓遍地;山道上荆棘丛生,乱石塞道。行至险处,如履虎尾,空车快马也难行进,毒蛇猛兽时有出没……太平峪虽不在子午道上,但与子午口平行,其险峻在当年应该有过之而无不及。

太平峪彩虹瀑布(熊芙蓉摄)

移步异景,山清,水秀,花美,刚想停下脚步,又被前面的美景诱惑,"绝无人迹处,空山响流泉",就这样被前面层出不穷的美景召唤着,居然不知不觉靠近了彩虹瀑布。"飞湍瀑流争喧豗,砯崖转石万壑雷",万壑雷声夹杂着人们的尖叫声传下来,下山的人被淋得像落汤鸡一样。

上得一层台地,再上一层台地,终于看到一挂瀑布从九天银河喷薄而下,丰沛,激越,水流怼击巨石溅起的如烟水雾,把方圆500米山体氤氲濡湿。一路上来,虽瀑布成群,也有个别小彩虹瀑布,但都比不上眼前这帘瀑布惊心动魄。

"彩虹!彩虹!"人们在瀑布溅起的水雾中惊呼。

平常,我们肉眼看见的七色阳光都一色,可在这里,七色被飞瀑演绎得淋漓尽致,反射、折射就形成了彩虹,再反射、折射,就形成副虹,正虹与副虹组合成一个硕大圆圈。我们不但看到正虹还看到了副虹。有几个小年轻已经跑进彩虹圈里去欢呼尖叫了。在圈外的我们,也沐浴着上天赐予的,如烟似雾的甘霖。

世之奇伟瑰怪非常之观,常在于险远,而人之所罕至焉!彩虹一般挂在雨后的天空,此时,天上的珍宝降落人间,降落在秦岭的山涧中,降临在我的面前,多么幸运啊!

西安一对工程师夫妇,我们称李哥和肖姐,是我们的团员兼免费导游,他们说好几次上山,都未能见到这种奇观。

此虹只应天上有,人间难得几回现。

彩虹的壮观程度与水流、风力大小、瀑布与山体构成的角度、太阳公转的角度、空气的洁净度、抵达时间等等因素密切相关,纯属小概率事件,真乃上天赐予的"高科技"产品啊!

感谢阳光,感谢秦岭,感谢昨夜的雨。

39. 寻找子午道（其二）

子午道北口（陈洋提供）

今天正式踏上子午道。

驱车西安市长安区子午街道子午峪口，徒步进入子午口，逆沣河而上，探寻古道的前世今生。

子午镇即今子午街道，又称北子午镇，对应秦岭南麓汉中市境内的南子午镇。入峪口走过一段土路过河，有座青石小拱桥，近看没有水泥勾缝，属干砌，应该有些年头了，看桥头"荔枝驿"石碑，得知乃清末左宗棠任陕甘总督全线维修子午道时所建。

跨河向前，被子午水库大坝堵住了去路。秦岭南北均在谷口修建水库拦截秦岭之水，这是秦岭赐予关中、汉中的福利。子午峪水库相比我见到的其他峪口水库小很多，水流不丰，古道淹没在水底，新道从水库另侧呈马蹄形弯上水库。

山峰大角度错落，子午峪的深险初现端倪。

走过新建山门，子午峪更为深窄，视线尽头只有山。然，跟太平峪比，峡谷宽敞平缓许多，不然公路难以通达。可见古人择道，易于通行是首选。

"千里古栈连子午，万顷烟霞会玄都"，未及细想，"金仙观"石碑又映入眼帘。前行几步，金仙观顶点延长线的山顶上，矗立着一座人工垒砌的圆形高台，拔地而起，突兀凌空，这就是西汉玄都坛——我们今天的徒步目标。真可谓目不暇接啊！

玄都坛海拔888米，西汉朝廷为祭祀天地而建。

"玄都"为道教专用词，指无上仙境，老子所居之地。侧面眺望仿佛是一幅天然的"老子论道"造型，让人匪夷所思。

金仙观（熊芙蓉摄）

"玄都观里桃千树，尽是刘郎去后栽"，这是刘禹锡的千古名句。

"屋前太古玄都坛，青石漠漠常风寒"，这是杜诗，杜甫都说"太古"，说明此坛在唐朝以前早就存在了。

据载，玄都坛坛顶与渭北天脐坑（汉天脐祠，大地原点）位于同一直线，天脐坑—长安城—玄都坛为汉代长安一条建筑基线。经卫星定位仪进行方位测量，南北方向不差分秒，可谓中国汉代的格林尼治子午线。

为古人的智慧叫绝、点赞！

玄都坛上曾建玄都观，类似北周通道观，隋代为道教学术中心。隋炀帝改

玄都坛（赵永武摄）

·119·上部：北栈风云

道观为玄坛，又称玄都玄坛。

玄坛作为隋炀帝的内道场，承担隋代官方写经之责，玄坛道士复校的道经，作为秘书省的官方写本，流播至敦煌地区，然后沿丝绸之路传播至西域。

历代终南隐士围绕此坛修建了许多道观，分布在坛顶及周围。显然，金仙观因玄都坛而存在。

子午道废弃后，沿途寺庙、道观随之冷落。唯玄都坛保存完好，今为子午道上重要景点，游人乐此不疲的登攀目的地。

从金仙观侧门进入，只见到处是韩国文字，建筑具有浓郁的韩国格调，有石刻"韩国道教祖庭"，当地人称其"韩国庙"。原来，唐开成年间，新罗（今韩国）人金可记留学长安，考取了功名"宾贡进士"，但他不求仕进，隐居子午谷中修道，后回国传教，成为传播韩国道教的第一人。回国数年后再次返回子午谷中，唐大中十二年（858）羽化于谷内。

李唐王朝认老子李聃为其祖先，尊道教为国教，崇道之风影响甚广，连留学生都愿意放弃功名，立志修道成仙。据说玄宗之妹玉真公主与金可记交往甚密，常来此谷与金先生登坛修炼。

迎着一路鲜花绿叶，踩着极少人行进的崎岖小路，终于登上玄都坛，坛高我为峰，所有山峰都矮了下去。

神清气爽。好想做一个道士，常年在这四面凌空的坛顶打坐修炼，吸宇宙灵气，纳日月精华，想不成仙都难。

坛顶遥望，子午道——今日西万公路，像一条长蛇在崇山峻岭中蜿蜒。又想起魏延和诸葛亮，从理论上讲，从子午道出兵攻取长安最为便捷，有取胜的可能，但是对手会傻到连子午口都不重兵防守吗？在这丛山之中的任何一个地方埋下伏兵，引你进入再前后夹击，怎么办？魏延不怕，他败了可以投降曹魏，仍是一员虎将，但诸葛亮不一样，他得为蜀汉负责，为后主兜底，他得谨慎用兵。

三国烽火远去，迎面走来了杨贵妃。我似乎闻到了荔枝鲜香。"长蛇"尽头的那座山头，可是子午关？南来的驿夫，当你第一眼看见玄都坛时，会不会在心里默念：遥望玄都坛，打马进长安？可你马背上的"紧急公文"不是送到长安城，而要送往骊山，因为三郎和贵妃在骊山温泉度假呢……

九龙御汤明皇出，芙蓉花池贵妃浴，温泉水清洗凝脂，侍儿扶起娇无力。飞霜殿一对有情人儿，神仙眷侣。三郎将粉嫩的荔枝送入粉嫩的玉环口中时，他们的欢愉与浪情盖住了世间一切。他们怎么也想不到，为了这两个"粉嫩"，"百马死山谷，至今耆旧悲"；怎么也想不到，因为皇帝的懒政，渔阳鼙鼓石破天惊，撕破霓裳羽衣；更不会想到后来的马嵬兵变、长恨绵绵……

为运送荔枝，官府对子午道不断修治，道上行人越来越多，唐朝天宝年间便兴盛起来，杨凝《送客入蜀》有"明朝骑马摇鞭去，秋雨槐花子午关"。

安史之乱以后，荔枝道逐渐衰落，但旅客络绎不绝。清代随着对秦岭山区的开发，子午道频繁使用，又繁忙起来。

时光的齿轮已将历史碾得支离破碎。今天，子午道已湮灭在崇山峻岭的千重烟波之中，然而对于文化寻访者来讲，往事并不如烟。

站在依稀能见的栈孔和古碑跟前，眼前仍是一条古代高速道路奇观。先人筑路的信心智慧以及悲壮身影，南来北往各路英豪争斗的刀光剑影，马蹄与驼铃回荡山谷的悲壮交响，依然清晰……

返回时峪口公路两边有很多卖山货的当地农民，我问一位卖西瓜的大嫂这里是什么村，她说是子午村，另一位说是南豆角村。

"难道还有个北豆角村？"

"就是，以前有北豆角村，曾经还有东豆角村、西豆角村。"

"你们这里盛产豆角是吗？"大嫂摇摇头。旁边一位老哥说以前叫"堵角村"，他们的"豆""堵"，在我听来都一样，不懂。查询发现真有一说：南豆角村是从关中进入子午道的最后一村，也是从子午道进入关中的第一村，南来北往的旅客都要在这里歇脚。南豆角村也因为这些旅客而繁华起来。新中国成立前，南豆角村仅饭馆和客栈就有40多家，村民依靠"跑南山"度日的人也不在少数。

子午道正对长安，历代中原统治者必须严防死守，所以在子午道北口便有了东、西两个堵角形成夹角之势，刚好将子午口包住，后因种种，形成南北堵角村，再后只有南堵角，逐渐地，人们便将拗口的"堵角"读成了"豆角"。

如今峪口处是农家乐，为驴友及游客提供休息、娱乐，我们也在这里吃午饭。我想下午去村子里看看，但团长已安排好行程，要去拜谒草堂寺。我的想法只有暂时搁浅。

40. 拜谒草堂寺

草堂寺地处西安市鄠邑区圭峰北麓，距子午峪20公里，上关中环线很快到达。

山门的低矮和谦逊超出了我的想象，一株年轻的红槐花开正艳，掩依寺门一侧，其高度与艳丽远超院墙。然而，赵朴初"草堂寺"三字楷书却韵味无穷，俊美藏于庄严，方正见之圆润，力道寓于清秀，仿佛为草堂寺不能穷尽的内涵做出了某种哲学标注。

我等看到"草堂寺"，自然会联想到成都的"杜甫草堂"。同是草堂，多一"寺"字则有了僧俗之别。

佛教虽为舶来品，但"寺"却出自中文。《高僧传》记载，东汉中期汉明帝渴求佛法，于公元67年请来了竺法兰、摄摩腾等首批西域高僧，白马驮经抵东京洛阳后"舍于鸿胪寺"，鸿胪寺即当时的外交部，鸿胪寺卿即外交部部长。第二年汉明帝敕令兴建僧院，为纪念白马驮经之功取名"白马寺"（我国首座佛院），源于"鸿胪寺"之"寺"字，自此成为佛院标志。

公元67年被认定为佛教正式传入中国的元年。但西安学者一般将西汉哀帝元寿元年（前2），大月氏使臣伊存来长安口授《浮屠经》（又称《佛陀经》），作为佛教初传中国的开始。

草堂寺（陈洋摄）

佛教在突破印度文化圈走向世界的进程中，居然首选中土长安，恰逢统治者摒弃老庄哲学，罢黜百家独尊儒术，重新选择儒学为治世遵循的汉代，莫非是佛陀与孔子两位同时代圣人的灵魂相互叩访？可佛教在中土的广泛流传并非傍依儒学，而是首倚道（学）理（论）啊！

起初，佛教只在民间依傍黄老之术流传，中国士人常用一双愤怒的眼睛看佛教，"士人学子，多讥毁之"，将僧人、方士视为一气，佛学的精深博大被掩盖。至魏晋初，因种种机缘，中国知识分子开始重新打量佛陀在恒河边建立的这套思想体系，经过一番认真研究，发现佛学体系与中国本土思想文化体系形成重大互补关系，其宇宙观和逻辑论弥补了儒道思想体系的重大空缺，且不跟儒道文化发生太大冲突，于是研学热广泛兴起。东汉至隋唐，外来弘法僧、中国学问僧、修行僧云集长安、洛阳，佛学与儒道学说经过摩擦、碰撞、交融、吸纳、改造，相互取长补短，在开放包容的唐朝，佛教完成中国化进程。短短五百年，佛教成为中国传统文化之三足鼎立之一的重要系统。由此可见，佛教能在中国扎根，除具互补功能外，其本身的魅力亦不可忽视。

据统计，陕西省现有佛教寺院200余座，著名的也有二三十座，法门寺、草堂寺、大慈恩寺、百塔寺、青龙寺、仙游寺、感业寺等在全国都非常有名，被誉为佛教"第二故乡"。

草堂寺创建于东晋，原为后秦皇帝姚兴在汉长安城西南所建逍遥园。弘始三年（401），姚兴迎（实为抢）西域高僧鸠摩罗什于此，苫草为堂翻译佛经，由此得名"草堂寺"。

草堂寺为我国第一个"国立译场"，相当于今"国家编译局"。这是中国历史上首次由国家出面全力支持资助，大规模对外来文化的吸收和传播。一千六百年来，逍遥园名称换了又换，寺庙毁了又建。眼前山门是1952年国家改建维修的。

鸠摩罗什在此翻译了佛教中著名的"三论"——《中论》《百论》《十二门论》，为"三论宗"提供了经典，鸠摩罗什被尊为"三论宗"始祖，草堂寺被奉为"三论宗"祖庭，是佛教中国化之重要驿站，更是沿蜀道南传的起点。

进入大门，迎接我们的是威武异常的四大金刚，漫步园中，花团锦簇，梁栋宏丽，楹檐宽敞，藏经楼矗立高台之上，尤显宏伟，里面藏有经卷无数。据说深入经藏智慧如海，我很想进去参观，领略一下也行，但门锁紧闭，只好作罢。

钟磬之声回音悠长，回荡在逍遥园清丽的上空。我似乎看见圣僧鸠摩罗什驾祥云从西域而来。

鸠摩罗什于公元344年诞生于龟兹（今新疆库车一带），父亲为天竺望族，母亲为龟兹公主。鸠摩罗什天资超凡，半岁说话，三岁认字，五岁博览群书，七岁随母游学天竺，九岁登坛讲经，神童之名响彻西域，很快传至汉地。

时值中国东晋，上承三国下启南北朝，八王之乱，五胡乱华，群雄割据，国家动乱不安。作为社会纲纪的儒家思想已不能满足人心需求，以老、庄思想为骨的玄学思潮逐步兴起，"逍遥园"之名就是主张身心放逸的时代注脚。而比玄学更为玄妙的佛学为饱受苦难的人们提供了强有力的精神慰藉，于是佛学仰依玄理风行起来。

魏晋是最坏的时代也是最好的时代，不同地域文化携带各自特点在中国大地上激烈碰撞，学术面目仿佛回到了春秋战国。一曲《广陵散》、几首田园诗所奠定的魏晋风骨，让名流释子汇为一流，清言放达相互高尚，聚而形成魏晋风度，在中国历史上留下绚烂一笔，以至今天我们一提到"竹林七贤"都羡慕不已。在此背景下，佛教日见兴隆。鸠摩罗什气质清俊、相貌偶傥，悟锐有神、才辞通辩，于是成为汉地强权争抢的对象。为争夺这位高僧，前秦后秦发动了两次战争。

东晋太元九年（384），苻坚遣大将吕光灭龟兹，抢鸠摩罗什到凉州。401年姚兴迎鸠摩罗什到长安逍遥园。二十年来鸠摩罗什命运多舛，虽然都把他当高级人才不惜武力争抢，但强权者们行事粗暴、威逼利诱，甚至不顾佛教礼法强行让其破戒，以留下优秀人种为由，逼其娶妻生子。凡此种种都难以动摇鸠摩罗什弘扬佛法的坚定信念。

争抢鸠摩罗什之战让人想起争夺美女海伦的特洛伊战争。争夺美女和争夺高僧不过都是引子，其实质都为争夺霸权，只是结果却大相径庭——特洛伊战争持续十年，拖垮了迈锡尼文明，而争抢鸠摩罗什之战却为佛教融入中华文明打了一支强心针。

在草堂寺，助鸠摩罗什译经的名僧有八百余人，译经场中有译主、笔受、度语、润文、证义、梵呗、校勘、监护大使等职司职能，分工精细，制度健全，集体合作。

鸠摩罗什之译一改以往朴拙古风，文笔清丽，准确达意，字迹潇洒清秀，这得益于他在凉州研习中国文化时练就了高超的汉语水平，得益于老祖宗们向来的严谨态度，包括皇帝姚兴，常与鸠摩罗什一起对照经文字斟句酌，直到满意为止。

他翻译的《心经》是打开所有佛教经典的钥匙，据说当时妇孺老幼人手一册；所译《金刚经》《法华经》等至今都是佛教经典范本。草堂寺一时间门庭若市，求学的僧人达三千之众，鸠摩罗什为中国培养了一大批佛学传播人才，什门"四杰""八骏""十哲"均出自这三千人中，为佛教在南北朝时期井喷式发展，奠定了坚实基础。

公元413年，鸠摩罗什圆寂于草堂寺。临终前曾嘱其弟子应以其著译而不以其生活行为为准绳，譬喻"臭泥中生莲花，但采莲花勿取臭泥"（我猜是指他不得已的破戒）。圆寂前当众发诚实誓："若所传无谬者，当使焚身之后，舌不燋烂。"涅槃后果然舌根不烂，为世上唯一的舌舍利。

在鸠摩罗什舍利塔前，莲花井（二柏一眼井）周围，我们虔诚膜拜，大师的气息犹如色泽玉润的舍利塔，从未远离。院内历代碑刻、字画、楼阁背后都有一个个很长很长、古色古香的故事，每一件都盛满对佛法、对鸠摩罗什的颂赞。字里行间、一笔一画见证了佛教逐步渗入每一个中国信众心中，融入骨髓，与本土的儒、道互补合流，共同维系中国人的精神生活。

草堂寺唐碑很多，几乎每代唐皇都有敕修令。唐朝道教虽排第一，却也尊儒崇佛。唐太宗平生所好在儒学，但他却说："今李家据国，李老在前；释家治化，则释门居上。"（《集古今佛道论衡》卷三）在唐太宗、武则天的推动下，佛教发展汇成一浪高峰，在唐中期达到全盛，并万象纷呈走向世界，蜀道是南传路径之一。

逍遥园今天一样逍遥，满墙满墙的爬山虎，绿得让人心醉，鲜花与美景陪着鸠摩罗什灵魂，不浪费。盛产于江南的琼花居然在此园盛开，与祈愿者的经幡交相辉映，我拍了发在朋友圈，想考考微友，大多人不识此花，居然有人说是假花。江浙朋友大多识得，他们说当年隋炀帝修建大运河就是为了从长安去扬州欣赏此花。

"烟雾井"即关中八景之一"草堂烟雾"。六边形井台刻有古诗，一位女大学生在此抄写并艰难识读："烟雾空蒙叠嶂生，草堂龙象未分明。钟声缥缈云端出，跨鹤人来玉女迎。"大意是古人对这里凭空冒烟不解，以为下面有龙吐气。其实这是草堂寺附近地热异常，有温泉呢！

在草堂寺遥望圭峰，团长念念不忘他的初衷是攀登圭峰，而我却找到了佛教南传起点，意外收获，偷着乐。

41. 寻找子午道（其三）

寻找子午道南口颇费了一番工夫。

"度娘"说子午道南口也在洋县，在洋县找到傥骆道南口以后，决定在洋县住下，第二天寻找子午道南口。

我习惯性以为子午道南口也会有个水库什么的，褒斜、傥骆不都有水库吗？谁知反馈回来的信息是：洋县已经没有子午道的任何遗迹了，要看遗迹需到西乡县。而且，子午道南口呈发散状，并非唯一。

这一新情况让人发蒙。于是使劲儿打电话咨询汉中我所认识的每一位朋友，最后与洋县宣传部一美女互加微信后，她发给我一幅子午道南线改道简易地图，这才算有个基本概念：改道路线图呈三角形发散状，其顶点在汉中市宁陕县江口镇，以石泉池河为东南角，以西乡子午镇为西南角，三条边及其延伸线构成了三条子午线路。

子午道北口在历史上一直未曾发生变化，而南口在历史上曾因为汉中的行政中心迁移等诸多因素而改道多次，石泉县池河镇、西乡子午镇、洋县龙亭镇都曾是不同历史时期的子午道南口。但不绝对，因为专家们对子午道南口争论很多，有"两线说（新线、旧线）""三线说（东线、中线、西线）""四线说（秦汉线、汉魏晋线、南北朝至清初线、清后线）"，都说得有板有眼、有理有据。这也导致了子午道的公里数极不统一，但宁陕县江口镇以北线路不曾改变是各位专家的共识。

既然洋县没有子午道遗迹，即将目标设为西乡县。端午假期已满，可以找到向导。驱车城固县住下，第二天上午来到西乡县。

西乡县位于秦岭与大巴山之间的小巴山，因蜀将张飞晋封"西乡侯"，寄食采于此，得"西乡"之名。西乡县委外宣办请来当地专家陈明顺老师，我们交谈一番，启程去子午镇。

因子午道，秦岭南北曾都有子午镇，关中称北子午镇，汉中称南子午镇。

车行乡村公路跟徒步没有太大区别，山形地理几千年来应该没有多大的变化。穿沟越岭，坡陡弯急，时而临崖趋窄，时而豁然越谷，只是速度快了很多。

去子午镇50多公里车程，出县城，沿牧马河北岸，过白龙塘镇，翻朱家垭，景致极美。深蓝的天空配以形态万千的云朵，翠绿而奇特的峰峦环绕着一弯弯清澈的江河，天地之间构成一幅幅层次分明、色彩艳丽的图画，移步换景，即便在车内也能拍到美图，发到朋友圈，赞声一片。

横跨汉江的段家营大桥到了，在这秦岭东南麓的山区之中，颇有些恢宏气势。"四年前你们来这里的话，还得摆渡过江。"段家营村主任说。这桥长420米，2011年12月30日竣工，解决了子午镇周边石泉、洋县部分乡镇十余万群众过江难问题。桥下还停靠着一只老渡船，原来这段家营老渡口，是这一代的水陆码头。

唐兴寺（熊柱举摄）

过桥溯汉江上行两公里就是昔日香火鼎盛的唐兴寺，顾名思义，唐朝兴起或者兴盛的寺庙。从现存碑刻记载来看，唐兴寺的始建年代大致在唐初，专家在这寺庙周围却发现零星汉墓、汉五铢钱等遗物，推测这里于汉代设立驿站的可能性极大。

一对被香火熏焦的石狮子清冷地守在残殿前。寺内残留下乾隆年间"蠲免夫役盐课德政碑"、唐兴寺地界碑、重修唐兴寺碑。细读碑文得知，其规模直抵江边，殿宇、房舍近百间，香火旺及方圆几十里。至明万历年间，因意外失火，唐兴寺顷刻间化为灰烬。后空智主持重修，占地"二十一亩，二十五地"，地界至"南山坡地"，足见其规模和旺盛的香火。村主任说，后来汉江发大水又被水淹，清朝迁至现址，随着子午道的废弃，寺庙香火渐衰。

上溯两公里则是洋县的黄金峡、子午河、汉江的三交之地——著名的子午道渡口白沙渡，道路十多年前已经废弃，多处路段塌陷，车不可行。"也没啥看的。"村主任估计也不想再走了。而我只想看下地形，有无遗迹不重要。在火辣辣的阳光之下要徒步几公里，对于现代人来讲确实有畏难情绪，我也只好远远地眺望一眼，便返回段家营大桥，向东北方向前进，寻找南子午镇……

42. 寻找子午道（其四）

南子午谷（熊柱举 摄）

在浅蓝的天空下，宽阔的子午河边，"子午谷"石碑透过车窗迎面而来。子午道南口（之一）到了，众里寻他千百度啊！

石碑与古镇之间是800米硬化路，标注为荔枝大道，虽是新路，但是原址，令人惊喜、兴奋。手机海拔仪测量此地海拔为971米。

石碑一侧的子午河波光粼粼，河宽水瘦，滩涂裸露，丰水季节一定是烟波浩渺。海拔逐渐走高，澄明度越来越高，天地之间由深转浅呈粉蓝色，跟傥骆道风光如此相似。

与子午道北口山势深切不大相同，南口平缓绵延悠长。再次感受到秦岭南麓与北麓的差异，"谷"与"峪"的区别。

子午古镇矮矮的房屋分列于窄窄的街道两旁，安安静静地卧于子午河边，像一位收纳万年风云的老人，恬静地晒着太阳。

显然，这镇子是"旧作"，虽有房屋经过粉刷整治，但格局却原样保存。像秦岭腹地的那些老街、老镇、老城一样，曾一度辉煌。如今若非成为旅游景点，一般少有人问津。

被刷白的墙面上印着"浙江专线"的"牛皮癣"广告是那么醒目。繁华远去，年轻人都走向了山那边，走向了海。

"荔枝大道"路牌是这古镇最威武的景观，寂寞地述说着古镇风月、前世今生。我疑惑，严格地讲，这里应是子午道不应是荔枝道，荔枝道在大巴山之中啊！莫非这里的人非常怀念唐朝那位胖美人？抑或因为荔枝道比子午道更深入人心？

陈顺明老师说，唐天宝年间开辟荔枝道，"南子午镇以北至江口镇利用的是子午道新线，以南则离开子午道，经西乡、镇巴至四川涪州，成为继金牛道之后由秦入蜀的另一捷径"。也就是说，这是唐宋子午线，而非汉晋老线，刘邦当年进入汉中在上面的石泉就向西了。哦，这是"荔枝大道"最充足的理由。

据《大唐六典》记载，唐朝驿制沿袭汉制，在全国各地被称为官道的主要交通线路上，均为30里一驿。从学术界公认的"荔枝道"基本情况来看，把采摘下的荔枝带叶密封于竹筒中，土法保鲜，防止途中被挤压和偷拆，然后装笼上马。二十里一换人，六十里一换马，按这样的速度，日行五百里没问题，子午道全长千余公里，杨玉环在三日之内要吃到新鲜荔枝，还得八百里加急。紧鞭急蹄，驿使手执铜铃，"未到时先振铃，不让路者，马虽踏死也不追究"，路上行人"闻铃而色变"。

此种奢华，达到了封建统治者腐朽残酷本性的极致。马嵬驿被勒死，让很多人获得心理平衡，打死不信杨玉环在马嵬驿被调包，从傥骆道逃生日本一说。

北宋时期，子午道仍是商旅由长安通往洋州、金州（安康）的主要道路。南宋时，石泉马池镇以西的子午道旧线，成为从西北边境经汉中、安康、襄阳等，通达都城杭州的重要通道。

我们开始寻找陈老师所说的明代诗文碑《春山行》，无果。来时因走错路，没有到达新的镇政府，也没见到珍贵的《马前铜笛》《汉江舟行》碑，遗憾。行走就是由遗憾构成的，我已经习惯，就像人生总是由遗憾构成一样。

古镇人烟稀少，穿街来到古镇另一头，一位八十多岁的老奶奶坐在那里静静地看着远方，据说天天如此。是等待山那边的子孙回归，还是等待娘家人的到来？

好想与这位婆婆交流，八十多岁的老人心里一定装着很多故事，可是婆婆一脸茫然，似乎听不懂我们在说什么。或许，长期的孤独，她已经不会张口说话。

或许，婆婆根本就没有任何心事，只静静守候岁月，静静等待被岁月收割！看到婆婆的木然，心里陡然升起莫名惆怅与忧伤。

顺着婆婆眺望的方向眺望，粉蓝粉蓝的天地间是粉蓝粉蓝的子午河，这一方天地，这一方水土亿万年都如此模样吧，天地寂静，虫鸟轰鸣。天地间，道路旁，河水中，似乎回响着舟车往来的熙熙与嘈杂，驿马飞驰、得得空响中仍有一缕荔枝鲜香穿越历史尘埃扑鼻而来……

那一弯粼粼波光里，映有原始人的影子，映有这条道路的辉煌繁荣——我们知道的她都知道，我们不知道的她也知道。对于繁荣与衰败、嘈杂与安静，她永远如此不悲不喜；对于"却恨妖容几丧国，荔枝飞骑不沾尘"的人类慨叹也无动于衷，像街头坐着的那位婆婆一样。

从这里上溯子午河，就是石泉两河口—关口（宁陕县城）—旬阳坝—江口镇——越秦岭抵长安。

古镇最早设子午县，沿袭至民国时期，之后为子午乡、子午镇政府所在地。地处三县（西乡、洋县、石泉）交界的水陆交通要冲，历史上曾几易归属。

无论行政归属如何变化，这里都是子午道上重要节点驿站，南来北往的商贾、官员、邮驿都要在这里歇脚换马。

2012年镇政府搬迁至距此25公里的三花石，如今这里是新民村一个村所在地。我问村主任："你们在村口立碑刻字，不外乎就是要记住历史，那为什么这里叫新民村而不叫子午村呢？"

村主任默然。

是的，这不是他应该思考的问题。

午饭被安排在古街一位大嫂家，我们第一次在寻访途中去老乡家里吃饭，从窄窄的小巷进去，里面很宽敞，大嫂厨艺特棒，家常菜香，像回到老家一样。饭后，我们邀请大嫂合影留念，她万般推辞，见我们热情，特地换了一身干净漂亮的衣服。

如今，子午道重要的历史作用已基本丧失，1958年修建西万公路基本沿子午道走向，通往石泉的公路就在古镇背后。

栈道大多因现代公路建设炸毁，道路遗迹几乎湮灭殆尽，偶尔幸存的栈孔与道路遗迹已是碎片，且非常稀少、零星。

子午道像众多古道一样，只剩下一个影子和概念。

43. 寻找子午道（其五）

西乡县白勉峡镇白勉峡河的50多个栈孔确实让人兴奋了一阵，至少它不是一个空洞的概念。

第二天，从西乡县城出发，驱车23公里即到白勉峡镇镇政府驻地铧炉村。镇上干部已等在那里，略做交谈后，分管文化的李涛为我们带路。

熙熙攘攘，人声鼎沸，碰上了赶集天。

白勉峡集镇始建于唐，是荔枝古道重要驿站之一，旧时商贸兴旺、商贾云集，明朝设巡检司，征收盐税、茶税。

今天这般景象，人气犹如当年一样。

下车即见白沔峡桥，桥下即白沔峡河。李涛带我们去旁边的白勉峡中学看一古碑，"白勉峡镇九年制学校"。勉、沔有何密码？未及发问，已到操场上镶嵌在围墙里的石碑面前。

学校的前身是庙宇，石碑还矗立原地，以碑为界筑起一道围墙，将学校与残存的寺庙隔开。庙宇的人字顶木屋高出围墙，向我们展示它的破旧与古老，里面

白勉峡子午道栈孔（熊柱举摄）

堆满了寺庙残存的老旧物件，石马扬起它高傲的头颅，仿佛随时要越过围墙飞奔而去。

清光绪年间的石碑，记载了重修庙宇的原因以及捐资数额，细看发现了"白汋峡"三字，说明清代这里称"白汋峡"。

"白汋峡"因荔枝道繁荣，富豪乡绅祈福纳财广修庙堂达108座，从镇政府后山一直铺排到河边，座座香火鼎盛，又称"百庙峡"，清后期设白庙峡驿站，新中国成立后顺理成章称为白庙峡镇。"文化大革命"期间"破四旧"不但大毁庙宇，且认为"白庙峡"之"庙"字也充满腐朽之气，于是改回古地名"白汋峡"，之后又认为"汋"字生僻，又改为"白勉峡"。

"汋、庙、汋、勉"，一个乡镇在短时期内三易其名，实为罕见。

"汋"，水流满也，《诗经·小雅·汋水》："汋彼流水，朝宗于海……汋彼流水，其流汤汤。"这里地处小巴山，溪流纵横，"汋"与这方山水非常贴切，改成"勉"丢失了诗意，有点儿可惜。唉，入乡随俗我就"勉"为其难吧。

翻牛岭卡子梁，入小巴山一条深谷，这里就是被当地人称为"一号桥"的沟谷，白勉峡河上游。

远远看到崖壁上那一溜古老的栈孔一线排开，虽比不上我自小看惯的明月峡，却也让人激动和兴奋，毕竟，这是子午道上最震撼的一处道路遗迹。有人在潭里摆弄救生圈，准备游泳，见我们到来就不好意思下水了。潭下是小桥，潭上是小水坝，均为20世纪70年代修建，这枯水季节，水坝还挂着瀑布。显然，此处古代水流湍急，只能架栈为桥。

细数这一排栈孔多达53个，据说建桥、建水坝还毁了不少。栈孔距离水面不高，栈孔也不大，且在同一水平线，略有错落。

一般来说，单排栈孔为平梁无柱式构建。比如褒斜道上的孔雀台、王家埫栈道遗迹，都是这样，只是白勉峡这里的栈孔要小很多。也不排除下排栈孔被水淹的可能。两排、三排甚至四排栈孔在古蜀道也常见，比如广元明月峡。打电话请教陈明顺老师，他说这里就是单排栈孔，毕竟是小溪沟，所以栈孔小。

在栈孔的下游，有一条在崖壁上开凿的好几米长的石槽，宽约20厘米，深约30厘米，跟栈孔在同一水平线上。

一路走来，第一次发现这种情况，让人疑惑不解。在汉中采访老专家郭荣章老师时，请教这一问题，他说可能是水利设施，古人就有利用栈道引水灌溉农田的。我依然不解，这样怎么能灌溉农田？也许郭老师没去过这里的现场？陈老师亲自爬上去测量过，石槽用来斜插木板直接通行，石槽外沿留有外泄沟槽用于板桥面排水、防潮。这一说法终于为我释疑。

沿此峡谷深入四公里左拐即入林寨河，越父子关，进入高川河谷地带。南行至西乡县五里坝，越蚂蟥沟（岭），达西乡县两河口镇，东南通石泉、紫阳（唐宋以来"山南茶"的主产区），西南至镇巴碾子垭，这就是明清时期重要的茶马古道。

从这里出峡谷，经镇政府所在地，即到与白勉峡相邻的茶镇。茶镇临汉江，与南子午镇（西乡子午镇）隔江相望。茶镇在古代是一个茶叶集散地，舟车络绎不绝，茶肆货栈林立。汉江边与子午镇隔江相望，从瓦口古渡或者从茶镇渡口过汉江，可达子午镇。

显然，这段栈道在历史上承担着运送荔枝和茶叶的双重任务。故，白河峡如诗如画，白庙峡壮观辉煌，白勉峡依然繁荣。

张飞曾经营的这片土地让我们收获良多。

44. 第一颗黑米

当我写下这个标题时，香喷喷的黑米饭似乎置于眼前，勾起我强烈的食欲，房间的每一册书，书里的每一个字，都与我一起贪婪地吮吸着这一缕缕带着泥土气息的馨香。

我对黑米钟爱有加，食用多年，从未追问过这米中珍品从何而来，最早产于何地，直到今天来到张骞纪念馆，见到张骞67代孙张利军先生。

出白勉峡直驱城固县博望镇饶家营村。饶家营村是张骞的归葬地。2014年中国、哈萨克斯坦和吉尔吉斯斯坦三国联合申报"丝绸之路：长安—天山廊道的路网"为世界文化遗产，这条路网与张骞墓隔着大秦岭，也被收入《世界遗产名录》。显而易见，国际公认张骞是丝绸之路的开拓者。

丝绸之路得名于19世纪德国学者李希霍芬，其历史却由张骞在公元前138年开始书写。张骞一生两度出使西域，凿空大汉通往西域的东西道路，把古老中国和遥远的西方世界连在了一起，让中国人的天下观进一步展延。

1100多年后，意大利旅行家马可·波罗才踏上中国的土地；1300多年后，西班牙探险家哥伦布开往东方的船队才扬帆起航。

今天我国依然借用"丝绸之路"延伸"中国梦"，也就是说，今天我们仍然踩着张骞的脚印在前进、拓展、升华。

张骞出使西域，创造了多个历史"第一"：

第一个在欧亚心脏感受到亚洲脉搏的文明人；

第一次传达出国与国之间平等、诚信交往的外交理念；

第一次发现中国西南身毒国（印度）的存在（张骞在大夏看到四川邛竹杖和蜀布即从身毒而来）；

第一个走出国门的使者；

第一次将天山南北与内地联成一体；

第一个睁开眼睛看世界的中国人。

张骞的这些"第一"人尽皆知，我要告诉大家他鲜为人知的"第一"，即第一颗黑米——据传为张骞发现并逐步培植直至大规模种植，进而成为贡米。

张骞出生在城固县博望镇博望村一个叫作"白岩（白崖）"的自然村，汉江之滨方圆五公里的一片良田，目前仍主产水稻、小麦、土豆、莲藕等，现居有张骞后裔72代，500多户1200多人。张骞青少年时期就在这片土地上念书、务农。

在一个稻穗金黄的秋季，家家户户开始收割，张骞在收割稻谷时猛然发现了一株灰色谷穗，拨开谷粒发现里面的大米呈黑色。那时没有植物变异这一概念，张骞大为不解，但少年张骞对世间一切充满着好奇与探究的欲望（科学潜质），于是将这株稻谷抽出来小心收藏，来年育种时，单独育苗，单独栽插，单独管理，单独收割。循环往复几年以后，张骞将黑色稻米做成米饭品尝，发现味道香醇，于是将这种奇米献给汉武帝，汉王食后赞曰"神米"，从此被历代皇帝所享用，黑米从此成为贡米。

《本草纲目》记载黑米有滋阴补肾、健脾暖肝、明目活血的功效，入药对头昏、贫血、白发、眼疾等疗效甚佳。

今天，汉中洋县盛产的黑米，相传为当年张骞所培植。洋县与城固紧邻，自西汉汉武帝时代开始，直到清朝末年，洋县黑米均是向帝王进献的贡米。

庚子之变，慈禧太后逃亡途中，仍然念念不忘洋县黑米之香，下令进奉。汉中一带，黑米糊、黑米酒的礼品曾盛行一时，是当地人送礼以及日常生活的必需品。

培植黑米的周期至少一年，其过程注定艰辛，没有耐心细致、敏锐观察等优秀品质，万难培育成功。成功培育黑米一事折射出张骞的性格基底和人格精神。汉武帝是一代明君，自然能从中看出一个人的情商与智商。张骞得到汉武帝赏识，入仕宫阙。

显然,张骞有着对植物的天然敏感,所以才从西域带回了那么多植物种子,在中土造福后人。一粒小小的黑米竟改变了中国命运和中国人的生活饮食!看看我们今天的餐桌:葡萄、石榴、芝麻、核桃、番茄、胡萝卜、西芹、大蒜、香菜、黄瓜、胡豆等等,在西汉之前根本没有!可见在西汉之前,我们的食物多么单调。就算在富饶的关中平原,也只有粟米饭、窝窝饼可吃。

或许,就因这颗黑米,汉武帝对他委以国家重任,出使西域联合大月氏共灭匈奴,张骞也不负王恩。

第一次出使西域,被匈奴威逼利诱软禁长达十年,十年后伺机逃走,在去大宛的路上,大戈壁滩上飞沙走石、热浪滚滚;葱岭之上冰雪皑皑、寒风刺骨;风餐露宿,备尝艰辛。不少随从或因饥渴死于途中,或葬身黄沙、冰窟,献出了生命。好在大宛君主被张骞说动,将他们送到康居(今乌兹别克斯坦和塔吉克斯坦境内),康居王又遣人将他们送至大月氏。为了说服大月氏与汉朝联盟夹击匈奴,在大月氏又逗留一年多,无奈此时大月氏已打消与匈奴为敌之欲望。

返汉途中,为避匈奴改道青海羌人区,谁知青海羌人也已沦为匈奴附庸,张骞等人再次被匈奴骑兵所俘,又被扣留一年多。

作者采访张骞后裔张利军(熊柱举摄)

第一次出使西域竟13年不能归汉，多么漫长的13年啊！

他始终不忘初心，不辱君命。在"予妻生子"的福利面前，在同伴一个个倒在自己眼前的惨烈面前，他始终"持汉节不失"，这需要多么坚韧的毅力与定力；在危机四伏的匈奴，张骞仍留心每一处水源、每一块草地，并详细记录下来，这需要多少细心与敏锐，多么缜密的思维与长远眼光。

有人说张骞是旅行家、探险家、外交家，我想说他还是科学家。第一次凿空，对张骞来讲也是一次科学考察。

正是他的科学考察与记录，帮助卫青军队攻打匈奴赢得一系列胜利；正是他的科学考察，为第二次出使西域取得全胜奠定了坚实基础；正是他的科学考察，促使汉武帝遣使南下开辟身毒道，虽未达到预期，却强力助推了大西南的经济开发。

与生俱来的科学潜质，对一粒黑米的关注和培育所练就的科学素养，竟改变了自己和国家的命运，其中奥妙颇值揣摩。要知道，古代中国的学人们均在人文学术中转圈，少有人探求自然科学。在独尊儒术的西汉，张骞、蔡伦、张衡的脱颖而出，让我们在回溯的路上看见了一束古圣先贤们的哲科（自然科学）思维之光、大汉朝的开放之光。

汉武帝封他为"博望侯"，寄予了多少赞誉与褒奖。

张骞墓作为"丝绸之路"遗产点成功入选《世界遗产名录》，这是张骞去世两千年后，再次为汉中市创造的"第一"。

"百折毅行，博望传家"，张利军说《张骞后裔家训》里的这两句训词，是白岩村人的共同特点、基本的做人准则，张骞后裔中不管是做公务员、做教师，还是从商、务农的，都对自己有一种自觉约束：首先得做好一个公民，成不了大事没关系，但得遵守公德，脚踏实地，坚韧不拔，务实进取，尽量有所作为。

相传农历二月初一是张骞诞辰，张骞后裔们会在这天举行家祭。清明节，市、县张骞研究会组织各界群众举办公祭。张骞精神通过家祭与公祭广泛传播。虽然白岩村的祠堂和家风遗训等在"文化大革命"中大多被毁，但是家风遗训的精神核心代代相传。

张利军气质儒雅且非常严谨，我似乎看到了张骞一脉的家风传承。他师范学校毕业后做教师、校长，参与申遗相关工作，后被调到文旅局担任城固县世界遗产保护管理办公室副主任。张骞墓申遗成功后，他应邀重走丝绸之路，如今致力于整理丝绸之路资料图片，以便更好地将其祖先的思想和业绩发扬光大。

张骞墓（熊柱举摄）

张骞墓古朴高耸，汉阙门楼大气，碑刻鉴史。

修葺一新的张骞纪念馆，花木扶疏、竹影婆娑，古柏环绕，石虎威武，华表庄严。大型壁画《张骞出使西域图》《凿空图》《张骞生平伟绩》，图文并茂，生动细致地展示着张骞的开拓进取精神。他从西域带回的蔬菜瓜果，成为民族友好往来的见证，标本悉数展示。

张骞带回胡妻，按汉族规矩不能还乡入室，然，张骞不能委屈胡妻，便选择在十里之外筑城让胡妻居住。纪念馆西十里，有古胡城遗址，即张骞胡妻住地。一个生长西域的番邦女子，嫁了外族，不离不弃，还要背负起丈夫的历史使命，背井离乡，饱受流离之苦。爱之切，才会如此情深，如此胸怀，定是被张骞的伟岸和人格魅力所征服。古胡城遗址属保护范围未发掘，仍有碑刻、城墙基址。

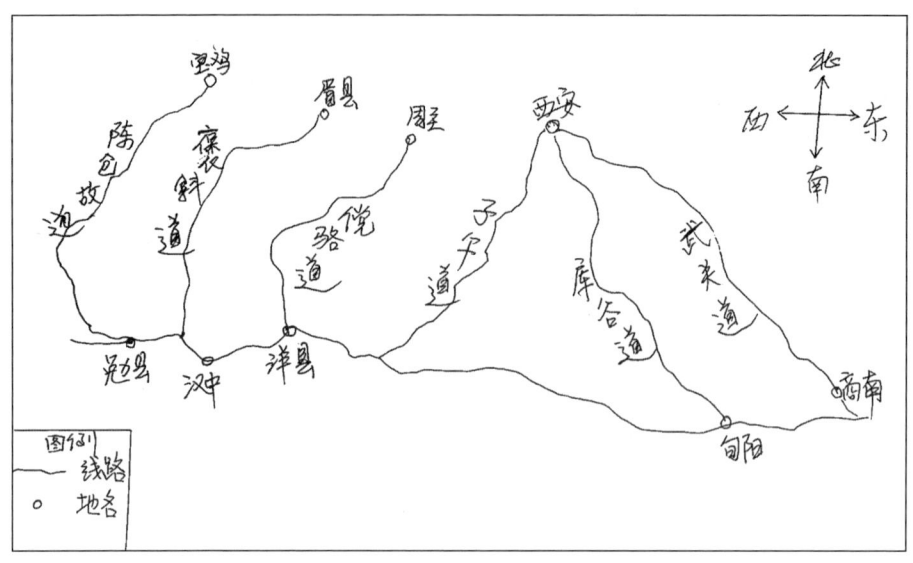

北栈示意图（元夫制作）

附言：

至此，北栈四道寻访基本结束。从陕南地区的人们去往长安的通行情况来看，今汉中地区的人们以褒斜、傥骆为主，子午道次之；今安康地区的人们以子午道为主，库谷道次之；今商洛地区的人们以库谷道、武关道为主，子午道次之。反之亦然。

库谷道：秦岭七十二峪之"库峪河"自秦岭而出的山谷古道称为库谷道。位于今蓝田与长安两县交界处，唐时曾发动数万人修筑。从唐至明清是关中六大通道之一。库谷道、义谷道、锡谷道均系自古代长安翻越秦岭，南向通往金州（今安康）的驿道，各以入口秦岭山谷得名。唐宋时已有山间小径，元代正式辟为驿路。

武关道："武关道"又名"商山路"，春秋战国时开辟，原本是为了秦楚相互争夺的需要，以"武"字名关、名路，是起自长安，经蓝田、商州，至河南内乡、邓州之间道路的统称。

下部：南栈春秋

第三章：剑门无关

第四章：精神海拔

第三章 剑门无关

45. 热闹的诸葛古镇

正式踏上金牛道,开启穿越大巴山之旅。

蜀道翻越秦岭后,在汉中盆地略做歇息,穿越大巴山入川。入川官道有三条:金牛道、米仓道、荔枝道。此行,我将沿金牛道回川。在汉中略做整顿,沿108国道直驱勉县金牛道入口,谒当年诸葛亮北伐行辕、指挥中心——天下第一武侯祠。

勉县位于汉中盆地西侧,北依秦岭,南垣巴山,沔水(汉江上游)贯流其间,与宁强、略阳组成"勉略宁"金三角,地接秦陇蜀。

这里又出现"勉"字之变,难道与白勉峡如出一辙?果然,因为生僻,才将"沔"改为"勉"。我哑然一笑:不愧汉中,曾经的汉字"革命"真是彻底啊!

人们已经习惯将这条古道称金牛道,你看那些标识和命名:金牛大道、金牛峡、金牛宾馆,没有用"石牛"命名的,是人们"拜金"还是另有原因?

正在"石、金"之中游离,勉县武侯镇到了。

人潮涌动。这么多人奔武侯祠而来?我都感到欣慰,何况诸葛丞相!原来并非如此,武侯祠旁边新建了一个旅游景点"诸葛古镇",大多人流分布在这一游玩区域内。好一阵才找到武侯祠大门,掩在森森古柏之中,安静肃穆地藏于一角。"丞相祠堂何处寻,锦官城外柏森森。"杜甫眼中的成都武侯祠,用于此时此地竟如此贴切。

"汉丞相诸葛武乡忠武侯祠",到底是官祠,称谓完整。诸葛亮生前被封武乡侯,死后被刘禅追谥为忠武侯,故尊称为武侯祠。

诸葛亮病逝五丈原,国倾梁柱,民失相父,百姓请建祠庙,但朝廷以于理不合而未建。百姓,特别是汉中百姓每年清明只好纷纷私祭于巷陌市井,痛呼诸葛之魂，持续29年，严重影响市容市貌。文臣武将联名上书朝廷，请求为丞相修庙千秋祭祀。后主刘禅为顺应民心，于公元263年下诏"在沔阳（今勉县）近墓立祠"，并规定"修祠之后，凡亲属、臣吏、百姓祭武侯者，皆限至庙，断其私祭，以崇正礼"。

谁知此例一开，全国武侯祠如繁星林立。勉县武侯祠因皇帝下令并由官方拨银修建，称"天下第一武侯祠"。

"天下第一武侯祠"（熊柱举摄）

如今襄樊古隆中、南阳卧龙岗、成都、奉节白帝城、云南保山、甘肃礼县祁山堡、祁山五丈原等均属规模较大的武侯祠，香火鼎盛。

导游领我们去侧院看镇祠之宝旱莲。汉中盛产旱莲，花朵酷似白莲，花瓣厚似多肉，洁白鲜嫩，春天在汉台博物馆看过很多，便不想去，可导游非要坚持。这株旱莲四百余岁，系满了密密的许愿绸带，确有些震撼。花期一过，便在五月长出来年花蕾，此花蕾要在树上孕育十个多月，经历夏、秋、冬，来年春天绽放。

春天看到的旱莲经过了"十月怀胎"啊，我没想到，顿生敬畏。仔细打量含苞的花蕾，在心底感激导游的坚持。

"这里就是金牛道起点。"进第二道门的时候，导游的一句话差点让我一个趔趄，原来大门两侧是东西辕门，东西辕门之间就是金牛道，标识石碑立在东辕门一侧。

我已踩在诸葛亮的脚印上，一千八百多年前，丞相就在这里东出西入、运筹帷幄。羽扇一摇，计上心头；纶巾一抒，策略即出。五次北伐均从这里出发。

诸葛亮东辕门，金牛道起点（熊芙蓉摄）

汉代石羊、诸葛井静静地讲述着丞相时代的日常。

"为什么是金牛道而不是石牛道呢？"导游不语，也许认为我问得多余？两位队友也不语，与导游同感？

经琴楼、戟门至拜殿，诸葛亮高坐正中神龛，关兴、张苞威武侧立。神龛上高悬嘉庆御书"忠贯云霄"金匾。又是一道饕餮文化盛宴供我等囫囵吞枣。匾额横陈：醇儒气象，天下奇才，伯仲伊吕；题刻林立："伊昔武侯，跪足南阳。退藏于密，不曜其光……"这唐碑为公元795年唐德宗的刑部员外郎侍御史沈迥刻立，山南西道节度推官元锡书丹，最为珍贵，可与公元809年唐宪宗期间，成都武侯祠中唐碑相媲美。颂扬之词、敬仰之情溢满大殿。

柱举大哥虔诚地三鞠躬。他家住成都武侯祠旁边，他的虔诚不只是因为这祠比成都武侯祠早建了50年，更因成都武侯祠的戏剧性。

成都武侯祠本为安葬刘备的惠陵，祭祀刘备的汉昭烈庙。西晋时毗邻昭烈庙建了武侯祠。哪知武侯祠前香火旺，昭烈庙前车马稀。明朝初年，藩王朱椿见此情形，心中很不是滋味，下令废武侯祠，只在刘备殿旁附带供诸葛亮。不想事与愿违，百姓反把整座庙称武侯祠，香火更甚。清康熙年间，为解决这个矛盾，干脆改建为君臣合庙，刘备在前，诸葛亮在后，以后朝廷又多次重申该祠为昭烈庙，并在大门悬以"汉昭烈庙"巨匾，可人们仍称武侯祠。直到今天，"门额大书昭烈庙，世人都道武侯祠"，成为全国唯一的君臣合祀庙。

成都武侯祠我去过多次，尽管参观武侯祠的人比参观昭烈庙的人多，但一路走来，我非常相信自己的直觉，丞相的神魂不在其内。也许对于诸葛亮来说，君臣的尊卑不可僭越，他并不同意后人的某些做法。但在勉县、在五丈原就不一样了，这些地方才是他心安理得安放灵魂的地方。当然，这只是我的第六感。

"未定中原此魄何甘归故土；永怀西蜀饮恨遗命定军山。"这副对联又将我的情绪带回了五丈原，喉头一丝酸哽。不甘与遗恨是诸葛亮的宿命，但我觉得更多是后人的惋与怜，人们包括之前的我都认为如此德才昭昭之人也会输，真是天理不公！可天道是最高法则，我们没有任何理由埋怨天道，包括诸葛亮自己。当马谡葬送他的第一次北伐计划以后，他退回汉中且战且耕，休养生息，还可以图将来。当他屯兵五丈原而未能抢先占领渭河北岸周原那一刻起，他就知道天命不可违，他已不可能再造一个时势。

或许，老天偏要给我们塑造一个悲剧式人物，让诸葛亮输给曹魏，让暂时赢了的曹魏继续在天道上沉沦崩溃，让后人在回望中觉醒：做人只需树立正向的理想与目标，在理想之路上把聪明才智发挥到极限，遵循安身之节、立命之道，只要过程精彩结果并不重要。

回望诸葛亮一生，多少精彩啊！

为刘备策划帝业时，高瞻远瞩，辅佐刘备一路高歌猛进成功三分天下；辅佐刘备治蜀、辅佐后主守业他南抚夷越、北征曹魏、东联孙吴；对外审时度势，对内政治通达；发展经济，兴修水利；招贤纳才，人尽其才，才尽其用；法儒相融，既依法治国，又充满人性关怀；在北伐路上，倾尽全力也要为理想而战，油尽灯枯也要为承诺而死。

年轻时自比管仲、乐毅一点也不浮夸，想必学贯古今的诸葛亮对管仲、乐毅进行了详细研究，才有如此精准定位。"宫中府中，俱为一体；陟罚臧否，不宜异同：若有作奸犯科及为忠善者，宜付有司论其刑赏，以昭陛下平明之理；不宜偏私，使内外异法也。"《出师表》与《管子·七法》如出一辙，与乐毅"赏善罚恶、礼法并用"的理念高度一致。相比魏、吴两国，蜀国最为弱小，内部三股势力（荆州、东州、益州）水火不容，诸葛亮顺势提出依法治国，本着公开、公正、公平原则依法行政，让各股势力都无话可说。街亭之败以后的自贬、降赵云、斩马谡、赏王平都是对依法行政原则的彻底贯彻。蜀国被他治理得井井有条，丞相时期的蜀国官员都非常清廉，这也是诸葛亮政治生涯最为光辉的一笔。

集忠贞、智慧、公正于一身的中国式伟大人格，已然成为中国符号，后世的价值遵循，中华民族共同的精神财富。

"由来名位输勋业，丞相功高百代思。"也许诸葛亮并没有什么不甘与遗恨，成败于他来讲，并不重要。我倒觉得"不甘"与"遗恨"是后人把自己的功利心强加于诸葛亮了。拉长时间轴看，诸葛亮输了理想，赢得万民爱戴、万世敬仰，不是大赢家吗？

登上望江楼，下面嘈杂起来。"诸葛古镇"在这里与武侯祠连为一体，与清幽的武侯祠形成鲜明对比，赤日炎炎也未能挡住游客流连其中。利用沔水还原"赤壁之战""草船借箭"等《三国演义》小说场景，颇有规模与气势。

放眼远望，汉水东流，对岸的定军山巍然壁立，依稀看见武侯墓的参天古柏。

"武侯墓、武侯祠为何隔江而建？"一路走来，古圣先贤都是祠墓一体，而诸葛祠墓却分列两岸。

"方便北岸老百姓祭祀。"导游说丞相深受百姓爱戴，但墓在汉江南岸，那时汉江没桥，北岸老百姓祭拜很不方便。

楼下小路通往诸葛古镇，路旁有棵高大的无刺皂角树，导游说是丞相怀柔天下的象征，我信。诸葛亮治军治国都心外无刀，以造福苍生为念，"抚百姓，示仪轨，约官职，从权制，开诚心，布公道……终于邦域之内，咸畏而爱之，刑政虽峻而无怨者，以其用心平而劝戒明也"。

诸葛古镇吃喝玩乐设施一应俱全，对诸葛亮其人其事进行有效补充，形象更为丰满。一新一古、一动一静，新旧互补、动静相宜，满足不同阶层、不同年龄游客的需要，颇具整体设计效果，无疑是旅游发展的成功之笔。

"每天人流量达10万人次。"中饭时，武侯镇两位领导说道。我有些吃惊，这可不是个小数目，假如人均消费100元，一天可进账一千万；按人均10元算，每天也有百万元进账。

一千八百年后，丞相依然造福这方百姓。

"对面的诸葛墓怎样呢？有新规划没有？"两位武侯镇干部摇摇头。摇头是什么意思？是不行，还是不知道？

不好继续深问，那样会显得没礼貌，反正我们即将启程去拜谒。

46. 邂逅阳平关

午饭被安排在沔水船上，从窗户望出去见江面宽阔碧绿，心中不由感叹汉水上游都有如此丰沛的水量，所以才承担南水北调的现代使命。

午饭结束时，才得知古阳平关就在附近，我睁大了眼睛，差点与金牛道第一个重要关口擦肩而过——这个阳平关才是在古籍中高频出现的那个阳平关啊！与今天的阳平关（宁强）是两个地方、两回事！

（1）

看地图，这里才是从长安退一万步，从成都进一万步的蜀门锁钥，紧紧锁住金牛道和故道两道道口，与定军山、天荡山互为掎角之势的阳平关！

我恍然大悟，诸葛亮为什么遗命葬于定军山——死了也要守！

我恍然大悟，诸葛亮为什么把行辕设勉县而不设南郑——运筹帷幄的历史密码，谨慎作风与缜密思维的性格特征尽在其中，其被后人推上神坛，自有道理。

五次北伐，面对天下大阻秦岭，他寻找了另一个战略支撑点：陇西。陇西与汉中形成铁钳之势是其一。陇西属凉州，凉州与雍州相连，拿下凉州可轻易控制雍州,然后进军长安、兴复汉室、还于旧都指日可待(这一想法若不被马谡葬送,历史的走向将是另一番景象),这是其二。拿下陇西须控制祁山,控制祁山须控制略阳到礼县之间的嘉陵道,勉县西出古阳平关即略阳。此时嘉陵夺汉是"正在进行时",汉水已经不能直通陇西,诸葛亮必须利用嘉陵江到达陇西。沔水可通褒水,行辕设在勉县,兵出陇西、秦岭均可利用水运,这是其三。

古阳平关(梁宗勤摄)

定军山是勉县的屏障,面朝汉水,背靠漾水。南侧有仰天洼,可以屯兵万人,山北是一片平阔之地,诸葛亮当年就在这里操演八阵图、损益连弩、屯田生息。倘若敌人偷袭,蜀军尚可以从容退过汉水,在定军山据险抵抗。若汉中不保,蜀军也能从定军山南麓的漾水后退至金牛、米仓两道,顺利联络川中。进可攻,退可守,只要守住阳平关,巴蜀仍可偏安一隅。

六月的太阳火辣辣的,晒得天地发烫,特别是中午,空气都被烤至滚烫。来到古关遗址,我不忍镇干部再陪,让他们回去,自己慢慢看。

古老的吊桥之下是一道深深的人工壕沟,没搞懂这壕沟是怎么回事,好像是某个朝代的战争工事。紧挨吊桥有一家简朴饭店,走过吊桥便是阳平关关楼遗址,气势雄伟,位于勉县城西6公里108国道旁莲水村,旧址周长5公里,现经维护存长300余米、下宽8米上宽6米、高8米的城墙一段,两侧建城楼,南北建角楼。

史传古阳平关为西汉初年萧何所筑,是秦陇蜀之间军事战争和行旅通商的要道关隘。我每每设想公元前316年这里的模样,因为这个节点的记载太过粗略。那时司马错领兵征蜀,这里尚未设关,还是不毛之地。

从门洞进去,里面热火朝天搞建设,估计在恢复关楼一些相关的配套设施。

返回时进饭店将这里的山水地名问了个遍。汉江对面是定军山,走马岭西面斜插汉江,岭下是汉江支流咸河,张鲁城建于走马岭山上。汉江接纳咸河之处就是阳平关关楼。

历史长河中,阳平关偶尔山上,偶尔山下,如今关楼所在处,很多朝代为沔州城,太平天国运动中被焚毁殆尽。

（2）

久久凝望这西控川蜀、北通秦陇的蜀之咽喉、汉中门户，耳旁呼啸着历朝历代的英雄豪杰的金戈铁马之声……

司马错领兵伐蜀、灭蜀、平蜀，自此几进几出蜀地……

走过司马错又来了萧何，走过萧何又来了张鲁，张鲁引来刘备、曹操在此展开汉中争夺战。

汉灵帝末年，张鲁率兵自成都北上，沿剑阁栈道而上，打开阳平关缺口，筑寨堡于走马岭，南渡沔水占领定军山，北面夺取天荡山，杀死汉中太守苏固，占领整个汉中长达20多年。

建安二十年（215），曹操因北边战事吃紧，本无意急取汉中，但是又怕被刘备占了先机，于是亲自率兵十万从故道而入。张鲁在阳平关据险而守。

阳平关是你想拿下就能拿下的吗？

曹兵在这险窄之处摆不开阵势，发挥不了兵多将广的优势。劳师动众翻越秦岭的曹操岂肯轻易认输浪费粮草？于是诈退。张鲁放松警戒，曹操夜间突袭，守将张卫在夜里不明虚实的情况下弃关逃走，曹操出其不意拿下阳平关。张鲁逃跑。

曹操夺取汉中后，留夏侯渊、张郃等镇守汉中。

三年后刘备南来。阳平关是你想过就能过的吗？

张郃硬是把刘备阻挡在阳平关外汉江上游深山峡谷一年多，刘备失去了耐心，声东击西，南渡汉江，沿山间小路，抢占定军山，黄忠刀劈夏侯渊。

曹操增兵阳平关与刘备决战，刘备又恢复了耐心退回峡谷，任你怎么打，就是不出来。曹军拖不起啊，粮草短缺，士兵伤亡惨重，赶紧退回关中。自此，汉中归属刘备。

建兴五年（227），诸葛亮为北定中原连行辕都搬来了。率领各路大军屯兵沔阳长达八年之久，六出祁山，四出阳平关……

刘备与诸葛亮怎么也不会想到，公元263年，钟会破阳平关，邓艾偷渡阴平，汉中、成都瞬间归魏，两年后即归晋，十多年后三分的天下又归于一统。

隋灭南陈、宋灭后蜀、宋金战争、宋蒙战争……阳平关无不尸骨成山、血流成河，上演一幕幕喋血惨剧。

宋蒙战争爆发后，南宋秦岭—淮河防线被蒙古铁蹄自大散关一路南破，直入汉中，南宋不得不将蜀口防线逐步收缩至大巴山一带。曹友闻率三万川蜀兵士在阳平关与五十万蒙古联军鏖战，抵抗至最后一刻，全军覆没，主将战死，悲壮至极。

蘸取华夏各族人民鲜血的钢刀，把"阳平关"三字一次次深深地刻在人们心上。

今天的汉江与咸河，山河美丽，岁月静好。

火辣辣的太阳把我逼进关楼门洞，放眼望去，青山硝烟弥漫、杀声冲天，我的脊骨仿佛被一支冷箭射穿，血流如注，染红江水；我的血他的血，那些素不相识的人的血逐渐汇入汉江，越来越红，越来越浓稠……

如果说大散关我还在为陆游、余玠兄弟的爱国热情而感慨，在武休关也只是超越阶级情感的生命疼痛，那么在此地，我好像开始了灵魂战栗……

47. 静静的诸葛墓

去定军山诸葛墓的路上，我已将脑子里昔日有关诸葛亮坟墓的那些民间传说统统清除干净了。

我坚信定军山下的诸葛墓就是丞相真墓。这份坚定来自对五丈原、行辕故址、阳平关的实地考察。丞相遗命归葬定军山，有死了也要守的意思，像五里衙"死诸葛吓死活仲达"那样，英灵继续镇守阳平关，继续呵护后主刘禅和蜀地百姓；如果姜维继他北伐之志，能兵出奇招，兴复汉室还于旧都，他可在第一时间分享这一喜悦。

武侯祠、诸葛墓虽隔江而望，但我们却绕了好一阵。跨过大桥驶入定军山大道，空气中出现烟雾与粉尘，再走，看到一侧围墙里是工厂，有高大的烟囱冒着白烟，估计就是人们口中的"陕钢"生产基地，距诸葛墓大约两公里。我一下明白中午武侯镇干部为什么摇头而不发言。有烟工厂在此，"无烟工厂"（旅游）会是何情形，自不必言说。

墓园一片静谧，只有服务人员值守。大门外就能看到一个圆形山包，绿植与奇石相间，颇有韵味。进入陵园，声声鸟叫反而让墓园更加安静。这才是墓园本该有的样子，丞相生前心中百万大军整天厮杀，现在他需要清静。

前书案梁，后笔锋山，左土地岭，右武山岗。诸葛墓被这里前后左右四座山拱卫着，这个山包就是书案梁。

绕过书案梁见一戏楼，戏楼前有一广场，是当地百姓每年清明节举行庙会祭拜诸葛丞相的地方。原来，武侯祠最早建于"定军山下武侯坪"，明正德年间始迁至汉江北岸行辕遗址处。可见早期祠、墓也是一体的。

"水咽波声，一江天汉英雄泪；山无樵采，十里定军草木香。"此为武侯墓门联，细究暗暗为用典称奇，上联用典"天汉"，我在《石门十三品》已经讲到，在此不述。下联用钟会典故。钟会占领汉中以后，来此拜祭，下令士兵在诸葛墓周围十里之内不许刍牧樵采。对敌臣敬重有加，这就是我们的老祖先，这片土地共同的价值遵循。今人，包括不远处的烟囱是否应该反思一下？

正当中午，赤日炎炎，院内游客稀疏，这种氛围适合扫墓，适合我们不慌不忙细细观看，可解说员受不了，看她晒得可怜，我们加快了脚步。最后干脆叫停，扫描景点二维码听自动解说。

正殿古柏合抱，郁郁森森。诸葛亮手持《六韬》，羽扇纶巾，身披鹤氅，由一对小关张护卫，端庄、沉静。正殿与偏殿是大量名人题匾留联，皆是颂扬、赞美。

我特地记下了这一联："铜雀台荒，七十二疑冢安在；定军山古，百千载血祀常新。"曹操"躺枪"，诸葛无恙。其实曹操一贯俭朴，留下遗嘱："敛以时服，无藏金玉珍宝。"但他的世界观"宁我负人休人负我"导致树敌太多，刀下怨魂太多，怕死后遭到报复，所以搞那么多疑冢。

"故国不归，山河未遂中原志；忠魂犹在，道路争瞻汉相坟。"看到这联，忽觉有愧，自小在孔明故事中长大，如今才来参拜，而且还不是专程参拜。

正殿后有一小亭，亭子里有两通石碑。一块是万历年间的"汉丞相诸葛忠武侯之墓"碑，另外一块是果亲王允礼所题"汉诸葛武侯之墓"碑。雍正十二年（1734）他路过勉县主持重修武侯祠，又来这里题碑，想必也对此地督促一番。先在武侯祠觉得他那诗不如之前的漂亮，没录，看他对丞相如此用心，特录于下：

遭逢鱼水自南阳，将相才兼管乐长。
羽扇风流看节制，草庐云卧裕筹量。
丹心一片安炎鼎，浩气千秋壮蜀疆。
庙貌嵯峨沔水侧，入门瞻拜肃冠裳。

坟冢绿草茵茵，像拥盖一件绿衾，诸葛丞相静卧其中。丞相的真身近在咫尺，我缓缓移步，唯恐惊动丞相的午休。

墓冢比关中帝王墓冢小了千万倍，比蔡伦、张骞的墓冢也小好几十倍，比他的几位接班人的墓——昭化费祎墓、绵阳蒋琬墓——也小许多，甚至比绵竹他儿孙诸葛瞻、诸葛尚父子的墓冢都小很多。这样的小，才符合他的本意。

"葬汉中定军山，因山为坟，冢足容棺，敛以时服，不须器物。"丞相遗言在耳边回旋。

低调的诸葛亮墓（熊柱举摄）

墓冢四周被汉白玉围栏圈起，坟上挺立起一棵黄葛树。解说曰：黄月英在诸葛亮死后过于思念丈夫，化身为树，如生前厮守夫君。坟冢两侧各有一棵桂树，双桂护墓，"双桂流芬"石碑即此。未到桂子飘香季，可我分明已经嗅到桂花馨香，这缕香气飘进墓冢后一间小屋，这里摆放着全国各地仿制的木牛流马。该馆曾向全国能工巧匠征集木牛流马制作，竟无一成功。诸葛亮的这一发明失传，太可惜了。

略做休息。

微闭双眼，我似乎看见丞相的灵魂跟着他的灵柩从五丈原退回斜谷，经五里衙、方才关，沿褒河退回汉中静息于此。

所有的激情与热血、责任与承诺、不甘与遗恨，于他于我于我们，在此时此地一起化为四个字：云淡风轻。

不然，我们还怎么离开？

慢慢告别，缓缓后退。丞相之言犹响于耳："成都有桑八百株，薄田十五顷，子弟衣食，自有余饶。至于臣在外任，无别调度，随身衣食，悉仰于官，不别治生，以长尺寸。若臣死之日，不使内有余帛、外有赢财，以负陛下。"

一代忠臣良相，两袖素净清风。

我想，这才是诸葛墓从未被盗的原因。

· 149 · 下部：南栈春秋

48. 与"石母"擦肩而过

出武侯墓沿108国道为金牛道线路,七里砭、土关铺、新铺、青羊驿、大安驿这一段与老石牛道重合。但108国道正在扩建,很堵,而我们今晚必须赶到宁强县委宣传部才能找到向导,于是上京昆高速直奔宁强县城。

赶路途中,"石牛道"与"金牛道"在我脑子里继续纠缠。

到县城已16时,好在夏日昼长,有大把下班时间可以利用。《金牛道》杂志执行主编王化斌、本地专家周凯做向导,经代家坝至大安镇,朝我们来的方向往回走。

出门便是石子路,正爬坡时,前面出现一个新时代五丁施工现场,"中交四公局承建五丁关隧道"的横联入眼。原来这里就是秦岭与大巴山握手的五丁山,汉江中源漾家河的发源地,赫赫有名的五丁关!在毫无心理准备的不经意间与五丁关"相遇",为此我专门记下了这一刻:2016年6月14日17时9分。

详细查看周围地形,高耸的两座山峦之间是一条窄而狭长的深谷,曰武丁峡,又称"金牛峡""宽川峡"。清光绪《重修宁羌州志校注》载:"连云叠嶂,壁立数百仞,幽邃逼窄,仅容一人一骑;乱石嵯峨,涧水湍激,为蜀道之最险。"108国道原本从山边绕行,现在打隧道是为安全考虑。五丁关上下二十里,坡度大,交通事故频发,开凿隧道,过往车辆就不用翻越五丁关冒险了。关口以前有祭祀五丁的庙宇和"五丁开关处"石碑,此刻想吟咏关于五丁关的诗词,竟然一句都背不出了。

五丁关隧道(熊芙蓉摄)

两位老师津津乐道的不是五丁开关,而是"石公""石母"的故事。

石公、石母就在五丁关脚下的金牛峡中,西面石窟中有一罅隙,颇似女性生殖器,当地人称之为石母;东面石窟中有一钟乳石昂然挺立,颇似男人阳具,当地人称之为石公。

传说很久以前，每当夜幕降临，石公和石母在金牛峡的潭中洗浴，然后偷偷相会。这时，两岸山体合而为一，金牛峡封闭，五丁关封关。直到第二天拂晓，石公和石母恋恋不舍地分开，各归其位，这时金牛峡恢复原状，五丁关重新通关。石公和石母日日相望、夜夜相聚，从未被人发觉。

有一天，一位远道而来的僧人早起赶路，来到金牛峡中，看到五丁关封闭，便用禅杖敲打山门，惊醒了石公石母。僧人顺手用禅杖敲掉了石公的阳具。从此以后，五丁关即使夜间，也通行无阻。

五丁关（汉中田金先生提供）

看完周老师用手机拍摄的照片，一车人唏嘘不已！

山大了，就会有神，更有神话，何况这神话并非毫无根据。从民间文化角度来看，编故事的人很有水平，让蜀道的陡峭窄逼活色生香，同时，生殖崇拜、大石崇拜、尚五风俗等古蜀文化因子都蕴含其中。

"我们这一带，从不以邪恶的眼光来看待石公石母。"周凯说，当地人如果想生儿子，就往石公那边投掷石块；想要女孩，就往石母那边投。投中者如愿，多次投不中者便不能如愿。这些传说更加赋予了这一带神秘的色彩。

我提议明天去看下。"你来晚了一步，"两位老师不无遗憾地说，"就在今天11点半至12点这个时间段，随着一声炮响，石母永远地消失了……"

相差五个小时，与"石母"擦肩而过，我的那个遗憾啊！

"端午节的前一天，我回宁强，路过金牛峡，才看到108国道拓宽施工，施工单位不知情，我也不知道施工线路，所以石母未得到保护。"周老师说，他担心爆破会毁坏金牛峡的摩崖石刻，立即给县委县政府写了请求保护的报告，已得到了批复和落实，但是他却没想到石母会遭此厄运。

"如果早知道，我一定会呼吁保护石母！"周老师满腔自责。

可是，世上没有如果，只有结果和后果……

·151· 下部：南栈春秋

49. 走过那些金字村庄

（1）

周凯带着我们上山爬坡、下河涉水。

金牛古道遗存断断续续，当地人称"石碥子""石梯子"，已被灌木、杂草掩盖，当地村民已鲜有人问津。

"你们看，这是铁钎痕迹。这路基足有两米宽，只有古驿道才会有这么宽。"周凯熟悉地用手拨开杂草，亮出路基，捡一根木棍，刮去石壁上的青苔，让我们看。

夜幕慢慢降临，为了抢时间、抢光线，每次下车几乎都是一路小跑。周老师跑在前面为我们带路，当看完这些道路遗迹，走过金家坎村，便来到了具有高知名度的"烈金坝"——金牛道上重要的元代驿站金牛驿。

花园中间，石牛昂起高傲的头，塌腰翘臀，屁股下面散落一地金元宝，下方台基上书"金牛道"三字。这是一尊现代雕塑，画面充满喜感，传神之处是那牛尾巴，细细的，高高翘起，尾尖差点耷拉到腰间，神情煞有介事，仿佛在向人们宣示：大家注意了，我在屙金啦！难道这里就是"石牛粪金"之地？

烈金坝现在合并为大安镇的一个村，之前是烈金坝乡。别小看这个村子，七百多年前，它可不像今天这般清静，古籍中经常露脸。108国道取代金牛道后，烈金坝依然是这条交通命脉的重要节点、三岔之地：一边通宁强县城，一边通勉县，另一边通向古阳安关。三条道口的一个小枢纽，组成了一个三角形花园。

继续前行来到金牛驿村讨口子岩，毁坏的岩窑什么也没有，别急，实物在下面老街。公路下方依山傍水的一条老街就是金牛古道。两边多为土木结构的破旧房屋，个别粉刷过的墙面，瑜不掩瑕，既像反讽，又像自嘲，与秦岭中那些古道老街一样，只是这里更显破旧，青石板所剩无几，泥土街面，青草茵茵，村民在街边乘凉，很是悠闲。

街道一侧堆放着一对石狮，还有一尊戴着明朝官帽的石人，这就是讨口子岩的实物，修公路时，被搬迁到这里。

传说一对讨饭的母子，住金牛驿岩洞内，

烈金坝"石牛粪金"雕塑（熊芙蓉摄）

儿子发奋读书进京赶考中了举人，回家探亲却发现母亲已去世，万分悲痛，为母亲建起一座祠堂，并雕刻了三尊石像，以纪念其母养育之恩，并栽柏树一片。后因修路，柏林被伐，祠堂被毁，石狮、石人摆放这里。既然是祠堂，当然还有附属建筑，这些附属建筑都被老乡搞自家建设而挪作他用。

进入老乡家里查看，贸然闯入民宅，我很忐忑，奇怪，老乡不但不反感，还很乐意似的。一块石碑横躺街上，被当作路面，碑上的字迹已经模糊不清。

他们好像很稀罕这些宝贝，但又没很好地保护。

一套四合院保存相对完好，虽陈旧破败，但雕梁画栋，透射出主人当年的奢华、金牛道当年的繁华。

老街像一位穿戴破旧的老人，内心燃烧着某种期望。

（2）

暮色苍茫，"金牛大道"的路牌从车窗闪过之后便来到了石窝金村。有人说，石窝金就是"石屙金"，我也这样猜想着。终于接近主题了，我有些兴奋。

但不是，石窝金村的得名另有说法。

汉江河一侧，有一个大大的回水湾，河湾内侧，有一块天然巨石，石上分布着大大小小、深深浅浅的石窝，很光滑，凭直觉不是栈孔。这些石窝是早年老百姓所凿，用以淘金。河水暴涨时，沙金就会在这些石窝中沉淀。

对面河湾外侧裸露的沙滩下面还有一个石窝，这个石窝才是代表石窝金村的石窝。当地人说，这个石窝若被河沙埋住，第二年就发大水；如果石窝露出水面，第二年则干旱。老百姓把石窝当成了旱涝预警器。

石窝金有三个传说，其内核相同，选录一个：话说江边有个河神庙，每年都要开庙会。有一年，开庙会之前，庙里的老和尚去河边担水，发现河中有一个石窝，石窝中盛满黄灿灿的金子，老和尚把金子收敛起来，去置办了开庙会的东西。第二天石窝就不见了。以后每年开庙会的前一天，老和尚都要在石窝中取出黄金，这些黄金不多不少，只够庙会的开销。老和尚临死时把石窝的秘密告诉了小和尚，小和尚贪心，去把石窝凿大，这一年不但没有取到黄金，汉江河发大水，还淹了河神庙。小和尚从此不知所踪。

这些传说与"石牛粪金"毫无关联，承载着老百姓朴素的价值观，但却透露出一个重要信息：此地出产黄金。

河神庙原址现在是石窝金村村委会，前面有条小路，从小路徒步上行翻过一道小山梁就是大安镇金堆铺村。陆游当年曾在此留下"早发金堆市，更衣石柜亭。滩声秋后壮，山色雨余青"的诗句。金堆铺知名度很高，通常被认为是金牛道起点，当年秦人置放石牛、置金尾下的地方。

时间不允许我们徒步，于是从石窝金村委会所在地退回108国道，从碾子坪进入金堆铺村。开车总比走路快，水泥路不仅村村通，而且是家家通了。"悄然村墟迥，烟火何由追"，穿行在被夜色笼罩的村落间，犬声相闻，勾起淡淡乡愁。

金堆铺位于冷水河与汉江交汇处，距勉县青羊驿镇仅三公里，青阳驿镇的板庙村与大安镇金堆铺村互为飞地，犬牙交错，混居着宁强、勉县两县居民。

赶到村委会，准备休息的村干部们听到犬声，纷纷出来拉亮了路灯。这里是制高点，据说在这里白天能看到汉江正源漾水河发源的汉王山。此时夜间，只能看到山的轮廓。

关于金堆铺地名的由来，当地人这么说：不知何朝何代，一个远方的乞丐，流落到古道边，饿得两眼昏花，突然看到一只母鸡带着一群小鸡，在他眼前的石岩下消失了。乞丐很奇怪，就用手去刨，在石窝里刨出一堆黄灿灿的金子。乞丐就用这些金子修房造屋定居下来，娶妻生子，繁衍后代。以后这里就叫"金堆铺"了。

所有的传说都与石牛屙金、秦王灭蜀毫无关联，但却让人感觉这里遍地黄金。我们已走过金牛峡、金牛大道、烈金坝、金牛驿、石窝金、金堆铺、金家坎七个带"金"的地方，几乎每一个地名都有一个与金子相关的传说。

我多想听到一个与"石牛粪金"相关的传说啊！可是没有，一个也没有！

但这里盛产黄金却是不争的事实！宁强是全国重要的黄金产地，主要指这一带。1988年大安镇黄金公司成立后，兴盛近20年，办公楼至今还在。村干部指着对面那模糊的远山说："那山里至今还有浙江老板在里面开采金矿。"

晚饭安排在大安镇，还得回走10公里。在路上，周老师又贡献金堆铺一个"狗立碑"的故事：古时一客商，带着狗，骑着高头大马，驮着几褡裢银子，从陕西到四川去做生意，翻越火石岭时累了，就停下来歇歇脚。上马启程时，不慎将其中的一个褡裢子丢在路边，走了很远才记起丢了狗和褡裢。他想，在大路上丢了银子，肯定早被别人捡了，便没有回头，继续前行。而狗看到主人的褡裢子丢在路边，就乖乖地蜷在钱袋上面等待主人归来。一年后，客商牵着马，驮着从四川贩运的货物回陕西，再次路过一年前歇脚的路旁，看到一堆狗皮很眼熟，好像是自家的狗，上前用脚一踹，发现下面一堆白花花的银子。客商才明白，狗以生命守护了银子。他难以自抑，用这些银子请附近的乡亲在路边掩埋了狗毛狗皮，还立了一块石碑，人称"狗立碑"。

故事感人，但仍与石牛粪金无丝毫关联。整车人不知道是被狗的忠诚震撼了还是怎么的，鸦雀无声。为打破寂静，我开玩笑似的说："终于听到一个没有讨口子的故事。"全车人爆笑。瞬间又归于寂静。

我突然记起南宋蜀将曹友闻就是在大安军以寡敌众抵御蒙军而殉国的。曹友闻的野战军在秦陇蜀三交之地的蜀口防线抵御蒙军的故事非常有名，他已摸索出与蒙军交战的经验，挑选高山隘口与蒙军周旋，与"骑射无敌"的蒙军野战交锋十余役，几乎毫无败绩。

此时我虽坐于车，奔于夜，但能感觉此地的平坦开阔。这等平旷地势怎抵蒙古铁蹄？无奈上司赵彦呐一日七次持小红牌来催促曹友闻急速行动，曹友闻被迫出击，且遇暴雨，而敌将汪世显率大批蒙军蜂拥而至，以铁骑四面包围。曹友闻不死才怪呢！他死于蒙军吗？不，他死于上级的瞎指挥。曹友闻殉国后，蜀中再无如此勇猛的野战军御蒙，南宋的命数啊！

到大安镇已经21时7分。镇上干部自是热情，我谈起对大安镇山形地貌的感觉，从烈金坝进来到金堆铺，整个大安镇宽阔平坦，周围山峰不高，视野开阔，且江河环绕，地肥水美，宛如一个小盆地，真是个好地方。

"当然，不然怎么能大安呢？"他们说，"大安不欺生。"大安人有相互帮助的习惯，古代所有外来人在其他地方站不住脚的，来大安就能安居下来。虽属战乱之地，但战后很快就会恢复元气并繁荣起来。他们自豪地给我讲大安镇的历史沿革：唐设金牛县；唐后曾设金牛镇；元设大安州、县治所；明置大安镇；清设大安驿；新中国成立后为大安区；今为宁强第一大镇。

"唐设金牛县"，我心里咯噔一下，唐朝是我国历史上辉煌绚烂的点睛之笔，留给后世的影响几乎根深蒂固。最早文献中的"石牛道"为何被人们习惯称为"金牛道"，也许就从唐朝的"金牛县"开始。我说出自己的猜想，《金牛道》主编王化斌肯定地说："就是！"并传《金牛古道演变考》一文给我。

我的猜想得到了印证，"石""金"之谜迎刃而解。

由此我猜想：我之前苦苦寻觅的"石牛粪金"之地就在大安，勉县至今是全国的冶金基地，大安曾管辖勉略宁金三角，这里也是褒汉之地、可屯万人之地，在这里刻石牛置金尾下，消息会更快传至蜀王，蜀王更有可能信之，因为这里遍地黄金啊！至少唐人这么认为，故在此设金牛县。

我为这一收获而窃喜。抵宁强县城安歇已近凌晨，但收获的喜悦早把奔波的劳累驱至九霄云外。

50. 七盘关的仪式感

七盘关为川陕界关,因"石磴周转盘旋七周"而得名,与阳平关、白水关、剑门关号称金牛道"四大名关"。

古七盘关对于多数人来讲是一个神秘的存在,其名如雷贯耳,却难见其真身。现代人所见各路(国道、高速、高铁)七盘关站点只是一个川陕交界的概念,与真正的古七盘关相去甚远。

即便如此,"七盘关"三字对于全国各地南来北往的人来讲,仍具出川、入川的标志性意义。地理标志久而久之形成心理标志,南来北往的车辆在七盘关站停靠时间总是要长一些,比如我等广元人北上,到七盘关不过50公里,肚不饥内不急,但到了七盘关站也要停车在服务区好好休息一下,男人"唱歌",女人补妆,收拾身心,整理心情,颇有"行来秦蜀分疆处,好把云山着意看"的仪式感。

(1)

今天我们从陕西宁强回川。晨起,告别宁强县城。

宁强春秋战国时为氐羌聚居地,明洪武三十年(1397)在县城建宁羌卫,后置宁羌州。1942年取"安宁强固"之意改为宁强。全国五大黄金出产地之一。因汉水三源均在县境,被称"千里汉江第一城"。像秦岭中的那些小县城一样,宁强卧在秦、巴交界的绵绵山峦之中。汉水南源玉带河环绕县城,使其依山傍水更为灵动。因河流南北交汇、襟陇带蜀,地界三省、毗邻八县,宋朝设三泉县为中央直辖,足见其战略位置的突出和重要。

这样的三交之地,道路系统就更为复杂。司马错灭蜀线路的记载非常模糊,几近于无,然,过境经白水关沿白龙江趋葭萌(昭化)灭蜀的文字记载却非常清晰。由此,我们把司马错所走的这条老石牛道称白水关道,待回到昭化详述。本次寻访重点是七盘关道。

七盘关道与白水关道在这一带构成一个直角三角形,白水关道即三角形两条直角边,直角顶点为白水关,七盘关道为三角形斜边。国道、高速都属三角形斜边范畴。

东晋太元十五年(390),晋寿郡兴安县置今广元,驿道走势必须兼顾这一新的行政中心,道路自会随之发生变化。因此,两晋南北朝时期,由陕入川开始走七盘关道,明清宁羌州设立后,七盘关道尤为繁荣,直至川陕公路(108国道)开通。

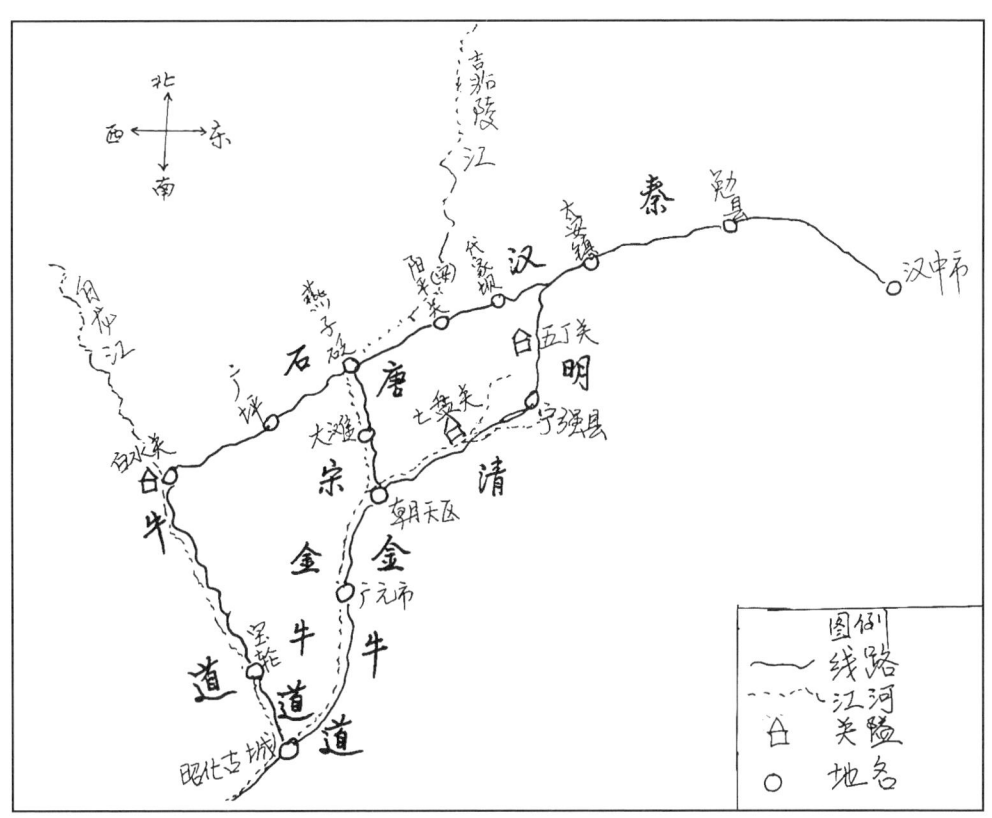

白水关线（秦汉石牛道）、七盘关线（唐宋、明清金牛道）走向示意图（元夫制作）

随着七盘关道的繁荣，白水关道逐渐冷落，但并未被废弃。

宁强境内，唐宋明清不同朝代先后设金牛县（今大安镇）、三泉县（今阳平关镇）、宁羌州（今宁强县）等行政中心，古道在这一带的几次改道，情况就变得异常复杂。有一点却非常清楚，除嘉陵水道外，其他几道入川必经古七盘关。

神秘、古老、如雷贯耳的七盘关长什么样呢？宁强图书馆馆长刘彦庆做向导，我们一行充满期待。

（2）

出城沿108国道驱车向南，山势逐渐深切，20公里后，山势笔陡、狭窄、深幽，底部峡沟流水淙淙，公路（这里是新108国道，俗称"二专线"）被夹于一线中天。大巴山的险峻远超秦岭。

忽见左侧悬崖峭壁上凿有"西秦第一关"5个大字。下车查看，落款为"厅长雷保华督工专员张笃伦工程主任黄念慈"（此为半山腰老川陕路摩崖下移）。崖壁腰部有一些岩穷和平台，露出人工垒砌的残存痕迹。刘老师说，宁强过去匪患严重,川陕路修通之前,这里很隐蔽,老百姓便在悬崖中间的平台上垒砌简易建筑躲避"棒老二"(土匪)。继续前行,发现右边崖壁上挂着开凿二专线时所留下的密密的、深深的、长长的炮眼,见证着新时期"五丁"们的壮举。随着高速公路、铁路、高铁的开通,这些痕迹也逐渐步入历史,成为交通活化石。

1936年,民国政府修筑川陕路时,因七盘岭山势险恶陡峻,来自美国的公路设计师们望关兴叹,只好绕开这座险关,从七盘岭东侧山腰凿开,逶迤盘旋而下。

仰头举目,废弃和毁坏的金牛道就在我们头顶崖壁山腰。难道古时七盘关在头顶吗?张大千国画《西秦第一关》题款这样描述:"此从七盘关北上,初入秦界,路极陡峻,境亦幽邃,昔称牢固关,为秦之咽喉,今更名西秦第一关也。"张大千来时,川陕公路已通。我看过他的七盘关系列画作,他把牢固关称为"西秦第一关"是正确的。宁强很多人都把西秦第一关和七盘关混淆了,以为西秦第一关就是七盘关,这是不对的。

车子一溜就到了七盘关加油站,我们回家的门槛。可我们没有急着跨过去,而是右拐进入关沟村村道,3公里后,弃车徒步登山,正式踏上金牛古道。灌木葳蕤,杂草丛生,用木棍拨扒,可看出古道痕迹。

大约四十分钟,盘旋两折,眼前豁然开朗,只见一道山脊悬崖边卧着一块长长巨石,像一条鲨鱼的脊背,巨石与山体中间露出一条长满荒草的峡壕,宽不过3米,长约50米,左右石崖壁立,有铁凿痕迹。

这就是传说中的七盘关?古蜀门遗址?那个古老而神秘的存在?梦里千回百转,从未想象出它居然是眼前的模样:门、关一体,一门插闩,万夫莫开。

石峡关、卡门子(刘彦庆摄)

曾经的辉煌掩映在荒草之中,虽黯然失色,但并非无人问津。巨石上立有两块石碑,一为宁强政府划定的保护范围碑;一为陕西茶人联谊会所立的"茶马古栈道蜀门遗址"碑。显然,川藏茶马古道与金牛道在此重合。

"茶马互市"始于唐代,宋、明、清几朝定为国策。"番人嗜乳酪,不得茶,则困以病",番地需要汉地的茶叶,而汉地需要番地的良马以装备朝廷军队,以及番地特产毛皮和药材。

川、陕、甘、青几地茶叶、马匹的往来，金牛道部分路段是必经之途，比如这里。

刘老师非常熟悉这崖壁两边的每一处人工痕迹，哪块凹槽是门闩石柱，哪块凹槽是镶嵌"西秦第一关"牌匾的地方，说得清清楚楚。拨开野草，只见散落在峡壑的门墩石、残断的青砖。

据明洪武年间《重修七盘关碑》记载，七盘关曾多次迁址。而清代七盘岭头设有七盘关讯，建有三座炮台：牛耳炮、子母炮和劈山炮，设马步军兵一营、总武官一员，也多有记载。然而这地方如此窄逼，一座炮台也难以安建，何况三座？

百思不得其解，拨开杂草继续攀爬，心想安放炮台的地方也许就在这上面，此关也许是从山上移下来的，却在两山的豁口前无奈打住。山太高，已无路，顺着刘老师手指的方向，对着黄坝驿方向，对放马坡远远行一个庄重的注目礼。

（3）

揣着疑问回家，宁强周凯老师传来一张宣统三年（1911）绘制的《广元县七盘关图》，经多方求证才发现，那天所见其实是石峡关，又称"卡门子"，民国时期川陕路通车前的西秦第一关，并非七盘关。

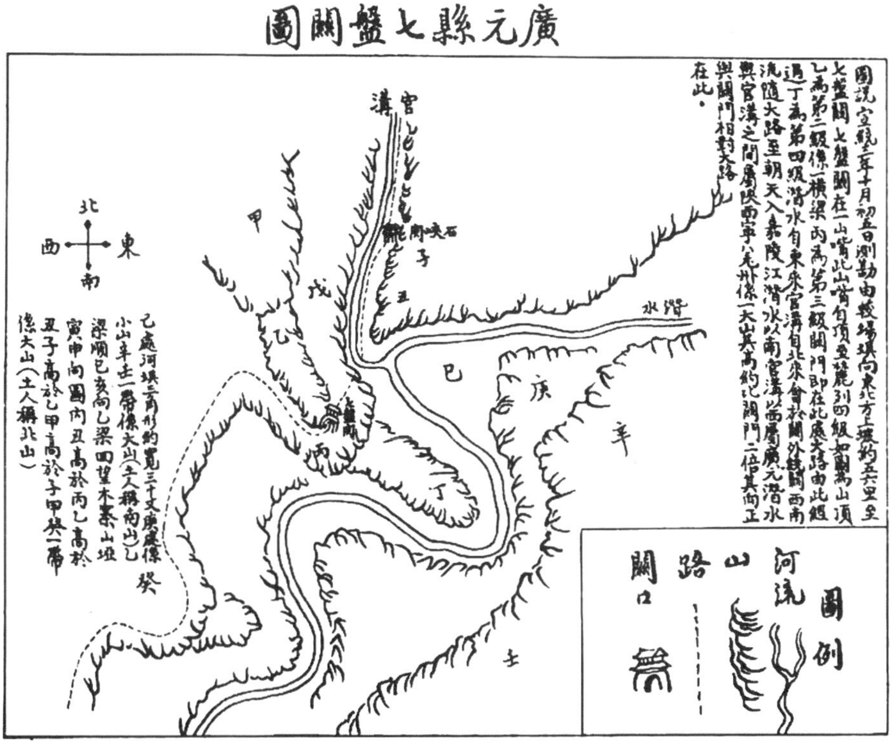

1911年绘制的《广元县七盘关图》（汉中田金先生提供）

清代"重修县境朝天七盘关道路碑记"碑（周凯摄）

看来，古七盘关仍是一个谜。

对古七盘关感兴趣的并非只有我一人，川陕两省关注七盘关的大有人在，很快，我便从媒体报道和蜀道研究人士处获悉七盘关信息：清代七盘关古碑在广元市朝天区黎明村一户村民家中收藏。于是，我们再次来到转斗乡黎明村（今中子镇黎明村），找到81岁的村民文安全。文安全说这块花岗岩石碑是当年修建二专路时从山脚捡回的，经周凯测量，碑高1.8米，宽0.85米，厚0.1米，上面刻了三行文字：

道光二十八年八月初立

重修县境朝天七盘关道路碑记

署广元县事资阳县知县范涞清立

"署广元县事资阳县知县"，这样的署名世所罕见。据《广元日报》报道，当时广元县县令一职临时空缺，就让资阳县的县令范涞清来兼管。说明当时七盘关路段已到必须重修的境地，七盘关路段的繁忙也可见一斑，同时证明了清代之前七盘关一直姓"七"而非"棋"，广元文化界人士共同努力将"棋盘关"标识改为"七盘关"是正确的（高速隧道标识仍为"棋盘关"，广元无权修改）。

在文安全之子文邦朝的带领下，我们一行将金牛道、老川陕路、二专线、京昆高速等几条线路的走势一一现场踏勘，重点放在金牛古道的线路上。

原来，多条新蜀道在七盘关这个节点交会建设，隧道密集暂且不说，有的地方被削去了山头或山尾，有的山体被道路劈成两半，我都有点晕头转向。连山势都发生了变化，一路走来，少有如此特殊现象，要不是借助地图和幸存的那些古道段落，真是难以想象金牛古道的走势。

从北面石峡关下来，沿关沟向南，这里是新老川陕路以及高速公路交会之地，有新立的川陕界碑，有一段上山的金牛古道石蹬路幸存。看到与古籍记载相符的石蹬让人欣喜，古人就是从这里爬上七盘关的，可现在这里的山尾已被高速公路隧道口截断，我们只得从山体的另一头爬上原址。还好，另一头的金牛古道有1.5公里原真性路段幸存，沿古道爬上七盘关原址，这里如今是一个荒草坪，建有小药王庙。

我终于释然：这才是我先前要找的那个七盘关——设关讯，安炮台，驻兵营，明清以来那些诗人笔下的七盘关！

原来，七盘岭就是由七个这样的山岭组成，而金牛道也随山就势盘旋七周。

转身眺望，对面峰峦如麕，酷似一枚枚棋子均匀散落棋盘之上，工程队署名"棋盘关"的密码在这里得到破译。

俯瞰山下，现代公路、铁路在山谷间层层叠叠，交错蜿蜒；低头脚下，时光回转，驼铃声脆，马蹄声急……

"从此自知身计定，不能回首望长安。七盘岭上一长号，将谓青天鉴郁陶。"唐代吴融入川时的郁闷，恰如晚唐颓败的天空。虽然我不知道唐宋七盘关的具体位置，但距此地应该不远。

"征马下七盘，势如高鸟落。乡云回首隔，离绪满林壑。"川人张问陶出川时的满腹离绪，成为他不能归葬故里的谶语。

"破晓七盘山上望，回看蜀国万峰环。英雄割据终何有，陵谷沧桑事等闲。"曾国藩不愧是晚清名臣，这位巨蟒转世的曾子后裔，举重若轻，气定神闲。

打开发黄的书页，仍见七盘关的昔日辉煌，尽管各朝各代的七盘关不在同一地点。

51. 龙门阁风光依旧

川陕公路七盘关隧道第一次以现代技术代替了七盘关。

穿过，即进入广元市朝天区。

如果说宁强是三控秦蜀陇的孔道，那么朝天则是咽喉，孔道的继续和深度演绎。山更高谷更深，且有大量喀斯特地貌，风光奇险，为历代文人所歌咏，留下厚重人文，特别是嘉陵云栈集天下之至险，气势磅礴。

金牛道贯穿朝天区全境，整条峡谷（七盘关—广元瓷窑铺）我称之为"朝天谷"。截至今天，谷中有12条道在历史纵深范畴内重叠交错：鸟道、先民最早踩出的小道、嘉陵航道、纤夫道、嘉陵云栈、金牛道、白羊栈、108国道、宝成铁路、京昆高速、西成高铁、广陕高速。一条悠长深邃的露天交通博物馆。

为叙述方便,我以嘉陵江与潜水交汇的朝天区县城为界,分谷北、谷南而述。谷北有两道,水道(以筹笔驿为代表)又称"嘉陵云栈",沿嘉陵江而下,南北向;碥道(以龙门阁为代表)东北至西南向,沿潜溪河至县城,川陕路、108国道、京昆高速均沿潜溪河修建。此时我们沿潜溪河至县城。

转斗乡为"入川第一乡"。几年前曾经在该乡采访,吃午饭时收到一条短信:"陕西欢迎您!"我顿感惊奇,当地人说他们已经习以为常,北跨一步就出了省。

中子镇因京昆高速七盘关服务区设于境内,也被认为是"入川第一镇",明清时川陕传递文书在七盘关交接,故名"终止铺",后改为"中子铺"。古代由秦入蜀,大多在此屯兵,因名"营盘梁"。"中子铺文明"诞生地,考古发掘出七千年前新石器时代早期的细叶石器遗物2万余件,其中细石器标本1400多件,填补了长江以北、秦岭以南细石器空白。

中子出土的锥形石核(广元博物馆提供)

中子铺遗址是四川境内发现的文化特征突出、遗物较为丰富的一处细石器遗址,与仰韶文化、龙山文化、大汶口文化同步。中子铺细石器标本的出土,填补了中国南部无细石器文化的空白,为研究中国南部的细石器文化提供了重要资料。

宣和乡(今并入中子镇,称宣和村)即古神宣驿。明洪武十四年(1381)于此置广元县神宣驿分司县,正德十六年(1521)置神宣递运所,明嘉靖十一年(1532)设神宣行台。清乾隆年间,神宣驿丞升为神宣驿巡检司;嘉庆二年(1797)改置广元县神宣驿分县,置广元县神宣驿分司;道光二十三年(1843)神宣驿分司建筹笔书院,为广元四大书院之一,是朝天有史记载的第一座书院。境内"川北第一大洞"龙门洞是金牛道最有特色也最为惊险之地,典型的喀斯特地貌,三洞相连,中洞与上洞间有一断层,形成洞开"天窗",潜水经二洞出,接纳雪溪洞暗河水,注入嘉陵江。洞中天然生成的石径、石穴、石亭、石门、石钟、石乳,纵横交错,神韵万千,至今吸引着诸多探险者造访。我也曾无数次造访，惊其构造特异，但却不敢深入。

古代人们对喀斯特地貌缺乏科学认识，赋予二郎神大战孽龙的神话传说。说杨戬追赶孽龙至此，见潜溪河被两岸石山峰堵住，三箭射穿了龙门三洞。故事自龙门阁开始至雪溪洞、明月峡、飞仙关贯穿整个朝天谷，根据地貌变化一气呵成。至今明月峡导游还为游客讲这个传说，这就是民间文学的生命力。

这样的洞穴，应是史前人类的天然居所，虽然洞中有水流经过，但毕竟是小支流，而洞中高处有很多地方适宜穴居人活动的。我一个非专业人士都有如此猜测，想必考古学家们早就想到了吧。果然有考古学家至此，还发现了史前人类牙齿，据说已经送检。

《云栈纪程》载："有石穴高数十丈，其状如门，潜水奔注其中，声甚厉，穿山腹而出。"宋《方舆胜览》、清《读史方舆纪要》都有"龙门阁"的记载。

龙洞背脊将两岸山岭连为一体，金牛古道架栈经龙洞背，在背脊上建龙门阁，为古金牛道上著名的栈阁之一。不远处曾设龙门关，兵家必争，1935年毁于川陕公路修建。如今不施粉黛，尚未开发，保留自然天成之状。

金牛道穿过这样的奇特之地，自然会让那些诗人画家挥毫泼墨，如杜甫、沈佺期、张大千等，甚至还有一些外国人在此留下诗词画卷。

在龙门村二组找到宋家均老人做向导，他说："我曾看到老地图上没有广元县，但有龙门阁。"他看到的应该是交通地图，龙洞背建有九重庙堂，还有陆游宫，后尽毁。在老人带领下我们上得龙洞背，只见1985年当地村民集资所建庙宇，一棵马流光古树屹立悬崖。

之后，在枫雅先生的收藏室看到《蜀栈道朝天阁》画作，落款为"昭和壬申夏日·良秀生"，我一下子就认出了那棵马流光树，由此认定为龙门阁。昭和壬申即1932年，日本发动九一八事变的第二年。画作每个元素都是中国式的，就连年号昭和（1926—1989）都出自中国《尚书·尧典》"百姓昭明，协和万邦"，昭和裕仁天皇的登基御袍都是中国汉式，只不过他还预备了一套西式军装。这个叫"良秀生"的，来蜀道做什么？是探子打前站，为全面侵华做准备，还是纯粹来大蜀道采风写生？这个时间点出现，揣测其不怀好意，但"龙门阁"和悬崖上的那棵树震撼了他是肯定的。

潜溪河继续南下，即将汇入嘉陵江之时，建有潜龙桥，又称"铁龙桥"，桥头立有铁龙桥石碑。清光绪初年民间集资，历两届知事，于光绪十年（1884）建成。是金牛道由陕入蜀第一座大型石拱桥。今天看来，它依然雄伟壮观：桥长83.3米，

潜溪河潜龙桥龙头（左）、龙尾（右）（熊芙蓉摄）

宽4.67米，高5米，13孔蛋形拱，重力式墩石，在当时可通行载重汽车，可谓重大工程。桥中龙头龙尾为当地盛产的龙骨石所雕，神态昂扬，雕工精致，硕大的龙眼珠被过往行人摸得珠圆玉润，泛着青色瓷光。

中国龙，光辉了几千年，早在宋代的高光时刻就该有所突破，蜕换一身新鳞引领世界，然，老旧鳞甲却越来越禁锢，外族一入侵，文艺复兴转手西方。晚清时开始被动挨打，遭受史无前例的屈辱，直至新中国成立，方又昂首挺胸……

潜溪河峡谷不过30公里，却浓缩了整部中国历史，加上喀斯特地质奇观，可谓中国通史之谷、魅力之谷。

历史总是在不经意间轮回与重复，道路亦如此，此谷可见一斑。

52. 筹笔驿情结难解

在朝天区县城溯嘉陵江沿410省道逆行而上，过清风峡、三滩村、军师庙，经文安乡进入大滩镇，为嘉陵道广元境第一个水驿九井驿。

九井驿位于九井湾，得名于此地唐代的9口盐井，大滩镇得名于九井弯水急滩大。

《梁州图经》载："栈道连空，极天下之至险。兴利州至三泉县（唐时三泉县设朝天镇三滩村，如今纤夫道遗址壮观无比），桥阁共19380间，护险编栏共

47134间。"广元至九井驿航程58公里，至三滩镇不过40公里，桥阁编栏如此密集，这是何等磅礴气势！可如今连栈孔都没找到一个。

如今只见江道蜿蜒，两岸山峰连缀，壁立千仞，峡谷深切，410省道沿江而行仍百步九折、索岩傍崖。据当地人讲，清风峡、李家沱、红岩子、八庙峡、黑窝子岩等地的栈道遗址均海拔千米，三排孔眼。沿途驿站早已废弃，栈孔也被现代公路所毁，我只能在向导的示意下确定一个大概位置。

在这条谷里，有一个筹笔驿情结，很重很重。

以军师庙大桥（20世纪末以工代赈工程）为界，桥北为八庙村，桥南为军师村。两村过去同属筹笔乡，20世纪70年代撤乡并镇时，撤掉筹笔乡，八庙村并入文安乡，军师村并入朝天镇。桥北立有军师庙大桥石碑，碑记"此地为三国古道筹笔驿军师庙"；桥南立有篆字"筹笔驿"石碑。军师庙位置就在现在的军师庙大桥南侧下面有一片竹林的地方，准确说在410省道12公里桩之地。这里现在为朝天镇军师村一组的村民聚居地。支流梅家河与嘉陵江两水在此交汇，冲击出一大片滩涂，具备建庙立祠设驿的条件。

站在大桥中间四望，周围群山连绵、悬崖壁立、四岸对峙。群山如千峰排戟、万仞开屏。"饮马溪"（梅家河）、"陈家营"（屯兵之地）、"仓坪"（粮库）、"天贡唐"（死难士兵葬地）、"安家山"（负伤士兵就地安家）这些地名，均承载诸葛亮北伐的传说故事。

军师村一组村民杨志国拨开杂草，能依稀看见夯土墙，我没这方面专业知识，不能断定是什么朝代。他听老辈人讲，军师庙曾有厦子48间，他虽没看到庙，但每涨一次大水，就能看到河坝的碑刻、香炉、筒瓦，还有埋在滩涂下的石碑。区文化局领导来考察后拿走了一些东西，在此立了"筹笔驿"碑。

从饮马溪上行有条小路可达神宣驿、七盘关，现已建成乡村公路。清乾隆二十二年（1757）《四川保宁府广元县志》（山川卷）载："筹笔驿在（广元）县北九十里，诸葛武侯出师常驻军筹划于此。"与南宋王象之《舆地记胜》、南宋祝穆《方舆胜览》记载的"川北九十九里"基本相符，与严耕望认为筹笔驿在五盘岭之南、朝天驿之北基本吻合。

驿站之名来源于诸葛亮曾经在此排兵布阵、筹划军事，据说"平取陇右"的军事思想就产生于此。九井驿北上经宁强燕子砭、古阳安关接先秦石牛道，亦可上略阳、凤县向右直抵秦岭出散关（故道），亦可直上陇右祁山道。三国时期，汉江已经被嘉陵江袭夺，而沿嘉陵江北上可直接进入西汉水，不用中途水陆转运。"平取陇右"本身就是对水路的极端利用。彼时秦汉驿道为白水关道，但诸葛亮北伐用兵，自会利用嘉陵江水道，安排一部分兵力自此北上，一来行军隐蔽，二来熟悉线路，进退有据。后人感念其功德，在此建祠纪念顺理成章。

自唐至清，历代文人过此凭吊、怀古、感叹，留下有关朝天驿的诗篇多达33篇。

三滩纤夫道遗址（熊芙蓉摄）

"千里山河轻孺子，两朝冠盖恨谯周。惟余岩下多情水，犹解年年傍驿流。"显然，官方和民间共同认可的筹笔驿遗址即此，卫星地图上有明显标注，导航可直达。

可有位朝天本地文人却抛出另一观点：筹笔驿不在军师庙，而在朝天驿，即现在的区所在地（同在大江东岸，两地相距约12公里）。当我叩开他的办公室时，他对于我想知道的任何事情都不感兴趣，独对这一研究成果颇为看重，找出一摞文献依据，并指着窗外两水交汇处的大桥说："筹笔驿就在那桥头下面。"其主要依据清代顾祖禹的《读史方舆纪要》："筹笔驿在县北八十里，诸葛武侯出师运筹于此。唐、宋皆因旧名，即今朝天驿也。《志》云：'驿有朝天古渡，即潜水所经。'"

凭此，他撰文大造舆论，言之凿凿，邀请权威人士论证、采信这一结论，准备将军师村的筹笔驿石碑移栽此处。

顿时，舆论哗然。市政协文史委为此专门组织市文化局相关专业人士赴军师村考察，现场挖出一块残碑，碑文模糊，"令创祠"三字看得清清楚楚；找到当地百姓在河坝捡回的物什，等待鉴定，暂不采用他之结论。

事实上，筹笔驿作为始设于唐代的水驿，早已随没落的水运消逝。明清两朝的《四川总志》中，已无关于筹笔驿的记载。也就是说筹笔驿在明清两朝已成传说。（明清以及之后地理著作中对筹笔驿的论证引述大多是一本糊涂账，其中有些说法甚至自相矛盾）至于在明清时期是否因诸葛亮情结而使用"筹笔驿"作为马驿之名而搬迁，或将改道之后的新驿仍称旧名，比如我今天也会对外地诗人、学者介绍"古筹笔驿就在朝天"，这些细节已不得而知。至于典籍记载99、90、80三个不同里数，因各朝一里的长度有异，古人对里数的测量粗略，更主要的是三个数字相差本就很小，完全可以忽略不计。筹笔驿只要在朝天嘉陵江东岸两水交汇处，就没有犯常识性错误。

筹笔驿驿站虽已废弃，但筹笔驿情结还代代存续，人们对诸葛丞相的那份缅怀仍在延续，今天的争论亦是这种情怀的映射。于我来讲，筹笔驿的具体位置已不重要，筹笔驿所昭示的精神光辉，依然像全国各地武侯祠一样照耀后人，诸葛精神依然在天地间浩然长存，蜀道后人心中对古圣先贤的那份敬重依然还在，这比什么都强。

嘉陵江接纳潜溪河之处为今天的朝天区县城所在地，两水交汇将这里冲击出一片开阔谷底，历史上有"飞霞驿""朝天驿""筹笔驿"（存疑）之名，"朝天"之名沿用至今。

县城北有清风峡，南有明月峡，遥相呼应，形成"清风明月拱朝天"之地理格局。

53. 明月峡荡气回肠

自朝天区所在地驱车向南一公里进入明月峡。

明月峡原名朝天峡，因其背靠朝天岭而名。宋代已有明月峡之称，北宋《太平寰宇记》载："惟明月峡乃在此郡（利州）界。"

上层为老川陕路，下层为古栈道（梁觉平摄）

明月峡栈道（梁觉平摄）

（1）

虽赤日炎炎，但峡谷风大，异常凉爽。

峡口南眺，旌旗猎猎，酒肆亭廊古色古香，栈道飞檐走壁，贴着山体凌江飞架，长龙出水，如一曲黄钟大吕荡气回肠！

明月峡栈道是蜀道上最壮观、最标准、最经典的栈道遗迹，幸存的嘉陵云栈孤本，全国甚至世界古栈范本，堪称一绝。

一路走来，研究蜀道的专家们都有这样的共识。

朝天谷是金牛道咽喉，朝天峡是咽喉之中的咽喉，卡脖子地段。幸存的这段嘉陵云栈是至今保存最具古栈风貌、最长、最完整、栈孔最多的一处遗迹，如今为国家级文保单位，AAAA级景区，浓缩版的交通博物馆。

"朝天双峙以亏蔽，中惨栗而阴翳"（孙樵《出蜀赋》）就是明月峡最形象的写照。明月峡长约2000米，是马六甲海峡长度的近2倍，宽约100米，垂直高差约300米。两岸绝壁高耸，峡中惊涛骇浪。"上有六龙回日之高标，下有冲波逆折之回川"，自古为秦蜀天堑。

天堑不在天地，而在人心。试想，没有人类想通过，天堑还是天堑吗？历史要涌动，人心想通衢，天堑岂能阻止人心？

水的前行是顺其自然，可人与水不一样，人有心，人心偏偏不顺其自然，心的力量是无穷的，过不去又不想绕行，就诞生了可以直行的栈道——在悬崖绝壁上凿孔架木，直线通行。这是蜀人对人类的贡献之一。尽管屡遭毁废，但人们总是不厌其烦地再建——不断提升适应、战胜大自然的能力，以期在与同类的较量中，不断提升竞争能力，繁衍发展，生生不息。于是，历代先人的精神、智慧、技术便在这里集中汇聚，成就了今天古蜀道上这道宏伟壮观之景，明月峡因此声名远播。

20年前，我第一次看到圆木栈道照片时，委实被震了一下，尽管那圆木比今天的进口方木小了很多。老人们讲，恢复成圆木栈道之前的明月峡只有悬崖栈孔。那时明月峡通航，坐船从江中经过时，长达两公里的400多个栈孔，三排平行，有的地方为四层栈孔，水流最为深急之处，如老虎嘴一带为五六层，摄人心魄，让人震撼。嘉陵云栈之磅礴气势可见一斑。

明月峡栈道的形制结构属于栈道中最为复杂的一种：横梁支撑式。下排栈孔为支撑柱孔，中排走人、行车，上排搭设雨棚。这样的结构形制堪称经典，注定工程技术含量高、难度大，且耗时耗料。

古人一般根据水流大小来确定栈孔的大小，明月峡山高谷深，狭窄而幽长，嘉陵江刚刚接纳了潜溪河，水流湍急，栈孔自然较大。经历代修葺，现在看到的孔眼有边长40～50厘米的，高30～40厘米，深70～90厘米，大小不等。

细看栈孔发现，孔洞下斜，底端有一小长方形栓眼，牢牢拴住横木，最下面一排的支撑眼内壁较深。石壁下方凿有排水槽，以便栈孔排水，防止栈木腐烂。栈孔大而技术成熟，堪称标准。

一路走来，所有栈孔都在明月峡面前失色。

（2）

明月峡栈道最早开凿于何年，已无可考。我所看到的文字记载是毁于宋元时期：1235年，利州驻扎御前诸军统制曹友闻为抵御蒙军南下，烧毁了明月峡栈道。说明之前明月峡已有栈道，至于前到何时，上限不会超过三国时期，诸葛亮经营蜀地开凿剑门关栈阁有明确记载。诸葛亮北伐对嘉陵道的利用无可置疑，昭欢县、汉寿水、筹笔驿、问津驿这些名称都是其译码。

最早一版电视剧《三国演义》火烧栈道一幕，就在明月峡拍摄，栈道在拍电影时被烧毁，后来在明月峡南段恢复了一小段，供游客免费体验，20世纪90年代初遭水毁，后再次恢复三百多米。

在旅游不兴的早些年，无论民间官方，凡有外地朋友来广元，到明月峡参观露天交通博物馆是首选节目。随着国内外人士对明月峡栈道奇观的拍摄、宣传，明月峡栈道逐渐进入旅游视野。

"5·12"汶川地震后，政府抓住灾后重建契机，高起点规划，古栈道焕发出史无前例的生机。今天的栈道融入许多现代技术，更为结实。

无论景区植入多少文化因素，都难以撼动栈道奇观给人的视角冲击和内心冲击。此时，面对这一曲荡气回肠的黄钟大吕，对古人的精神与毅力暗自嗟叹，望着绝壁上的栈孔百思不得其解：古人怎样在这悬崖绝壁上凿孔、架木？那时有没有脚手架？是怎样的脚手架？怎么绝壁凿孔？于我来讲，都是高科技命题！

每一个栈孔、每一溜纤痕，都浸透着古人血汗，凝聚着古人智慧。背对咆哮的嘉

川陕公路明月峡老虎嘴（梁觉平摄）

陵江，有多少人曾在这悬崖绝壁上蹑手蹑脚、思念妻儿，又有多少人葬身滚滚江水？

老人们讲，修川陕公路时此地都牺牲了一百多人。设计试图绕过明月峡另寻他途，但最终失败，不得不沿明月峡栈道上方绝壁，用炸药开凿了一条凹槽式（半隧道式）公路通过峡谷。

修这段公路时，通南巴一带民工全部出动，两头往中间凿。打炮眼的人在腰间拴上粗绳，从岩顶吊下去。现代凿路尚如此艰难，可以想象在生产力技术落后的古代，得付出多少艰辛与智慧才能架通明月峡2公里栈道。

凹槽式川陕公路形似老虎张开的嘴巴，人称"老虎嘴"，为老川陕路上经典段落。20世纪70年代"广元火柴"盒上便印有老虎嘴图案，老虎嘴俨然成为广元标志。

于20世纪90年代末才凿通的明月峡隧道，与老虎嘴共同分担交通，"5·12"汶川地震后，老虎嘴结束了80多年的交通使命，进入今天明月峡露天交通博物馆，与古栈道一起接受游客参观凭吊、怀古思幽。

为了游人安全，老虎嘴岩边已经竖起围栏，惊险程度远不如当年的原始公路，对于外地人来讲，依然震撼。

行至老虎嘴中间，可以清楚地看到对面两大山系亲吻的人字形地壳，从嘟起的嘴唇可以推测，他们接吻的那一瞬间是温柔的、热烈的。

（3）

宋朝大兴漕运，淳熙年间利州提刑张曩容，督率十民"凿平九井滩三巨石，致嘉陵江馈运无阻""牙樯嘉陵来，舳舻尾联属"，大滩渡、回龙渡，以及流行在大滩的《纤夫歌》，都是嘉陵江漕运繁忙的真实写照。工程竣工后，张提刑临朝天水陆码头，见江中货运繁忙、万民欢快，即兴赋诗《题咏小峨眉》（县城有小峨眉寺）："潜水碧如玉，峨眉翠帐浓。紫殿金佛像，白云普贤宫。荡舟清风峡，笑语明月中。江畅民心乐，虔诚敬佛翁。"张提刑见江中舟伐飞流，心情如清风明月。可在战火纷飞的历史岁月里，明月峡的心情和表情不可能常如清风明月，栈道架得再艰辛、再结实、再壮观也逃脱不了屡遭毁废的厄运。这样的咽喉一旦被毁，短时难以恢复。然而，这里又是必经之地，怎么通过呢？

人心不可阻，天堑也能变通途，这通途就是头顶的朝天岭！

走在木栈上，"噔噔噔"，似乎与架栈的先民在用脚步对话；"嗨哟嗬"，川江号子从江面那只小船上飘荡而来；"哼吭哼吭"，纤夫的呼吸和脚步节奏整齐而沉重，我似乎看见他们古铜色的脊背晒得流油；"轰隆隆"，对面山里若隐若现的火车呼啸而过；远处，高速汽笛将我拉回现实……

药道、丝道、鸟道、航道、纤夫道、栈道、铁路、国道、高速全汇聚于明月峡，是名副其实的交通博物馆。行走明月峡，如穿越时空隧道，而这条时空隧道，不是虚拟，而是实实在在的。

又回到峡口，见游客在明月峡石碑前拍照留念。

我站在这里回望着这一峡谷，如翻阅一部交通史、一部人类史。先民们一路走来的姿势和神态清晰呈现在我眼前，祖先从自然、悠闲、坚韧、痛苦中艰难地跋涉而来，从蜗行牛步、老牛破车的进程中走入今天一日千里的飞驰电掣……

欣慰之余，公元前5世纪东西方两位古代智者开始在我眼前吵架，老子曰"人法地，地法天，天法道，道法自然"，古希腊智者普罗泰戈拉说"人是万物的尺度"……

54. 朝天关笔絮翻飞

朝天岭在明月峡头顶，岭上宋代设有朝天关。

犹如今天的立交桥，朝天峡、朝天岭在此构成水陆立体交通。

栈道便捷，屡建屡毁，修复工程耗资耗材巨大，且耗时长。附近树木被砍伐一空，维修栈道需从远山砍伐，成本逐年增加，以至彻底被废。朝天岭碥道便成为官驿大道。

1235年，蒙军在明月峡遭遇了利州驻扎御前诸军统制曹友闻军和朝天镇武装的伏击，曹友闻等人先烧毁了栈道，待蒙军进入峡中，突然出击，使蒙军进退两难，击沉蒙军船十余支。曹友闻抗击蒙军战死大安军阳平关后，朝廷赐庙"褒忠"，褒忠祠建在朝天岭。

明月峡栈道被废置估计在曹友闻"明月峡火烧栈道"之后。这样，朝天岭在宋元时期便形成一条主要通道，明清时较为兴盛。关楼、营盘、哨所，寺庙、民房、商店，一如热闹街市，称"北门天街"。

直到民国时川陕路修通，朝天岭驿道被废。

张献忠"杀士子"事件，起因朝天关。据记载，张部巡逻兵在朝天关截获一封成都生员颜天汉欲北至陕西请李自成入蜀的"贼书"，"怒，诡称开科，尽杀之青羊宫"。有人说蜀地文脉至此事件而中断，罪孽深重啊！假如这封书信没被截获，历史又会是怎番模样？

我自小在明月峡中穿行，从未上过朝天岭。曾看过一张朝天关照片，有残存的城墙以及青石板道路，自此对朝天关总是梦萦魂牵。2012年朝天关被公布为省级文保单位，估计应该有些遗迹，于是在国庆假期约好第一次走蜀道的两位队友造访。

找到朝天村六十多岁村民做向导，他说上山需两小时，且至少三十年无人走过，他还是土地包产到户之前走过。他强调了三次："难走！"反复问了我们三次："上不上？"好在刚刚降温，还算凉爽，我咬了咬牙，对两位队友说："走！上！"

踏上老路路基行进一段，几次被荆棘挂住衣服、扎进皮肤。向导再次问"上不上"，此时我在心里打退堂鼓，若有一人提出不上，我就不再坚持了。所幸，两位都没说话，继续默默前行。

驿道有规定宽度，"之"字形盘旋而上，沿途因山势陡峭，都有石头垒砌的堡坎呵护路基。路基已被踩实踩紧，只长野草，不长灌木。"封杀"路面的主要是驿道两旁的植物，这样一来，很多地方就形成了植物隧道，只能躬身前行，甚至匍匐爬行。向导带着他的铁钳为我们开路，也避免不了要被各种刺挂住衣服、挂落帽子。

道路非常难走，但我们却越走越兴奋，时时都有发现，比如背夫歇气的石墩，可供商旅歇宿的天然岩穹，在原生岩石上凿出的拴马洞等，一次发现就是一次与古人的对话，你说开心不？

最具科技含量的当数减速带。此道减速带与其他古道减速带大有不同，估计为朝天岭所特有：每隔一米就有石板竖着镶嵌在路面，高出路面三寸。向导说专为马车在下坡时减速刹车而设。这段路太高太陡，必须有较大的阻力以确保马车安全。

《唐代交通图考》记载："朝天岭为南栈第一高坡。"这里不是有个九折岩么，估计有九盘。大约盘了两盘，山体出现一个大褶皱，站在这个转弯的当口俯瞰，江似一线，车如蝼蚁，平时在朝天县城周围看见的那些高山全矮了下去。要是骑马或者驾着马车从上面下来，如不提前控制速度，一不小心就会从这悬崖直接栽进壁立千仞的明月峡，想着都吓出一身冷汗。

"回看初日半轮月，下视嘉陵千丈黑""地拆天开此险成，飘萧毛发壮心惊"，宋范祖禹《过朝天岭二首》所言非虚。在这样的险道上行走，摔跤是很危险的，一个跟头有可能就坠落明月峡中，葬身滚滚江水。今天摔跤好像免不了，即便非常小心也会摔跤，因为藤蔓就像绊马绳一样，不知道就在什么时候勾住了你的脚脖子。助手摔了两跤，都吓死我了，他爬起来还问："我摔得帅不帅？"

盘到第六盘的拐弯处俯瞰，下方是老虎嘴，万丈深渊！

继续盘行，大约第八九盘时，山体猛地一个趔趄，仿佛将一只肩膀甩出去而没有及时收回来，于是就出现一个三面临空的褶皱，褶皱的肩颈穴处留下一个天然豁口，豁口处就是朝天关！

好一个险绝的天然关口！走过那么多的关口，这里为至险至极，因为三面临崖，一夫当关，万夫只能像鸟一样飞过去。难怪那位姓颜的生员，怀揣如此重要的书信却生生被擒。

"朝天在天上，嗟呀少行人。怒目似相待，撄啮何狰狞。"李调元眼中怒目狰狞的朝天关已不复存在。关楼消失，修筑城墙的山脊灌木茂茂森森，朝天关已回归到山的本来面目。一路走来我都在强调回归的意绪，回归本是好事，可此次我却万般失望。我们一行满腔热忱，历两小时手脚并用，挂烂衣服和脸，刺破全身皮肤，却连传说中"天街"的影子也没看到，深留心底的朝天关的丁点儿影子都没见到。

向导说，看到关口了，今天就这样了。

我不甘心，怎么会这样？！向导说关楼在1958年就被朝天公社拆毁，用于垒砌锅炉大炼钢铁。前些年山后的海螺水泥厂曾经想在此地开凿一条道路，动工后被相关部门制止。心肝一阵阵发痛。就算有几条天街，也经不住现代工具的捣毁啊！可我仍不甘心，死死盯着关口不肯离开，仿佛要用眼睛修复关楼。

关口处芦苇婀娜，迎风摇曳，白絮翻飞。顿时，我兴奋起来。

原来，清人张问安《朝天关》中所描写的芦苇居然还在："盘盘到高巅，朗朗关门启，峡壁斗阴森，狭隘仅容苇。"关口芦苇依然，物是人非。远看关口就如一片芦苇荡。坚硬的石头，终究敌不过一根细草，这就是生命的力量。

我很奇怪，芦苇只应长在江边，怎会长在这高山之巅？之前读诗时就感觉奇怪。老梁说诗人五谷不分，那不是芦苇是芭茅，俗称"大茅剪"，叶锋利如剪，与芦苇相似，有同样的花絮。

真是这样吗？

我不甘心，想亲自拨开芭茅看看。可是面前的山体褶皱临万丈深渊，看不见路，非常危险。向导显然不愿前行。我发现上面一层台地上荆棘与藤蔓之下有一条窄小的动物通道，可以蹲着钻过去。

　　那就蹲着钻吧。不行，通道既窄又矮，只有贴地爬行，估计是狗熊通道。向导开路，我走最后，头发被扯得很痛。钻出去一看，小梁的衣服被挂烂了，脸上又增加了几条血印子；老梁的光头居然被划得血淋淋的。他们说："跟你当了回狗熊。"

　　一个大大的饮马池隐伏在荆棘林中。最近干旱厉害，里面居然还有半池水。天不绝人，山有多高，水有多长。我们一行在向导的带领下，把两人高的巴茅踩倒，勇敢地从它们身上滚过去，终于到达关口。

　　关口还真是芦苇不是芭茅，为关口平添一分温柔。芦苇和芭茅虽是同科却有区别。芦苇矮小细嫩，苇叶又窄又细，光滑无刺；芭茅高大，叶宽而多刺。诗人并没写错。奇怪，两种同科植物居然长于一处，而且长在这高山之巅。

　　在芦苇荡（关口）仔细刨弄，除一堵弧形城墙基脚外，就是现代机械新耕的土印。再次心痛，再次失望，不得不回转。

　　关口山形亘古不变，古人路基还在。

　　其实，这条古道可以以旅游的名义重见天日的……

　　转念一想，也不那么伤心气馁了。

55. 眸子闪处尽是绿

　　出明月峡即望云驿（铺），望云驿即望云关，设于望云岭。明代《嘉靖保宁府志》载："望云关在（广元）县北五十里，山势相耸，与云霄相接。"考其地在今朝天区沙河镇望云村。相传唐代贞观初年，袁天纲去长安时，在利州都督府为女扮男装的婴孩武则天观相后，在望云岭望见利州城有"王气"之象，因名。

　　沙河驿（今沙河镇）距广元30公里。217年置昭欢县（彼时刘备已迫刘璋投降占据益州，尚未称王），265年因避"昭"讳，改昭欢县为邵欢县，北魏置石亭县。后废县为戍，原址沙河南华村，是朝天也是广元境内最早建县的地方。

　　驱车沙河镇，地势窄逼，难以想象曾为县城所在地。可见当时设县纯属军事需要，囤粮基地而已。当地居民都知道此地建县之事，且能说出县衙所在地南华寺，惜古迹已毁。

　　宋时山洪暴发，支流与嘉陵江争江，此地积水成湖，淤沙掩埋房间百间，堆积数丈，从此得名沙河。宋时沙河驿场镇繁荣，明清有大规模骆马栈，是邮信重要起点。据记载，连升桥解决了沙河驿商旅往来隔河渡水的困难。我两度寻找此桥无果。百姓所知道最古老的大桥就是1936年川陕路修建的沙河大桥。

继续前行，一座山峰像老虎醉卧似的横向嘉陵江，挡住江水，挡住去路。嘉陵江只好来一个九十度大转弯，从"虎头"绕过。这就是如雷贯耳的飞仙关。飞仙关的高知名度最先来源于连年战事，最早当数二郎神大战孽龙的神战，杨戬从此关飞过，所以称飞仙关（飞仙关名字来历说法不下10种，恕不一一罗列），历代文人经此多有题咏。最晚的战事则是1949年解放广元时，国共双方在此激战一个昼夜。

如今不见硝烟只见美景，重建的关楼是游人小憩观景的惬意之所。"卧虎"腰间有一深深豁口，为当地村民开挖。新中国成立后，政府想改天换地从山腰引流嘉陵江，将虎头平作良田。谁知挖下去第二天又被堵上，一直未能成功，终于放弃开挖。当地百姓认为这山下藏有修炼成精的"神物"。

站在飞仙关眺望南北，桥、隧、路密集而壮观，广陕高速、二专线、宝成复线、兰渝铁路、西成客专在此或顺山势或跨江或钻隧道，蜿蜒而去。

朝天谷里，每一个驿站、关口都有讲不完的故事、背不完的古人诗词。

穿过飞仙关隧道，只见"瓷窑铺"标牌插在高架桥林立的立柱中间，标志着我们已经走完朝天谷，回到广元。

瓷窑铺是唐宋时期建窑系黑瓷在四川的典型窑址。20世纪90年代中期，108国道扩建之前，广元文物部门对这里进行了抢救性发掘，发现有马蹄形形制的作坊和窑炉，刻花、粉绘、彩绘、印花工艺、装烧、烧造技术相当娴熟，是宋代黑釉瓷的典型烧造窑口。广元博物馆有全方位展示，四川省博物馆为其专设一个展柜。重庆博物馆瓷窑铺展品最多，镇馆之宝都来自瓷窑铺。

瓷窑铺如今是交通枢纽，广陕、广巴高速、108国道、绵广二专线、西成客专、西成高铁、宝成复线在这里立体交会。站在千佛崖后山，条条道路在这里织出一张密集而立体的现代交通路网，壮观至极。通衢广元畅达广元，在这里可见一斑。

我在想，高速在平原伸向天边那种感觉是什么。高速被置于这深切的峡谷之中，不得不依山就势而蛇行，硬邦邦的水泥钢筋变成一根根温柔曲线，在针的指引下穿山、跨河，被奇山异水映衬，被春花冬雪拱卫，多美妙的意境啊！

此时，眸子闪处尽是绿；春天，眸子闪处尽是花；秋天，眸子闪处层林尽染；冬天，眸子闪处雪花飞舞。高速公路的诞生，为这一谷美景又注入了新的灵魂，无人机航拍之下，一年四季颜值美爆。行走峡谷，如穿过一幅乡村田园图画。

在生产力水平极度发达的今天,诗情画意往往被现代文明硬生生戕夺。可朝天谷却能满足现代人的双重愿望,既方便快捷,又有诗意山水相伴。

我为这条峡谷咽喉的奇险秀美而喝彩!

附言:

宁强—朝天金牛道孔道咽喉中沟壑纵横,还有几条间道在各个时期发挥着交通与战争功能,未能一一详述。如:自宁强经天荡山小安乡至沙河驿(东汉邵欢县)线,有遗址大安寺,有宋金战事碑刻;白羊(石羊)栈道,自宁强经朝天两河口、曾家、麻柳、大小漫天岭至广元,有吊滩河300个栈孔、明代碑刻、驴卡洞、红督关遗迹。这两道与潜溪河走势大致平行,另有几条川陕民间通道也盛极一时。

56. 最是那一低头的温柔

嘉陵江奔出朝天谷,西边山势退出一片宽阔谷地,东面峭壁石崖矗立江边,这面南北长388米、高60米的崖壁上分布着层层叠叠的佛龛,密如蜂巢,这就是四川境内规模最大的石窟群——广元千佛崖。

金牛道临水伴崖而来。

(1)

千佛崖金牛道遗迹(吴建中摄)

进入千佛崖,一脚跨进古道与佛教两扇历史大门。

崖南大云寺前面是重见天日的金牛道遗址,石栏桥、青石板,密密麻麻的栈孔一直延伸到嘉陵江。浪涛拍岸,江水在那些栈孔间荡漾。这就是金牛道上与龙门阁齐名的石柜阁遗址,被多种典籍记载。

"千佛崖南首,石壁峭削,秦汉架为栈道,唐韦抗乃凿石成道,立阁如柜。"民国《重修广元县志稿》明确记录了石柜阁的得名。

当年(759)杜甫携妻小入蜀,走过雄险的龙门阁、明月峡、飞仙关来到平缓开阔的利州城时，已临近傍晚，见石柜阁凌空飞架直逼江面的盛景，疲惫的杜甫精神为之一振，留下了杜诗中难得的旷逸之句："石柜曾波上，临虚荡高壁。清晖回群鸥，暝色带远客……"

可惜，这样的美景在80年前修川陕路时毁了，不但栈阁毁了，连同这里的崖壁、龛窟一并毁于轰隆隆的炮声。幸好有损毁之前的老照片，博物馆据此做了复原模型，聊补遗憾。

仰望这佛国，我在想，石崖原本是那么普通，长相并不规范严整，而今却因庄严法相而备受瞩目，这得归功于金牛道。南北朝时期，金牛道从这面绝壁之下延伸过来时，崖壁就成为天造地设的留言墙。

川陕公路前的千佛崖（千佛崖博物馆提供）

于是，我开始寻找崖壁上第一座龛窟。

位于崖底的大佛洞（726号）和三圣堂窟（226号）就是千佛崖最早的两个龛窟，开凿于北魏。长颈削肩，身肢修长，秀骨清像，颇具马背上的精悍。从艺术上看，佛教传入中国初期有印度特色，到隋唐已深深打上中国烙印，北魏的秀骨清像正是一个中间状态。

公元508年，北魏于广元置西益州。大将傅竖眼、皇室元法僧在广元先后担任益州刺史三十年。他们带来了北魏皇室在云冈、龙门开凿石窟的传统和崇佛风气。千佛崖第一座寺院柏堂寺（今大云寺）也在这一时期建成。广元鲜有他们开窟的详细记载，没有像莫高窟那样留下一个"三危金光"的故事，当年两位刺史面对这面偌大的"留言墙"，有着怎样的心路历程也无从推测。但有一点可以肯定，第一锤叮当的凿龛之声响起之后，这面崖壁便注定成为佛的住所。随着金牛道的繁荣，千佛崖再也没有离开过工匠斧凿的叮当声。蜀道艰险，前途未卜。往返于长安成都两地的王公贵族、官员商旅、平民百姓，便在此开窟造像。或大或小，或独凿或合资。佛，只讲心意到达。

人们在这面石墙上凿进祈愿和信仰的同时，也凿嵌一个民族的历史，层累了一个民族的艺术。

·177· 下部：南栈春秋

千佛崖菩提瑞像窟（唐）

（2）

把千佛崖造像推入高峰的，无疑是从这里走出去的武则天。莲花洞（535号）就是明证。莲花洞气势磅礴，窟顶浮雕双层莲花精美无二，弥勒佛居中，阿弥陀佛、释迦牟尼佛位于两侧。一般来说，居中的应该是释迦牟尼，这龛佛的排序为什么一反常态？

当年，武则天和她的拥护者们发现《大云经》中"有一天女，名曰净光。……当王国土，得转轮王"的说法，以薛怀义为首的僧侣集团便伪造了《大云经疏》来解释《大云经》，将其附会为"佛"对武则天当女皇的"授记"，认为武则天是弥勒下生。紧接着，武则天把《大云经》颁于天下，令两京与诸州各置大云寺，寺藏《大云经》，由僧升高座讲解，使天下皆知武则天当皇帝理所当然。

莲花洞开凿于武则天当政时期，弥勒佛居中显然是当时官员为献媚女皇的政治献礼工程。柏堂寺也在这一时期更名为大云寺。

现存龛窟中，大多为唐代遗迹，主要集中在武周、玄宗、中宗和睿宗时期，这一时期浓缩了千佛崖石窟艺术的精华与灵魂。

紧挨莲花洞的牟尼阁、睡佛龛、弥勒窟和菩提瑞像窟，都属唐代开凿，镂空、透雕、圆雕，精美的造型、精湛的工艺，无不透出大唐范儿。那彩绘色流，仍释放大唐气象。

道光十九年（1839）四川总督觉罗宝兴途经千佛崖时，悯法相剥落，估计舍不得让大唐灰暗，捐薪资修葺装饰，彩绘工程持续了两月有余。

（3）

20世纪80年代美学大师王朝闻先生将806号多宝窟的"持莲观音"誉为东方美神，如今成为广元的城市名片，在各种隆重场合为广元代言。

我满腹疑惑，皇泽寺、千佛崖有那么多精美大佛，为什么王朝闻对这小佛儿情有独钟。导游解说：整窟造像精美，持莲观音艺术水平登峰造极，颈戴项圈，严饰璎珞，双手持莲花于胸前，身姿微扭，娉婷优雅地侧立莲台，嫣然可爱。

没机会采访王老，又不满足于导游的平面解说，我一次又一次地去千佛崖，爬上多宝窟去凝望，去与她对视，从各个角度拍摄，与所有艺术形式里的观音进行比对，终于有了自己的发现：以胖为美是唐代的审美关键词，但持莲观音身材匀称、婀娜多姿，是一个健康正常的少女体态，说明这佛龛至少在玄宗时代之前开凿，她的姿态、神情、内涵都与其他地方和其他艺术形式的观音不同。我国持莲观音像很多，但手持"莲蓬"的观音像世所罕见！你们看，她手持莲蓬呢……

千佛崖806号窟持莲花菩萨造像（唐）

更主要的，"最是那一低头的温柔，像一朵水莲花不胜凉风的娇羞"，那嘟起的小嘴，那一丝娇嗔，那一缕微笑，像小女孩正在跟谁撒娇、调皮。最是那一隐藏的微笑，若隐若现，定睛细看，这微笑又不见了，像蒙娜丽莎的微笑一样不可捕捉……这才是工匠的神来之笔、神妙之处：低眉颔首间，一份飞翔的娇羞，在人神之间自由穿梭，让人灵魂震颤。

这尊小佛儿满足了人们对观世音菩萨和凡间少女的所有想象。

甘肃麦积山微笑的小沙弥，据说曾让整天板着脸的朱镕基也释然一笑。小沙弥与持莲观音虽有异曲同工之妙，但小沙弥的微笑是直白的，而持莲观音隐藏在娇嗔中的微笑更为内敛，更触动人心，更具穿越感。

像多宝窟这样的佛龛需两三年才能完成。我猜，工匠心里一定装着个婀娜少女，小妹、女儿抑或恋人，凿龛时他总是想起她嘟起小嘴撒娇的模样，勾勒佛像时，自然把对她的思念融入一笔一画、一钎一錾之中。但他却懂得恰到好处地就此打住，毕竟他要塑造的是神。

这就是大唐工匠。也许只有大唐工匠才有如此浪漫的艺术境界，大胆而自由地渗入自己的想象，让人神交融，又超越人神，最终让时空飞腾。

持莲观音比蒙娜丽莎诞生早700年,达·芬奇是否受唐代艺术的熏陶?毕加索就承认自己曾受中国木刻画的影响。

多宝窟是一扇盛唐的门,持莲观音是我推开的门缝,我看见了时光深处,盛唐百姓的幸福指数和精神辉煌。

(4)

开元盛世,千佛崖又掀起一次造像高潮,代表人物为前后两任益州大都督府长史韦抗、苏颋,代表龛窟为大云古洞、苏颋龛。

大云古洞居整个崖面中心,为千佛崖最大佛龛。在韦抗的带动下,果州、剑州、邛州、彭州等地的刺史、属官争相赞助。这一龛窟最为空灵,佛多而不显拥挤。主佛一尊居中,大到极致,136尊小佛爷排列四周,小到极致。密密麻麻的小佛爷儿风情万种、姿态各异,无一重复。气势恢宏,组织严谨,布局颇具创意。

苏颋在开元初年为玄宗朝宰相,曾于721年春、723年夏两次入蜀。第一次巡行经过千佛崖时,见千佛崖一派热火朝天的开窟景象,于是捐资开凿了苏颋窟(211号)。造像精美,线条流畅,堪称千佛崖造像经典。有学者认为是苏颋从长安带来的工匠开凿。当他第二次入蜀时,石窟已经完工,欣喜之余情不自禁作诗一首:"重岩载清美,分塔起层标。蜀守经途处,巴人做礼朝。"

大云古洞、苏颋龛无论样式组合还是工艺水平,都让人耳目一新。周围佛龛都受其影响。显然,开元盛世的石窟艺术水平又跃上一个新台阶。

千佛崖造像大多为历代入蜀官员杰作,是他们带动了千佛崖造像艺术的兴盛。金牛道在唐代最为繁忙,佛教在唐代最为兴盛,所以千佛崖唐窟众多:千佛窟、供养人窟、北大佛窟、中心柱窟、卢舍那龛等,虽历经千年风侵雨蚀,仍保雍容华贵、健壮丰腴的时代精神风貌。

学术界曾认为石窟艺术"唐盛宋衰",千佛崖却不尽然。自

苏颋龛(唐)(千佛崖提供)

北魏后代有开凿。道光二十二年（1842）开凿的藏佛洞，依然精美，是千佛崖晚期龛窟代表作，为汉地佛窟中唯一藏佛。主佛为藏传佛教的创始人莲花生大师，为四世章嘉活佛所开凿，是千佛崖最晚开凿的一尊佛像。

"叠叠山峰朝彩阁，迢迢江水远清波。雕剜剧斫工奇巧，望像如生世不磨。"这是明正统七年（1442）会稽人何宗毅合家还乡，途经千佛崖，与妻子顾氏舍资财重装龛像祈求家人平安而镌刻在崖壁上的诗。

千佛崖摩崖造像历经千年，成为古蜀道上一颗闪亮明珠。

咸丰四年（1857）碑文记述"全崖共造像一万七千有奇"。川陕公路凿崖开路，给千佛崖造成极大破坏，现存佛像7000余尊，13层之多。龛窟体量虽小，但内容颇丰，题材多样。

历代工匠中不乏艺术家，一代滋养一代，继承、批判、融入、创造，于是无量度的艺术才情便在千佛崖汇聚，胀鼓鼓的"留言墙"被凿得空空灵灵。张大千采撷一束莫高窟的线条揣在怀里依然朝这里走来；各类艺术家、宗教人士、专家学者朝圣般地拥向这里，对着或纤细或柔和的线条，结合自己的审美，选择自己所需要的景深。

佛教从印度沿着古老的丝绸之路传入中国，以石窟造像的形式一路播撒佛教种子。从新疆克孜尔石窟，到敦煌莫高窟、天梯山石窟、榆林石窟、云冈石窟、龙门石窟。盛唐以后，北方石窟相继衰落，鲜有人知道，接过中国石窟艺术接力棒的，是四川。

广元千佛崖可谓佛祖入川第一站，中国石窟艺术的火种，从嘉陵江走出金牛道咽喉，便发散性传播至青衣江、岷江、沱江、涪江几大流域，以至在宋代出现了安岳、大足两个石窟中心。

千佛崖可谓中国石窟艺术南北篇章的承启支点。

（5）

沿石梯一步步登临，佛爷儿朝我滔滔涌来，一如嘉陵江的浪潮，层层叠叠。登高眺望江面，想起小时候听过的一个故事：据说谁也数不清千佛崖的"佛爷儿"，如果谁数清楚了，一只小金船就会从嘉陵江中浮上来，这人便可得到小金船。很多人遐想着那只小金船，上崖数佛，但没有一人能数清。那时，我也想等长大了，一定来数清楚这里的佛爷儿，得到那只小金船。长大了才发现，这个理想太难实现。每次上崖，数着数着就忘了，即便不忘，很多龛窟去不了，怎么能数清呢？即使在数字技术发达的今天，千佛崖经过一年的三维扫描、高清照相和数据处理，也只能精确到龛窟，而不能精确到每一尊佛。

对于千佛崖的保护，一直令地方头疼。车流滚滚卷起尘埃，怎能让人静下心来参观，更有汽车尾气对佛像的损害。眼看着裸露在外的那些小佛爷被风吹日晒雨打，眼耳鼻身逐渐模糊，最后只剩一个躯干轮廓，让人心疼。

地方官员着力保护的呼吁不绝于耳，可老少边穷的广元哪有这笔钱啊？

2010年，机会终于来了，"小金船"从北京空降——"5·12"汶川地震发生后，中央实施了一系列文物保护工程，川陕公路改道，那些遭风雨侵蚀的佛爷儿终于住进了雨棚和房子。

57. 江潭女儿心

云淡风轻。

这样温婉的秋天在广元并不常见。广元的秋天往往是艳阳当空，天空湛蓝如水，阳光中那份刺人的硬久久不能被秋风剥离。桂花的馥郁在整个城市弥漫，在皇泽寺则更是浓得化不开。

嘉陵江被西岸山体一挡，如手肘一弯，向南流去。肘弯处又出现一面崖壁，适合开窟造像，于是，西佛龛（也称"川主庙""乌奴庙"）在北魏便抱崖而建，亭台楼阁及摩崖造像随山势展开。

随着武则天地位的登峰造极，这里的寺庙、山水随之被"金裱"。"皇恩浩荡，泽及故里"，唐末西佛龛更名"皇泽寺"，江潭改称"黑龙潭"（乌龙潭），西山改称"乌龙山"，东山改称"凤凰山"。

皇泽寺傍嘉陵江，对岸即金牛古道，路人每到寺庙题咏，自然会围绕武则天和这方山水动一番心思。李商隐首次在《利州江潭作》一诗中记录了武士彟之妻杨氏（隋王室杨达之女）"乌龙感孕"传说："神剑飞来不易销，碧潭珍重驻兰桡。自携明月移灯疾，欲

皇泽寺（梁觉平摄）

就行云散锦遥。河伯轩窗通贝阙,水宫帷箔卷冰绡。此时燕脯无人寄,雨满空城蕙叶雕。"此后"乌龙感孕"传说被《舆地纪胜》等多种典籍记载。

李商隐就事论事,最为客观。宋朝程朱理学成为主流价值观后,过往行人开始向武则天发难,明清时代更甚,污言秽语像一柄柄尖利的匕首,恨不得把武则天从坟墓里拉起来再杀一次。"牝鸡司晨"等性别歧视语随口而出张口就来,美丽的嘉陵江在他们笔下,成为感孕"祸胎"的"祸水"。直到新中国成立后,宋庆龄说"武则天是封建时代杰出的女政治家",人们方开始对武则天客观评价。郭沫若为创作话剧《武则天》来广元采风时,题联"政启开元治宏贞观;芳流剑阁光被利州",客观中有一份褒奖,至今作为皇泽寺大门门联。

二圣殿里,李治、武则天并坐朝堂。看着英气逼人的武后铜像,我想象着她第一次扯掉帘子,直接走向朝堂与李治并肩而坐的情形,朝官们一个个定是惊得目瞪口呆、面面相觑吧。很多朝官不服,行吗?谁叫你们的皇帝李治决处优柔,又染风眩,常常头痛欲裂呢?决处果断、思路清晰的武媚娘是唯一能帮他的人。

垂帘听政在中国历史上屡见不鲜,但二圣临朝实属罕见。《资治通鉴》载:"天下大权,悉归中宫,黜陟生杀,决于其口,天子拱手而已,中外谓之二圣。"武则天从幕后走向台前,是她走向至尊皇位最重要、最漂亮的一步。

两侧站立高宗、武周朝时期的九位著名大臣:李绩、李义府、魏元忠、李昭德、狄仁杰、娄师德、张柬之、来俊臣、上官婉儿。正邪并存,但都能被她驾驭且对她忠贞不贰,可见其深谙用人之道,从中可窥武则天性格的双面性。重用李义府、来俊臣等人是她必须承担的后人对她的诟病,以及历史责任。总体来看,武则天成就过不少大臣顶天立地的一身正气,选人用人君子多于小人,正大于负。

上官婉儿是其中的唯一女官。上官婉儿的父亲、祖父均因反对武则天做皇后为武则天所杀,当婉儿走向她时,那颗报仇的初心武则天不是没察觉,但她惜其文采,大胆将仇人之女留在自己身边做秘书。

有才才会惜才,胆量得靠心胸和智慧支撑。

冰雪聪明的婉儿岂是等闲之辈,从报仇到死心塌地,一生做其"内宰相",仅凭她俩这一传奇关系,武则天的性格魅力就有解读不完的密码,绝非一句"性巧慧,多权术"所能概括。最基本的,说明武则天心域宽宏。如果说婉儿为一介女流,武则天可从性别的相通处来拿捏她,那么再来看她对骆宾王的态度——骆宾王《讨武檄文》立论严正,先声夺人将她置于被告席列数其罪:"入门见嫉,蛾眉不肯让人;掩袖工谗,狐媚偏能惑主。"可谓一针见血入骨三分,可她读到这里还嬉笑自若。当读到"一抔之土未干,六尺之孤何托"句时,惊问是谁写的,叹道:"有如此才,而使之沦落不遇,宰相之过也!"这是何等胸襟啊!就算男性皇帝,又有几人能及?

再来看她还政李唐的智举。很多人把武则天晚年还政李唐归因于狄仁杰等大臣的文谏、"神龙政变"的兵谏。事实上,武则天对于选谁做接班人的问题早有打算,对于武氏后裔的才学、品行及在朝中的威信,她早就看在眼里,知道他们不堪大用,所以才暗中接回李显。可以这么说,武则天晚年还政李唐是历史的必然选择,也是武则天的必然选择,狄仁杰等大臣的劝谏不过是一剂强心针,而神龙革命则是把武则天的计划强制性提前了。晚年的武则天重用宠臣沉迷享乐不假,但她也在反思、忏悔,公元700年在嵩山投掷除罪金简就是证明。她世事洞明,不可能想不到传位给武氏的后果:又一场喋血惨案而已。止戈息武,让天下长享太平是武则天的基本执政理想和理念,这与她剿灭政敌杀人是两回事。

小女子,大胸襟,大格局!

像寺前的乌龙潭,江潭虽小,但直通大海!

与一般寺庙不同,皇泽寺内没有大雄宝殿,代替大雄宝殿的是则天大殿,供奉武后真容石刻像,浓缩了武则天一生精华。

建宝成铁路时寺内出土了广政碑,郭老依据此碑考证武则天出生于广元。此碑的奇特之处在于,每遇"后""天后"则抬头定格,遇敬语则空三格,"一遇灾事,军民祈祷于天后之庙,无不响应"。说明唐五代时期,武则天被利州奉为神明,敬重有加。

菩萨装扮的武后真容石刻外塑金身,存放则天殿后紧靠崖壁的小龛内。垂暮之年的武曌,已难觅年轻时的绝代芳华。想当年,唐太宗一见便赐名"媚娘",李治一见便生情愫,这到底是一种怎样的美呢?《新唐书》《旧唐书》《广元县志》记载:星象大师袁天罡在利州都督府给武士彠一家看相,当看了"尚在襁褓""身着男装"的婴孩武则天时,用了"日角龙颜""龙睛凤颈"等形容词;崔融在《则

皇泽寺武则天石刻金身(皇泽寺提供)

天大圣皇后哀册文》中说她"奇相月偃,惠心泉塞"。偃者,匿也,意思是美得月亮都不敢出来了。唐张萱的《武后行从图》、明刻本《历代帝后像》、故宫清代《武则天绘像》等均为后人想象而作。文字记载和绘画,都难窥武曌真容。这尊石刻虽难满足后人对媚娘年轻美貌的想象,但毕竟是全国唯一则天真容,实属难得。

皇泽寺大佛(熊芙蓉摄)

这全国独一无二的文物,也因对武则天的褒贬并至、毁誉不一而几经沉浮,频遭磨难。乾隆年间广元知县张庚谟去皇泽寺参拜这尊石像时,告知被某公打翻在地弃于乱草丛中,他很愤慨,将石像归位复原,石像才得以保存至今。在众多污水泼向武则天的历史大背景下,张庚谟对武则天的一份尊敬着实难得。

游客大多走马观花,拍拍照片,一老年男士对着武曌金身毫无敬畏地点评,时至今天,对武则天仍如此苛刻,三纲五常这把枷锁带给中国女人的桎梏是多么厉害。

我真想带这位老同志去读读殿外柱子上的楹联:"史分正稗,褒耶贬耶非定评,如果凭心论,岂止六宫粉黛无颜色;理有长短,抑也扬也实难度,何妨放眼量,曾经万国衣冠拜冕旒。"看看人家这思维方式,这心胸,这语气。

皇泽寺的楹联大多气势磅礴、霸气十足,什么"关河在望,日月当空"之类的,唯有这副有礼有节,让人心气顺畅。

登上第三重大殿,大佛楼佛窟震撼而立。大气、精细,为皇泽寺1200余躯摩崖之最,是隋代造像代表性作品。有人说隋代石窟造像的华丽精湛,已预示一个盛世的到来。此龛为隋文帝四子蜀王杨秀请长安高僧开凿,如此大气的布局没有选择千佛崖而选择这里,像一个隐喻,呼之欲出。10年后,则天坝对岸凤凰山脚下的利州都督府武媚娘呱呱坠地。县志记载,此龛唐初建成。也许大佛龛刚刚完工(其间杨秀遭遇很多变故),西佛龛便成为武则天的佛教启蒙地。

武则天母亲杨氏为隋王室人,佛教信徒,后嫁给应国公武士彟,皇泽寺12号、13号佛窟为武士彟夫妇开凿。

幼年武则天跟随父母在这里礼佛,幼小心灵埋下佛教种子;太宗死后去感业寺出家为尼,佛教种子开始萌芽;当皇后时在洛阳捐脂粉钱造卢舍那佛,应有几分虔诚;重用薛怀义伪造《大云经疏》为自己当皇帝制造舆论明显是对佛教的利用;

称帝后为《华严经》做开经偈"无上甚深微妙法，百千万劫难遭遇；我今见闻得受持，愿解如来真实义"可谓经典，历代高僧大德都难以超越，应该是悟得佛法真意了吧；死后居然有人在她出生地刻一尊菩萨装的老年真容石刻，供人祭祀。

自然生命从生到死、政治生命从头到尾都与佛紧密交织，像一组玄妙的方程式，在人类三维空间，我，无解。

我不太明白，在大气磅礴的乾陵，我眼里尽是媚娘的小女儿心态；在这小小的皇泽寺里，尽显武则天的宽宏大气。洛阳自不必说，武曌的生命光辉穿越千年之后仍咄咄逼人。

小时候逛皇泽寺以为大佛楼主佛阿弥陀佛是武则天，这种认识持续到参加工作，当我羞怯地袒露曾经的无知与可笑时，有人告诉我，一位台湾学者曾经都这样认为，回去还写了文章传世。顿觉安慰。

转身扶栏，一江秋水澄明淡然，送出一代女皇，碎了万年时光，留下乌龙感孕、凤凰起飞的千古传奇。

58. 风流广元

江河导水，导路，导航，也导风。

嘉陵江把金牛道导入广元，是宿命，也是使命。

因了这条江，因了这条路，广元流动起来。风是流动的，水是流动的，船是流动的，山是流动的，景是流动的，人是流动的。鱼贯入蜀的才子佳人、帝王将相是流动的，他们的诗文与故事是流动的。

（1）

混沌初开时，风与水谁是先行者？是风吧，要不人们常说"风水"而不说"水风"。然，路却为水开，正所谓循水觅道、逐水而居，君不见现代公路与铁路仍沿江穿行吗？

当嘉陵江在秦岭之巅代王山的岩层中滴落时，脚步或许是迷茫的，跟跟跄跄的，汇聚而成嘉陵谷时，就很坚定了。当她以奔流到海不复回之气势，出秦岭夺汉江入大巴山冲出朝天谷进入广元时，脚步优雅起来，缓行中接纳东南而来的南河（汉寿水），体态丰腴，步履从容。

相伴而来的风，势能却逐渐减弱。但人们对风的感觉明显强于水，于是就有

"广元的风，昭化的葱"这句谚语代代相传。广元小伙找的对象若太苗条，长辈会说："你不怕大风给吹飞了？"话虽夸张，但水经广元从容、风过广元矫健却是事实。不信去千佛崖谷口试试，上山试试？看见北山那成天转个不停的风电机了吗？

20世纪植被破坏严重，老广元人能根据风声区分出大风的雌雄，说"公风吹三天，母风吹七天"，但毕竟是过去时。如今冬季偶尔也会吹吹"母风"，但毕竟持续时间短，最多一天一夜，与实施多年的"天保工程"有关。如今风在广元已非常温柔，"不明不暗胧胧月，不暖不寒慢慢风"（白居易《酬和元九东川路诗十二首·嘉陵夜有怀二首》）。我在广元生活三十多年，近些年对风的感觉与白居易相同，估计唐朝与今天的广元气候非常接近。

广元女儿喜欢穿长裙，估计与这"慢慢风"有关，至少我是。飘逸是女子着装的致命诱惑，风是飘逸的天然助手。甚至，我觉得广元女儿节前身"正月二十三，妇女游河湾"的古老风俗，也与这不疾不徐之风、不寒不暖之气候有关。

你想啊，古代妇女都是长发配裙装的，妇女们梳妆打扮一番，来到河湾集体出游，一颦一笑裙袂飘飘，若配以歌舞，该是怎样撩人的风景啊？要知道河湾两江口是金牛道枢纽，八道汇聚，京盖华冠往来络绎不绝，往来旅人再忙也会为这道风景驻足。

"正月二十三，妇女游河湾"是后来文人的总结，最早是这样说的——"正月二十三，懒婆娘游河湾"，明显是粗鲁的骂语。每到正月二十三武则天会期，妇女们便丢下孩子，邀约着妖妖娆娆来到江边游河湾，丈夫和婆婆心里不舒服，就骂她们懒婆娘。

我多年采访研究武则天的专家们，其中有人曝出这一观点：正月二十三并非武则天生日，而是其母杨氏江潭感龙孕的时间。我不解。对方白我一眼。仔细一想，唐朝寺庙已非常兴盛，西佛龛（今皇泽寺）早在北魏就有庙了，纪念武则天干吗非去游河湾？广元的正月还冷着呢！

我明白了：是"乌龙感孕"作祟。传说武则天父亲武仕彟在利州任都督期间，陪夫人杨氏去西佛龛礼佛之后回转乘画船游江观光，行至江潭时杨氏疲乏昏睡，梦与龙交，后有身孕，不久诞下武则天。

原来，广元的女人们去江边游走，是想碰碰运气，看东海龙宫哪位公子顺着嘉陵江通道逆游，再次临幸江潭。她们也可像当年杨氏感龙孕那样，怀个龙种凤胎，呵呵。

是杨夫人感孕日还是武则天诞辰日，专家们也说不清，反正是武则天生命开始之日,因武则天而起,毋庸置疑。

久而久之,妇女游河湾成风,成风景,成风俗。广元女儿开创了最早的妇女节。1988年,广元人把这个节日以"女儿节"名义改在9月1日过,与秋风无关,是与经济联姻,与秋交会有关。万变不离其宗。只是,如今的女儿节时间长达一周,内容扩展至与女性相关的各个领域,广元女儿绰约风姿悉数展现,风流无限。

因为武则天,广元女儿一年可享两个节日之特权,幸甚。

(2)

这是一个冬日周末,有暖暖的阳光,终于兑现了陪闺蜜虹重游千佛崖、皇泽寺的承诺。她说看了"元夫"公众号发现,多年来这两地她都白去了。难得闲暇,今天本小姐就陪你游回河湾吧!

出皇泽寺向南到凤街小坐,冬日人流比夏日少了些许。三五老友围坐打牌晒太阳,戏楼居然围一层透明的薄薄的塑料膜,在里面吃茶,既遮风又能晒着太阳。

隔江而望,东山城市地标凤凰楼矗立山顶回眸顾盼。白天看此楼略显普通,凤街也是,它们的精彩亮相在夜晚,华灯初上,嘉陵江在水下克隆一个凤楼与凤街时,景致就非同一般了。

东山的前身为北宋转运使鲜于侁所辟建的园林,从苏辙、司马光、文同等才子的风雅应和中,可一窥当年亭、堂、轩、斋的雅致与不凡。自北宋至民国,宝峰亭屡见于史籍,文人亦多诗文吟咏,俨然成为广元地标。

广元为山区地级市,虽不能与平原地级市相比,但也绝不狭促。龙门山与大巴山在北边刚刚完成过渡,米仓山与大栏山则从这里开始,谷地平阔,视野开旷,山无压迫之感。

四围六合开城府,二水三分环利州。二水将广元分为东坝、南河坝(汉寿水流域)、上西坝(则天坝)、下西坝(嘉陵江流域)、老城区五个片区。老城区为两水交汇的中心区域,东晋太

东山凤凰楼(许美根摄)

元十五年（390）年于此置兴安县，这是广元最早的县级建制。

广元人随便择一坝而居，都能近距离嗅到山水之味。

此时我俩已进入下西坝，一眼望去，烟波浩渺。

江潭细细碎碎的水波，是慢慢风的脚步，由北向南而去。

"乌龙今天可会临幸江潭？"我问闺蜜。她大笑。

江潭对岸即金牛道，如今成为"诗歌大道"。石堤护岸，河滩遍种芦苇，新修木栈，遍种四季鲜花。名流士子传承千年的诗词歌赋，在木栈两边被墙镶石嵌，与鲜花，与秋水，与苇草絮浪相映成景。诗词题咏在广元基本自唐代开始，足见唐代金牛道于广元的影响。

"朝登剑阁云随马，夜渡巴江雨洗兵。"岑参的名句，大气嵌刻于凤街对岸的凤楼广场（何家渡，江潭）。虹惊异："这么远你都能看得见？""不是我火眼金睛，而是熟悉，近几年研究蜀道，常陪外地朋友来这一带逡巡，以便对金牛道线路形成连贯印象。顺便指认他们熟悉的那些诗人所住驿站、所过之渡、所吟之景，今天对你也一样啊！"

风、水、路的流动，终归是人的流动，流着流着，累了，就会歇息，驿站由此产生；为驿站服务的人多了，街道产生；街道多了，城市产生。广元的前身，驿站、码头而已。

据我考证，在长安与成都、重庆留有脚印的名人，在广元必然会踩上一脚。比如武则天、刘备、诸葛亮、王建、苏颋、韦抗等，他们的脚印最早印在何家渡，那里汉代便设有渡口，三国蜀汉之后称"问津驿"，因武侯行军问津于此而名，唐称"嘉陵驿"，晚唐改称"嘉川驿"，明清又称"问津驿"。乾隆年间，问津马驿和问津水驿分列东西两岸。

杜甫、沈佺期、李商隐、白居易、元稹、薛涛、武元衡、陆游、张问陶、王士禛等等，他们无不夜住于驿、题咏于此，还相互斗诗、和诗，留下千古趣谈。

两水开利州，八方汇广元。唐宋在此设利州都督府、利州转运使时，便形成"一方之都会"广元港，水陆交通枢纽，江面船帆如梭，北上秦陇，南抵重庆可达上海；金牛大道南北横贯；利（利州）阆（中）古道、米仓走廊（金牛道与米仓道之连接线）从这里开始。客、货、游船（画船）集聚于此。官办军运、盐运北济陕甘，南达荆鄂，"打桨闻巴语，扬帆见楚船"。

元代帝王正是看上广元水陆通达，才命汪德臣筑城经营，建浮桥于何家渡，使广元成为第二元大都，将南宋防线逼至剑门关一线。

抗日战争时期，敌占区机构人员内迁，广元再次繁荣，浮桥运输汽车过江，直至1958年嘉陵江大桥建成方才撤销浮桥。但两江口一带仍有8个民间渡口，20世纪80年代初，去皇泽寺仍需乘坐渡船。直到改革开放后，跨江大桥纷纷飞架才逐步取代渡口。

虹是见过大世面的人，对广元素称"小香港"很不服气，对幼年在乡下佐以游戏的童谣"洋盘洋盘，洋上广元"很不以为然，我掘出这些历史时，她由衷感叹，原来谚语与童谣都不会凭空产生。

（3）

出凤街有密集的三座跨江大桥，均为新中国成立初期所建。一座汽车桥、两座火车铁桥，后来其中一废弃铁桥成为人行桥，是网红们打卡老广元的地方。过桥即进入金牛道枢纽两江口，我称之为广元人的"外滩""朝天门"。

如今，金牛道废弃，南来北往的人还得经过广元，却汇聚在盘龙机场、广元火车站、红岩港，再也不用汇聚于此，这一带便成为本地人休闲健身的公园绿道、商家必争的黄金口岸，繁华不亚于当年。

唐代女诗人薛涛的《春望词》巨石以刻："花开不同赏，花落不同悲。欲问相思处，花开花落时……"小女子薛涛，在成都浣花溪欲平分工部草堂，在此似要锁两江潮水。空谷幽兰，栈桥梅花，我似乎看见浣花溪畔的她，秀气的脸颊上活脱脱挂着几颗凄凉相思泪。她与元稹的脚印在这里重叠，诗在这里相映，姐弟恋情隐匿于一岸枯苇。这是广元中心地带，人流最为集中之地，足见广元对女性的重视。

居庙堂之高的武则天与处江湖之远的薛涛，两个唐代女人，在广元都得到相应的重视。

我和虹家住东坝，需逆南河上行。南河古称"汉寿水"，显然因刘备时期的汉寿县而名。诸葛亮北伐，广元是其最大的囤粮基地。问津驿、汉寿水、昭欢县、筹笔驿这些嘉陵江岸渐渐消逝的地名，潜藏着诸葛亮北伐对嘉陵水道充分利用的历史密码。

古渡路古渡巷附近曾是著名的利州南渡，又称"汉寿渡"，是利阆古道、米仓走廊的起点。曾经的那只南渡孤舟如今已成蜀门大桥。温庭筠《利州南渡》把这里吟咏成追寻范蠡的忘机之地，入选《唐诗三百首》后，更是让古利州八景之一"南渡孤舟"声名远播。曲岛鸥鹭依然在，只是马嘶船棹被车桥替代，仍是美妙的隐居之地。

沿河上行，细碎的水波逆向细翻，显然这"慢慢风"从两江口吹来。至凤台、琴台一带水域，水面平静清澈，再无细波。按武则天文化元素打造的滨河广场，市民唱歌跳舞吹号拉弦，好生热闹。武则天所创汉字被选取几个阳刻涂金，格外醒目，女皇威仪与才学可窥一斑。如今政治中心与文化中心大多迁移东坝，女儿节开幕式、凤舟赛、狂欢夜等大型活动多在此进行。美人美妆美景，美不胜收。

一美女央我为其拍抖音视频，我举起手机发现空水斜晖、枯叶绿草，与美女汉黄唐蓝的装扮成为绝配，现代高楼大厦更被这五湖烟水倒映出几分古意与温柔。

老鹰嘴大桥下，根据水量自动调节的滚水坝已经露出水面。这里应该是高中上游泳课的那段水域吧，那时东坝还是一片农田，对面是一岸芭茅，女生在芭茅丛中换泳装，我怕极了那带刺的叶。那时物资匮乏，两人共用一个游泳圈，我可是亲口尝过这河水味道的。虹说她去过东坝一同学家中，在河坝捡过广子石，估计也在这一带。弹指一挥间，几十年时光如白驹过隙倏忽而已。

诗歌大道没有延伸过来，两岸却自成诗画。木栈、亭阁在鲜花与青草林木中若隐若现，每每带外地朋友来此行走，都疑是神仙居所。每每外出归来，我总是迫不及待地来到河边，与我的蒹葭与鹭鸶、海棠或蜡梅打个照面；每每外出归来，我总是感叹，走遍天下，还是我的秋水芙蓉田、晓风杨柳岸最美。

大冷的冬天，仍有人驾小舟在水面晒太阳，还有许多人划筏，单人筏子箭一般划破水面，桨片在筏子两边快速搅动，水滴在头上呈弧线滴落，远看像是在舞动一串串珍珠长链。

广元女作家跑跑，嫌"南河"之名过于普通改称"梦曦河"，她在文章末尾就可美美地写上"某年某月某日于梦曦河畔"，诗意满满。可她退休后就跑了，一如其笔名跑跑。女作家丁丁也跑了，敏子也跑了，凌子正在跑，把南河、汉寿水、梦曦河留给我死磕。好在虹跑了一辈子，叶落归根回来陪我。

长安女子活在《诗经》里，成都女子活在汉赋里，武汉女子活在楚辞里，广元女子也不甘心只活在一个假象的梦曦河里。

59. 桔柏有界

三更的夜雨还濡湿着地面，太阳便蓬蓬勃勃地罩上了头顶。桔柏古渡清脆的涛声，一如既往着千万年的演奏。我是它今天的第一个听众，也是唯一听众。

这样的奢华，几千年过往的帝王都不曾享有。

嘉陵江与白龙江（羌水、葭萌水）交汇之处，孕育了昭化（葭萌）古城，继而诞生了桔柏渡（桔柏津、渡口关）。三千年来，古渡与古城相依相伴、相互指代。

白龙江嫁与嘉陵江之前，在宝轮镇收纳了清江河（又称"清水""醍醐水"），故昭化一带又称"三江口"，今日三江新区。

三条大河在不同地域时段逐渐分开了秦岭、龙门山、大巴山在这一带的混沌状态，山与水各自清晰，各自为界。山水之界在冷兵器时代即天然疆界，昭化一带便成为当然的巴蜀锁钥、秦陇蜀三地结界，"扼秦陇而控蜀巴"。

据我探寻蜀道的经验来看，两水交汇必有故事，三水交汇必生精彩，大山大水交汇，注定上演历史大剧，昭化也不会例外。

（1）

不知从何时起，桔柏渡被划定为嘉陵江上游与中游的界点。这个界点更像为我而设，我诞生在界点之下，工作生活在界点之上。几十年来对这个界点心存敬畏，不敢深度触碰，直到这次蜀道寻访再也绕不过去。

我明白，我必须回到这里，重新出发。

广元距桔柏渡25公里航程，我很想学古人着一身裙装，依数米斜阳，伫立舟头让衣袂飘飘，竹笛横斜或画扇轻摇，像诗一样划过两岸青山，如画一般畅享一江秋水。可航道早废，回不去那诗情画意。

走金牛道吧，曾与北大考古文博学院副院长孙华教授及弟子一行经过细致考察：何家渡以南的金堆石、炭坪子、梁家营、五里垭（石包滩）、周家湾、摆宴坝这些地名还活在当地老人心中；来佛铺、皂角铺、榆钱铺等驿站早已作古，但他们却能指出具体位置；三座古桥还剩两座（碧家河桥、茅坝河桥），一座被枯草掩映，一座仍为百姓服务；观音岩盛唐摩崖石窟虽不及千佛崖、皇泽寺之规模，也是全国重点文物保护单位；摆宴坝村民将桔柏渡双鱼夹舟渡玄宗、唐明皇在此设宴欢庆安史之乱被平定的故事讲得神乎其神。

回归本来面目的桔柏古渡（熊芙蓉摄）

可如今桔柏渡渡船只渡人不渡车，若对面无人过江需喊破嗓子船才过来。我等只有驱车直抵昭化古城再去桔柏渡。从广元出发，跨嘉陵江、白龙江抵宝轮，跨清江河，再回白龙江岸，绕曲回坝、土基坝在桔柏渡再次扑进嘉陵江怀抱。

也许你听得很绕，脑子有点晕，没办法，山造水就。这也是昭化后来成为孤岛的因素之一。

"到了昭化不想爹妈"，红色横幅与青山绿水构成强烈反差。为了旅游，昭化区在这句古老的民谣上下足了功夫。一缕艳香从历史深处氤氲而来，而我，却从一阕清秋的词里兀地跌落红尘。

当我迈入在田园中延伸的桔柏大道时，又被蓝莹莹的天地过滤得清清纯纯，仿佛走进一个洁净的童话世界。

河滩，江堤，青山。

卵石，河沙，野草。

小船，江流，涛声。

干干净净，清清爽爽。没有喧嚣与聒噪，没有任何所谓的文化植入。这里就是茅河坝，葭萌时代疯长的巴茅已经被几千年渡口文明改变了DNA，进化成了细细的野草。退回50年，这里仍是"白日千人拱手，夜晚万盏明灯"，塘坊驿站和川流不息的游船画舫，恐怕不容许一根细草藏身吧。

北面是土基坝，蜀国第二都苴国吐费城所在地。嘉陵江左绕，白龙江右环。与摆宴坝隔嘉陵江相望，与曲回坝隔白龙江相望。

嘉陵江至此已转过几道大弯，风势渐弱，气候温润，三水冲击的平地更为开阔，白、清二水为嘉陵江注入了新的营养，土壤更肥沃，"广元的风，昭化的葱"，"葱"的译码藏在那广袤的良田沃野里，藏在游客购回的一袋袋蔬菜里。

我朝江边奔去。江水奔流，回清倒影，浪涌千层。一仰头，碎碎江浪居然在蓝天上雪波漫卷。云在水，水在云，云水清澈，混沌一体，而我已混淆天地，在直立与倒立之间交替游走。桔柏渡就这样本色地美着，美得让人忘记自己到底是在天地之间，还是在天地之外。

我很想单纯地为这份单纯的美唱一曲赞歌，可又不得不去叩开尘封的历史。如果跳过桔柏渡这个蜀道关节点，就等于断开影响中国历史走向的重大历史节点，我的行走将不能承上启下，罪莫大焉！

公元前368年，"蜀国第二都"吐费城在这里诞生；

公元前316年，司马错灭蜀第一仗"葭萌大战"在此大获全胜；

公元前285年，秦在此设葭萌县，"巴蜀第一县"在此诞生。

在这八十多年间，桔柏渡风起水涌。

（2）

公元前316年，秦将司马错首次撕开秦蜀结界，在桔柏渡展开"葭萌大战"，拉开秦蜀统一历史帷幕，伟大的石牛道就此发轫。无论怎么说，都是一幕中国历史大剧。

高擎火炬点燃导火索照亮中国历史的这个界点及意义，两千年来诗词歌咏车载斗量。近百年来却渐呈遗忘之势，重提尤显重要……

背景得退至公元前368年春秋战国时期，昭化一带还是中原语境的方外之地。彼时，世界各地都在重组社会秩序，各个文明似乎都处于动荡状态。我国北方正激烈上演诸侯争霸，西南巴国忙于攻打南方小国，蜀王开明九世杜尚果断派兵灭鄀、平周二国，控制四川北部，遏制了日益强大的巴国向西扩张，封其弟葭萌于土基坝建立苴国，辖今陇南、陕南汉中、川北一带，以吐费城为都邑，即"蜀国第二都"。

苴国建立次年，杜尚从郫邑（一说双流瞿上）迁都成都构筑城池，其目的是为方便与苴国联系。葭萌至成都为陆路，步行最快也得一周，而乘舟楫顺嘉陵江下到巴都阆中只需一天，苴、巴二国交往甚密。距离决定友谊？亦有可能，于苴国，不是全部原因。苴是巴的一支，打断骨头还连着筋呢。

至开明十二世蜀王杜芦时代，巴国将移居目标锁定蜀国，巴蜀交战频繁，而苴却暗中倾向巴。蜀王岂容自己的属国与世仇打得火热？决定伐苴，另立新王。

周慎王五年（前316），国际国内发生很多大事，罗马人重新发动与萨莫奈人的战争。同年，蜀苴交战，苴求救于巴，巴自知不敌，于是苴、巴联合求救于秦。

把"国内"矛盾"国际"化，有你的好果子吃吗？

在秦蜀争夺褒汉之地的拉锯战中，蜀多占上风。彼时，秦蜀之间已平静50多年。秦通过商鞅变法，早已强大起来，且步步东进融入中原朋友圈，统一六国已成为秦的最高理想和基本国策。司马错与张仪在伐蜀与伐韩的问题上产生了争议，张仪虽贵为连横派领袖，但在廷辩中，却败给了司马错。巴蜀大后方大粮仓的魅力及攻楚的战略意义，被司马错有理有力地一番精辟阐述之后，秦惠文王采纳了司马错的建议——步步为营，送石牛送金子，再送美女，如此折腾几个来回，秦蜀之间的道路也被"五丁"修通了，万事俱备只欠东风。

苴、巴联合求救于秦,就是为秦惠文王送去的东风。

《华阳国志》:"周慎王五年秋,秦大夫张仪、司马错、都尉墨等从石牛道伐蜀。蜀王自于葭萌拒之,败绩。王遁走,至武阳,为秦军所害。其傅相及太子退至逢乡,死于白鹿山。开明氏遂亡。凡王蜀十二世。冬十月,蜀平。司马错等因取苴与巴焉。"张仪、司马错、都尉墨顺白水而下,抢先占领桔柏渡,追蜀王至彭山灭杀。两月之后,司马错趁劳军之际,顺带灭了巴、苴二国。

罗马人打败萨莫奈人用了20多年,而司马错灭巴蜀仅用10个月,从此巴蜀之地尽归秦。蜀之富饶,成为秦统一六国的坚强后盾;蜀之地理,成为秦灭楚的有力跳板;石牛道成为最早的秦蜀官道(比罗马大道早4年,公元前312年罗马帝国修筑中央大道)。

秦在巴蜀的统治并非一帆风顺。初在蜀地分封制与郡县制并存治理,但"戎伯尚强",分封的几位蜀侯先后被杀。司马错几番定蜀,取楚国上庸之地,分别从汉江、岷江浮江伐楚。经31年过渡,到秦昭襄王时期,蜀地才算真正平定,于公元前285年全部实行郡县制管理。葭萌县于当年诞生于土基坝,为秦在蜀地的首批县级建制之一,所以昭化又称"巴蜀第一县"。

土基坝地势开阔,修建城池极好,但不靠大山,在冷兵器时代北方来敌顺白水而下,易被攻伐,葭萌大战就是这样;再,水患频繁。东汉末年,三江水涨淹没吐费城,葭萌治地移于白水西岸翼山(牛头山东翼)脚下,即今天昭化古城位置,依山临水,桔柏渡成为拱卫古城的一个水关——渡口关,典型的水上军事枢纽。直到1936年川陕公路通达之前,桔柏渡仍是必经的要道关隘,设驿站,置兵戍守。

石牛道的开辟,促使巴蜀与秦共同完成了统一中国的历史使命;葭萌之战开启了中原语境中"巴蜀"连写合称模式;"葭萌"承接巴蜀历史进入中原语境,巴蜀文明融入华夏文明。

这种改变中国历史走向的时间之界、历史之界、文化之界,不应该被忽略甚至被忘记。

(3)

"竿湿烟漠漠,江永风萧萧。连笮动袅娜,征衣飒飘飘。"杜甫当年"潮湿的心",与今天的桔柏渡极不协调。然而,我却只能借用这一浮桥(据记载,桔柏渡浮桥为嘉陵江最早所建浮桥,后唐庄宗李绍深伐蜀,蜀主断浮桥)意象,透过诗圣的眼睛，迎来送往。

唐明皇"双鱼负舟"也不忘自省；蜀主王衍虽大军进逼还忘乎所以；花蕊夫人离恨绵绵，《采桑子》词残梦断，不知孟昶做何感想；唯何易于"即自腰笏，引舟上下"的那束光芒，穿越时空，照古耀今。

唐文宗太和年间（827—835）的一个春天，利州刺史崔朴邀约随从多人，歌酒助兴，从利州皇泽寺嘉陵驿泛舟而下，经下西坝、河湾场、上石盘、张家渡、摆宴坝，悠悠闲闲来益昌县城（昭化）春游，"索民挽舟"。何易于把笏板往腰间一插，裤脚一挽，躬身拉纤。刺史见县令亲自挽舟，惊问为何，易于曰："方春，百姓不耕即蚕，隙不可夺。易于为属令，当其无事，可以充役。"刺史与宾客羞得脸红下船，骑马而回。易于替民挽舟的佳话自此流传……

"引缆曾惊崔刺史，何公抚字古贤侯""咸通旧史孙樵笔，常使行人重利州"，何公维护百姓利益，甘冒革职、坐牢、砍头之风险，抵制上司派遣，甚至违抗朝廷诏令。不得志于生时，却传名于死后，《新唐书》把他作为廉吏为其立传，广元昭化一带广为外界所知晓。

江岸上，停靠一只酱色小铁船。苟银春（我今天的向导）脚踩小船说："小时候这里木船、铁船、轮船、汽划子，川流不息，激起一抹抹白色水浪，好看，热闹。"苟老师是昭化古城评书非遗传承人，对小时候这里的繁华景象记忆犹新。桔柏渡滩大水急，怒涛狂啸震撼城垣，荡人心魄。昭化人世代枕着江声入睡。他说，"桔柏"其实是"急泊"，四川方言"急泊"与"桔柏"同音。这一说法与县志等典籍记载"昭化有柏，古人称桔柏故以名潭"大相径庭。我不想否定典籍，也不想肯定他的说法，我只知道"桔柏江声"为昭化八景之首，古人为这江声留下了大量题诗。

"自白龙江上游修了宝珠寺水电站后，水流减小，江声再不'急泊'了。"苟老师平静地述说着，仿佛没有遗憾。

"变"才是这个世界永恒不变的主题，他懂。

古渡的繁华如叠起的浪花，一波一波滚滚向前，消逝在历史长河。

承载两千多年交通使命的古渡老人，终于卸下历史重任，卸得干干净净。如今她蓄烟含雾，静若处子，不留丝毫皱纹，看不出一丝沧桑。

一个漫长轮回，她终于涅槃。

我不得不为她祝福！

60. 岁月没有湮灭司马错

我以为，司马错这位石牛道先驱，早被奇异的巴山蜀水湮没了影踪。可今天的行走告诉我：在昭化，他依然面容鲜活。原来，我费尽心力找寻的，就在身边。

（1）

为了各位读者不至于云里雾里，得先把昭化的道路演变略做交代。

昭化的下一站是几千年不能改道的剑门关，昭化就成为几千年来的道路枢纽，秦蜀、陇蜀、水陆、古今道路在此交汇、更变。道光乙巳年《重修昭化县志》（以下至224页均简称《县志》）载，道光二十五年（1845），境内驿道总长180里，西至高庙铺与剑阁相连，北至界牌场（白水关以北）与阳平关相接，"五里一塘，十里一铺，三十里一驿站"，共36塘。

以昭化为中心，从北向南按代表性朝代举例：

秦汉石牛道（白水关道）：勉县阳平关—大安驿—燕子砭—白水关—粗石栈—石关子—桔柏渡（吐费、昭化）—溯白水、清水经宝轮院—沙溪坝—大仓坝—剑门关—成都。

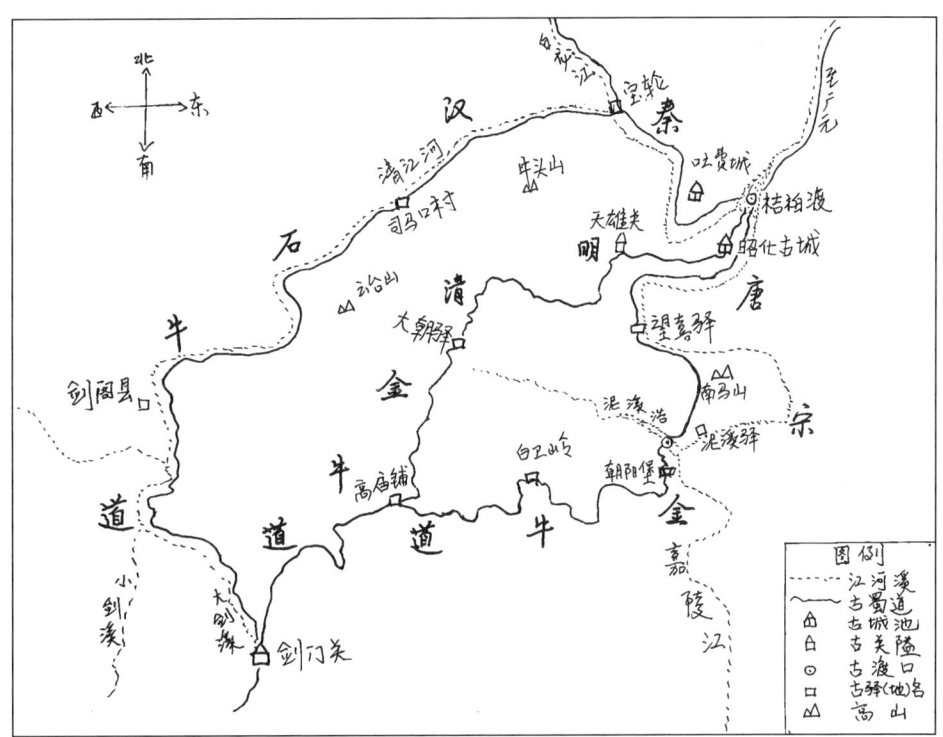

昭化—剑阁段秦汉、唐宋、明清金牛道走向示意图（元夫制作）

唐宋金牛道（七盘关道）：七盘关—朝天—广元—桔柏渡（昭化）—望喜驿—过泥溪浩作别嘉陵江经朝阳堡—白卫岭—高庙铺—七里坡—剑门关—成都。

明清金牛道：七盘关—朝天—广元—桔柏渡—昭化古城—天雄关—上新铺—下新铺—竹垭子—大木树（大朝驿）—高庙铺—七里坡—剑门关—成都。

川陕公路（108国道）：广元—宝轮—剑阁。第一条电气化铁路沿此走向。昭化古城因被现代公路甩开得以幸存。

昭化是三交之地，道路系统非常复杂。为了顺利走进昭化古城，我必须立足桔柏渡，回溯白龙江（白水关道），带大家先看一下曲回坝、宝轮、白水关几个重点关节，它们与早期行政中心葭萌密切相关。

（2）

白龙江在桔柏渡汇入嘉陵江之前绕了一个大弯，名曰"曲回坝"。曲回，曲曲回回，正如我今天的脚步和心境。

《华阳国志》载："周赧王元年（前314），秦惠王封子通国为蜀侯，以陈壮为相……六年，陈壮反，杀蜀侯通国。"蜀侯之尸在从成都运往秦途经昭化时，"因故葬于此地"，这是《县志》转述老县志的记载。陵墓在曲回坝石马坪，墓前原刻有石碑、浮雕和许多石人、石马，陵墓大气，后毁于战乱。《县志》转述时提出质疑，认为"与秦制不符，石马坪未见其物，为文人附会"。看来，真相在道光年间就陷入迷雾。

我试着在曲回坝寻找"通国墓园"，无果。前后采访很多广元、昭化史学界人士，昭化职中教师，竟无一人知秦公子陵墓一说。

向导苟银春说石马坪即"司马坪"（四川话"石""司"同音），司马错攻打葭萌之后曾在此牧马。我眼睛一亮。从司马错的祖籍地韩城一路走来，翻秦岭，越大巴山，每到一个重要节点，我都努力找寻司马错的蛛丝马迹，到这里才隐隐约约浮出水面。《县志》与苟老师所言，均说明一个问题：石马坪并非墓园"石马"。那么，"司马坪"的可能性就非常大了。

司马坪下来是曲回坝著名古迹鲍三娘墓，同样为《县志》记载，老少皆知。虽属被盗残墓，但古柏森森、巨墓嶷嶷，气势不输。

鲍三娘是关羽儿媳、关索之妻。蜀炎兴元年（263），钟会率15万大军攻蜀，关索与鲍三娘屯兵摆宴坝，夫妻驻守葭萌，筑石城以阻击曹魏军队。蜀军5万将士在桔柏渡西岸进行阻击。关索战死江中，鲍三娘则在土基坝一带与曹军交手，结果战死。当地人爱戴这位女英雄,将其遗体运到她生前操练兵马的曲回坝安葬。

民国初年,法国传教士谢阁兰(广元人称其盗墓贼),以考古的名义与同伙一起,经古蜀道入川,盗取了鲍三娘额骨、车马砖等一批墓内珍贵文物。回国后写了《中国西部考古记》,在书中披露盗取鲍三娘墓的经过,其中有当地人出来阻止的记述,广元文史资料里面也有阻止这个洋人进入墓穴的记载。不知道这洋贼用什么方法,居然瞒天过海,把鲍三娘头骨偷运出国,留给广元百年耻辱。

《三国志》《三国演义》均无鲍三娘只言片语,但《四川通史》《溪逸志》《夔州志》《花关索传》等地方史和民间传说中多有记载。在昭化人心目中,鲍三娘是一位文武双全美貌如花的女英雄。

(3)

宝轮(宋代建宝轮寺,因名)镇距昭化古城11公里,三江新区核心,清江河在此汇入白龙江。南北朝之前,为石牛道必经之地。乾隆年间《广元县志》载,夏朝首任君王启在今宝轮一带分封了诸侯国"胤",广元至今还有条胤国路。《史记·夏本纪》载:"帝中康时,羲、和湎淫,废时乱日,胤往征之,作《胤征》。"一些资料解释"胤"为国名,但未指出方位。

但宝轮为早期巴人聚居地没有争议,有船棺葬出土,且为考古界首次出土,因此宝轮成为考古界"船棺葬"一词的命名诞生地。

1954年修建宝成铁路时,在宝轮发现像船一样的墓葬,早至战国晚期,延续秦、西汉初年,船棺现存广元市博物馆。船棺葬分水葬和土葬,土葬是巴族特有的墓葬形式,为我国首次发现的船棺墓葬。

自川陕路首次甩开昭化从宝轮经过,宝轮次次受青睐,212国道,宝成铁路,成广、京昆、兰海、西成高铁,客运、货运扎堆在宝轮交错中转。1952年昭化县政府驻地迁至宝轮,宝轮遂成为新的昭化县城,替代昭化古城历史使命6年之后划入广元县。如今宝轮处于成都、重庆、西安和兰州四个城市的"十字"交会处,是中国西北与西南地区暨川陕甘重要物流基地和交通枢纽。

昭化古城被第一条现代公路抛弃之后,次次被冷落。贵妇沦为弃妇,蹲在一角,眼巴巴地看着宝轮满世界飞。历史有如花心郎,不会专宠谁。更何况,昭化古城曾主动拒宠(下一节详述)。当然,在旅游业兴盛的今天,昭化古城重放光彩又另当别论。

溯清江河8公里,即利州区赤化镇的司马口村,正处在石牛道上,位于葭萌驿与小剑戍（今剑阁县下寺镇大仓坝）之间。又一个与司马错相关的地名，实实在在且无争议。这里有一块缓坦谷地，谷地三面被陡崖环抱，一面临清江河，为河口冲积扇谷地，居住着百十名村民，良田千顷。当年秦军在昭化土基坝击败蜀军，蜀王向西退守剑门天险。司马错乘胜渡白龙江溯清江河追击蜀军，到达司马口，在此埋锅造饭大飨三军，休整后攻克剑门天险，追至武阳杀死蜀王。

现场踏勘，司马口村尽管没什么遗迹，但地势背风、水木丰美，是理想的屯兵之地。

历经2300多年，这个地名居然沿用至今，对于复杂的四川历史背景来讲，可谓奇迹——伟大的石牛道奇迹。

（4）

白水关即今青川县营盘乡都家坝社五里垭，距桔柏渡250华里。史册中的白水关被称为"祸福之门""关头"。

《青川县志》第一件大事记："公元前316年，司马错伐蜀领兵由阳平关至白水关，沿白龙江河谷至葭萌，攻打蜀王，蜀王战败，开明氏遂亡。"

白水关最早出现在《后汉书》，建武元年（25）公孙述据蜀后，派将军侯丹率重兵进驻白水关以拒刘秀；建武二年（26）廉颇后裔廉叔度于蜀迎父柩，船行至白水（沙洲）触石舟破，15岁的叔度欲抱父亲灵柩一起沉江，众人劝说制止。

刘备以讨伐张鲁为名进入昭化时，白龙江北属张鲁、南属刘璋，刘备回袭刘璋，出发前诱杀白水关刘璋两员大将，夺取白水关，解决后顾之忧后才挥戈南下。

因白水关陆路北通秦陇、南接葭萌，水路溯白龙江而上可到陇西、陇南，下可达巴渝荆湘，为阴平道、石牛道之枢纽，秦、陇、蜀三地锁钥。

在生产力不发达的冷兵器时代，谁控制了白水雄关，谁就取得了战争的主动权；谁控制了白水雄关，就可以从北面自由出入四川。自秦以来，历朝历代在白水关设关筑寨，派兵戍地。由此可见，秦陇蜀战争、经贸、文化，早期主要在白水关中转。白水关斜对岸为西汉白水县城，之后为平兴县、景谷县，建县史长达一千多年，古籍曰"地势亦平旷，白水、西谷两水环之"（今已全部淹没）。

溯白水支流西谷水（乔庄河）而上即如今的青川县城乔庄。青川县城乔庄郝家坪那支楚人（1979年发掘战国墓葬为楚墓，出土《为田律》木牍），就是沿这条支流而上定居乔庄的。我在《木牍之光》一书中，对此楚国墓葬有较为细致的描述。对于这支楚人为何定居乔庄，考古专家们有一个重要共识：移民。秦占领巴蜀地区之后，实施了从秦本土往蜀地移民的措施："戎伯尚强，乃移秦民万家实之。"

可见，白水关在此时也作为中原各国移民迁徙巴蜀的中转之地。直至1998年宝珠寺水电站建成，白龙江变成白龙湖。

从吐费城遗址土基坝开始，对沿途的石关子、粗石栈、神仙桥、飞鹅峡、马鸣阁、唐天溪、马夫滩、莲花池村、女儿碑等遗迹现场踏勘以后，驱车沙洲码头坐船横渡，去营盘乡五里垭现场考察。

站在沙洲镇码头，眺望湖对面白水关，一个平常的山垭，豁口浮在浩渺的白龙湖湖面，昔日古书里描绘的高山深涧、俯瞰一线的雄伟与险峻消失殆尽。快艇前行的过程中，五里垭快速朝我涌来。上岸，步行，不到一公里即到五里垭。

宝珠寺水电站蓄水之前，国家曾对白龙江两岸进行抢救性发掘，清理七十多座战国墓，墓中多有兵器陪葬，国家一级文物吕不韦戟即出土于此（现存成都博物馆）。

我又一次站在历史的当口五里垭。垭口一边是营盘乡卫生站，一边是都家坝社的村务公开栏。卫生站就是白水关关楼所在地。我像一个虔诚的历史信徒，执着地寻找着，企图有所发现。然而，事实证明了我的幼稚。不过，山形地理不会改变，这也是我每每坚持必须现场踏勘的理由。这里的居民大多从湖底上移，老人说他们祖上为清朝移民，有族谱记载，连明朝遗民都没有。他们讲得最多的是白龙湖蓄水前耕起古墓、倒卖文物的事。一位老人说他搬上来以后，还在关头附近发现一座葬马墓，里面有马骨头和兵器。白龙湖放水发电水位下降时，他们动辄捡起古物。

白水关承载南北交通使命2300多年，唯一性持续900多年。关楼因各种因素屡遭毁建。南北朝后，汉中入蜀官道改走七盘关线，但白水关至昭化这段道路仍继续使用，直到宝珠寺水电站蓄水淹没才彻底废弃。

戏剧性的是，古代交通通衢之地，现代居然成为交通死角，白龙江成为白龙湖以后，营盘乡三面临水，几乎沦为孤岛，是全省唯一不通公路的乡镇，百姓出行要先乘坐轮渡，然后改乘汽车。直到"5·12"汶川地震灾后重建，岛上才修通了通往外界的公路，但使用率并不高。

剑戟锋，却刺不穿时代的壁；鼓铮鸣，却蹚不过岁月的河。曾经扼一关可定一国祸福，威风八面的白水关，如今平静而缄默。金戈铁马、战旗猎猎的狰狞面目，被波光粼粼的湖水消解殆尽。

由山而关，由关而山，几番轮回，如今终于回归山的初始状态，像桔柏渡回归江的本来面目一样，慈祥而温柔。

比故事更老的风，从垭口掠过，似乎在悄悄对我说，白水关就是一普通山垭。

61. 太极鱼眼

昭化古城，一座古老的与桔柏渡共同为界的界城。

（1）

建安十七年（212），昭化古城上演第二幕历史大剧，又一次改变中国历史走向。

《三国志·先主传》载："先主北到葭萌，未即讨鲁，厚树恩德，以收众心。"刘备来到葭萌，察看地势果然如张松所献地图：两江汇合绕城东去，剑门雄关巍峨傍立，桔柏古渡扼江据守，确属战略要地。就此驻兵，于当年乘曹操进攻东吴之机，采纳庞统上中下三计之中计（白马关详述）以帮助东吴为由，掉头离开葭萌，出剑阁西下，攻取成都，迫使刘璋拱手投降，成就蜀汉帝业。

到底是原址，气场仍在，三国真迹俯拾即是。刘备当年的办公基地大坪子、操练军队的剑刀坝、蜀汉丞相费祎（在昭化开府治事，后被曹魏间谍郭循所杀）祠真墓，均原址保护。汉城博物馆虽小，但其中三国文物很多为全国孤品；法国传教士谢阁兰盗取鲍三娘头骨的照片，是我国第一张田野考古照片……

刘备进入四川三分天下，虽未成功兴复汉室统一全国，但他广施仁政，结束了刘璋的昏暗统治，在蜀地被百姓广为称赞。

城外战胜坝在节假日有专业团队实战演出"张飞战马超"。但这一幕并非正史，而是取材《三国演义》第六十五回"马超大战葭萌关 刘备自领益州牧"。

古城评书非遗传承人苟银春也说三国故事，张飞战马超是保留节目。我带家人专门来听了他一堂评书，只见他长衫一穿、惊堂木一拍，那架势真叫专业，从他喉咙里跑出来的马蹄声跟青石板上嘚嘚的跑马声并无二致。说书人的精髓被他继承无遗。一场评书，鸦雀无声，评书结束半秒之后，听众才回过神来鼓掌。

无疑，小城的三国蜀汉魂，还在。

昭化古城战胜坝（谢谦摄）

（2）

过去我眼中的昭化古城，长相跟其他古城相差无几，古装剧似的一部多幕黑白电影，窄窄的街道，上了时光之釉的青石板，黑黢黢的木构房和篆书刻雕。不同的是，那些长满绿苔的石水缸立面均为萌萌的三国故事浮雕，还有几个老到神话级别的名词：葭萌亭、吐费街、苴国路。

当我从蜀道那头寻寻觅觅，翻秦岭跨汉江入巴山，沿嘉陵江一步一步走回来时，惊觉昭化浑身是宝。

宝石就在身边，而我却远走他乡；可我不远走他乡，又怎知身边就是宝石？

司马错的痕迹在几条蜀道上荡然无存，唯在此三江口一带留下了"司马坪""司马口村"两个地名；昭化古城是蜀道上绝无仅有的一座以"千年"为计量单位的高龄古城，为石牛粪金作俑之城，陇蜀、秦蜀古道枢纽之城、中转之城；曾作为国都，郡、州治所，但大部分时间以县的建制而存在，至1959年，2244年间几乎从无间断，为中国古建制化石之城；古县衙功能、格局、设置完整保留，全国少见；对撞生成的混合型文化特点至今明显；牛头山幸存的原真性古道等等，不胜枚举，成为研究中国古代交通道路、历史文化的范本。经纬交织，价值多元，随便切进一个视角，穷其一生，也未必能解读一二。

仅凭古城的堪舆选址，就有解读不完的密码。我颇费一番周章，从"太极鱼眼""藏身镇翅"切入，浅有所获。

嘉陵江将这里方圆20公里切割成一个巨型山水太极，古城座翼山（牛头山东翼）与嘉陵江对岸笔架山构成阴阳两极，江流为太极S曲线，古城刚好位于翼山一极的鱼眼之处。三面临水，四山拱卫，俨然微缩版的山海关，铜墙铁壁般护卫着昭化古城。这里比不上土基坝宽敞平坦，古人便依山形就水势，将城池建成略有倾斜的葫芦状，堪舆学上称"金线（嘉陵江）吊葫芦"，葫芦卧太极鱼眼。航空视角下，水在山中，山在水中；城在山中，又在水中。城关合一：山亦关、水亦关、城亦关。虽为弹丸之地，却有金汤之固。

"藏身镇翅"与"太极鱼眼"紧密相关。《县志》记载，翼山像凤凰展翅，古人怕这只凤凰飞去，故在翅膀之末修城以镇。又载："城殊善藏其用，自东北来者一路，山势联络而城不可见。见城则及桔柏渡矣。自西南来者，迤逦下翼山十五里，直抵山麓而城不可见，见城则及西门矣。"意思是说古城藏在翼山一侧，东北、西南在15里内均看不见城池，东北方至桔柏渡、西南方至西门才见城，即抵拢城边才见城池。这一记录不用怀疑,我已多次证明。

如此妙藏,防御优势不言而喻。史海钩沉,多有佐证。当年刘备还袭刘璋,留霍峻守葭萌,仅八百军士。汉中张鲁以为机会来了,派杨帛引诱霍峻共同守城,霍峻知道有诈,严词拒绝:"头可得,城不可得!"杨帛只得退去。刘璋得知这一情况,派扶禁、向存领万余人,由阆中溯水而上围攻葭萌,霍峻以八百敌一万坚守一年之久,趁对方疲惫之时,选拔精锐伺机出击,大破刘璋,斩向存首级。

史上许多次短兵相接的激战,如宋灭后蜀、李自成攻蜀、清削三藩等,昭化城均因地势具有天然防御功能而攻伐艰难、争夺惨烈。

或许,优越的地理因素只能侥幸一时,城池再坚也难以阻挡历史洪流,"太极"的运行原理才是终极译码。

(3)

小城命运也戏剧性暗合太极内涵。

一路走来我发现,城池迁移是蜀道改道的主要原因之一,昭化县城两千年原地不动,道路无论怎么改均必经古城,秦汉、唐宋、明清亦然。然而1935年民国政府修筑川陕公路却颇具戏剧性。

按设计,川陕路顺嘉陵江而下过桔柏渡经古城至剑门关,但以赵思博(时为四川北路剿匪总司令,国民党少将)为首的昭化士绅认为,修路大量占据农田,更有部队过境的兵役之苦、兵痞扰民之烦,于是筹银贿赂工程指挥部,要求改道。工程指挥部居然接受了贿赂,修改设计为经宝轮沿清江河抵剑阁,避开了古城。

如太极的阴阳转换循环往复一样,历史总是在不经意间轮回与重复。川陕路一般沿明清金牛道线路修筑,昭化这一折腾,竟宿命般与老石牛道路线重合,唐宋、明清时代金牛道便幸存于山间。

新中国成立后因交通不便,昭化县署不得不迁至宝轮镇(时称"新昭化"),后并入广元县。昭化县城持续2244年的行政使命寿终正寝。

一般来讲,路随城改,而昭化却城随路变。

自此昭化古城的发展掉入冰窖。一个繁华两千年的水陆要冲,因川陕路修改设计而成为交通死角,被现代文明所遗忘。古城像飞速旋转的车轮甩出的一粒尘埃,藏在太极鱼眼中自生自灭,眼睛都懒得动弹一下。随着旅游业不断升温,21世纪初人们回过头来一打量,咦,昭化古城的文化历史含量全国稀有!连"昭化"这个古老名称都变成纯金的了,政府开始对这座破败不堪的弹丸之城刮目相看,专家、学者趋之若鹜，古城重放异彩。

小城的幸存与重光，是宿命，还是冥冥之中的定数？我想答案仍在太极原理之中。

（4）

昭化本是我的籍贯，可我自记事起就只活在一句"到了昭化不想爹妈"的传说之中，直到2005年，陈忠实、熊召政等第五届茅盾文学奖获奖作家一行浩浩荡荡走进四川，来广元看蜀道，我作为随团采访记者，才第一次踏进昭化古城。至今想起都甚觉诧异。

彼时古城破败不堪，费祎墓旁萋萋杂草，无人收拾，许多碑刻被农民用于铺晒坝，甚至……我都不忍心下笔，汉砖石雕等珍贵文物散落家家户户。县衙、孔庙因学校使用而幸存下来。古城居民大多是新中国成立后没收富户财产分给的穷苦人家，而非原主人。百姓没有文物保护意识，对古迹破坏非常严重。还好，他们没有更大的能耐对古城进行更大的破坏，城墙、街道等古建公共设施全部幸存。

作家们对蜀道的感受，让我在早期的蜀道之疑上又增添了更多疑问，对古城的认知仍然模糊。《茶人三部曲》的作者王旭烽说，她走遍全国，第一次发现以茶叶命名的县，她就"葭萌"一词的阐述，倾注了无数专业与情感，"萌，就是茶叶刚刚发芽的样子"，她的表情和手势，我至今记忆犹新，于我对昭化无疑是第二次启蒙，以至于后来大胆猜测"蚕丛教人养蚕，鱼凫教人渔猎，而葭萌则教人种茶"……

2013年恢复"昭化区"老字号县名，我的籍贯一栏由"四川广元"回归"四川昭化"。与昭化古城相遇虽然太迟却恰到好处，从此我认定她就是我的灵魂故乡、精神故乡、文学故乡。那些解不开的心结，催促着我走出去，再走回来。有人说我"问道秦蜀"系列散文已露学术端倪，如果这话成立，那么昭化古城将成为我的学术故乡；若不成立，我至少靠近了探求。古城留下许许多多历史文化之谜，是我今生各种追寻的母题。

就拿"到了昭化不想爹妈"这句谚语来说吧，广传四海却无人知其产生于何时，而我则认为至少可以追述至先秦，甚至更远。秦灭蜀后，"戎伯尚强，乃移秦民万家实之"。秦在统一六国的战争中，凡破一国，即命其豪强贵族迁移到巴蜀以充实统治基础、瓦解六国势力。但蜀道艰难，这些人到了昭化再也不想继续深入蜀地，争相贿赂地方官员，让他们就此安家，"诸迁虏少有馀财，争与吏，求近处，处葭萌"(《史记·货殖列传》)。白水关、白水县城、乔庄郝家坪楚墓、摆宴坝等考古发现都指向这一记录。

或许，这就是"到了昭化不想爹妈"的早期形态……

（5）

过去到昭化，或嘈嘈切切或脚步匆匆，注意力均在别人。今日与苟老师在古城逡巡，与每一个元素深度交流，是属于自己的时光。

城门不相对、街道不相通（丁字形街道交错相通）的城市格局，瓦背形的青石板街道；县衙大堂的惊堂木，二堂的县丞明贤；考棚外的上马石、考棚里的状元卷；龙门书院的拴马桩，"梁上君子"；八卦井的辘轳、铜钱窝；孔庙的夫子像，城隍庙的古树，费祎祠的碑刻，博物馆的汉砖；怡心园的天井、益合堂的屋顶，都争相与我细述过往。

建筑风格、木雕人物、石刻故事都在向我阐释"和而不同""和合"的内涵——历史的纵与横、道路的水与陆、建筑的南与北，各种风格与韵味的"混合体"。此时，古城混沌无界。秦蜀统一前，这里就是巴、苴、蜀、羌、氐多民族聚居地，已奠定其多元化文化底色。巴蜀归秦之后，历史上六次大规模移民，昭化古城作为古道枢纽、中转之城，是势所必然的移民接纳地，混合型文化特征就此形成。

斜阳西下，在战胜坝小坐，听苟老师讲古城辜、王、鲁、赵四大望族的兴衰史。冲一杯茶，一枚枚绿芽在滚水中活了过来，活成采摘前的样子。又想起王旭烽解释"葭萌"的那个手势。

江水的腥甜氤氲过来，我提议去江边走走。一道宽阔大堤长龙似的延伸至桔柏渡，结结实实呵护着古城，以及古城百姓的蔬菜地。漫步长堤，清风徐徐。偶一抬头，天空竟出现一只巨型火凤凰，欲从西边山坳飞过来。"凤凰鸣矣，于彼高冈。"这瑰丽奇幻的晚霞是火烧云吗？如此壮观雍容，一如《诗经·大雅·卷阿》的境界与韵味啊！

华灯初上，现代元素统统躲进了红灯笼，躲入幌子、垛口、旌旗，鲁家（清代皇亲）大院房脊上的龙凤标志清晰印在天空，古城更像古人的城，我也变成了古人。新增几家酒吧茶社小筑，阴谋似的匿在吱呀的木门里面，不见聒噪，小城整体安静。

夜晚，下榻辜家大院，更安静。这是一个清代四进院落，如今被商家经营，精心装饰一番，更显古意。辜氏家道中落后几经转手，最后的主人为赵氏家族，就是那位力主川陕公路改道的赵思博。

我独坐在楼廊，斜倚美人靠，望着窄窄的四方天空发呆，似有一颗流星划过。苟老师下午的讲述画面在眼前铺开：赵思博晚年赋闲在家，力保侄子（中共地下党员）不被逮捕的情景再现，他手提驳壳枪也许就坐在过堂吸食鸦片的躺椅上吧，他侄子也许就藏在我今晚下榻的这间阁楼，全家人屏住呼吸，外面被围得水泄不通，可没有一人敢踢开那扇厚重的木门……父子党派相异，归根结底血脉相恤。

赵思博的千金赵大小姐，夫婿即当年川陕公路设计师，川陕路改道少不了她鼎力相助，在此安度晚年，她也如我此时这般孤寂吗？

静夜，无眠，心的电波从2300年前开始笼罩式扫描这方山水。

这是一片怎样的土地，又是一个怎样的结界啊？

至亲为此成仇，兄弟在此反目，而官民却在此鱼水交融；唐皇在这里反省，蜀主在这里张狂，而衙吏却因一个不可明言的理由在夜间为城门开缺；诗人在这里愁肠百结，美姬在这里肝肠寸断，花蕊夫人的半阕残词也有好事者为其狗尾续貂；贞节牌坊在这里高高矗立，野鸳鸯在这里颠鸾倒凤；一时间金戈铁马，大多时如青花瓷般婉约；说它是县城吧，一国丞相却在此开府治事；说它是国都吧，它却小如弹丸；说它小吧，除了县城标配孔庙、城隍庙之外，还有书院、丁公祠、缠丝庙、费祎祠、武侯祠等其他县城所没有的特殊规制与格局……

往事随风，却被这只太极鱼在眼底成像。

太极属道家哲学范畴，昭化山水太极更像一个隐喻抑或象征，以其地理属性暗合人类历史，为岁月镀一层恍惚迷离的梦幻之色，在历史浪潮的起承转合中，暗中偷换似水流年，从几千年岁月中窅窅悠悠穿越而来，戏剧般地幸存于当下，让人唏嘘不已。

如今，昭化还是昭化，一座岁月感浓酽的古老小城。山环水抱，蓝莹莹水汪汪甜津津的，昼夜相伴桔柏江声，在翼山脚下藏身镇翅，在太极鱼眼里安然栖息，不喜不悲地看风云舒卷。

界，从田从介，本义是边陲、边境，而今已经引申出几十种意思。你的视界、眼界、境界在这里都可找到答案。

更主要的，从这个界点出发，不用考虑方向，走向哪里都是通衢。

62. 死而不倒的天雄关

出古城，踏上明清时代金牛道，马蹄清风，徒步剑门关。

天雄关（武丕星摄）

金牛道沿翼山直上牛头山，却被绕行的现代公路截断，一截一截藏在蓬勃的野草里面，还好，每每有古道遗存的地方，政府在公路边都立有"古驿道"石碑。我像走跳棋一样，一会儿开车一会儿徒步，走过凉亭子、柏树拐、十里碑这几节古驿道时，野草还储存着夜雨，蜗牛被我们小心绕过，苍耳沾满衣裤，所幸没有蚂蟥追随，红浪浪的火棘如苟老师的故事一样多，像星星之火，势要点燃牛头山。

前面又一段青石板古道陡然而立，通向传说中的天雄关。拾级而上，开始气喘，不得不放慢脚步，像蜗牛一样缓慢爬行。猛抬头，一道残存的石拱门孑然而立，两侧城墙倾颓一空，像茫茫戈壁中死而不倒的一株胡杨，像一具肉死骨健的老者遗骸，巍然屹立牛头山山腰——这就是天雄关关门。

我贴近关门残身，轻抚它的骨骼凹痕，聆听由远至近的马蹄足音。有些感动，为撑起这骨架的每一块石条每一块砖，为每一道缝隙长出来的青草，为分列关门之后的16通古碑。对这些古碑，我不敢伸手，只敢用眼睛和相机扫描，生怕碰掉它开裂的石甲、漫漶的文字。我能感觉，也许只有我才能感觉到，它们共同组成的气场，强大的古道气场。

这里原建有压关阁楼式关楼，两层，上为阁楼，下为金牛道，由专门人员守护，掌管启闭通行。今阁楼不存，压关城墙还在，可以毫不费力想象出当年情形。残损的关门、破败的关墙、斑驳漫漶的碑刻、凌乱的亭阁，以及被荒草掩抚的青石板道路，还有那棵森森古柏，都在争相向我们述说曾经的辉煌。

《县志》载："（天雄）关之地势雄险而扼秦蜀古道要冲，峰连玉垒，地抱锦城，襟剑阁而带葭萌，踞嘉陵江而枕清水，诚天设之雄也。"故名"天雄关"。因处牛头山腰，又名"牛首雄关"。

村民在抬石板铺建上牛头山的游道，可谓新时代的五丁开道。见我拍个不停、问个不停，争着讲故事。

我试着阅读碑文，可惜很多字迹看不清楚，一村民听我喃喃自语，拉我到另一块碑前："你来看这块碑,像面镜子,小时候我在这里玩耍,能看见它照见桔柏渡的船。"这碑的石材与其他石碑不一样,青白如玉,如今虽无他说的那般光泽,但字迹清晰,毫无漫漶。老乡说这是龙骨石,附近没有这种石材,产地在20公里之外的白龙江岸边。

是谁如此看重天雄关?如此用心精选石材立碑錾字?

细看碑文,原来是郭志融清咸丰四年(1854)春所作《观牛头山》诗:"百折不能到,牛头高莫窥。竟望如缥缈,但觉行逶迤……"郭志融先后任大足、成都县令,潼川、四川知府,后调任安徽安庆知府,清咸丰七年(1857)调任扬州知府。按时间推测,此碑应是他从成都赴安徽任职时所立。想必郭先生自知再也没机会往返金牛道,立碑在此,以纪念往返蜀道的艰辛岁月吧。感谢龙骨石,是它的坚硬让岁月的磨砺缓慢了一些,得以让我在此与它的主人轻松相遇。

另一些石碑上有关于"甘露寺""观音阁"的记载。显然,天雄关在漫长的历史长河中,也曾长期道佛并存,且各有信众。

一位老乡说,他祖上所传清代天雄关传急件是这样的:驿卒一来,就在关前燃号火信烟;出发时,吹响牛角号音(有长短音之分),桔柏渡码头上的渡船立即划过江来等候,以便驿卒一到就可过渡。因为急传饬令与边关牒报,需日夜兼程,日传四百里;一般性邮件则日传一百里,就不用这么紧急,按流程即可。

天雄关距昭化古城西北方向7.5公里。按"五里一塘,十里一铺,三十里一驿站"计算,天雄关位于昭化与大朝驿中间,并非大驿站,为什么能成为蜀道名关,频频见诸典籍史册文学诗歌之中?

"葭萌治地四面环山,三面临水,以天雄关为屏障,上接朝天声势联络,下接剑阁首尾呼应……"也就是说,昭化城池万一被攻占,防守者也可退避天雄关居高临下以伺机收复。

天雄关虽属小驿站,但地理位置却因雄险而特别重要!民间传说天雄关始建于三国蜀汉,不是没有道理。也许那时仅仅为镇守汉寿城而设。官道并不经过天雄关,唐宋以前经天雄关而上至剑门关"当时系僻径也"。后因嘉陵江泥溪浩常常水涨难通,宋、元改修驿道时于牛头山北麓设天雄关,明天启四年(1624)再次改建驿道,天雄关即成为通京大道上的一处重要关隘和节点。

今天,当我们站在这扇关门前,虽看不到"一关凌绝顶,迢递插星邮"之盛景,但还有"黄竹丛祠绕,青苔战碣留"的残存,散发出古关的强大气场!一路走来,委实不多。

关前可见广元盘龙机场,"天下第一山水太极",但看不见昭化古城。

新建庙宇内供慈航真人,陈设与装饰全是道家元素。昭化旅游业兴起时,古城周围的宗教文化统一为道教,曾与之并存甚至比道教还兴盛的佛教一律取缔。政府与宗教界人士达成一致意见:信众可选择去别的地方礼佛;昭化古城三国文化密集,三国时期佛教只在宫廷流行尚未传入民间;天雄关、牛头山、云台山最早本为道教场所,算是回归国教本源且与昭化山水太极这个天然的道教元素相匹配。于是,天雄关、牛头山、云台山在灾后重建中均建道观,分别称天雄观、牛王观、云台观。曾经的甘露寺、摩云寺、达摩寺成为历史记忆。

再次回望一眼关门,关门摇摇欲坠的样子让人有些担心,真希望它能得到更加有力的保护(后有加固)。毕竟,我从西安一路走来,有如此气场的原真性关隘遗址并不多见,它是我们回望历史的通道和载体,触摸它,能感受一个民族之魂的脉搏与体温;透过它的残躯,我们可以捡拾历史长河中的那缕缕光辉。

63. 牛头山的哲学行走

牛头山海拔1214米,与大剑山遥遥相对,天雄关直上可达。

(1)

剑(阁)昭(化)公路在"牛"身上盘旋,巨石高耸的"牛头"在车窗前时隐时现。

"这里就是牛滚凼。"苟老师突然停止了滔滔述说,要我们下车。这里能看到整头牛:一列山脉自下而上斜插云端,酷似一头丰腴健硕的牛,正从嘉陵江河谷往上爬。牛头山因此而名。牛头下是牛头村,村前一个清澈的小堰塘,这就是牛滚凼。

"牛滚凼就是牛洗澡的水塘,其实就是牛卧塘。"苟老师说。

传说在很早以前,陕西有位风水先生身怀绝技,探知昭化有座山里藏有一头金牛,于是循脉布地而来,终于找到了牛头山,利用当地的莎草和青藤搓了一根又粗又长的绳子,绑在"牛头"上,想凭自己的法术仙威牵走山中金牛。但他使出浑身解数,也难以牵动金牛,于是他慌了,猛地使出九牛二虎之力,哇的一声大叫,结果用力过猛,挣断了绳子,不但没有牵出金牛,还由于惯性作用,扑通一声滚进了牛鼻子前面的水塘。在旁边种地的一位老翁,一直在旁边默默看着这位风水先生没吱声,此时忍俊不禁。风水先生恼羞成怒,质问老翁为何发笑,老翁说:"我没有笑你，我在笑牛滚凼。"风水先生不知牛滚凼为何物，更不知老翁把他比作了牛，不了了之。

这个水塘从此被称作"牛滚凼"。关于牛滚凼的传说，牛头村村民还有一个版本，大意相似，与金牛道之金牛有关，与"石牛粪金"无关，故事属村民原创。

牛头山系剑门山东支，险峻程度仅次于大小剑山。2009年修建剑昭旅游环线时，有则新闻标题——"悬崖绝壁上刨出剑昭路"。现代公路不能像古蜀道那样爬高坡，所以剑昭线就只有在这头牛身上兜圈子，把金牛道碾得支离破碎，古道断断续续幸存山间，一共8段，每段1至4公里不等，总长十七八公里，成为国内外驴友的最爱。一路走来，剑昭古道的原真性遗存相对完整。

在牛头山盘行的过程中，每每都能观山水太极，只是每处所见太极略有不同；每每都能见牛头，只是每处的牛头姿态各异。行走剑昭金牛道，一步一拐都有惊喜和发现，无论是风光还是心绪。

此时的我，如行走在一部哲学著作的字里行间。

（2）

登牛头山。想起十年前也是这个季节登上了牛头山，那时叫"元坝区"，剑昭路只有个大概路坯。牛头山刚开始打造旅游景区，上山的石梯已修好，有村民背着木板一步一步艰难上山。道路两旁开满黄秋英，途中穿过一条由七里香天然长势搭架而成的"隧道"，虽过了花季，却分明还有几缕馥郁。

山顶有姜维太极拜水台，与古城的山水太极相照应。这一视点被《中国国家地理》2014年《发现四川——100个最美观景拍摄点》收录。摄影家们在此摄取独特的风光景物，诗人们在此感叹鬼斧神工的自然奇观。

"峨峨上牛头，一握天在手。浩呼风四来，纷诧夔魖走。"十年前，我像一位普通游客，站立于此俯瞰四围群山，也只能理解古人"洄澜曲涧图难肖，列壑攒峰眼欲迷"的诗境，对于"何处葭萌小，深藏大壑丘"之"壑丘"的理解，也仅限于山水形胜。我的

牛头山俯拍昭化太极（武丕星摄）

重点仅在姜维兵败牛斗山的故事、姜维井的传说，在摩云寺与牛头观的宗教与称呼之中纠结。

当年我爬上正在重建的牛头观俯瞰后山，"地已全消险，天尤剩此山"。在绵延起伏的群山中，发现一座酷似将军睡卧状的山形，特别是那"将军帽"，像极了姜维的头盔。那时没有微信，回来将这张照片放在QQ空间，引无数摄影家登牛头山拍摄"睡将军"，有人还因此得奖。

今天登临牛头山，是为印证。眼里"壑丘"不只是山川形胜，还有更多观察、更多发现、更深思考。

翼山腾云驾雾展翅而飞，飞得那么逼真那么带劲，若不筑城以镇，真有飞走的可能。当我眼见这一切与典籍记载"藏身镇翅"相符时，感觉古人太可爱了，太好玩了，可爱得近乎原始，好玩得近乎孩童。可细细一想，山水的精妙须配以人的精明，才有这一举两得的"藏"与"镇"。

我茅塞顿开，原来天人合一不只是一种思想，更是一种状态和境界，甚至是一种心态，大道至简道法自然！给翼山微小而恰到好处的干预，环境与人心呼应，达至和谐完美，原初理念成为终极追寻！

同时，天、地、人（城）在上天绘制的巨型太极中和谐、有序、平衡地运动着——太极并不规整，更非一蹴而就，水对山的切割，循序渐进亿万年使然。拉长时间轴，能清晰看见两极之前的无极之状，无极之前的鸿蒙之态……

昭化古城从摆宴坝（西周）至土基坝（春秋）至翼山脚下（东汉至今）的迁移线路，总程不超过两公里，却是古人三千年哲学思想发展与践行的一个漫长过程，与山水形成太极的过程一样。

以太极为天地本原的生成论、哲学观，在此由山、水、城共同演绎。宏观无界，微观处处是界，古人的破界与跨界在这里一览无余。

原来，获得通向古人智慧的钥匙并不难——徒步，登高，找到最佳视点！

我想，持有这把古老的东方智匙，走向中华文明深处，融会西方智慧，或许可以找到扭转人类现实危机的新钥匙……

这，也许才是登高望远的本质意义。

64. 以梦为马，砥矢周行

下牛头山继续前行，走过下新铺、上新浦、古墓梁几节古道，已到饭点儿，按计划驱车大朝驿吃午饭刚好。

但见路边又一"古驿道"路标,这段驿道叫"塘坊湾",走出头是竹垭子,竹垭子下面就是大朝驿。如果徒步这两段古道再吃饭时间有点紧,可大家对古道着迷,热情高涨。秋阳的火舌比夏天势头还强劲,恨不得一头扎进古道林荫。光影透过树林洒落青石板,洒落我们身上,斑斑驳驳,每个人都像穿上一件金缕玉衣。不会写诗的我也诗兴大发:

  古道啊
  您揉碎整片阳光
  只为缝一件金光闪闪的衣裳
  让我们享一丝远古清凉
  ……

有点忘乎所以,踩到青石板上的青苔,差点滑倒,有人提醒看脚下。一低头,跌进一串酒杯似的小石窝,里面盛满了泥土和枯叶,用小棍拨开,石窝盛有半杯水,成为我微笑的镜,这是杵子窝,背夫长年累月歇气的杰作,像是古道的胎记和老年斑。

在杵子窝的水里,我看见我的瞳仁变成了魔镜,回放着古道的前世今生。贩夫的毒药走卒的泪,美女的红装马儿的血,在杵子窝沉淀出奇异的香,被诗人的狼毫吃饱喝足以后,便在古道的脊柱里孕育,于是一行又一行的绝句和鹧鸪天,就这样在大山里分娩。

苟老师清了清嗓子,模仿背夫歇气时的吆喝声"欸——欸——",不愧为评书大师,声音一出,背夫的形象跃然眼前。极具表演性的吆喝声,在高声部和低声部之间拐着弯转换,起伏绵长,仿佛从千年时光中洞穿而来,百折不挠直抵万年之后。林中飞鸟也兴奋起来,应和着这一旋律扑棱棱飞。

马蹄印、车辙印、防滑带,是我们徒步前面几段古驿道的发现,杵子窝属于首次发现,让人兴奋。正欢欣鼓舞,一低头发现青石板上线刻了一匹飞马,被松针遮住大半个身躯,显然为驴友所为,今人对古道的热爱倾泻得潇潇洒洒。看

杵子窝(熊芙蓉摄)

来，并非只有周天子的康庄大道能天马踢踏，以梦为马也不是海子的专利，不负韶华是每一位路人的想法，这位驴友以及我们都是远方的儿子、诗的奴仆。

  万年莎草一朝成蟒
  吞没了贩夫走卒　帝王将相
  我看见你轻松吞下老虎
  却难以下咽宝剑的寒光
  ……

  假如今天我必须有一次诅咒，那我一定会诅咒残酷的时光；假如今天我必须要唱一首赞歌，我一定会唱给牛头山，是它收留了古道残存的生命。

  荡气切断了回肠
  壁虎断尾
  你不会死去
  蟒变回的莎草　依旧光芒万丈
  众神醒来　必将你抬入不朽的太阳

  一段古道就是一条时空隧道，走一段，便完成一次古今历史穿越。时空在瞬间转换，一道亮光照进古道，我们完成穿越，又踏上了剑昭公路。竹影婆娑中矗立一块"竹垭子"路碑。

  "竹垭子的竹子能开牛头山的锁。"苟老师又开启故事模式。传说牛头山神庙下面藏有一个神磨，五谷杂粮放进去，推出来的全是金子。多么诱人的神磨啊！这个消息不胫而走，传到西方一个传教士耳中。这传教士决定上牛头山取走神磨，可就是上不去。他急了，下山求救，当地人告诉他，牛王平时锁着牛头山，不会放陌生人上山。传教士明白了，原来他跟牛王不熟。传教士不甘心，问还有什么办法可以开锁，这人说："竹垭子的竹子可以打开牛头山的锁。"传教士下山，就是找不到竹垭子这个地方，问遍路人，没一人告诉他，只有悻悻而去。"竹垭子的竹子能开牛头山的锁"，这是一个外地人所不知道的秘密，密钥掌握在本地人手中。

  这个传说，与金牛道之"金"有关，更主要的是在精神上报复了盗取鲍三娘墓的传教士谢阁兰。

  继续前行，崖壁两幅摩崖石刻——"化险为夷""砥矢周行"，落款看不清楚。"化险为夷"或许是针对之前的道路经过整治而变得安全容易行，或许是针对历史上在此发生过的某场战事。"砥矢周行"应是化用《诗经·小雅·大东》："周道如砥，其直如矢。"大道平坦似磨石，笔直像箭杆。"周道"即周都（丰镐

"化险为夷""砥矢周行"摩崖石刻（熊芙蓉摄）

二京）和东都洛邑之间的大道，又称为"王道"。"周道如砥，其直如矢"即现在的"康庄大道"，有赞叹政治清明之意。许多人把"行"（háng，大道之意）读成"xíng"，我觉得名词动用，把秦蜀古道当成周朝大道来走，何尝不可？周朝之后的成都不就是历代帝王的南都（南京）吗？

剑昭古道代有整修，估计这位书者行走在整修一新的驿道上心情大好，欣然提笔，镂之以石，传遗后世，一瞬之兴奋定格为永恒。

65."腰站"大朝驿

是谁把雪白的棉花搓成面鱼儿，规则地排列在偌大一张深蓝色的垫席上，又倒扣在天空？

海在天上，天在海里，水云混沌，连鱼儿也上了天。在大朝驿望天，一如昨天在桔柏渡看水，我分不清自己是在地上走还是在天上飞，我更不知道怎样来形容如此这般少见的蓝天白云。

朱红色的飞檐翘角贴着这样的天空，配以老街青瓦缝里挤出的炊烟，天地人间的构图如此和谐、绝美，我热泪盈眶。

这个季节的大朝有些坚硬，太阳坚硬，山峰坚硬，绿叶坚硬，野草坚硬。我见过她的四月，细若游丝；也见过她的五月，柔软如绸。我见过她的深秋，狂欢如火：柿子节、年猪节、烤羊晚会、猎猎篝火，誓把云台山的积雪融化。

·215·下部：南栈春秋

大朝驿街道（刘文龙摄）

今天的大朝驿有些寂寥，一切仿佛都沉沉地睡去。不闻犬吠，不闻鸡鸣，摩托睡了，拖拉机睡了，牛儿睡了，牧童的短笛也睡了，只有炊烟袅袅地醒着。这样的安静正合我意，跨进驿站大门，身心俱放松，时间开始凝固、倒流。又完成一次时空穿越：古代驿站——现代游客接待中心，历史与现实不断在脑海中切换。

大朝驿由达摩戍驿、大木树驿演化而来。南北朝时建有达摩寺，后迁至云台山。明天启四年（1624）至民国二十四年（1935），大木树驿站是剑昭古驿道上唯一驿站，位于桔柏渡与剑门关中间，古称"腰站"，南来北往的军队、商旅、文人、官员，以及香客吃饭、住宿，邮驿换马的馆驿，"九宫八庙俱全，饭铺酒馆相连"。"5·12"汶川地震，古老民居遭到严重损坏，灾后重建了大朝老街和驿站。虽属新建，但为仿古风格，雕窗画栋，砖墙青瓦，连地面都没用水泥，而是由石板与青砖砌就。

很想在这里住一晚，就像今天这样平常的夜晚，有稀疏几个游客即可。吱呀一声推开驿站木门，不开电灯，点燃一支蜡烛，在院子中间仰望星空。这里的星星很亮很大，空气很凉很爽。在驿站街沿向外眺望，院墙把对面的寨子山主峰切割成一只老虎，在星空中奔驰。

一位穿着嫁衣的女子头上搭着盖头，她是寨子山绿林好汉抢来的新娘，红烛闪烁，看不见新娘遮盖的双眼是喜是悲。红烛泪，一般是喜庆的，据说这里的土匪大多是英雄，这里的姑娘大多愿意被抢。只是那只老虎，托着你奔向何方？

昭化这块土地真是奇了，连绿林好汉安营扎寨都如此讲究山形地理，还有多少密码有待我辈破译？

展览室犹如一座邮驿博物馆，图文并茂，马可·波罗笔下的元代邮驿、明朝宰相张居正的邮驿改革，在这里被隆重推出。明清以来邮驿的发展、合并、改革、衰败过程，以及驿站凭证的使用一应俱全。

张居正从限制官员的驰驿特权入手，提出了六条对官员的限制。规定非公务官员不得侵扰邮驿；官员只许按规定的级别享用食宿，不许越格；除邮驿供应外，不许擅派普通民户服役；政府官员凡非公务旅途费用，一律不得由驿站负担，不得动用驿递交通工具，等等。这些改革，大大减轻了人民负担。经过整顿后，共省减邮驿经费1/3左右。在改革中，张居正严格要求自己和家人，他儿子回原籍参加科举考试，不用官府邮驿，而是自己出钱雇车。父亲过生日，不动用驿车驿马，而是让仆人背着行李、自己骑着毛驴回乡祝寿。对那些违反条例的官员，他也决不手软。

展览室为陆游编撰了一个在大朝驿的"艳遇"故事：说他与会作诗的驿吏之女春香暗生情愫，定下终身。故事老套但却浪漫，撰者水平不错，把陆游放在一个真实的历史背景中，并作为下一站"细雨骑驴入剑门"的前奏，天衣无缝，符合放翁"小李白"的别号。这种编撰源于宋元之交陈世崇的《随隐漫录》卷五记载：陆放翁宿驿中，见题壁诗为驿卒女作，遂纳为妾。但前人已经证明，此事为杜撰。在此被重新打捞，可见"打造旅游"的苦心。

文化是旅游的灵魂，如果为了灵魂而臆造，则是对灵魂的亵渎、对游客的误导与欺骗。大朝驿的云天空气就是最美的灵魂，在天地纯净之大美面前，任何牵强附会都是多余的。

66．一叶扁舟云台山

大朝驿斜对门有一条上山的小路，从小路上去就是云台山。巨石矗矗，连卷如云，海拔1254米，风景秀丽，称"小峨眉"。

剑昭路上所看到的云台山会呈现不同姿态，突兀耸立的两座主峰一大一小，传说为魏将邓艾父子的人头所化，故又称"人头山"，在竹垭子观景台观看云台山，则别有意境：仿佛邓艾父子同榻而眠！灭蜀的魏将被蜀地人民如此隆重地纪念，说明公道自在人心，正义、同情不分国界。

云台山是这一带最高峰，与剑门关主峰大剑山连绵对峙，跟牛头山一样，属剑昭金牛道名山。《县志》记载"后唐长兴初伐蜀，王宏贽从白卫岭人头山后，出剑门南，即此。山顶有川主庙，道光十九年署令毛土骥建望远楼于庙前"。20世纪80年代重建云台观时，在主峰挖掘出一块元代石碑，上有龙凤图案。

每年农历正月初五、六月二十四为会日。会日四方游人来朝山拜神，信徒络绎不绝，"大朝"之名由"大朝圣"而来。

我曾在不同时间和季节登上山顶，领略过晨观日出、暮看云海、羽化登仙的快感。虽如此，我依然想再次登顶，看看今天的模样。苟老师愿意陪同，我正好听他讲一些当地故事。司机将我们送到云台山脚下，从离登顶最近的地方开始攀登。

一条石龙横卧岩底，龙头口吐山泉水，跟真的一样。水滴之处有口井，井沿放一碗，满是石锈。苟老师顺手舀一碗水，咕噜咕噜喝下去，很惬意的样子。他说这水可治病，将瓶中的矿泉水倒掉，装上了这山泉。我知道他不迷信，但他相信这水比任何水都干净。

巉岩险峰上缠绕着现代人修建的石梯，绕行上山，只见怪石嶙峋、古木葱郁、劲草丛生。先碰上一群摄影家扛着"长枪短炮"下山，接着碰上一位年轻人，背一背篓蔬菜和日用品，一步一歇，艰难喘行，看装束是城里人，这是要上山居住吗？果然，他从成都来，已经在山上住了一段时间，今天是下山采买生活用品。我很吃惊，问他为什么想来这里住，他回答"一为避暑"便没话了，我追问："二为什么？"小伙子有点矜持，看我问得很认真，不得答案不走开的架势，说："也许我需要这样的生活吧。"我很吃惊，我认为这种生活应是有些年纪的人才会向往和需要的，比如美国老太太贾和普，钟情于剑门蜀道，不远万里漂洋过海，去年也在云台山住过一晚。

山道陡峭幽暗狭窄，向上盘行，爬九九云梯，过打儿岩，感觉在邓艾的肠道里绕来绕去。我们已经很慢了，但还是把小伙子甩在了后面。

一线天处是老君洞，传说太上老君曾在此炼过仙丹。神的故事可以随便杜撰，神仙可以在三界中云游嘛，不过，唐明皇在白卫岭"夜梦太上老君骑白卫而下"，就是从云台山下来，所以后人吟诗作赋总是把白卫岭与云台山糅合一体。这里有个老君洞似乎合理。

爬上洞堂，豁然开朗。红墙青瓦的庙宇楼阁与古树虬枝交错并举，好一个修行的神仙居处。有山神庙、关羽庙，观内主殿仍然供奉川主李冰。

一女道士坐于一隅，我请求参观一下居室，洋老太和那位年轻人能住，我是否也可在此居住几日？一看居住条件极为简陋，道士本是修行人，不足为怪，可是对于一位大城市的年轻人和异国老太太来说，不易，一丝敬意油然而生。

登上楼顶，超然天地。群山如海洋的浪潮一样从四面朝云台观涌来，大剑山、剑门关、九曲山、寨子山、牛头山、五指（峰）山、烈女岩、白卫岭都在云台山面前矮了下去，此时，这些所谓的大山不过是山海中的一朵朵小小浪花而已，云台山这幢巨石如海洋中漂浮的一叶扁舟，若飓风骤起，一个浪头打来，我与扁舟将会葬身于这汪洋大海！

突然感觉高处是惬意的，也是危险的。

脚下是厚厚一层飞虫的尸体，我都不忍下脚，罪魁祸首应是那盏裸露的电灯。我是否应该跟那位道长说说，取下这盏电灯，以挽救无数在夜晚追逐光明的飞虫呢？

67. 小桥老树人家

（1）

继续向南，经铁栓子桥—寡妇桥—松宁桥—高庙铺，走入《天净沙·秋思》的意境。元代"断肠人"马致远眼里尽是凄凉，而我等看到的却是难得一见的清新、幽静、雅致。

高庙铺为昭化末站、剑阁首站，从古至今为剑昭两地共同拥有，共同管辖与管护。

《县志》载："大木树抵孔道新四百一十八丈。"孔道新桥就是铁栓子桥，因桥面用铁栓相连而得名。虽历经数百年风雨侵袭，桥面、桥墩依然保存完好，在青山幽谷中古风荡漾。

明代改修古驿道，在此建长一丈五、宽八尺的石桥。此桥平常能通，但洪水季节，水涨淹桥，交通阻隔。人马不通可以住店，但官方文报不通，国家将不能正常运转。乾隆三十九年（1774），上级令署令谢泰设法以渡文书。谢泰便在两岸各筑方架一座，上铺木板，像哨楼一样，用一根篾缆系在两岸楼上，上套铁圈，圈系方铁架，架设木匣，把文书置于匣内，鸣锣传讯，另一岸拽绳可取，以保国家政令畅通。

今天这座铁栓石桥，为清光绪年间重修，长六丈六，宽一丈四，高一丈二。剑昭公路紧挨桥侧通过。洪水季节，老百姓仍然要从铁栓子桥上面通行。也就是说这桥今天仍在发挥其通行功能。

踏上桥面，只见用铁制作成两个梯形倒扣状（两头宽中间细）的栓子，嵌在石板与石板之间，牢牢拴住两块石板，使桥面变成一个整体平面。即便桥墩坍塌，桥面仍是一个整体。铁栓至今无丝毫缝隙，平坦稳固，"5·12"汶川地震中都无丝毫错位。古人的又一高科技杰作、智慧的结晶。

前行4公里即寡妇桥，传说为一寡妇所建，又称"望夫桥"。

"望夫桥"石碑孑然独立桥头，斜对剑昭路。痴情女子已化为尘土，石碑代替女子继续守候丈夫的归期。"关山别荡子，风月守空闺。"女子在这里送别夫君，夫君从此不回转。女子日夜来此守望，一草一木都是离人泪。久不见夫归，女子便在这里架桥以寄托相思，同时造福乡邻。结实敦厚的小桥如今与溪沟和大地融为一体，桥面三方整块石板，深刻而牢固地记住了那位女子对丈夫的痴情。

将一腔闺怨化作公益，蜀道奇女子也！

跨桥而进是一段长长的古驿道，与剑昭路平行，且相距很近，当年没被毁坏真是万幸。顺着驿道前行就到了松宁桥，石栏石柱古色古香。桥头两棵古松高耸入云，遮天蔽日，像护桥武士，千年的风霜雨雪，也撼不动守护路桥的忠贞。当地百姓说唐明皇在长安华清池都看得见此树，多么可爱的夸张。

松宁桥（熊芙蓉摄）

剑昭路上溪涧纵横，像这样的桥梁比比皆是，从新铺到高庙铺这一段就有七座古桥，在今人的眼里属小桥，但在古代却是了不起的大工程，历经数百年，与周围浑然一体，坚固如初。

（2）

继续向前是架枧沟。旧时沿驿路用圆木凿槽相连，架设在溪流上引水灌田，这种装置称为"架枧"。这里有一条溪沟，老百姓常常架枧引水，因名。后当地村民开店置业，为过往行人商贾歇休打尖之处，又名"架枧店"。在这里，驿道开始缓缓爬坡，直通高庙铺。

从寡妇桥到高庙铺这段古驿道，两旁古柏参天、浓荫蔽日，进入皇柏大道（翠云廊昭化段）了。一路可见石磨、石碾、山林人家，以及残败的院落和断垣缺壁，韵味原真。枯藤老树昏鸦，小桥流水人家，古道西风瘦马。满目苍翠中见沧桑，万籁俱寂里听马蹄。

出林荫，见一破旧小亭、一低矮小庙，以及远处一户老乡的房屋。在古道上能碰上人家，难得。"高庙铺"石碑掩映在玉米地里，正对这家老乡的门，驿道居然延伸到了他们家。自然，我们也只有走进他们家。老爷子在街沿上剥玉米，大嫂在屋里屋外忙碌着，见有人来热情地招呼我们坐。老爷子80多岁，耳朵不好使，但一脸幸福的笑容，大嫂叫他爷爷。

"你们家就是高庙铺？"我不解。

"不，高庙铺原来在那里。"大嫂指了指我们身后100米的那个小庙说，"原来那庙又高又大，里面有店铺、饭馆。"

"那你们是？"

"我们的房子本在大路两旁，卖麻花，顺便为过路的人免费提供开水。后来这路没人走了，就把两旁的房子筑墙连在一起了。"我终于明白了，原来驿

古道从他们家经过（熊芙蓉摄）

路就从他们这院坝里过去。古驿道没人走了，他们就把这段古道的两头分别砌墙，这样，就把古道收纳在他们家里。

主人姓任，在此居住好几代了，大嫂说她爷爷的爷爷的爷爷那一辈就在这里卖麻花了。驿路废弃，川陕路绕道，剑昭公路最近几年才建成，他们以及这附近的村民应该被现代文明抛弃了70多年。是什么力量让他们依然守着这条古驿道而不离不弃？

大嫂虽然不会说出"留恋""情结"这样的词，但是老人幸福的笑容似乎告诉了我一切。假如古驿道旅游成了气候，任家说不定会拆掉两堵墙，打通驿道，重操旧业，继续卖麻花。

今天的古驿道，走得激情盎然。

我在想，这古驿道应该有人养护，否则我们不会走得那么顺畅。

果然。一村干部告诉我，大朝乡多年来就有一支"蜀道卫士"队伍。2011年大朝乡成立蜀道管理办公室，乡党委书记蒲化平任主任，亲自抓，村主任和社长就是"蜀道卫士"，是具体责任人，每人每个月补贴50元，运行至今。他们的主要任务是清理杂草荆棘，修补塌方损坏的路段，如需更换青石板，则将情况上报，由乡上统一更换。

我不得不佩服当地政府对古道文化、对旅游资源的保护意识，难怪蒲化平如今升任昭化区申遗办主任。而对于村社干部和村民，每个月50元补贴是象征性的，若无一份热爱，五万也是枉然。

高庙铺下一站是任家崖七里坡，然后是剑门关，不在今天的寻访计划之内。天色已晚，决定返回，择日寻访下一段。

68．白卫岭：王者的反省与张狂

白卫岭与云台山隔沟对望，我决定从对面朝阳乡（古朝阳堡）返回。顺便一睹唐宋金牛道尊颜。

众多典籍载，白卫岭在（昭化）县西朝阳堡境内，唐宋驿道必经之地，其岭绵延10公里，东抵嘉陵江，西抵高庙铺。唐玄宗幸蜀时登。

这个季节天黑得晚，还有时间可以利用。打了几通电话，联系好了向导在朝阳乡群峰村村委会会合。

从松宁桥附近通向朝阳乡的路口进去，到达群峰村，见几位老乡围着一辆农用汽车忙碌，他们说白卫岭就是白家山，山顶有个寺庙叫白家庙，从这里弃车徒步登顶即到。车子可达但要绕道，一村民主动骑摩托车为我们带路。正待出发，朝阳乡的吴副乡长到了，于是我们跟着他朝白卫岭进发。

乡道拐上村道，将车子停在三岔路口，沿新挖的土路徒步几分钟爬上一道山梁，白家庙寺庙、古柏隐约可见。近前，只见黑底金字的"白卫岭"牌匾高悬庙门，夕照之下，金光灿然。庙宇朴拙，为20世纪80年代百姓集资原址重建，每逢年节香火旺盛。

自"明皇在此夜梦元元皇帝（太上老君）骑白卫而下，示取禄山之兆，遂封岭神曰白卫公"。传说当年唐明皇夜宿白卫岭做了个梦，翌日登白卫岭远眺对面的云台山自吟自诵李峤的《汾阴行》："富贵荣华能几时？山川满目泪沾衣"，赞扬"李峤真才子也"。白卫岭自此名满天下，赶路人无论如何也要赶到白卫岭驿站夜宿，以便

白卫岭（熊芙蓉摄）

翌日登白卫岭，在明皇"眺览良久，歌李峤诗"处驻足，观山览景。

自此以后，留下大量关于白卫岭的诗词歌赋。明朝改道以后，过往官员夜宿大木树驿（大朝驿）站时，诗作中仍念念不忘白卫岭。以"卫岭朝云"为题的就有多首。清代李元的《卫岭朝云》成为宣传名片："片片轻云覆野墙，銮舆经后几千霜。风流往事传天宝，鹦鹉无从问上皇。"

前蜀君臣一行在此上演过一番疯狂的诗词唱和。公元925年十月，前蜀后主王衍在宦官王承休的鼓捣下，带着韩昭、王仁裕两位喜欢舞文弄墨的亲信大臣去秦川（天水）采撷美女，史书记载是看望老相好。

在白卫铺休息时，韩昭开始向王衍献媚："吾王巡守为安边，此去秦亭尚数千。"出语肉麻，一副狎客嘴脸。王仁裕应和韩昭："自学汉皇开土宇，不同周穆好神仙。"王衍虽荒淫无道，但却腹有诗书，岂甘落后，一直一曲地两番奉承，王衍血气膨胀，于是豪情万丈："轩皇尚自亲平寇，嬴政徒劳爱学仙。想到隗宫寻胜处，正应莺语暮春天。"

当年唐明皇在逃难路上吟诵李峤《汾阴行》，至少透露出他对于安史之乱的反省，不失为一代明君。事实上，唐玄宗自出逃之日起，不仅思念杨贵妃，而且一路都在反省和检讨。在剑门关吟西晋张载"乘时方在德，嗟尔勒铭才"之句，称其为西晋真才子。透过他对李峤、张载诗句的选吟，傻瓜都能窥其内省，以及事已至此的无奈。我坚信，唐明皇若能从头来过，他定然还是一位明君。

可是明皇的反省并未引起王衍君臣的重视，他们依然打着巡边的幌子游乐。事实上，就在他们诗醉白卫岭时，边疆重镇失守，败军已逃至利州。

王衍君臣出发时，群臣直言极谏，应留守成都，王衍不听。至梓潼，贪狼风起，有人进言肯定有敌军要杀来，王衍仍不省悟。三人行至剑门关，开始疯狂地唱和，韩昭在和诗中还说"山河自古凭""双剑最可矜"，他们以为有天堑剑门关的护卫，前蜀无忧，早把西晋张载"兴实在德，险亦难恃"的至理名言丢在风中。在白卫岭疯狂应和达到高潮。乐极生悲，至绵谷（广元），后唐的军队攻入前蜀，王衍才急忙回返，大殿上束手无策，只有与群丞相对哭泣。最终上表乞降，前蜀灭亡。与蜀汉刘禅投降一幕是如此惊人地相似。

第二年四月，王衍一行被押解洛阳，终于到达他日思夜想的秦川驿，王衍在此被杀。也许那是一个春暖花开的日子，我不知道，28岁的王衍死前作何感想。

青春之躯固然让人慨惋，可帝王之道却让人更怜唐明皇。

顺石梯而上，庭草无人随意绿。庙里菩萨斑驳，荒芜陈旧粗鄙。也有一些碑刻和牌匾，但都为近人镌刻，一通古碑镶嵌在外墙底部，但是字迹模糊，好容易识读第一句"常思天地之间"和落款日期"大清嘉庆"，其他再也不能识读。1990年，《人民日报》、中国文联、北京作协、《中国旅游报》、诗刊社、《北京晚报》等集体为"昭化四景"题诗："桔柏江声伴古城，牛头山色溶嘉陵。卫岭朝云横天去，茅坪映月如梦来。"与王衍君臣的唱和，均刻于石碑。书法、雕刻均显粗陋，少有韵味，看到这样的粗制滥造，感觉昭化美景也大打折扣。唯有几株森森古柏宣示着白卫岭的古老气场。

这样的"白卫岭"不足以承载人们心中对白卫岭的念想，也难怪云台山下出现一个"新白卫岭"。然，更显单薄，更没气场。

20世纪八九十年代，昭化的旅游尚未提上议事日程，当地百姓就有保护白卫岭这个文化符号的意识，着实难得。

"唐驿道自（昭化）县城西龙爪湾建栈阁，越山而过，为官店垭，下渡泥溪，上白卫岭，直抵高庙。"泥溪浩是嘉陵江与金牛道分手作别之处，宋代建有泥溪驿，宋人多有题咏，其中最具影响力的是天圣年间（1023—1032）女郎卢氏随父（汉州县令）入蜀，任期满后归时在驿站墙壁留词一首《凤栖梧·题泥溪驿》：

蜀道青天烟霭翳。帝里繁华，迢递何时至。回望锦川挥粉泪。凤钗斜軃乌云腻。钿带双垂金缕细。玉珮丁珰，露滴寒如水。从此鸾妆添远意。画眉学得遥山翠。

更有意思的是词序：

登山临水，不费于讴吟；易羽移商，聊舒于羁思。因成《凤栖梧》曲子一阕，聊书于壁。后之君子览之者，毋以妇人窃弄翰墨为罪。

她的意思是，如果后来人看到题留，不要怪罪她一个女儿家家的在这里舞文弄墨。一个矛盾、勇敢、矜持的可爱小才女跃然眼前。更重要的是，这是称一首词为"一阕"的最早记录，多么难得的历史见证啊！泥溪驿今天已建成柏杨大桥，过往行人可知曾经那位才女为宋词留下如此浓墨重彩的一笔？我在柏杨大桥流连，远山如黛，炊烟四起，晚霞斜铺，正合词中"蜀道青天烟霭翳"之意境。

过泥溪浩穿过南马山隧道即龙爪湾，也就是唐代望喜驿。李商隐当年弃船登岸作别嘉陵江翻南马山过泥溪浩经剑门去梓州（今四川三台）任职，如今望喜驿是一个热火朝天的大工地。

古老的故事或随风荡漾，或水中回旋。自南而北的旅人与我今天的投宿目标一致：前面一里处的昭化古城。

69. 走向剑门关之古道热肠

元旦节，约几个伴，接上次从高庙铺徒步剑门关。

一位驴友告诉我，这段古道遗迹幸存90%，且七里坡是观察七十二峰的最佳视点。徒步全程路线为：高庙铺—界牌梁—任家崖（高峰村三组）七里坡—志公寺—剑溪桥—剑门关。

浓雾中驱车剑昭路，有稀疏雨滴落下，仿佛走进陆游《剑门道中遇微雨》的意境中去，可在大朝驿吃午饭时，太阳居然破云开雾，露出了笑脸。老天似乎在有意帮我。

高庙铺那家卖麻花的主人今天关门上锁。从他们家延伸出来的金牛道紧接界牌梁。界牌所在的山梁叫青冈梁，山梁青冈树居多。

一踏上古道，厚厚的落叶便温柔地包裹着脚。前行一公里，见几堆石碑乱障，细看有龙头碑帽、座底凹槽等。无疑，这就是昭化老县志里提到的昭、剑两县损毁的界牌，界牌梁因此得名。

青冈树落光了叶子，古道亮敞起来，大地脱去繁复的色彩，清一色地灰着。老青冈树虬枝交盘，像老祖母散乱蓬向天空的头发，每一根发丝都那么苍劲，每一根发丝都藏着"看见"。现在，它们正看着我们。小青冈树密密的像一根根火柴棍儿立于枯叶中。

洁和琼没见过这么厚的枯叶，在落叶上打滚，把枯叶当花瓣搂起来撒出去，像天女散花。"火柴"没点燃枯叶倒点燃了她们的激情。之前，我以为古道的磁场、魅力只作用于我，看来我错了。

伟哥在一棵古老的青冈树下停步，瞻仰，自言自语："这树一定见过唐明皇的銮舆。"是的，还看见过陆游。他们二位可不像我们今天这么兴奋。一位在思念贵妃，反省安史之乱；一位在为再也回不去的大散关抗金前线而郁闷。

渐次看见古柏，进入皇柏大道，一片轰鸣似的静寂。我们又披上那件筛漏金光的衣裳。时时有现代公路路口通向剑昭公路。朋友不自觉地就踏上这种路口，到底是现代人，习惯使然。我能克服惯性——因心中有目标——古树是路标。开车的朋友在公路打来电话，要位置共享，估计等得不耐烦了。我让他们去剑门关景区找个酒店喝茶，或去天赐温泉泡着，缓解等待的焦虑。

下行，几间土坯房，一片绿菜畦，几声犬吠，古道依然有生机，但不盎然。这里是剑门关镇高峰村五组，像所有的村庄一样，落寞是逃不掉的时代宿命。偶见三两老人晒粮食，收拾地边的荆棘杂草。

古道在村子里紊乱起来，还好，始终有古树指路。

大剑山犬牙渐露，"岩岩梁山，积石峨峨"。《太平寰宇记》说："大剑山亦曰梁山，《山海经》高梁之山，西接岷崌，东引荆衡。"我看见梁山寺的庙灯。这个视角看大剑山，落差小，温柔许多。没有从两河口（大小剑溪汇合处）进入峡谷时，迎面压来的那两座大山吓人。

又一个村庄，几位妇女围着新筑就的几口灶台，架起大大的蒸笼，看样子今晚村里有酒席。这是蜀道行走碰上人间烟火味最浓的一次。一家土坯房的院坝里屹立着一通石碑，斑驳脱落，石磨石碾也"死"在枯草里。这里就是任家崖，高峰村三组。村民大多姓任，老乡说到剑门关以任家崖为界，上七里的下七里，称"七里坡（铺）"。

"上七里"我们已走过，接下来我们得走"下七里"。古道在这个人口密集村子里乱了经脉。我问老乡到剑门关怎么走，特地强调"走古道"，她们面面相觑，摇头，友好地冲我笑。看样子，这些媳妇不知道古道，也没走过古道。

我们顺路而下。这路正对一个圆锥形山包，疑似传说中的钟会故垒。看到了剑昭公路，朋友兴奋起来，奔跑，我却郁闷起来。原来这是村民走向公路的一条小道，而非古道。显然，我们已经脱离古道。

一位老乡在房子旁边挖地，我走过去搭讪。他叫魏姚生，高峰村七组人，在外打工回来准备过年，他放下锄头回家为我们烧开水。的确渴了，便没拒绝。他们称山包为"庙子山"，山上曾有古庙，所以这里称"石庙子"。山包底部叫"转子沟"，剑昭公路围绕转子沟转向志公寺、剑溪桥，与大剑溪汇合。

没看到七十二峰与剑门关的关系，我不甘心。老魏说在七里坡看得很清楚。我们就从七里坡下来的啊！显然，我们错过了最佳视点。很想爬回去，可脚疼得厉害，已疲惫得挪不动步，坐下来再也不想站起来。

琼看我遗憾的样子，约定下次陪我走完七里坡。

柴火烧开的山泉水，又香又甜。老乡又为我们烧醪糟，怎好意思再添麻烦？可老乡的热情不容拒绝，一定要烧，还加了鸡蛋，是小时候妈妈做的味道。袅袅炊烟，氤氲着暖暖乡愁，我们泪眼花花的，感动。

高庙步的麻花，七里坡的火烧馍，志公寺的豆腐干，石庙子的醪糟，这是古道流传至今的传说。古道废弃了，可古道传统依然被继承着，古道热肠还在，不是驿站胜似驿站的温暖和温馨，比什么都值，其他已经不重要了！

70. 走向剑门关之七十二峰的神性

半个月后的周末，约上琼，再走七里坡。

驱车高峰七组上次为我们烧醪糟的魏姚生家房后，从上次"掉链子"的地方重新爬上任家崖。在村子最后一户人家的院坝阶沿上，任老爹指着七十二峰之间的V形巨豁说，那豁就是剑门关。

七十二峰锯齿一样绵延相连，被落日余晖镀金之后，如剑出炉金光闪闪。站在这里，我仿佛看见三千万年前的那次伟大的喜马拉雅运动：龙门山第二次剧烈抬升，把前山带带动起来，剑门洪积堆（砾岩，早期蜀湖北部边缘，形成于白垩纪，格外坚硬）被掀开来，凸显出来，如排天巨浪般咆哮、咆哮……气势磅礴，惊天动地，汹涌澎湃……

停下来之前，许是地球老人打了个喷嚏，中间一个波浪没跟上，慢了半拍，托成一道刀劈似的像门一样的断裂中缝，这罅隙就是剑门。剑门两边山峰形似刀剑直刺苍穹，因名大剑山。大剑山七十二峰（古人取七十二天罡的吉数，实不止七十二峰）头枕嘉陵，脚靠涪水，绵延三百里，山峰数百座，海拔上千米，形成天然屏障，像天兵天将横锁巴蜀。李白、杜甫定是与我在同一视点看到七十二峰的，不然怎会有"连峰去天不盈尺""连山抱西南，石角皆北向"等句？

老天居然为人类留下一道行进之门！

显然，剑门关的特点不在关，而在门。关为人所设，而门则充满神性！中原与西南的政治军事商贸文化，无一不经此门互往。

剑门自古称蜀门，被历代文人吟咏成"五丁开山"的文学意象、"蜀道难"的极致坐标。关设豁口，犹如老虎口中之牙，要过关，形同虎口拔牙。李白用"一夫当关，万夫莫开"来描写剑门关，实在精妙。

再次体会到，理解一件事物，理解古人，视点如此重要！剑门关为什么傲居天下群关之首？古人为什么把这里看作"五丁开山"的精神符号？金牛道代有改道，而剑门关为何无道可改？站在这里，一目了然。典籍记载，诗文咏叹迎刃而解。更重要的，古人视角和航空视角在这里合而为一。

古人视角帮助我理解了人类，高处视角则帮助我理解了地球……

带着满心的喜悦和满满的收获，朝豁口走去。

走出这个村，驿道又续上经脉，恢复了原貌。偌大的剑门山，只有我和琼。静极了，脚踩枯叶的回声于耳朵如洪荒之力。停下脚步，能听见太阳擦过树梢的声

荒废的剑昭古道（熊芙蓉摄）

音。冬天没有蛇和蚂蟥，这点不用担心。琼还是那样，看到一大片落叶时，非要躺下去噅瑟一番，仿佛是古道为她铺就的红地毯。栖鹊本在冬眠，被我们的脚步惊起，扑棱棱飞向云霄，吓人一跳。琼用挂棍去捅鸟窝，想找鸟蛋，女儿家家的太坏了。枯死的老树横躺路面，树干被凿出踩脚的梯步，看来古道有人管理。枯叶铺满古道，有陷阱，干滑，得小心走。为了抢拍挂在树缝间的落日，我崴脚了。前不着村后不着店，我这五大三粗的，娇小的琼背不动我，只好捡一根更粗壮的枯枝挂着，一瘸一拐地坚持着走。

一头牛拴在一棵古柏下面的岩穹里，垫着厚厚的玉米秆。看来，老乡把这里当天然牛圈了。看到家畜，说明离人家近了，我俩欢呼起来。

才一个多小时没看到人就差点崩溃，可怜的人类啊！

看到了剑昭公路。古人逐水而居，今人逐路而居。一条狼狗挡住我们的去路。主人领我们从他们家出来，到达剑昭公路。从这里开始，公路与古道重合，两旁古柏为证。司机等候在此，上车经桂花村直驱千年古刹志公寺，水绕山环，殿宇雄伟，禅林胜景。

仰头能见梁山寺。梁山寺民间传为梁武帝萧衍的修行之地，现有梁公祠祭祀。一缕梵音环绝壁逶迤而下，与山下志公寺的磬响相撞，在山与涧之间氤氲，度化着一溪草木山水，还有我。

宝志禅师于502年在此结庐为庵，南宋重建，清朝续建。陆游经此庙还看见志公印身像，作诗《志公院在剑门东五里院东石壁间有若僧负杖者杖端仿佛有刀尺拂子之状》以记："锦幪老人盖古佛，现身为作大慈荫。……"现在的殿宇为2011年扩建，自然难见陆游当年所见情景，但佛祖怡颜，天王殿大雄宝殿比当年更恢宏磅礴、雄伟壮观。

"志公与梁武帝是至交，分别居于山上山下修行，梁武帝遇到修行瓶颈，则下山向志公法师请教。"几位游客也知道这些往事？只见他们边走边聊："在志公法师的点化下，梁武帝学佛修行日渐精进，后颇有作为。"这几位游客说的没错，志公禅师与梁武帝在这里留下了许多脍炙人口的传说。梁武帝执政期间废除锥刀之刑，施行仁政；提倡以面食蔬果代生物为祀；下诏天下寺院，每天击钟，且击钟要舒缓其声；亲撰《梁皇宝忏》……这些作为都离不开志公法师对他的深刻影响。

转子沟在志公寺汇入大剑溪。剑昭路在这里接108国道。

古剑溪桥横跨大剑溪，古风荡漾。阶梯式弧形桥面上的青石板已经磨得溜光，结实的桥墩、莲花瓣似的三眼桥拱石锈斑斑，像一位穿着棉麻服饰的古代女子穿越至此，风姿绰约、亭亭玉立，一颦是沧桑，一笑为古朴，画家和摄影家们无不拜倒其下。

《剑阁县志》记载现存剑溪桥为明代弘治所建。有资料记载修建于宋代，宋人胡希道诗："几重岭隔几重湾，路入蒙蒙烟雨间。独立溪桥重回首，前头已是剑州山。"那么，应是宋代初建，明代重建。

桥两侧刻有龙头龙尾，龙头朝北龙尾朝南，因有一些损毁且石锈很厚，一开始我没看出龙鳞，以为桥耳（想象力够可笑吧），后阅读《剑阁县志》才知是龙头龙尾。桥头狮子很可爱，公狮揽绣球，玩性十足；母狮抱小狮，绽放母性光辉。依然能感觉古人那颗心脏的温度。

剑州古桥（熊芙蓉摄）

一路走来,桥上的龙头总是朝北。剑门七十二峰的石角也是朝北,"连山抱西南,石角皆北向",杜甫早就发现这一现象,这也许就是南方人的心之向往、心之归宿。至此,我似乎已经明白,当初为什么不顾一切地将车头朝北……

跨过剑溪桥,剑门绝壁赫然眼前。

先民的丝药小道、秦汉石牛道、蜀汉剑阁道、唐宋明清金牛道、今108国道,古今一干人在此与司马错灭蜀大军会合,我和琼尾随其后,一起走向剑门关。

71. 剑门无关

三千万年前,上天创造了神奇的剑门,剑门无关。

(1)

进入剑门,断崖式白垩纪砾岩城墙壁立千仞,横亘而来,没有寸土遮盖,刀砍斧削,拔地凌空。只这一眼,便觉峨眉更秀青城更幽,夔门不险。而剑门,确当天下雄!

剑门呈喇叭状,北面为喇叭口,纳万里云天;南面为喇叭头,峡谷深切,一线中通;最窄处仅50米宽,天然绝佳关口。

砾岩城墙随山势逐渐收拢,把古蜀道引向喇叭头。经一段迂回曲折的小路牵引,跨雷鸣谷,来到关楼下。一溜石梯天梯一样搭向关楼,两旁断崖砾墙把蓝天挤出一道缝隙,关楼嵌入窄窄的蓝天,巍峨而立!这就是剑门关,如虎口一牙,穷地之险,极路之峻!

仰望关楼,便知剑门关对北面来敌的拦截无须争议,一夫当关万夫莫开毋庸置疑,史上无一例正面强攻破关的记载,历代英豪一入剑门便野心膨胀,幻想据天险自立为王,再正常不过。

剑门关(武丕星提供)

关楼高高在上，石梯高高在上，对北面来敌形成天然压迫之势。"眼底长安"的牌匾强势打压着皇城气焰，秒杀所有来自北方的"狼"！

或许每一位初见剑门关者，都会被这种天然气势震撼，感叹："刘禅有此地，而面缚于人，岂非庸才耶！"

我陪许多外地人到过剑门关，其中不乏大家与知识分子，他们齐刷刷向我提出同一问题：古人（蜀道）为什么非得从剑门关中通过？

显然，他们被现代交通工具绑架失去徒步机会，视角出了问题。古人绝不会有此存疑，南来北往抵剑门之前，首先看到大剑山七十二峰。现代人到剑门关，不是旅行而是旅游，导航一输直接到景区门口，乘高铁坐飞机，哪有机会看到关外山相？在景区就关而关，始终处于"不识庐山真面目，只缘身在此山中"的尴尬境地。

古人无力凿穿坚硬的砾岩丹霞，只有从这道天门通过。1935年川陕公路都无力凿穿大剑山，只有从关口通过，彻底毁坏诸葛亮架设的阁道遗迹。直到2007年建京昆高速，现代机器才首次凿通大剑山屏障，从关外通过；"5·12"汶川地震后，为保护古驿道带动旅游发展，第二次凿通大剑山脉，将川陕路改从关外通过；2018年西成高铁从关外通过。

我们兵分三路，自由选择游览线路：登绝壁鸟道、爬姜维营垒、乘缆车上玻璃栈道，规定时间在梁山寺梁武帝亲植的那株紫荆树下集结。来看剑门关，少了这些环节，对剑门关的感受则不完整。不爬鸟道，体会不到蜀道的惊心动魄；不上营垒，感受不到历代枭雄据险自立的野心因何而生；不上大剑山顶，难以理解剑门"行人如蚁"之境界，感受不到剑门气吞万里山河、纳八千里云月之整体气势……

（2）

战争成就了剑门关。

世上本无关，但造物主却造就了许多像剑门这样两山对峙的门。"关"的本意是"门闩"，引申为关闭。随着人口膨胀，人类开始争夺资源，继而有了战争。为了守住自家地盘，插上门闩，关闭起来，这就是"关"的最初形态。当战争成为解决集团、民族、阶级、国家之间矛盾的最高斗争形式时，就诞生了关隘。春秋战国诸侯争霸战争频起，关隘地处战略要地，控制交通要道，兵家必争，关隘战事频频被记载于典籍。

剑门关为诸葛亮首设，史载"诸葛亮相蜀，于山中断处依崖砌石为门"，始称

"剑门关"。如今关门洞开,游客如织,无须启闭。和平的今天与和平的过往,并无本质区别。岁月,本可以永远静好。

登上关楼北眺,豁然开朗,剑门衔远山,吞万千气象。此时我睥睨天下,我是天下的王;我是守关士卒,我若拉弓,可瞄准下面任何目标;我是姜维,钟会大军胆敢踏上第一级台阶,我一声令下,别说十万大军,百万大军也会顿时化作倾盆血雨,尸骨成山……

仰望天罅,山海关烽火裹挟函谷关狼烟,玉门关黄沙和着嘉峪关眼泪,韶关移民捡起娄山关八角帽,娘子关公主端起阳关美酒,笼着一层肃杀之气,金戈铁马从四面八方朝剑门踢踏而来……

又从我眼前朝着天空、海洋的边防线腾云驾雾而去……

剑门关之所以称蜀门,主要针对成都平原而言,是蜀地最后一步的退守。"以四川而争衡天下,上之足以王,次之足以霸",因大剑山这道屏障对蜀地的护卫,历代王朝在统一中国前,大多要先收复蜀地。秦争霸六国,首先将蜀地规划进本国版图,才有了司马错领兵伐蜀,开明十二世蜀王措手不及,才丢了蜀国——若蜀王有所防备,在剑门设关驻守,秦也不至于轻轻松松消灭巴蜀。"后之兼天下者,岂能一日忘蜀哉?"巴蜀归秦后日益富强,再想兼并就没那么轻松了。

剑门关金牛道(许美根摄)

从司马错伐蜀到刘备入蜀建立蜀汉政权的五百多年间，已不知发生过多少次战争。诸葛亮一生谨慎，深知剑门关"守"的意义。在他的北伐战略中，若忽略不计祁山、秦岭关隘，那么成都的第一道防线应是阳平关，剑门关是最后防线，其间还有白水、邵欢、葭萌境内多道关口防线，可攻可守，不能不说亮虑事周全。事实如此，当年姜维领三万兵马退守剑门关，抵挡钟会十万大军于剑门关外，钟会就是没办法！要不是邓艾偷渡阴平成功，他只有退兵。

剑门插上门闩，蜀地理应安然无恙。《剑阁县志》载，剑门关历经上百次战争无一例从正面强攻奏效，可谓天然优势。但是，剑门关在历史上却屡屡被攻破，蜀地王者屡屡被灭。从江道迂回，从不毛之地偷渡、倒攻、夹击、奇袭、智取、里应外合而灭蜀的事例举不胜举。当年感叹"刘禅庸才"的成汉始祖李特，其政权不过四十余寿而已。

于是，剑门关成为一个悖论，"一夫当关，万夫莫开"沦为伪命题。

正是这种悖论，为人类的争斗赋予了浓浓的哲学意义。张载"兴实在德，险亦难恃"，傅如舟"欲将兴废问渔樵"，顾祖禹"恃其险而坐守之，则必至于亡"，均一语道破这种悖论的实质。

诸葛亮是历史上唯一不恃险坐守、偏安王业之人，为兴复汉室，一生北伐，兵出秦岭屯兵渭河五丈原，直逼关中。惜寿不假年，徒留英雄泪襟。姜维有亮之志，却无亮之才。假如他在固守剑门的同时，分一军先绝阴平，以防未然，再按亮之嘱托，亲率一军出秦岭，又该是怎样一番情形？

……

既亡，关将不关，有关亦无关。但新朝王主仍然设关。

设关——守关——破关，像所有天下关隘一样，剑门关史海沉浮就这样循环往复着。直到1949年12月，贺龙六十二军与地下党里应外合破关，解放大西南，剑门关的战争属性才寿终正寝。

（3）

文学诗情重构了剑门关。

不知谁为剑门关留下第一首诗，但令剑门关声名远播的应是李白的《蜀道难》，尽管李白受西晋《蜀都赋》《剑阁铭》的影响甚至化用其中诗句，但《蜀道难》对剑门关的影响仍无可匹敌。蜀道的绮丽艰险以及来龙去脉，被李白虬飞蠖动地融入三百余字乐府古题而推陈出新，表达得淋漓尽致，这需要多么伟大的文学才情啊！蜀道一千多公里，李白在《蜀道难》中提到了青泥、太白、峨眉、剑阁、锦城五个实名30多字，而剑阁则扎扎实实用了41字：

剑阁峥嵘而崔嵬，一夫当关，万夫莫开。

所守或匪亲，化为狼与豺。

朝避猛虎，夕避长蛇；磨牙吮血，杀人如麻。

除此之外，诗中大量语句都可拎出来与剑门蜀道的雄奇相对应。剑门关几成"蜀道难"的代名词，过往剑门关的文人大多围绕"蜀道难"的意境而构建文学意象。杜甫来到剑门关时，也吟出"一夫怒临关，百万未可傍"的异曲同工之句；仕宦文人送友人出蜀入蜀更要提剑阁，"剑阁望梁州，是君断肠处"，不提剑阁似乎不足以表达对朋友的关切。

李白之于剑门关，如王勃之于滕王阁、范仲淹之于岳阳楼、崔颢之于黄鹤楼、陆游之于大散关，早已成为人们心中的文学意象和文学故乡。

但凡胸有几滴文墨之人来到剑门关，不写几句诗文，不留几幅墨宝，似乎对不住剑门关。张大千竟三次带学生到剑门关写生，今天寒风凛冽，仍有画家在路旁，在溪边支开了画架，挥毫泼墨。

他们或借景抒情赞美英雄，或借物咏志表达哲理，或直接表达对大自然的朝觐。云游的宗教大师，甚至皇帝也来此捧场，结庐建庙。于是剑门关成为自然、神话、战争、宗教、文化几者相互生成又相融共生的，立体而特殊的意象，具有罕见的包容性。

陆游在此留下好几首诗作，但脍炙人口的却是《剑门道中遇微雨》。许是"细雨骑驴入剑门"的浪漫式惆怅，为铁关平添了一分温柔，在琳琅的坚硬中构建起另一番审美吧。

20世纪60年代郭沫若来此，已是"剑门天失险，如砥坦途通"；2005年陈忠实来剑门关时，写下"我入剑门不骑驴"，熊召政则感叹"今朝行旅如春鸟，不解诗人蜀道难"。在和平年代，在现代化面前，剑门关愈来愈被轻描淡写了。

文学将剑门关再次推向广阔的认知世界。

历史小说《三国演义》一百十六回到一百十八回几十处均说剑阁之战。改革开放头几年，日韩及东南亚人受《三国演义》影响，纷纷来剑门关、昭化一带寻访他们心中的三国故址、三国英雄。适逢旅游业朝阳般升起，官方决定把剑昭一带打造成东南亚人民的旅游目的地，剑门蜀道隆重推出以三国文化为主打的旅游产品，塑起三国英雄石雕，兴起了金戈铁马的战事表演。

剑门关少了一分肃穆，多了几分俗气，你看那穿着姜维铠甲的张张笑脸！旅游已成为一种产品，产品要适应市场，市场是大众，或许我不该因自己的喜恶而苛责。

无疑，文学诗情把剑门关带向了远方和未来。

（4）

旅游为剑门再次设关。

因为旅游，人们对剑门关又有了新的审美、新的回味、新的创造。事物的发展就是这样，一对矛盾的个体总是在波峰与波谷之间易位，冷与热、轻与重，纠缠永无止境。

如今的剑门关，顶着各种高级别桂冠，热度与重量超过史上任何时代。在剑门关景区会发现，以《华阳国志》为代表的志书，以《水经注》为代表的地理著作，以《三国演义》为代表的小说，以李白、陆游为代表的诗人诗词等等，在景区都能找到踪迹，且不乏以互联网、高新科技演绎的现代作品，如4D影院。仿佛一所包罗万象的大学，什么人都可以招收，什么人进来都学不完、读不透。

剑门关纵向的历史层累太厚，横向的文化范畴太宽，好在其身躯雄健、胸怀宽广，背得起，也容得下。

ＡＡＡＡＡ级景区的门票自然会把一些人挡在门外，并不是每个人都能自由出入，全国如此，名山大川、名楼名寺都史无前例地发挥着朝阳产业区域竞争优势，拥有这些资源的便偷着乐，精心打造。"蜀中四大名胜"之一的剑门关，岂肯闲着？

这是历史的使命和必然，却又是历史的阶段性产物。总有一天，像剑门关一样被圈起来的山川名胜，会放开那道门槛，让天下人尽情观瞻。地球将成为一个村，马六甲海峡也可以自由通过，领空、领海这样的词语也会消失，"像水消失在水里"那样消逝于历史烟云。

痴人说梦？放眼长望吧！西湖不是开放了吗，杭州的旅游收入不知增加了多少倍，全国很多景点都在试着这么做。人类社会总是朝着符合大众意愿的方向发展，农民交了几千年的皇粮国税不是在一夜之间说免就免了吗？博物馆不都可以免费参观了吗？

不怕做不到，只怕想不到，关键在人心。

世界本无关，人心自设；人心畅达时，世界自通。

人类历史总是在往复中轮回，在新一个界面回到原点，又从原点开始像正弦曲线一样朝着正极前进，每上升一个界面，都是人类文明质的飞跃。这是规律，你见与不见，它都在这样运行。

天地之初，世界无关，剑门无关；

终有一天，剑门无关，天下无关！

72. 杖挑一滴江南水

在中国几千年历史长河中，每逢改朝换代，剑门关一带都会上演铁血大剧，在上百次战斗中，最为惨烈、持续时间最长的当属宋蒙苦竹寨之战。

南宋末期，蒙古军南下进攻四川，四川安抚制置使余玠采纳播州（今贵州遵义）隐士冉琎、冉璞兄弟俩建议，采取"守点不守线，连点而成线"的战略方针，发动群众依山筑成80多座山城，恃险据守，构筑了规模庞大的"如臂使指，气势联络"的山城防御体系。

山城有主副之分，相互策应。剑阁苦竹城、苍溪大获城、通江得汉城、金堂云顶城、南充青居城、合川钓鱼城、蓬安运山城、奉节白帝城为主城，宋称"抗蒙八柱"，元称"川中八柱"。

在军力悬殊的形势下，四川前后抵抗蒙军长达五十余年之久，蒙军直接损失了蒙哥汗、总帅汪德臣，而四川人口损失上千万。蒙古内部为争汗位，三路大军回撤，南宋得以暂时偏安江南，延续惴惴国祚。

蒙哥第一铁门槛

"出剑门兮入剑门，眼空寰宇一闲身。杖挑一滴江南水，散作西川劫外春。"南宋宗僧释如琰（1225年圆寂）作《乘禅者归蜀》这首诗时，宋蒙冲突尚未爆发，川蜀地区尚未遭受任何灾难。然，"杖挑一滴江南水"却偈语般一语成谶。

随着蒙古铁骑的逐步南下，苦竹寨成为南宋最北的顶门杖，蒙哥南下的第一道铁门槛。

今天人人只知剑门关，鲜有人知苦竹寨，是因为苦竹寨令人望而生畏的特殊位置已经不适合现代人到达，难以进入人们视野，我今天的造访差点丢了性命，但却弄清了其山势长相以及所在位置，这是了解"蜀中八柱"、了解苦竹寨之战的先决条件。

苦竹寨又称"苦竹隘"，因明清时有朱姓人家上山避难，又称"朱家寨"。位于剑门关西12公里的小剑关，小剑溪支流朱家寨沟即将汇入小剑溪之处。小剑关与剑门关之间只隔一整列砾岩山峰，可看作剑门关西关，或剑门关后关。小剑关俨然微缩版的剑门关。小剑关比剑门关更窄更险，朱家寨沟比小剑关更窄更险。

苦竹寨所在的山峰属小剑山之一列，山体孤峰兀立四际断崖，山顶稍平，面积约2600余亩，三面开裂成七八列断崖。像一只长着七八根手指的手掌搭在山脊，指根距指尖约1公里，指丫为V形绝涧，高约60米，刀砍斧削无寸土遮盖，枯松倒挂，猿猱不攀，更无人行之路。南面断崖临深壑（朱家寨沟），只其中一根"手指"有一陡险小路可上，更为奇特的是这一根"手指"上居然生有两道天然石门。

石山、石门仿佛是老天专为隆庆府而准备，为余玠而准备的。

1243年余玠入蜀以后，隆庆府移治苦竹寨。如果忽略不计其间落入蒙古之手的时间，隆庆府在苦竹寨办公不超过15年。宋蒙拉锯战中，苦竹寨在宋蒙之间几度易手，在腥风血雨中屹立22年（1994年版《广元县志》载"1236年置苦竹寨、鹅顶堡寨"；"宝祐元年（1253）蒙古帅汪德臣攻占利州及苦竹隘，州、县归元""1258年蒙哥驻剑门攻打苦竹寨"），苦竹寨与蜀中其他山寨一样，在中国历史上写下了鲜红一笔。

宋蒙血争苦竹寨

回望历史，风云激荡。一寸山河一寸血。

宋元战争分为三个阶段，第一阶段1235年—1241年的窝阔台攻宋，第二阶段1253年—1259年的蒙哥汗攻宋，第三阶段1267年—1279年忽必烈灭宋。

第一阶段南宋蜀口防线即被蒙军逼退至利州以南的剑门关一带。1253年宋蒙战争进入第二阶段，蒙军号称十万自六盘山分兵三路进攻四川。蒙哥策略是踏平川蜀后，与忽必烈的东路军攻下鄂州会师，直趋南宋首都临安（今杭州）。

1254年蜀中大旱，嘉陵水路不通，运输受阻。蒙军在利州、昭化一带兴建的据点粮草不济，蒙方有人建议放弃利州基地。汪德臣激励将士："国家以利委我视为规蜀大计，当死生以之，奈何轻弃？"将自己的战马杀掉，分饷士兵，并率兵攻寨抢粮，召集流亡百姓归家种田，护卫商旅通行，结结实实巩固了利州军事基地。

宋军在剑门关一线增派了驻军，但汪稍做攻打便俘获了剑门关守将提辖崔忠、郑再生，并让其持檄劝降了苦竹寨守将南永忠。

这是苦竹寨第一次易手。

苦心经营的苦竹寨兵不血刃落入敌手，隆庆府上下一片痛不欲生。教授郑炳孙不甘受辱，先杀妻女，怅望大剑山，然后穿上官服向南叩首，拔刀自刎。

苦竹隘不战自降，汪德臣用怀柔之策，发给降兵及家属路费，劝其回家耕种。消息传于附近山寨，副城纷纷陷落，汪德臣乘势而进，川北防御岌岌可危。

同年余玠去世，秋，李曾伯走马上任，宋军开始在隆庆地区展开反攻，由都统段元鉴统军指挥。八月，收复安西堡（地名不详）；十月，收复普安。十二月，南永忠手下将领周德荣趁乘南永忠北上觐见蒙哥汗之机，怒杀南全家，密约段元鉴收复苦竹寨，不料东窗事发，周德荣不幸被捕，大骂而死。由安西堡派出的宋将马徽、白端等也在接应途中英勇献身。李曾伯趁势集结重兵准备收复苦竹寨。

段元鉴一面死堵剑门关，一面强攻苦竹寨，经数次血战，全歼城堡叛军、蒙军，收复了失守八个月之久的苦竹隘，周围副城相继被收复。消息传到杭州，南宋朝野欢欣鼓舞，大奖段元鉴、隆庆府。段元鉴继续组织加固苦竹寨城堡，整修军事设施，操练军马。

于蒙一方来讲，苦竹寨得而复失，汪德臣岂甘示弱？

"苦竹隘磵壁峭险，有请建天桥者"，元史载蒙军中甚至有人建议汪德臣架天桥攻打苦竹寨，未成。说明蒙古曾多次发动过攻打苦竹寨的军事行动，终未成功，才不得不将主力撤出剑门关，退守利州。

蒙攻不下苦竹寨，便设法拦截运往苦竹寨的粮食、兵饷。双方在剑门关一带多次短兵相接。除截获隆庆府大量军粮物资外，汪于1256年春赴阙（入朝）觐见蒙哥，获得金帛、名马、锦衣、玉带大量赏赐嘉奖，回蜀更是大力经营防务，从渔关至沔，架设桥梁108座，"如履平地"，大大改善交通之后又部署南攻。

与此同时，南宋四川新任制置史蒲绎之在利州南线加强兵力部署，急调杨大渊守剑门及灵泉山（阆中），段元鉴调往苍溪、阆中督军，杨立接任隆庆知府，坚守苦竹寨。

第二年初，杨立想放弃苦竹而换守吉平，宋理宗得知后传令：蒙兵一直想占据苦竹隘，不能舍。丞相程之凤也劝阻："段元鉴收复此隘极为不易，不能放弃。"

用鲜血和生命换来的苦竹寨，杨居然想主动放弃，其中苦涩，只有到过现场的人才能揣摩一二，隆庆府的生存艰辛可见一斑。

蒙哥亲征苦竹寨

1258年，忽必烈绕道吐蕃占领大理，完成了从南面包抄四川的军事部署。蒙哥亲统大军主力入蜀，几路分进合击，全力伐宋。

蒙哥亲征蜀道，拣最硬的骨头啃。七月达汉中，十月抵利州驾幸昭化，查看蒙军大部队从白水关南下的线路。见白龙江汇入嘉陵江处（桔柏渡）水流湍急，蒙哥担心大军难以渡过。汪德臣调集军民，数日之内在白水江架浮桥一座，蒙哥大为惊叹："汪总帅言不虚发！"赐白金三十斤，命刻石记功。

同年蒙都元帅纽璘在马湖江（今四川屏山）之战中活捉南宋都统制张实。蒙哥遣张实至苦竹隘劝降。张实曾在余玠任下治军，多次来苦竹寨巡察，熟知地形，他虽为败将但却是条硬汉，进入苦竹寨后，即与杨立坚守。苦竹寨军心大振，士气高昂！

蒙军渡过白水江迅速拿下剑门关。

"稍做攻打""迅速拿下""死堵"，从发黄的史书缝隙可以窥见，此时南宋对于剑门关已成象征性防守，而将防御重点放在了苦竹寨，显然有绝地图存以利将来之用意。

照理，蒙古只要破了剑门，沿陆路南下成都、水路南下重庆应无任何阻挡，舍弃一个小小的苦竹寨（苦竹寨驻军最多时仅600人）对蒙古大军构不成任何威胁。可这位成吉思汗的子孙曾在西亚所向披靡，如今又继承汗位，他的骄傲、颜面决定了苦竹寨是他必须拔除的第一根铁钉。

战旗猎猎，刀剑锵锵，蒙古大军兵压大剑山、威逼苦竹寨，一场恶战在即。

十一月九日，蒙军兵临城下强攻，蒙哥亲自督阵，史枢、汪德臣为前锋。汪选定进军路线，以火炮掩护，率精兵强将顺岩而下，跃溪攀缘而上。只见城堡鼙鼓猛然响起，飞石滚木倾泻而下，一批批蒙兵掉下深谷，死伤无数，壅塞朱家寨沟。

久攻不下，又有大汗督阵，汪德臣亲率一支身怀绝技的敢死队，带上弓箭、套索、标枪、狼牙棒贴壁强攻硬上。蒙哥在对面平台观察后惊叹道："人称汪总帅胆勇，果非虚誉！"

蒙古骁将各尽其能，次第轮番仰攻。

在高原、平地作战所向披靡的蒙军，在狭窄陡峭的苦竹寨难以施展手脚，走入穷途末路。若继续硬攻，只有一个结果：葬身寨沟，血染朱家沟与小剑溪。

然而，历史却如此蹊跷……

突然间，隆庆裨将赵仲武打开城门投降……

蒙军从卷洞门蜂拥而上，隆庆军民拼死拒敌，终因寡不敌众而败。杨立战死，众将士血沃苦竹寨……

隆庆府军民知道蒙军不会轻饶诈降的张实，在混战中掩护他从后山逃命，可十天后他还是被俘,被蒙军五马分尸。

隆庆府在一片凄风苦雨中降下帷幕。蒙哥乘胜而下,血洗长宁山,而段元鉴、王佐、徐昕等南宋忠将也在长宁等地先后阵亡。其他山寨在战与降之间纠结摇摆,因对"屠城"的恐惧,一些实力较弱山寨选择了投降;整个嘉陵江流域防御全面崩溃,战火迅速蔓延到了钓鱼城和重庆城……

"问处分明答处端,还同双剑(大小剑山)倚天寒。一从楼阁门开后,满面惭怕无处安。"(释如琰《颂古五首》之一)宗僧啊宗僧,难道您是预言家?

霸竹铺就苦竹路

今天是元宵节,在剑雄村村主任带领下,一行五人造访苦竹寨。小路野草丛生枯叶满地,危崖险峻,峡谷幽深,昂首唯见线天。这就是朱家寨沟,如此窄逼,"建天桥攻打"的建议似乎可行。沟底有座小水库,村主任说20世纪70年代修建水库时挖出很多箭镞。

下山—过沟—上山。树子落光了叶,山体空灵。七百多年前那条血腥之路,如今只有放羊人使用。放羊人利用周围地势树木枯枝藤条,在惊险处绑出梯桥,用树枝做成搭钩,勾住悬崖上方的树干。村主任拽着树枝保护我们抓着放羊人的搭钩往上爬。

一路有细细密密的竹,像大剑山的汗毛。村主任管这种竹叫"霸竹",在满目枯黄中绿着,竹身粗不超筷子,高不超人,居然称"霸"。然,我们上山的小路就是这细密的竹根铺就。也许它霸就霸在能从坚硬如铁的白垩纪砾岩细缝中长出。

我摘下一片竹叶放进嘴里,想尝尝是否有苦味。毛毛的,无任何味道。我期待村主任能讲一个有关竹的传说,从霸竹上升为苦竹,可村主任只说山上打过仗,哪个朝代、谁和谁打、打得怎样,他一概不知。

我只好倒过来讲给他们听,从靖康之耻讲到绍兴议和,从北宋联金抗辽讲到南宋联蒙抗金的恶性循环。讲宋蒙战争爆发之前,蒙古打着"灭金夏""假道灭金"的旗号,在蜀口防线与南宋的摩擦已持续八年;宋蒙战争爆发的第一天,四川便成为主战场,蜀道成为蒙军驰骋四川的通道,蒙军一路掠夺、杀戮,四川惨遭蹂躏,城池陷落,人口锐减。隆庆府八县也难逃厄运,几遭血洗,剑门关数度易手,隆庆府迁苦竹寨,这种抵御式搬迁为苦竹寨陡增一层英雄气概……

讲蒙军怎么把蜀口防线从秦岭大散关逐步向南推至大剑山,讲汪德臣之父汪世显与南宋曹友闻三兄弟在大剑山以北的阳平关、大安军、明月峡的那些拉锯式恶战,讲余玠在四川一带的战绩军功对于南宋得以偏安的意义,以及功高遭人嫉恨最后落得跟岳飞一样的结局……

我企图让他们明白,早在余玠之前,曹友闻在川陕甘金三角地带与蒙军作战,已摸索出"惟当乘高据险,出奇兵,藏埋伏以待来犯"的对蒙作战方略;剑门关以北的那些战事,都是苦竹寨决战的前夜,是我今天必须现场踏勘苦竹寨的理由。

深陷剑门关悖论

一阵盘互回折的攀爬,猛抬头,只见苦竹城城门高悬崖壁!岩石外突,状如猛虎嘶啸,城门犹如老虎卷起舌尖之穹隆,难怪称卷洞门,高两米宽一米,仅容一人通过,一条石砌小路依崖而上直抵门洞。

其形胜地险、易守难攻远超剑门关。

猝不及防的到达。我难以想象,这样的地势,双方对峙,谁在高处谁就是王,也就是说谁占据苦竹寨谁就是王。

赵仲武,你为何开门?这天然地势得天独厚,一人死守都万无一失,何况还有硬汉张实对士气的鼓舞,众志成城啊!

今日我苦竹之叹一如李特当年的剑门关之叹。

可结果是,苦竹寨依然被攻破!蒙哥骄傲南下,势如破竹,直至钓鱼城下神鞭折断,匆忙谢幕。

这次失守,居然是副将赵仲武误判形势,主动打开城门迎敌。

关于赵仲武献城门没有过多的文字记载,我所查阅的所有资料显示只有"误献"和"窃献"一字之别。

先说"误献"。据说蒙哥无计可施之际,史天泽部裨将史枢夜率数十名精兵,绡绳入绝涧,攀峭壁而上,虚张声势,喊声大作,赵仲武误以为蒙军已经攻上寨来,乃献城门投降。你个赵仲武,好个"误以为",慌张?怕死?想在蒙军面前立功?怕死更不应该开城门,蒙军进入知道是你

苦竹寨山门(熊芙蓉摄)

苦竹寨山门内侧一瞥（熊芙蓉摄）

打开了城门吗？搞不好第一个宰了你！你若头脑稍微清醒一点，不开城门，隆庆守将好几百人，要解决偷袭上山的这几十名蒙古精锐，应该不在话下。我太疑惑你这个"误献"。

至于"窃献"，不用说，是敌我勾结、里应外合了。假如是这样，赵仲武，你就不怕郑炳孙教授一家的阴魂揪住你不放？

真相何为，只有赵仲武自己知道。不管因何献城，结果只有一个！

似乎既定，苦竹寨依然没有逃脱与剑门关相同的命数。历史只要记住"裨赵仲武献城门投降"，剑门关就没有打破"从无一例正面攻破"的史咒，依然深陷剑门关悖论，再次证明"一夫当关万夫莫开"是伪命题。

堡垒总是从内部攻破，剑门关的历次破关总离不开"里应外合"这一关键词，不由让人唏嘘——人的历史终归不由山来书写。

寨门只为山呼吸

仰望，门洞是那么小，小得像大剑山的一个毛孔，像小剑山的一张嘴；那份神秘，让人生出无数揣度与遐想。

走近，抚摸。坚硬，冰凉。像先人被寒风冻硬的心脏。光线被卷洞门切割成一把刀的形状，锋利，寒光闪闪。摩挲寨门，凹凸的触感像山寨褶皱的心事。题刻：

宝祐乙卯七月吉日武功大夫右骁卫将军知隆庆府事节制屯戍军马任责措置捍御段元鉴创建

阴刻小楷，南宋书法的精致范儿，一笔一画皆是决心。就是这个段元鉴，收复苦竹寨后，南宋朝廷犒赏守城士兵，并特免隆庆租税五年。

另侧是隆庆知州高任重的题诗：

宋军设险开山寨，明守探奇到石门。

一望剑山天下胜，诸峰罗立似儿孙。

明代知州李璧的题诗：

　　小剑山头接太青，周遭岩壑仅通门。

　　太平时节何须此，借与猿猴长子孙。

刀光剑影随风去，寨门只为山呼吸。

一丛细竹破石而出，枯荣参半的竹枝斜伸过来，在洞口摇曳，像是在为先烈招魂。霸竹上升为苦竹，成为象征，鲜血浸泡的象征。

石是大剑山之骨，竹是苦竹寨之魂。今天，没有这细竹，就没有我们上山的路。

穿过卷洞门，擦岩上行，两块砾岩巨石中间有仅容一人通过的缝隙，这是苦竹寨第二道天然寨门。这道门之后，依然是悬崖绝壁，绝壁上有仅容半只脚的小路，倘若一滑，将跌入万丈深渊。在村主任的保护下，我趴在崖壁，伸出脚将枯叶刨开，手脚并用爬上斜坡。

上行，地势越来越平坦开阔。斜坡开阔，是当年的屯兵之地。

行至山顶平坦处，即当年隆庆府府衙遗址，20世纪70年代建有护林房，破旧不堪风雨飘摇，墙壁上尽是针对苦竹寨之战的胡乱涂鸦。

石山土薄，植物并不茂盛，苦竹更为瘦小，想到每一寸土曾经都被鲜血浸透并渗入石头，我踩得好轻好轻……

山顶开阔，我开始在房子周围寻找宋军的火药槽、八卦井、插旗石等，搜寻无果，也许枯叶太厚，覆没在某个角落，正失望，村主任说他知道八卦井，我们兴奋地跟着他走。横过，几分钟就到了。

传说中的八卦井如今是一个不规则泥坑，坑里不见水只见沼泥，有两根粗粗的枯木一横一竖搅在泥中，这是当年的水轱辘。

真是太神奇了，这一整块白垩纪砾岩石山，居然还能出水，天不灭隆庆府啊！你为何自己灭了自己？

村主任带着我们从八卦井继续向前，企图不走回头路另寻下山捷径。估计是当年隆庆府军民掩护张实下山的小路。横跨好几条危险溪沟，再走到岩边，他突然大吼一声："原路返回！"没路，处处绝壁。

夜色汹涌而来，竟然找不到寨门所在那一列山，疯狂寻找，无果；记得寨门在有房子的那一列山前，寻房，无果；GPS定位，"朱家寨"近在咫尺，可走过去是悬崖，绝涧难跃，又回山顶，再继续向前……

寨门啊，救命的门，你在哪里？

山太大，体力即将耗尽，我们竟拿出裹毡而下的勇气，借着冬日厚厚的落叶从"指丫"梭下深壑,再拽着树枝而上,来到另一根"手指",循环往复,惊险不断。同伴梭入深涧后,上爬时拽断枯枝梭入更深处,吓死我了,所幸下面有个石台接住了他,枯叶厚实,人无大碍。

差不多把每根"手指"都走遍才找到寨门。

上山容易下山难。村主任格外尽责,在危险地段小心呵护着每一个人,每个人都百分之二百地小心,我却不小心踩空了,幸好及时抓住了密集的竹——竹下面是万丈悬崖……

关键时刻,竹救了我。

血泊里泡生的竹,苦命的竹,救命的竹啊!

73. 三百长程十万树

跨过剑门关,蜀道一头埋进古柏的流。

清一色的古柏,三步一岗五步一哨,如士卒如守卫列队似的屹立古道两旁。身材魁梧高大,底座最粗的七八人才能合围,有些死去的枝丫也须两人合抱,身高三丈,树龄四百至三千岁不等,虬枝苍劲,一枝枝、一层层聚为庞大的树冠,形成一条高大而空旷的穹廊,牵手拂云遮天蔽日。这就是蜀道经典"三百长程十万树"的翠云廊。

狼奔豕突的嘶鸣、刀枪剑戟的撞击渐行渐远。

我开始在诗画般的穹廊里疗伤。像疲累的游子回家扑进老祖宗之怀,迫不及待地倾诉我的感动与不堪:辉煌与没落,创造与毁灭,文明与野蛮,灿烂与阴暗,杀戮与救赎;我依偎古树呐喊,我要减负,把十万个为什么丢在一边,一个也不想;我抱着老祖宗撒娇,像儿时那样钻进树洞,把它当作我的方舟我的床……

"翠云廊的每一粒尘埃都是沃野内核,不心怀亘古秩序的人,不敢轻易路过。"这位诗人是在说我吗?

幼时和小伙伴们常在翠云廊里流连,在树上藏猫猫,一根枝丫足以挡住我们小

翠云廊(曾正强摄)

小的身子，一个树洞就藏得妥妥的。那时我们随意欺负这些老树，嫌弃它皲裂的树皮，鄙视裂纹里的斑斑绿锈，拨弄皱成一坨的树瘤。任凭怎么捯饬，古柏们就像祖爷爷般慈祥宽容，从无怪罪，且总是护我们稳当和周全。

长大一些喜欢走在翠云廊，是因为它总能为我们遮风挡雨。听不见青石板上鞋印与蹄印的交响，看不见血与泪的抛洒，觉不出古柏的灵性与神性；全然不知这树和路是稀有的现世珍宝，像贾宝玉不稀罕自己脖子上的通灵宝玉那般，深不以为意。

读了李白的《蜀道难》，走在翠云廊装假装有文化，像国际友人那样，惊叹翠云廊是一条伟大的路，路很老，树很老，中国很老。狼烟马蹄早已消解在放翁的细雨和酒痕之中，铁关的坚硬敌不过一顿豆腐宴的绵软，阴冷的过往似乎永远也颠覆不了和平的阳光。磨牙吮血的长蛇已梭回唐朝，蜀道似乎不再难，历史的痛感如隔靴搔痒，像今天那些游客一样，怀念陆游，怀疑李白。

当我从长安一路走回来时，我满腔疲惫、伤痕累累。风云的重量已压得我气喘吁吁，史河的金戈戳得我鲜血淋漓。我一棵草芥，怎能承受这亘古之重、岁月之殇？

代王山的冷杉林，褒河那株银杏王，紫柏山那棵红豆杉，也让我惊奇震撼感慨，可它们太孤单，没有合力出大秦岭应有的气势与温度。唯剑门山这些老祖宗们，脚在泥里缠绵，手在云里相牵，抱团取暖在此等我三千年，看我出生，陪我成长，等我远去归来，用超乎寻常的集体力量给我温暖，为我疗伤减负。

"打下剑门关，犹如得四川。"剑门关是秦蜀古道重要分野，剑门关之后秦性渐淡，蜀性渐浓。收复者入侵者只要进入翠云廊，蜀地几成囊中之物；商旅进入翠云廊，锦官城的优雅浪漫已遥遥在望，情松绪缓，跟我今天一样。

中医学认为柏树发出的芳香气体能清热解毒、燥

神奇神秘神妙古蜀道；怡人怡情怡心蜀文明（谭继和题，杨曙光书）

湿杀虫、祛病抗邪，培养人体正气，且有松弛精神、稳定情绪的作用——这不就是"怡人怡心"（谭继和语）的蜀文化特质吗？

翠云廊从地理属性和自身机理两方面同时开启了对蜀性的阐释，从自然视角阐释生命的沧桑与顽强，从哲学角度诠释最基本的人类学命题。我想，这就是翠云廊非同一般的意义吧。

74．大柏树湾的"干爹树"

出剑门关向西南15公里，即翠云廊大柏树湾。

今人只知翠云廊，不知"大柏树湾"这个地名了，我也是昨天才知道的。翠云廊三百长程十万树，中心在剑州古城（今普安镇）。大柏树湾800米古柏长廊颇具代表性，且距剑门关最近，挂牌翠云廊，同属剑门关ＡＡＡＡＡ级景区，"大柏树湾"自然被抛入历史记忆。

当人们从迷蒙中醒来，发现自家门前见惯不惊的东西被外界当作宝贝时，便舍命圈护，大柏树湾被圈起来没几年，是全民旅游时代的产物。ＡＡＡＡ级提升至ＡＡＡＡＡ级，增加了不少手笔。比如一进门那片红浪浪的"救军粮"（火棘）、柏树文化走廊、汉德驿站、李璧祠。政府舍得在景区用力，毕竟GDP才是当今王道。与第一个轮回以武力争夺资源相比，这一轮回是开动大脑保护资源，虽有区别，其本质相似。

几经辗转进入翠云廊，聒噪与喧嚣霎时被隔绝于外。承载古人几千年脚印的青石板、磨光的青石板、碎烂的青石板被全部换成新的青石板，行走方便，干净整洁，树干和树根以及人能够得着的枝丫，被磨得溜光。看情形，圈起来之后，来的人更多。

我见过它"0A级"的样子，原始荒芜；也见过它"4A级"的样子，沧桑古朴；如今这番景象人工痕迹太浓。但是我的三位队友分别来自西藏、成都、川南，第一次见到这么壮观的古柏，他们兴奋极了。年长的东子也失去了淡定，居然钻进一株古树的枯洞，做依偎状、背负状，那神情仿佛游子回家发现老祖父身体健硕，要背他转个圈一样兴奋。

最具植物学价值的则是"剑阁柏"，县志将其作为珍稀树种记载。专家考证剑阁柏在全球仅此一株。它枝叶如松似柏，果实呈椭圆形，状如松果，裂纹似柏果。与咸阳周陵的阴阳柏、张良庙的柳柏异曲同工。

翠云廊大柏树（许美根摄）

被原四川林科所分类学专家鉴定成柏木属新种，写进《植物分类学报》，是罕见的国之珍宝。树高27米左右，胸径1.16米，材积10.9立方米，被称为"松柏长青树"。朱德等许多国家领导人都嘱咐一定好好保护这株"松柏树"。这样的世界珍宝就算想自甘寂寞，人们也不会同意，被人们奉若神明，有人甚至拜它为干爹，"干爹树"就这么火了！如今树干中空，这位"干爹"只好穿上钢丝背心。

怎么只此一株呢？

专家说该树种喜光，由于它的喜光性，容易长成良材。过去不仅天然更新困难，即使有天然更新的同种树也非常容易被人优先择伐。此株生长在古道上，受到历代严格的保护才留存至今。后来，树龄增大以致过熟，天然更新能力大大下降，几乎失去了天然更新能力，这就是该树种现在仅存一株的原因。

1978年，剑阁曾对剑阁柏展开过育种科学试验。试验一波三折，终不成功。为了留住剑阁柏的基因，历代植物学家继往开来试验不断，希望给剑阁柏抚育出下一代，终是无果。但不放弃，继续试验。

"元帅树""关刀柏""鸳鸯柏""夫妻柏""阿斗树""张飞柏"……几乎每株古柏旁都有一个木牌为自己的名字、掌故和传说做介绍，一厢情愿地诱导着游人的想象和思维。我不予理会。经过每一株古柏，我只心怀崇敬，轻抚其肌肤，细数其收藏的人间世事，计算天地能量。感觉树皮的每一道裂纹都藏着我永远读不完的故事，绿苔也变成故事里盛开的花朵。

我小心翼翼，怕踩疼青石板上每一个过往的灵魂；我格外留意树上的光阴路上的印痕，瞻望每棵古柏的长相与长势，胖瘦高矮以及碳十四结论；甚至根据裸露的树根形状来窥测当年那位植树人的双手。像一个懵懂之子出门溜达一圈之后，突然懂得了珍惜亲人和亲情。

行至李璧祠，仍见香火。李璧是明代剑州知州，李璧祠原在剑州古城，如今迁至这里。每年植树节前，当地政府都要在祠庙公祭李璧，以追思其植树之功，表达前人栽树后人乘凉的感恩之情。但我却相信李璧的气场还在剑州古城，那里才是他的主战场、指挥中心。

75. 神奇的"石蟾蜍"

出大柏树湾，沿108国道驱车3.6公里便是汉阳镇（旧时汉阳铺汉源驿），继续徒步古蜀道。

街道两旁的钢筋水泥建筑都在争先恐后地抢占黄金口岸，置办年货的老乡们都赶趟儿似的集中到了场镇，人头攒动。汽车、摩托穿街而过，喇叭声声，仿佛旧时光里驿路翻飞的马蹄。唯株株古柏岿然不动，粗壮的身材、沧桑的脸庞不怒自威，以其先入为主的优势，在街道两旁的建筑群中旁若无人、潇洒自由地站立，傲视着热闹依旧的小镇。显然，金牛古道、108国道、今日集镇在这里重合。

镇南1.8公里是该镇七里村（旧时称"七里班"），从路牌处斜插进去便是原汁原味的古道直抵剑州古城普安。一段长达40里的古道、古柏保存完好，成为现代驴

石蟾蜍（王剑平摄）

友徒步的天堂。

今天的阳光有温暖的错觉，唯有徒步，可让人真正暖和起来。沿古道下行，有一平坦草地，草地上卧着一块巨石，外形酷似蟾蜍，当地人称"癞蛤蟆"。路旁居住一户刘姓人家。男主人热情转述他从长辈那里听到的关于巨型癞蛤蟆的传说："很久以前，有一天晚上下大雨，电闪雷鸣，劈开了癞蛤蟆的下颌，就露出了三个摩崖大字，老辈子只认识一个'石'字，另两字都不认识。"男主人也不认识这两字，他说很多考古的人来看过，也不认识。"我们娃儿家调皮，找石头磨，把凸出来的笔画给磨掉，第二天又长出来了……"

这么神奇？我不信！近前一看，巨石果真被雷火烧过一样，黢黑，癞蛤蟆的下颌确实掉落在地，掉落的地方有三个阳刻摩崖大字，凸出的笔画与周围石质、颜色迥异，没有落款。

"石"字为行书，好认，另两字为草书一时难以辨认。仔细端详良久，结合石头外形，我猜测为"石蟾蜍"三字。我的理由是："蟾"字中间的笔画太多，用了一个弯笔代替，简写了，"蜍"字右边是"吾"，古代"吾"即"余"的异体。

回来发给一些专家，并说出我的理由，他们认为我猜测得百分百准确。

古人有趣，走着走着还能停下来为石头取名、刻字，这就是蜀道、蜀道文化的魅力。他们心里有远方和诗，但还有天有地有风景。其实，我们也应该偶尔停下来、慢下来，反省一下我们的急功近利，相比古人，我们缺失太多。

古道从这里开始陡下到石洞沟，一座古朴的小石桥——汉源桥——连接了两岸。古道在草垛、菜地、麦田之间往上爬，越来越陡。石洞沟峡谷幽深，两岸深切。

我明白了，这段古道得以完整保存，是因为现代公路受坡度限制，只能向西经财神岩、杨家湾绕行一个大大的"几"字到达普安镇。

这段古道应是剑门蜀道中最为陡峭的地段，看情形驴和马是可以行走的，马车应该不能，如马车长途运输，估计这一段只能人工转运。据记载，剑门蜀道古驿站所设"扛夫"数量是马夫的十倍，转运这活估计大多由"扛夫"干了。

古柏虬枝，千姿百态。特别是青石板梯步，非常整齐完整。偶尔碰上一二村民，对于古树的热爱溢于言表。他们也学着大柏树湾的样子给古柏取名，还指导我们怎么观察、从哪个方向观察才像。

上行爬坡的古道旁，立有一块石碑，旧碑文被写上毛主席语录，语录可识，旧字只剩细胳膊细腿，不能识读。这种情形，蜀道上见惯不惊。上两步，天突然敞亮起来，"亮垭"这个地名也许就这么来的吧。一个宽敞台地，台地边有一残破观音庙，老乡王金说这庙之前是诸葛亮的阅兵台和烽火台。我信，这地势本身就是天造地设的指挥台，台下是最好的屯兵之地，正好供将帅发号施令指挥千军万马。

一条硬化的村级公路伸进来，外接108国道、京昆高速。这里农户密集、炊烟袅袅，给人一丝人间烟火的温暖。

王金与老伴带着小孙孙，见我们上来，回家为我们升火。这是农村冬天的待客习惯，不然显得不热情。这里的土地名叫石洞沟，属于剑阁城北镇亮垭村4组。他们小时候常看到拉练的部队从这古道上走过，如今，每年春天有许多驴友走过。

驿道的兴盛和繁荣，于他们也是遥远的历史。

告别热情的王金一家，沿古道上行，穿过石洞沟，经二包岭，就到了老抄手铺。

76. 抄手铺的大会场

一条废弃的古街，路面破房屋旧，却收拾得干净整齐，古道穿街而过，这就是老抄手铺。

抄手铺，是因为古铺小吃"抄手"（馄饨）好吃而得名吗？当碰上抄手铺第一个人的时候，便问"抄手铺"这名儿怎么得来，骑着摩托正准备出门的姑娘（第一次看到古道上的年轻人）指了指墙上说："你自己看吧！"墙面上的玻璃镜框里写道："据传，三国时张飞带兵过此地，因天寒地冻而将'双手抄入怀中'不能把握兵器而得名。"呵呵，我可能肚子饿了。

抄手铺人气挺高，不过大多是些老人，到底还在正月的年中，老人们是要多待一阵子的，年轻人早出门打工了，"囍"字还崭崭新，门就上锁了，走得喜庆，走得迅速，走得毫不犹豫。是啊，如今年轻人在家是待不住的，在农村是待不下去的，走向城市、建设城市、服务城市本不是他们的使命，而生活让他们别无选择，守家的责任留给老人小孩，祖孙相依为命。

作者在抄手铺与村民探讨蜀道问题（杨泽摄）

见有人来，老人们热情地招呼。见我打听与古道相关的事情，更为热情。一位叫梁再金的老人，刚退休，颇具精气神。他领我们去看他收存的饮马槽、古碑以及在古书中抄写的作与古道有关的记录。

古碑曾被人当作磨刀石，残存的字迹大约是记录道路的节点和里程，对照老人抄写的老剑阁县志内容看，原文大意为：北宋时曾在这里设立烽火传递的"急递铺"。南二十里抵普安镇，北十里经石洞沟，二十里达汉阳铺，落款"道光乙未春季"。

我翻阅着老人的记载，其中一段摘自剑阁老县志的文字引起我的极大兴趣："剑门有蛇，长三尺，其大如瓮，其名曰板鼻，轮转而下，以噬行旅，其鸣声如牛……"

我豁然，昨天去苦竹寨的路上，村主任说"夏天不敢带你们来，走着走着，会旋下来一盘蛇，盘在你脖子上"，我当时就纳闷，蛇的量词怎么是"盘"而不是"条"呢？原来就指这种板鼻蛇。"盘"在这里解码，老村主任动词名用呢！

李白铁定知道这蛇，"朝避猛虎，夕避长蛇；磨牙吮血，杀人如麻"就是指这蛇。剑门关成AAAAA级景区了，蛇自然只能回唐朝定居，现代人哪里见过这样的蛇？然，稀有人烟的苦竹寨，板鼻蛇依然在，昨天或许就藏在我们路过的某个洞里冬眠呢！

我为这一发现叫绝，对李白的《蜀道难》有了更新的、接近本意的理解，心里掠过一丝得意，自己都能感觉在这份得意里，深藏一丝睥睨象牙塔的骄傲。

这里距108国道1.5公里，1989年抄手乡搬迁至民主村一组108国道旁，设抄手办事处，1992年撤区并乡建镇后，原抄手乡并入城北镇，即新抄手铺。现在，这里属城北镇。

老街没有任何营业，只有居民居住。房屋、街沿、石板尽显古韵，石磨石碾、风车拌桶这些老物件依然摆放整齐。它们和秦岭大山里那些古镇古街一样，在充满信心地等待，等待一个契机，让老街重新焕发风采的契机。

街道两头古柏密集。我们从北头走来，梁再金老人叫上另一位老人陪我们朝南头的普安方向走去。

"你看这棵古柏被黄粱树撑破了肚皮。"老人兴奋地抚摸着这棵长出黄粱树的古柏，那神情就像抚摸怀着自己孩子的妻的肚子。

黄粱树种非常喜欢借古柏之身安顿自己，之前在山东参拜孔庙和孟庙，所见古柏这种情形颇多，我不知道植物学上该做何解释。

两位老人陪我们走到一个叫水湾的地方，说这个地方在人民公社时代，全乡（那时抄手铺乡七千人）三四千人夏天的大会在这里召开，古柏树冠是天然凉棚，太阳一天到晚都晒不到他们。如今只见会场长满小柏树和灌木。是啊，自包产到户就不需开这样的大会了。

说起树和路，老人们有说不完的故事，满满的幸福感。

突然看到路边一个废旧塑料，老人捡了起来，我很感动，啧啧称赞。老人说美国老太太贾和普曾领着一群美国老人走蜀道，每人手里拧一个袋子，一路捡拾垃圾，过抄手铺时，他看了都脸红。

"我们自己的树、自己的路，更要懂得爱护。"他说。

77. 钟鼓楼的幽暗美学

夜宿剑州古城。

剑州古城即普安镇剑阁老县城，一个郡、州、府、县在此设治长达1700多年的古镇，随着剑阁县城2003年迁至下寺，其政治经济交通中心地位发生改变，逐渐转变成该县最繁华的大镇。

钟鼓楼（雷雨摄）

我们赶到时已华灯初上，霓虹为古城披上一件玫瑰红纱衣。拥挤的人流和浓郁的生活气息提醒我，此地已远离庙堂。

在朝代更替的战火中，剑州古城频繁毁建，典籍中记载的名胜大多不见踪影，只留下467米明代城墙、城中心的钟鼓楼供我等触摸历史、凭吊沧桑。但我相信，李璧的灵魂仍在，气场仍在。

人头攒动，我们从幽暗的钟鼓楼下走过。七方黑黢黢的方柱（高6.8米，边长75厘米）反着金属般的光，方柱与圆木柱纵横排列成为钟鼓楼基座，稳稳支撑起三层巍峨壮观的钟鼓楼。夜晚光线昏暗看不清材质，伸手一摸，触觉告诉我这是石柱。我想象不出这硕大的石柱在生产力落后的古代，是怎么开采又怎么运抵这里，又怎么让它站立起来的……

抚摸石柱的那一刹，似有一股电流，接通了我和李璧，同时通向了与此毫不相干的另一个人：德国18世纪哲学家赫尔德，以及他的具身化美学《触觉论》。

我很惊奇，不经意的触摸，让方向和维度毫不相干的两人在我的身体里燃起火焰，发生化学反应，更让我明白朱光潜、蔡元培等前辈为何让这位德国学者的美学思想进入中国美学话语圈。赫尔德说："触觉是一个直接在场的世界。"他赞美触觉通向神圣，将人比作是"在幽暗中感知的牡蛎"。此时我就是这只牡蛎。触摸这七方石柱，我似乎触摸到几百年前这位壮族人那颗热血澎湃的心脏：壮一方，奠四民，御五兵，利千年的决心。

可历史总是给人最无情最残酷的讥讽。如此牢固的州城明末依旧毁于兵火（今天的钟鼓楼为1928年重建，仍用明代石柱），烧焦的七方石柱像一个历史隐喻，坚硬而执着。

穿过这幽暗的通道，沿窄窄的街面上行至一个斜坡回望，钟鼓楼剪影飞檐翘角、跃跃欲飞的样子是那么精致、典雅。

当年李璧也许站在我今晚站立的地方，听着"嗨哟嗨嗬"此起彼伏的劳动号子，心满意足地欣赏他雕梁画栋的杰作吧。

一股焦煳味儿从战火中弥漫过来，呛得我眼泪直流，模糊中见它一次次被熊熊大火化为灰烬，又一次次站立起来……

箭楼、垛口、城墙、石拱门，似乎还飘摇着一丝硝烟，"秀分阆苑"几个古老的绿字在无序缠绕的电线下散发着一丝古韵。我又一次本能地伸出手去。

这些残存遗留是当年李璧的杰作。李璧当年来到剑州，战事刚平，首先得修复破败的城垣。剑州城"山左右合，而城当其洼，为势甚卑。卒然有寇，一攻十守，难易倍百"。李璧见城池地处洼地，难守易攻，代有破城记录，决心建一座金汤之固的剑州城池。

20世纪80年代的箭楼（前）和钟鼓楼（后）
（曾正强摄）

剑州古城《中国共产党十大政纲》石刻（黄中强摄）

李璧当年可曾想过：筑城和栽树，哪个会更永垂不朽？

闻溪河穿城而过，汇入嘉陵江。沿闻溪河转回宾馆时，在顺城街古城墙上发现《中国共产党十大政纲》标牌。石墙、石刻；李璧、红军、我，再次在古城相遇，蜀道历史又在同一空间承续。

"视角给出的是梦，触觉却提供了真实。"今晚，我已是第三次想起赫尔德的美学理论，第三次伸手触摸。

翌日一早起床来补拍政纲石刻。我赶到时，顺城街已摆满摊点，见我拍摄他们的宝贝，老乡们友好地让开。为避免风化，石刻被雨棚罩着，我后悔没带粉笔，此时拍出来的照片比昨晚拍的强不到哪里去。

"十大政纲"是一个完完全全为无产阶级为劳苦大众谋利益的政纲。石刻内容完整，国内少见，全国稀有。1935年3月，中国工农红军第四方面军创建川陕革命根据地，在境内书刻大量标语，多被国民党地方政府铲毁，而这一石刻标语因红军走后老百姓用黏泥填糊，才得以完好保存。石刻全长11.4米，宽1.7米，字大16厘米见方。錾刻纲文十条，加标题、落款共173字。

剑阁人民像保护古柏那样，护下了这一珍贵的红色革命遗迹，见证了古蜀道上中共早期的执政理念。

78. 古柏在上

夜渐深，古城喧嚣渐归于寂，我却浮想联翩。

寻访路上，熄灯之后的时空穿越已成习惯。躺在床上历数这座千年古城的名字变化：南安、普安、安州、始州、剑州、隆庆、剑阁。"普安"数次废弃又数次启用，如今仍名"普安"，可见人们是如此渴望普罗大众安宁。自南朝宋元嘉初，于此地（汉德县境）侨置南安郡、南安县，安置北方南下难民起至今，两千年来何曾长时间安宁？费少南、李璧、乔钵等历代地方官无不为普天民众安宁而殚精竭虑，可蒙古铁蹄、明清战火何曾放过他们？

反倒是翠云廊那些古树，依然生机勃勃。

（1）

　　李璧就任时，剑州城垣破败、民生凋敝、百废待兴。他劳以身先，为老百姓办了诸多实事，《剑州志》记录了他的15项惠政，植树只是其中一件。筑城是李璧当年的头等大事。那庞然石柱相较一棵小树苗，孰轻孰重？李璧可能从未想过，几百年之后令他熠熠生辉的是那棵小小的柏树苗。烧焦的石柱，不过是一个坚硬的历史隐喻罢了。

　　不得不说，李璧是一个很有想法的人。他以剑州古城为圆心，以昭化、阆中、梓潼三方县城州府为半径补植古柏，用古柏为线系住三座城池，使之成为剑州古城的卫星城市，剑州城自成中心。这在五百年前是多么了不起的构想！在今天看来这就是剑州古城通向三个方向的生态地铁线，在区域竞争异常激烈的今天，理念仍然超前，意义非凡。

　　他的后任，清初剑州知州乔钵走马上任看到古柏这气势，激情作词《翠云廊》：

　　　　剑门路，崎岖凹凸石头怒。两行古柏种何人？三百长程十万树。翠云廊，苍烟护，苔花荫雨湿衣裳，回柯垂叶凉风度。无石不可眠，处处堪留句，龙蛇蜿蜒山缠亘。传是昔年李白夫（李璧字白夫），奇人怪想教人妒。休称蜀道难，错莫剑门路。

　　于是，李璧的植树功绩便永垂不朽！乔钵不仅作文颂扬前任，且继承前任传统护树植树。于是，人们又记住了乔钵。

　　自此，植柏、补柏、护柏在剑阁历代官民中良性循环，优良传统世代沿袭。自李璧起，"官民相禁剪伐"已成通例，州官交接任时，要将古柏清点造册移交；清乾隆年间古柏就挂牌保护，不准侵伐；民国时期，多次发布对翠云廊的保护训令。

　　明代至民国的几百年间，翠云廊茂盛的生命力达到极致。一条丰满而遒劲的苍龙蜿蜒山脊，那一笔苍翠浓绿的连贯气势动人心魄！

　　近几十年补植的新柏渐成气候，苍卷绿云气势如虹。航空视角下，新翠拥旧苍，浓淡泾渭分明。中间那一笔苍翠饱蘸千年光阴沉积的黛，苍龙般匍匐剑门山脊，浓烈而执着地擎引着剑门山系，北指长安，西向成都，南延重庆。20世纪70年代（那时中国植被不如今天）美国卫星俯瞰中国，最显眼的是黄色长城与绿色翠云廊，故翠云廊又被称作"绿色长城"。

·255· 下部：南栈春秋

（2）

翠云廊，诗画般轻逸、烟云般缥缈的名字，置身其间你会觉得，这廊其实是有些重的。

山脊为卷，何人植树成诗，而今低吟浅唱不绝于耳？

人心为轴，五丁劈石成道，从此金戈铁马昼秦夜蜀！

李璧之前，蜀道历代都有不同规模种植，或植树表道，或以树计程，或保护道路，或修栈道就近伐木取材，为为行人遮阴避暑。《剑阁县志》记载了秦统一巴蜀后，历史上四次大规模植树：秦始皇命庶民在驿道两旁植树，称"皇柏大道"；巴西（阆中）太守张飞令士兵及百姓沿驿道种树表道，称"张飞柏"；宋仁宗诏令："自凤州至利州，剑门关直入益州（成都）道路，沿官道两旁，每年栽种土地所宜林木"；明朝正德十三年（1518），剑州知州李璧组织补植，为史上最密集种植，使翠云廊形成了"三百长程十万树"的宏伟规模。

我不知道该怎么来理解这位明朝州官的植树壮举，在中国，柏树是长寿不朽的象征；在剑门山区，植树固土，避免被山洪冲毁路基是首要考虑；虽有植柏先例，但后任不一定非得种柏啊！

剑阁人喜吃土酸菜，用酸水制作豆腐是几千年的传统，曾打破吉尼斯世界纪录。酸菜正是为了综合碱性水土长期给胃带来的不适，而碱性土壤则是柏树的生命之床（剑阁微碱性土壤占77.25%）。一方水土养一方人，广西人李璧到剑州任职，也会很快习惯吃酸菜豆腐。或许，当他看到古道在酸菜中延伸、柏树在豆腐里茁壮时，补植柏树惠及路人的决策便在这一饮食习惯中果断诞生。

物竞天择？

可当我伸手触摸钟鼓楼石柱时，感觉对李璧的认识又显得肤浅和单一了。

我从北段走来，明天即将进入西段，南段即剑阆（阆中在清代曾做17年四川省府）古道，曾经花一天时间走过，古柏更为密集。

如果让时光回退至1935年前，我就在这古柏流里优哉游哉地流啊流，流向成都的蚕丛、鱼凫，流向重庆的赤黑二

龙源古蜀道翠云古柏（曾正强摄）

穴。不担心走失，不担心误入歧途，不担心刮风下雪日晒雨淋，自有古柏老祖宗庇护。

可1935年，民国政府修建川陕公路是古蜀道绕不过去的一道坎，是一场老祖宗们逃不掉的劫难。四川省专员兼剑阁县长田湘藩发出训令："查川陕公路沿途柏树甚多，若屹立妨碍汽车者，准予采伐，以利通行。"（《剑阁县志》）由此，古柏遭到大规模毁坏。

壮观无比的翠云廊就这样被历史巨手挥刀斩断，像被斩断的老祖宗的肠，一截一截散落荒野。

一些段落的古道与古柏全存，滋味原真，如今成为驴友的天堂；一些段落变成公路，古柏仍屹立于两侧，继续发挥行道树功能；一些段落成为景区，服务当地经济。我不得不呼朋唤友，带上行囊，邀上司机，一会儿徒步，一会儿坐车，像走跳棋那样行走翠云廊。尽管如此，外地朋友们依然被这古道和古柏所震撼。

（3）

还得感谢剑阁人民，当年见古柏损毁惨重，义愤填膺，挺身而出，联名告状信直达蒋介石，省政府才下令保护古柏。民国三十年（1941），剑阁县成立了"剑阁县古柏保护委员会"，保护古柏成为剑阁官民的重大事项。新中国成立后，剑阁政府更加重视对翠云廊古柏的保护，禁伐，颁布管理条例，登记、挂牌编号，建避雷设施、立支架、制围栏加固维护。1958年大炼钢铁，山上树木被砍伐殆尽，但没有任何人敢打古柏的主意。而今采用现代科技GPS定位到每一株古柏，实行"一树一策""私人定制"式保护，防病治虫，补植幼柏……如若不然，我们还会有新的遗憾。

护树是他们的底线和原则，爱树是他们的天然情愫。

2015年普查统计，151公里翠云廊之内仍有7803棵不同年龄的古柏存留，国内国际堪称奇绝。千年来的保护、补植措施周密有效，才有我们今天看到的这条"子子孙孙无穷尽也"的天然绿色长廊。沿108国道徒步抑或开车行走，心旷神怡。剑阁民众的植树护树理念，更是一座不朽的丰碑！

我们苛求不了历史的偶然与无状，在深感遗憾的同时，更感幸运，我们依然能大规模看见翠云廊古道、古柏原本的样子，不幸之大幸。

人类从远古文明、农耕文明、工商业文明一路走来，如今已进入生态文明时代。在新一轮生态文明开启之际，还能一睹原初生态，而且是活的生命体，是活化石、活教材，多么难得啊！多么伟大的幸存者啊！与其朝夕相伴的我等子民，该是何等荣幸啊！

79. 鹤鸣山：定格大唐中兴气象

剑州古城之东1.5公里处是鹤鸣山，山顶有文峰塔，又称东山或塔子山。早听此山是仙山、宝山，一直无缘得见，今日首站造访。

本来，从普安镇步行可达山脚，沿石梯拾级而上登高览胜，才是正确路线。我和团队成员都是第一次去鹤鸣山，竟一车先开达山顶。反向游览的线路，将我们直接带进道国仙都的氛围，从山顶充满"道"元素的大门进入，走过苍松掩映的道德经长廊，直抵文峰塔。

文峰塔镇山撼岳似的守护着剑州古城，明清都有重建记载，"5·12"汶川地震后再次重建。据知情人士透露，塔下还有两层地宫，隐藏着无限考古秘密。"文峰直透五华秀；笔阵中分两剑雄"，这副楹联是剑州人杰地灵的真实写照，尚书、翰林名人辈出，黄裳、赵炳然、李榕等都是剑阁人引以为自豪的杰出代表。

鹤鸣山最值得称道的是唐代三绝：李商隐撰《剑州重阳亭铭》碑；颜真卿书《大唐中兴颂》摩崖石刻；摩崖道教造像。

（1）

山体壁陡。顺石梯下行，空山不见人，但闻人语响。古柏森森，野草劲绿。至山腰亭台楼阁处碑刻林立，把"唐代三绝"簇拥于核心部位。历代文人仕宦停下匆忙的脚步，围绕"三绝"写诗、留字、刻碑，层垒出一道壮观的文化景观。

李商隐《剑州重阳亭铭》碑现置于五号龛（原道教造像被盗），可见人们对李商隐敬重有加。重阳亭为唐大中八年（854）时任剑州刺史的蒋侑所建，九月初一竣工，正好重九登高，故取名"重阳亭"。蒋侑冲着晚唐大诗人李商隐（时任梓州幕僚）的名气，邀请其为亭撰铭。千年来，亭时有毁坏，而碑却保存至今。从铭文中可以看出蒋侑政绩颇多，李商隐的文笔为其锦上添花，播美于当时，留馨于后世。

安史之乱后，"中兴"成为唐人的时代最强音。洛阳、长安两京克复后，杜甫《洗兵马》诗中"中兴诸将收山东，捷书夜报清昼同"句坦露出一腔欣慰和祝颂。

大和二年（828），李商隐对考生刘蕡为言国家"中兴"遭贬而死深表哀痛，作《哭刘司户蕡》：

路有论冤谪,言皆在中兴。
空闻迁贾谊,不待相孙弘。
江阔惟回首,天高但抚膺。
去年相送地,春雪满黄陵。

安史之乱后,大唐帝国可谓在刀锋上行走,渴望中兴、呼唤中兴的心声是如此强烈。李家子孙也有不负众望之辈,在他们的努力下,也曾出现过几次中兴局面:元和中兴、会昌中兴、大中之治。三次中兴气象虽不能与盛唐贞观之治、开元盛世

鹤鸣山重阳亭(曾正强摄)

相比,但中兴局面的出现也为大唐帝国延寿,让唐人略感欣慰。

蒋侑在鹤鸣山建重阳亭正值唐朝最后一个中兴局面"大中之治"。大中皇帝唐宣宗李忱,对内的最大政绩是贬谪李德裕,结束了"牛李党争";对外收复安史之乱后被吐蕃占领的大片失地;最后一次使唐朝国势现出了"中兴"的小康局面。李商隐对"大中之治"的欣慰之情,在重阳亭铭文的第一句序言表露出来:"陪臣未尝睹天子宫阙,矧得舞殿陛下耶?"正文中继续着这种情绪:"仕之为道,隆磊英杰。惟君之名,惟蒋是故……"

李商隐十九岁步入仕途,因文才而限于"牛李党争"的夹缝之中,一生困顿不得志,只能辗转于各藩镇之间当幕僚。

晚唐诗歌在前辈的光芒照耀下大不如前,而李商隐却出人意外地将唐诗推向了又一高峰。大中末年(约858),可怜一代伟大诗家,四十六岁便忧郁而终。

(2)

自知者不怨人,知命者不怨天。

与李商隐的苦闷相比,颜真卿(709—784)这位书法家又是另一曲悲歌。开元二十二年(734),颜真卿登进士第,历任监察御史、殿中侍御史。后因得罪权臣杨国忠,被贬为平原太守,世称"颜平原"。安史之乱时,颜真卿率义军对抗叛军。后至凤翔,被授为宪部尚书。唐代宗时官至吏部尚书、太子太师,封鲁郡公,人称"颜鲁公"。

兴元元年(784),75岁的颜真卿被派遣晓谕叛将李希烈,凛然拒贼,终被缢杀。嗣曹王李皋及三军将士皆为之痛哭,德宗皇帝痛诏废朝八日,举国悼念,亲颁

诏文"才优匡国，忠至灭身，出入四朝，坚贞一志"予以追念。

颜真卿亲书的《大唐中兴颂》，为中唐诗人元结（719—772）撰文，初刻于湖南永州祁阳浯溪城南石崖。南宋绍熙二年（1191），隆庆府通判吴旰从祁阳浯溪崖上翻刻至鹤鸣山，虽不是原版，但距今也有数百年历史。历代有修葺保护记载，可见后人对颜书的崇拜。今立于重阳亭侧，我的面前，丰腴雄浑的颜体风格，一笔一画清晰可辨。碑高3米，宽近4米，在鹤鸣山颇具气场：

> 天宝十四载，安禄山陷洛阳，明年陷长安。天子幸蜀，太子即位于灵武。明年，皇帝移军凤翔，其年复两京。上皇还京师。于戏！前代帝王有盛德大业者，必见于歌颂。若令歌颂大业，刻之金石，非老于文学，其谁宜为？颂曰：噫嘻前朝！孽臣奸骄，为昏为妖。边将骋兵，毒乱国经，群生失宁。大驾南巡，百僚窜身，奉贼称臣。天将昌唐，繄睨我皇，匹马北方。独立一呼，千麾万旟，戎卒前驱……

元结字里行间饱含对唐王朝统治集团争权夺利贪婪腐朽的憎恨，颇具批判精神。颜真卿书写此文正是元结去世那一年，想必是元结的去世再次触动了颜的痛点，澎湃起呼唤"中兴"的热血，激情而书。

安禄山反后，元结率族人避难猗玗洞（今湖北大冶境内）。乾元二年（759），元结出任山南东道节度使史翙幕参谋，招募义兵，抗击史思明叛军，保全十五城。代宗时，任道州刺史，调容州，加封容州都督本管经略守捉使，政绩颇丰。

上元二年（761），"安史之乱"基本结束，元结在江西九江任上乘兴写下了这篇《大唐中兴颂》，此时的颜真卿已年过五旬，书法造诣愈加纯熟。赋、书强强联手，珠联璧合，堪称书撰二绝。后人诗赞"水部胸中星斗文，大师笔下龙蛇字"。

（3）

摩崖道教造像则为唐代不同时期的造像，造像现存21龛，88个不同人物，精妙绝伦，有珍品、绝品、神品等级。一号龛道教尊神长生大帝身后饰五斗星纹，为珍品；二号龛被盗，现存"六丁六甲"为太极形成之前的无极现象，造像之绝品；三号龛长生保命天尊为神品，这尊唐初造像是全国道教造像中的孤例，圆润、丰满、华丽，早期的道教修炼图也堪称罕见。

大唐就是大唐，即便没落，也一派庄严豪迈。飘逸流畅的线条，精美绝伦的雕刻；鲜明的色彩，完美的造型；每一个眉眼神态，让人过目难忘。《剑州县志》记载，这些道教摩崖造像，被世界美术史、中国美术史列入章目重点介绍。

仙鹤自古是道家的瑞祥之物，是羽化飞升、得道成仙的一种象征。鹤鸣山在四川居然有7座，剑阁鹤鸣山得名则源于此："相传曾有隐士老聃后人李傕隐居于此山，养鹤为伴，弈棋悟道，山下时闻鹤鸣，故名之为鹤鸣山。"

道教是唐朝国教。精明的李家子孙深知佛教在社会各阶层的力量不可低估，因此在儒、道、佛之间尽量平衡、融合。表面上看，唐朝佛道并重，但佛教毕竟是舶来品，多数帝王都明确地将道教置于佛

鹤鸣山道教石窟（雷雨摄）

教之上，唐高祖规定"道大佛小，先老后释"，唐太宗重申"朕之本系，起自柱下"；唐高宗尊奉老子为"太上玄元皇帝"；唐玄宗积极推动道教内部改革，让道教回想黄老的辉煌时代，剔除天师道巫术迷信色彩，发展道家义理。此时，社会崇道之风发展到极致，高道辈出，孙思邈《千金方》推动了医药学发展，李淳风《乙巳占》推动了天文学发展，重玄学说发展了道教理论建设。

在皇室的影响和支持下，道教从宫廷扩展到民间，向北沿丝绸之路重镇敦煌（唐代敦煌有十座道观）往西域传播，对西域各民族产生了深远影响；向南推至江、淮、吴、蜀地区。

在向南推进的过程中，蜀道自然是一条天然的传播通道。西安子午道入口子午峪内，围绕西汉时期的玄都坛，道观林立，胜迹之壮观让人咋舌，连留学长安的韩国学子金可记也毅然放弃学业在此修道羽化，使之成为韩国人的道教祖庭；金牛道上，剑阁鹤鸣山、梓潼七曲山大庙、绵阳子云亭都留下了浓墨重彩。

人们选择在此建造道教龛窟，承上启下，承北启南，也许正是早期道教的气场所至。鹤鸣山四号窟就在这期间开凿。四号窟是鹤鸣山唯一有纪年的造像，在重阳亭竣工后的第三年凿成，形态丰腴，造像雍容，极具大唐风范，但线条较之前则凝重许多，造像下方有两位官人像，据说是蒋侑和李商隐。可见蒋侑建好重阳亭又开

凿了这龛造像。

重阳亭折射出大中之政颇有成效。可是这位大中皇帝却因服食丹药过多，中毒身亡，年仅五十岁。

安史之乱后，时代呼唤大唐中兴，几朝唐皇为了统治需要，在佛教、道教以及其他教派之间踩着跷跷板。历代帝王包括盛世明君都难以逃脱金丹的诱惑，李世民如此，武则天也不例外。唐宪宗为元和中兴之主，被史学家称为安史之乱后唐朝最伟大的君主，削藩成功后，企求长生不老药，食用金丹中毒，脾气暴躁，被宦官所杀；唐武宗重用李党首领李德裕，削减打击宦官权力和势力，迎来会昌中兴，但他独好道术，使得中兴局面不长；唐宣宗大中之治使"权豪敛迹""奸臣畏法""阍寺詟气"，开创了第三个中兴局面，但也好道术，迷信长生不老。

或许，从中唐开始，大唐帝国已经偏离了"道"的核心与本原，再难化生万物。三次中兴，亦如回光返照，终究难以挽救大厦将倾的颓势。

只是这鹤鸣山，稳稳承接了道教传播的接力棒。

历史的空气缥缥缈缈，新建的重阳亭，明晰地定格着大唐帝国中晚期难得的一缕中兴气象。

80. 拦马墙："小偷"变"大王"

出鹤鸣山向西过平济桥（俗名"清凉桥"）、凉山铺，折南进入最具考古和参观价值的"拦马墙"。

翠云廊拦马墙（熊芙蓉摄）

拦马墙相当于现代公路上的护栏。为防止车马因惯性坠入沟中，古人在路边砌石墙，称"拦马墙"。一般设置于转弯、陡坡、悬崖等危险之处，防止车马摔跤、掉入沟壑，是山区驿道特有的安全设施，古道智慧之一。蜀道因山区地形，设置拦马墙非常普遍，可如今所剩不多，这里是保存最为完好的一段，所以直接变成今天的地名了。

拦马墙所建之处具有两个危险因素：弯道、悬崖，且最弯的地方就是悬崖，颇具代表性。古代如遇递送急件，需要快马加鞭，快马惯性大，在这里筑起拦马墙，马跑得再快也不会偏离轨道。

如今这里早已不再跑马，只供现代人观瞻膜拜。

我蹲下身来仔细观察，想看下这墙是靠什么粘连得如此牢固，千年不倒。石块之间的白色条状硬块，成分好像是石灰与糯米的混合物，典型的明代建筑用料。拦马墙历代都有维修，可以肯定，最后一次维修应在明清。

我没查到当年剑阁维修道路的具体记载，但清道光年间的《重修昭化县志》详细记载了乾隆四年（1739）昭化境内驿道整修情况："凡拦马石墙，高一尺八寸，底宽一尺五寸，顶宽一尺，每墙一丈用石灰六十斤，糯米市斗一斗，白矾六斤，桐油八两，匠人小工各二工，修补者半之……"剑昭比邻，驿道规格以及维修所需物资应该相似。但这段拦马墙的各项指标明显大于昭化。

显然，古代地方官跟今天一样，蜀道畅通是重要政事。

这段古道约8公里，240多株古柏林立青石路面两侧，是剑州古城通往梓潼古驿道原貌保存最完整的一段。马蹄印、杵子窝、防滑带（也称减速带）等古代交通遗迹甚多，堪称蜀道交通活化石，学术价值尤为珍贵。

古道居中，两边年轻的柏林也以旅游的名义清理得干干净净。幽深、空旷、静谧，看不见也听不见外面的世界。行走其间，世界静止了，时间停止了。我们四位镇不住这气场。踩着青石板前行，像几个蹑手蹑脚的小偷，一起来偷盗古道深处的历史，窃取古人的呼吸，有些慌张，还有种说不出的压抑和沉重。

同伙是音乐制作团队，他们随身背着音箱，估计很不习惯这种压抑气氛，于是打开音箱放起了音乐。

我万万没想到，他们选曲《大王叫我来巡山》。

"太阳对我眨眼睛，鸟儿唱歌给我听"，如神来之笔，音乐一响，瞬间打破古道的凝重气场。"大王叫我来巡山，我把人间转一转，打起我的鼓，敲起我的锣，生活充满节奏感……"

音乐声起，我们由小偷转变成巡山人，顿时俏皮、轻松、欢快起来。但一点也不影响我们对青石板和古柏的崇敬。我们把脚放进马蹄窝，感受马蹄千年的温度；把古代交通遗迹用各种现代技术小心收纳。

青石板上密集的凹槽，已被磨成一根根细线，但我们仍能感觉古人的初衷：这就是防滑带，既可在雨雪天防滑，亦可用于马车减速。

古柏根部没有像石洞沟那样被石墙砌围，半裸着两千年来的盘根错节；树根在大地延伸；树梢相互依偎，在云里牵手；树干的洞窟、裂纹，以及裂纹里的斑斑绿锈，千姿百态变化万千；古柏隐藏内心的历史年轮，以及这方供其生长的水土密码，直往外透。神秘而神奇的沧桑之美，生命之美，让人感动，却无以言表；让人慨叹，却找不到合适的词。

给古柏取名仿佛已经成为剑阁习惯，什么"状元柏""望夫柏""怀胎柏"，这样不好吧。几千年古树的群体矗立，本就是无与伦比的自我介绍。如此简单地形象化，倒不如直接科普，告诉游客碳十四测定结论，树瘤的形成原因，还能增加人们对植物生命机能的认识，进而增加对世间所有生命的敬畏，引导青少年破译、探究时间与生命之间的密码及本质意义。

为青少年留一份想象和探寻空间吧！

81. 觉苑寺：佛传壁画的世界孤本

金牛道蜀性渐浓，地势逐渐平坦。

翠云廊继续向西，柳沟、垂泉、武连这些驿站演变为今之乡镇，在古柏的呵护下，从视线里后退，经武侯坡来到一片开阔之地，便是觉苑寺。

寺前几棵枯黄的梧桐，叶已卷缩却不肯掉落。正感叹冬天的时光摧残生命的本色，一转身，西河两岸的油菜苗却绿得蓬蓬勃勃。

（1）

觉苑寺三重大殿，栉比递进。逍遥楼为觉苑寺第一重大殿，过去是天王殿，藏经楼、泥塑、墨线素描罗汉图等毁于"文化大革命"，空空然。第二重为大雄宝殿，浓缩觉苑寺精华。第三重大殿原为观音殿，现盛放众多文物碑刻。魏徵故里石碑、种松碑、赵炳然棺木等文物均存于此。

管理员王先生已等在逍遥楼前。我们直接进入中院——大雄宝殿。阳光透过一院子叫不出名的常绿古树，斑驳了一院老时光。千年紫薇像一位不惧严寒的力士，裸站殿侧。

传说中的"世界孤品"就要呈现眼前，我屏住呼吸。

"吱呀"一声，王先生推开大雄宝殿宽大的木门，背影定格为一个虔诚礼佛姿势。他尚未端直身子，我便从他头顶看到了三尊跏趺而坐的如来一体三宝混金彩塑，进入大殿则被祥云笼罩，被祥和包围。迦叶、阿难、观音、文殊、普贤、二十四天神，不喜不悲不惊不诧慈眉善目地迎着我们。

供奉于佛像前的明代香炉,四层镂空雕塑。香炉底部雕花——曼陀罗,出自禅宗以心传心的典故:拈花一笑。

几百年岁月尘埃,挡不住他们刷漆贴金的璀璨夺目,金碧辉煌。我有些应接不暇。彩绘、塑像、石雕、古建、壁画,一重大殿浓缩一个大明王朝艺术,信息量太大,我哪里装得下?一时半会儿,又哪里消化得了?

最为精妙绝伦的当属寺中壁画——释迦牟尼生平图典。高超的画技从典雅富丽的色彩、流畅的线条、颇具匠心的构图中直往外透……释迦牟尼佛本传故事全套共14铺,总计209个故事,是中国唯一保存完好的佛本身故事,讲述了释迦牟尼佛从出生到佛祖托梦由他来传佛法、再到他出家以及修成正果的全部故事。

壁画内容若以四字概括,则可谓:人生百态。

初看之人,总觉得壁画像一本无字天书,每铺壁画上面虽然有四字题榜,却只能交代一个大概,若没有一点佛学基础,面对这精美的画面真不知所措。好在有内行——原剑阁县文化局局长母学勇相陪,他曾住寺三年组织维修壁画,花八年时间遍阅佛教经典,首次解开了觉苑寺佛传图谱之谜,著作《剑阁觉苑寺明代佛传壁画》被著名红学专家冯其庸先生点赞并推荐。

右前壁是释迦牟尼佛前世5个故事:《上托兜率》《释迦垂迹》《瞿昙贵姓》《买花献佛》《布发掩泥》。紧接着是本传故事,其中有:投胎转世5个故事;习文学武16个故事;当太子、纳妃、出家11个故事;修行成佛26个故事;普度众生99个故事;回国行孝、涅槃26个故事;传法东土、集结法藏26个故事。本传故事共计14铺,209幅,1694个人物形象,面积179平方米。总体上采用工笔重彩,线描(游丝描、铁线描、钉头鼠尾描等)与沥粉堆金结合的通景式构图法,以连环画的形式呈现,完整地勾勒了释迦牟尼佛一生的生活、传法轨迹。

连环图之间无明显章节,仅以山、水、云、树、屋宇、梦幻为界,造型优美,运笔娴熟,构图奇特严谨,是国内最具系统性、丰富性和完整性的佛传壁画。

这就是世界上第一部甚至可能是唯一一部完整的佛传图典。

"其他地方也有,但都不如这里系统和完整。印度也找不到这么完整的佛传故事,敦煌也不完整。"母学勇很肯定地说。

我国现存的以佛传故事为题材的壁画众多,如山西多福寺、崇善寺、五台山,四川新都龙藏寺等,都集中表现了此类题材。规模较大的山西繁峙县岩山寺,也只有36个故事;敦煌有大量佛传壁画,却没有209个完整故事的图谱。

"纵观整个中国佛传壁画发展史,四川剑阁觉苑寺壁画无论从寺观佛传壁画还

是石窟佛传壁画而言，其数量最多、面积最大、保存最为完好，在目前国内同类题材壁画中首屈一指。"这是公论。

（2）

难能可贵的是，这些壁画将明代现实生活场景融入其中，那人物肖像，亭台楼阁，描叙场景，分明就是明朝生活图景，尤其是壁画中小孩的"锅铲头"，至今仍是川北小孩的发型。所以，众多专家考察后说，觉苑寺壁画不仅是一部佛教艺术大全，还是一部研究明代政治、经济、民俗、文化、农业、宗教的百科全书。历代文人仕宦、文史宗教学者、艺术大师都对觉苑寺趋之若鹜。

民国二十七年（1938），张澜参观后，惜其价值，怜其保护不周，捐银300元，嘱地方好生保护。著名画家邵宇在20世纪80年代参观壁画后，深为感慨："这是我看到的明代壁画中最好的一处。如果说作者是民间艺人，那也是造诣很高的大画家。"同行的黄翔等十多位艺术家一致赞赏，认为觉苑寺画师画技水平已在画家

觉苑寺壁画（曾正强摄）

仇英和唐寅二人之上。

至今，武连一带还流传"吴道子一夜挥笔成画"的故事。相传唐贞观年间弘济寺竣工后，住持僧请来著名画家吴道子，要他在大雄宝殿四壁作画，吴道子在寺庙里待了整整一个月都未见动笔，佛祖生日即将来临，住持有些着急，前去催促。吴道子调好各种颜料，一夜之间便画好了全部壁画。

然而，据第三重大殿所存"六棱石柱登台""陆放翁诗"碑、"维修觉苑寺大殿及壁画记"、《剑阁县续志》记载：觉苑寺始建于唐贞观年间，名弘济寺，宋元丰年间赐名觉苑寺。元末部分殿宇被毁，明代天顺初年（1457），僧净智及徒道芳到此，重建殿宇，重塑佛像，绘制《佛经》于大雄宝殿四壁，更名普济寺；清康熙初年（1662），殿宇经维修后，复名觉苑寺。

显然，唐庙已毁，现存壁画作于明代准确无疑，最后一铺壁画内容以及署名明明白白：明代觉苑寺住持净智和他的徒弟道芳。

但传说不会空穴来风，至少透露出觉苑寺有绘制壁画的传统，唐代金牛道已非常繁荣，弘济寺很有可能曾邀请吴道子在此作画。现存壁画"天衣飞扬、满壁风动"的样子，确有吴道子遗风。

画家之谜与画匠之谜，一直是未解的谜团。

1985年《剑阁县文物志》记载：觉苑寺壁画为明代英宗天顺初年（1457）大殿重建后，由民间艺人集体绘制。但如今展示在我眼前的壁画浑然一体、天衣无缝，怎么看都是一人所作，这是怎么回事呢？

觉苑寺壁画描绘的是佛本生故事，我猜想画师本人或许是一位佛教信徒，佛教徒做功德而不留名是常事。在母学勇指导下，我慢慢研读壁画，发现画到第10幅时，住持就没钱了；从第11幅起，靠信徒捐牛、捐羊、捐钱得以继续画下去；到第40幅时，靠当地民众集资才得以完成壁画。捐赠的财物在图题下有记录，例如《金刚哀恋》题图下写着：由信士张忠施银一两；《嘱咐国王》题图下写着：由信徒王整施驴一头。

在这种背景下，署名集体创作就不难理解了。

（3）

从这些细节可以看出，画师是没有报酬的。支撑画师的力量，来自信众的期盼、自身的信仰以及中国画匠虔诚的情怀。画师在认真研读佛教经典的基础上，广采博览，吸收众多名家手法融会贯通之后再融入自己的审美、思想，创造性地绘制了壁画，在绘画艺术上不乏突破性、发展性亮点。在不改变佛教文化精神的前提下，画师尽可能多地表达自己的思想价值观，"中印合璧"式展现佛传故事。

比如在第19个故事《游观农务》中，画师用精美而生动的线描展示出一幅优美的田园风景画，农夫、犁铧、耕牛是中国式的，甚至是川北式的，而太子、祥云、神仙则是印度式的。第24个故事《路逢老人》中，太子与一蹒跚老人相遇的瞬间，浓郁的生活气息跃然眼前。若非生活在底层，很难有如此精妙的表达。第100个故事《化诸淫女》和第129个故事《度除粪人》的讲述，充分表达了画师对社会底层人民的无限同情，并能发现他们身上的闪光点。这些平民思想的表达，使得觉苑寺壁画淡化了宫廷氛围，增加了世俗气息，更具大众性。这样的民本思想出现在500多年前，出现在一个唯皇权至尊、唯大夫至贵的封建王朝，其艺术境界不言而喻。

儒释道的融合在画师笔下也随处可见。《饭王得病》《佛还观父》《殡送父王》这些佛传故事，通过释迦牟尼佛报答父亲的养育之恩，融入了中国儒家的孝道文化。《白狗吠佛》讲述一个人因惜财如命，死后变狗自守其财，融入了天人感应、因果报应观等中国道家元素。第135个故事《鬼母寻子》讲述鬼母总去抢食民间小儿，佛设法把鬼母500子中的最小一子藏起来，让鬼母直观感受丢子痛苦，从而达到教化大众的效果。

佛教流变至此，已与儒、道水乳交融，不但中国化，而且地方化了。

82. 走向七曲山

梓潼县七曲山，金牛道上又一文化高地：文昌信仰发祥地——文昌祖庭，张亚子专庙。

出觉苑寺驱车七曲山，30公里翠柏长廊，梯次成长起来的柏树蓊蓊郁郁遮天蔽日，紧闭车窗也挡不住负氧离子尖锐的身躯钻进车内置换浑浊的空气，享受洗肺的同时，更惊叹于沿途承上启下、继往开来的护柏、植柏传统。

山不在高，有仙则名。七曲山有神的传说，在文昌帝君张亚子之前。据《广博物志》载，此山古称"尼陈山"，为夏禹治水陈放九曲潼江淤泥，因名。大禹治水需造独木舟，下令工匠砍伐梓树，梓树惊吓变化为童子，禹王大怒责且伐之。因山下有潼水（古名驰水）缠绕，因此又名梓潼山。本地先民以梓树为神，建祠祭祀。这是最早的梓潼神。

张亚子于西晋太康八年（287）出生于今四川凉山州越西县中所镇金马山。为避母仇，举家迁来七曲山，一生多行德善，死后被梓潼百姓奉为梓潼神，立亚子祠祭祀。

"文昌"为上古国家星占体系中的"文昌宫"，后被引入道教，本与张亚子无关。然而，七曲山为金牛道通衢，过往士人纷纷往祀，进祀之人往往得到迁升，后得帝王累封。

在帝王、士人、民间的推波助澜之下，亚子渐成专司功名仕进之神。元初张亚子被封为"文昌帝君"后，建道教宫观"文昌宫"，文昌祠则祀梓潼帝君，由此"梓潼帝君"与"文昌星神"（文昌帝君）合而为一。

安史之乱唐玄宗逃蜀下榻该山上亭驿，雨夜闻阁铃铿铛之声，思念贵妃作《雨霖铃曲》，侍臣留下"细雨霏微七曲旋，郎当有声哀玉环"的诗句，梓潼山此后改称七曲山，上亭驿改名郎当驿。"自从天子游幸后，此山此名天下知"。

天宝十五年（756）七月十七（一说七月二十），李隆基一行（不算太监宫女

唐明皇闻铃处（熊芙蓉摄）

仅禁军就有1300人）下榻梓潼上亭驿，可见当时上亭驿规模之宏大，绵阳史志记载有"九龙十八殿，前有石阶，后有花园"，亭阁公馆挂满风铃，夜晚风起雨下，"阁铃四响"，音与山应，明皇仿佛听见玉环在呼唤三郎，具有音乐天赋的唐明皇采其郎当之声作《雨霖铃曲》以寄相思。这也就是词牌《雨霖铃》的来历。雨霖铃曲被宋代柳永的《雨霖铃·寒蝉凄切》推向巅峰之后，人们就更加津津乐道李隆基与杨玉环的缠绵悱恻了。

明皇幸蜀在此闻铃悲切，被《新唐书》《舆地纪胜》等历代史书及地方志记载。清张邦伸《云栈纪程》卷六载："上亭铺古名郎当驿。明皇入蜀，雨中于此闻铃声，问黄幡绰：'铃语云何？'对曰：'似谓三郎郎当。'"

在白居易"行宫见月伤心色，夜雨闻铃肠断声"之后，历代过往文人仕宦多下榻此驿，留下众多歌咏。清王士禛批评明皇"金鸡赐帐事披猖，河朔兹此不属唐。却使青骡行万里，三郎当日太郎当"。花蕊夫人留下"云从东山冉冉起，忽悠又入深谷间。豁然忆思前朝事，始信人间如梦间"。

上次寻访，上亭驿一晃而过。今日查漏补缺来此，七曲山已被封闭起来进行提升性打造，108国道变成七曲山风景区景观大道，七曲山大庙、水观音、送险厅、五妇山均被圈在风景区内，实行封闭式管理。我们在梓潼县委宣传部引导下，来到演武镇园坝村"唐明皇幸蜀闻铃处"，只见石鳖巨大，石碑高矗，宋代以来的标志性石碑湮灭在时光深处，今之所见为光绪二十年（1894）仲夏知梓潼事立。岁月已然斑驳，字迹却很清晰。到底是帝王，即便狼狈逃窜也有不俗待遇。

在此读诗观景，凭吊岁月即可，千万不要感悟人生，否则会陡生惆怅。

上亭驿之南9公里即梓潼大庙，彼时张亚子早已声名鹊起，唐明皇自然要进庙祭祀笃信道教的张亚子，并加封于他，开启了历史上九位皇帝加封张亚子之先河。

顺着明皇走过的路驱车向南，车子在西侧戛然而止。只见108国道把文昌祖庭一分为二，一眼望去，古柏森森，绿盖如云，红墙幢幢，青檐欲飞。

魁星楼，即众多典籍记载的西蜀名楼"百尺楼"，与停车场正对，停车场这个位置可窥其全貌。大庙建筑由三条轴线组成，魁星楼在中轴线上。

"帝乡"二字镏金高悬、庄严恢宏，象征文昌帝君与天子并肩的至尊地位。

83. 鲜红的七曲山

奔中轴线帝乡大门而去。

（1）

《文昌帝君阴骘文》（简称《阴骘文》）悬挂于大门显眼位置。

我不知道，每年高考前夕来祈求蟾宫折桂的人，有几人认真研读过此文，哪怕是瞟一眼。

《阴骘文》是张亚子一生的践行实录，但并非张亚子亲作，而是后人以他自述口吻写成，以天人感应和因果报应的道家理念为依据，宣传儒家规范和道、释戒条。列举忠主孝亲、敬兄信友、矜孤恤寡、敬老怜贫，不恃富豪而欺穷困、不倚权势而辱善良等立身处世准则，并说明依此准则行事，近则善报个人，远则福泽儿孙。虽为道家经典，通观全文却融通儒道释三理，是金牛道上又一儒道释融合流变的产物。

《阴骘文》为文昌信仰构建了一种幽寂而奇异的具象，如暗夜烛照，影响着世世代代的中国读书人，作为世界文化遗产被收入《世界圣典全集》，在20多个国家流行。而现代中国人对"阴骘"二字已天然免疫，一听说"阴骘"便认为是封建迷信，本能地拒绝。自新中国成立后，《阴骘文》只是在民间少数人中流行的善书。

任何文化、任何作品都脱离不了其时代局限，《阴骘文》的表达形式在今天肯定是落后了，但在物资极端匮乏、法律法规极不健全的古代，《阴骘文》是颇具前瞻性的，对于构建一个健康和谐社会的引领作用是巨大的。有些理念在今天仍具前瞻性和引领性，是需要批判性选择性地拿来、继承和发扬的。

乍一看，《阴骘文》对人要求似乎太低、太细、太小，仔细对照，其实现代人很难做到，甚至一些合理主张正在被我们有意无意地抛弃和践踏，各位看官仔细在百度上读一读，说不定你的发现比我还多。

（2）

今天的帝乡，二十四级台阶不那么拥挤，九龙石壁前也没有厚得快要流淌的钞票，只有硬币和小钞稀疏徜徉。文昌正殿前依然香火旺盛，但至少没被浓烟遮天蔽日，香客也不用摩肩接踵地排队等候，没有让人不敢近前的滚滚热浪。

我庆幸来得正是时候，却听有人说"现在是淡季"。

文昌帝君张亚子端坐圣位，一脸的慈祥和善。

张亚子于公元287年出生于凉山州越西县，本与天上文昌星无关，他是怎么由人成神，又怎么由地方小神成为大神，典籍记载和专家们的研究文章浩如烟海，越看越觉扑朔迷离。

《辞海》2010年版条陈"梓潼帝君"：道教所奉的主宰功名、禄位之神。传说张亚子，居蜀七曲山，仕晋战死，后人立庙纪念。唐、宋屡封至英显王。据道教传说，玉帝命梓潼掌管文昌府和人间禄籍，故元仁宗延祐三年（1316）加封为"辅元开化司禄宏仁帝君"，遂与文昌合而为一，称为文昌帝君，成为主宰天下的文教之神。于是，中国尚文的历史开始了"北有孔子，南有文昌"之说。

七曲山大庙（武丕星摄）

历代科举制度以其强势统摄之威,使得中国知识分子在科考晋阶的前夜,一定会去文昌宫拜祭文昌帝君,祈愿金榜题名。这也是中国各地文昌宫如观音殿、关帝庙一样广布的原因。而梓潼七曲山大庙作为文昌祖庭,更让莘莘学子趋之若鹜。特别是中国恢复高考制度以后的这几十年,每年高考前夕,全国各地的家长、考生潮水般地涌向这里,敬香许愿,求文昌帝君保佑金榜题名,如愿考取重点、名牌大学。

熊熊燃烧的香火,点燃七曲山,映红了蜀天。

那么,高考季就是七曲山大庙的旺季了?

文昌圣地居然出现颇具经营色彩的"淡季""旺季"之说,我不知道文昌君作何想法?

只见文昌帝君端坐圣位,一如既往地慈祥和善。

(3)

洞经音乐堂。乐队成员大多为老人,着一袭宫廷乐服,娴熟地摆弄乐器。玉音袅袅如曼妙丝竹,在蓝天白云、绿树红墙间缭绕。庄严浑厚,古朴典雅,柔美抒情,深幽玄虚。我虽不是第一次聆听,但仍在一瞬间被仙乐洗去俗尘。

洞经音乐源于文昌崇拜,产生于南宋,因弹唱《文昌大洞仙经》而得名。随着文昌信仰广布,洞经音乐在全国各地流行繁衍出万千姿态,流派纷呈,流行至云南丽江、大理一带,撞见纳西古乐时,如才子遇佳人,良缘天成,洞经音乐更闪射出迷人光彩。联合国教科文组织认定:中国的洞经音乐是全人类的宝贵文化遗产。

当世人将目光都投射到丽江纳西古乐团时,作为洞经音乐的发源地,梓潼县开始着急了。培养人才,组建乐团,远去云南找回了从梓潼传入的洞经曲牌。这情形让人想起今天的印度要从我国唐玄奘的《大唐西域记》中去找回古印度历史。

依山而上,再下,楼随山转,我随楼转。23组元、明、清时期的宫殿楼阁被梁思成称为"古建博物馆",除了供奉文昌帝君的诸多殿堂外,还有许多供奉道教诸神的祠堂庙宇,蚕母嫘祖也供奉其中,还有各位道教神仙。七曲山被誉为全真教圣地,天下第九座道教名山,但并不影响张亚子的主神地位。他"济人危、教人子、治人疾、待人慈","激颓波以正风化","忠君孝亲,扶植斯文;化淑民心,不计怨恨",这些在祠庙中都能找到载体。

梓潼民间流传着许许多多关于张亚子善举的传说，汇集成一本本故事集；海峡两岸中华文昌文化的共同信仰，汇集成一本本研究集，摆满了柜台。

历代帝王对张亚子推崇备至，唐明皇第一次封其为左丞相，之后又有八位皇帝对其加封。宋朝皇帝对他的各位家庭成员也都进行加封，连张亚子的女儿和女婿都封了圣号，使加封的家庭成员达到14位。不仅张亚子荣登帝君宝座，一家妻小连随从和坐骑都尽享封号，成为天上神仙，着实罕见。

魁星楼二楼供奉着蓝面赤发的魁星，左执"富贵花"，右举朱笔。他朱笔一点，你就是状元；朱笔一偏，你就名落孙山，正所谓"自古文章无凭据，但愿魁星一点斗"。文昌七十二化，魁星是文昌第一化身，在儒士学子心目中，具有至高无上的地位。

每年高考季，大多考生和家长也要到此一拜。还愿的锦旗也大多送至这里。层层叠叠的锦旗，鲜红了楼廊，甚至把楼廊压弯；就像桂香宫，密如枝叶的许愿带，鲜红了桂树，坠弯了桂枝一样；文昌主殿前，红红高香、滚滚烛火更是映红了七曲山的天空。

鲜红，是七曲山大庙的主调，主色。

您可知，鲜红的背后，除了金榜题名的荣宠，还应有什么？

（4）

风洞楼下，居然有张献忠家庙，塑张献忠像，让人匪夷所思。张献忠杀士子事件人神共愤，在士子圣地居然出现屠杀士子的刽子手祀庙，真有点讽刺意味。四川人恨透了这个杀人恶魔，文昌祖庭怎会祭祀一屠夫？"这是对文昌祖庭的亵渎。"陪同的当地干部中有人这样说。

墙壁嵌有"除毁贼像碑"，记曰："神祠中有绿袍金脸乃残贼张献忠也。"崇祯年间，张献忠带领部队经过梓潼，指着文昌大帝说："你姓张，咱老子也姓张，咱们联个宗吧。"张献忠向部下宣布："此吾祖也。"就这样，梓潼百姓幸免于他的大肆屠杀。康熙年间有人在风洞楼悄悄为张献忠塑像祭祀。乾隆六年（1741）十月，绵州知州安洪德下令捣毁，并立"除毁贼像碑"，清代官员此举很正常。抗日战争时期，风洞楼更名为"大悲楼"，在张献忠塑像原址塑了释迦牟尼、千手观音像，"文化大革命"期间佛像被毁。1987年，全国明末农民战争史学术研讨会在梓潼召开，当地又在这里重塑了绿袍金脸的张献忠塑像。

历史就这么任性。有时如洪水猛兽般呼啸而至，让人猝不及防；有时又随意得有些蹊跷，或者说蹊跷得有些随意。

唐朝先主李渊与老子李聃联宗，开创了大唐盛世，名垂千古；张献忠也联宗圣人，却建立了短命的大西王朝，遗臭万年。信仰不是泥塑、铁铸的塑像，而在信仰者的本心。内观，看你秉承了什么理念和心念。

《阴骘文》是一个小小的，最基本的试金石。

当家长为子女向文昌帝君许下鲜红的心愿时，可否想过自己是否一心向正向善荫及子女？如愿以偿金榜题名的学子送来锦旗时，是否立志一生心存正念、善念，像张亚子那样"作事循天理"，"慈祥为国救民"，"见先哲于羹墙、慎独知于衾影"，"谈道义而化奸顽，讲经史而晓愚昧"？

前几天看到一则小视频，高晓松对话清华学霸博士，学霸一上场就开口请导师指导今后怎么找工作，遭高晓松一顿毫不留情的猛批。

名牌高校、重点大学的学子是镇国重器，是未来的知识阶级、国家精英，站在金字塔尖享受国家最好的教育资源，却无家国情怀、天下担当，整天盘算自己的前途，格局小至如此，民族复兴希望何在？国人前景何在？

在人类生存成本逐渐走高的境遇下，我们不苛求每位学子具有"为天地立心""为生民立命"的宏阔格局，但作为精英阶层，至少应将对国家、民族、社会、人类的承担与自我成就相结合吧！

想想一百多年前那一批青年学子，他们为开启民智改造社会，救亡图存不惜献出热血头颅。相比那时处处挨打的中国，今日中国强起来了，但民族复兴尚未实现啊！

真不知是哪里出了问题，社会还是教育？

当今中国与世界接轨并处于高速发展期，无疑已处于激烈的全球化竞争之中，一些东西被惯性裹挟，其危害在短期内并未显现，未被认识，但并不表明就不存在。这更需要国之精英们，放眼全球放眼人类高瞻远瞩，重拾反思和内省的传统美德，发现问题及时纠偏，切实富强国家，引领人类啊！

学子们可明白，你们肩负的使命任重而道远？

回望一眼文昌主殿，文昌帝君端坐圣位，依旧慈祥和善。

我在大门外驻足，观察游客是否阅读《阴骘文》。

没有，一位也没有。

84. 温暖的送险亭

出大庙向南三公里即七曲山水观音,传说中的五妇岭。

水观音的传说与七曲山大庙紧密相关。相传张亚子为救父母,在二郎神的帮助下借涪江之水淹许州,将父母救出,观音菩萨见大水将要淹及良民百姓,便把滔滔洪水收进了宝瓶。张亚子救出父母见洪水退去,才知是观音菩萨施法,便在此地建了观音庙,故称水观音。

这里文化符号颇多,有水观音佛教寺庙群;五妇墓,五丁泉,五丁庙,五妇庙;瓦口关,蹬脚石,金牛道真迹;送险亭等四个系列。蜀道延伸至此,有些得在这里画上句号;我寻访至此,前面有些说法要在这里给予回应,有些要做最后挽结。

（1）

先说送险亭。一个木质六角小亭,没有刷漆装饰,不巍峨不壮观,看上去非常普通。但此亭确是古往今来秦蜀古道上一个重要节点,地方史志以及往来官员对此亭多有记述。这是为什么呢?

《寰宇记》记载,古蜀道自陕西益门关入蜀,越秦岭七盘关,历经崎岖羊肠,至七曲山尽处,险峻亦尽矣。蜀汉于此置"坡去平来"石坊以志标示,明代建"送险亭",表示自陕入蜀,险道已经走完。

送险亭建在险夷交替的临界点。清代梓潼令张香海在《重修送险亭碑记》中交代了送险亭名字的来历:"送险亭……言蜀道之险,由此而尽,故以送名。"

自秦而蜀,过了送险亭,蜀道便进入成都平原边缘,坡去平来;而自蜀至秦,险戏方始。

"马嘶人语乱斜阳,漠漠连阡水稻香。送险亭边一回首,万峰飞舞下陈仓。"这是清代诗人张问陶的《出栈》诗,最能表达古人自秦而蜀行至此地的心情,遥望平畴千里的成都平原,回望被自己甩在身后的千峰万壑,是何等欣慰呀!

此时,我于送险亭北眺南望,苍蟒尤门、剑山群峰遥遥远去,平坝浅丘旷野渐开。成都在望,心宽气舒。虽然现代公路已经冲淡了这种欣喜,但此时的我,分明也在心里手舞足蹈。

且慢。

"历尽艰险才搏得脚跟站稳;前途坦夷岂能够掉以轻心。"张香海的亭联意味深长，似乎专门针对我此时的忘乎所以。

穿过小亭回望，又见一联："头头是道夷送险也送；步步知艰心平路则平。"此联为明代万历年间绵州知州毛震所作。分明写给由川入陕往北走的人。

张香海一语双关，给脱险之后的路人及时敲响警钟，直戳灵魂，让人觉悟清醒：平也不一定真平！毛震给即将入险路之人的宽慰则直抵内心柔软之处，倍感温馨，心态立即平衡：险也不一定真险！

两副亭联，一南一北，珠联璧合，把南来北往的人，从行动到心态照顾得妥妥帖帖。中华文化的精髓——中庸之道，被这小小六角亭发挥到极致，把中国人慈良敦懿的人性光辉展示得淋漓尽致。

灰灰的六角亭，在五妇岭众多的建筑中简陋至极，但两副亭联上柱，便活色生香，尽显人性关怀。如此一来，"送险亭"这个地标符号的内涵已远远超出地标概念。

现代人也为送险亭撰联，如心愿堂长联："风云来秦陇看岚映五妇照晚剑泉翠拥七曲送走千关万峰感古意苍茫回首低吟放翁句；平畴接剑门望烟横白马辉映左绵势奔涪潼迎来玉砌金堆正壮怀激荡引吭高唱稼轩歌。"这副长联远近闻名，相对两副古联，却无实质性超越。

在五妇岭众多文化符号里面，送险亭极致的中庸之道和人性光辉，让我深深折服。我认为这是中国人的思想、观念和品行在金牛道上最高形式的表达。

（2）

再说瓦口关与古道遗迹。

瓦口关筒瓦灰墙。三国古战场瓦口关本在阆中，张飞大战张郃之处。这里怎么也有个瓦口关呢？

木牌上文字介绍说，张飞镇守巴西（阆中）时，去成都至送险亭，见这里地势险要，对左右道："这地方真像老子当年饮酒醉骂张郃的瓦口关。"此关因而得名。"哈哈，坡去平来，给老子跑快些！"张飞举鞭打马，马惊失蹄，将张飞掀下马来，便在石岩边留下了两道深深脚印，这便是"蹬脚石"。后来行人每每过此，都要在此脚印上去蹬蹬脚以消除疲劳，久而久之，脚印越来越深。

金牛道的瓷釉光华在这里彰显出强大气场。

树根碎裂了青石板，血渍汗渍相互裹挟、胶着，几千年冰雪雨露不但没有将其消融、腐蚀，反而给青石板以及石板缝隙中的树根抛上一层时光之釉，尽显古

瓦口关金牛道遗址（熊芙蓉摄）

瓷般的沧桑光华。

　　新建的瓦口关关楼巍峨壮观，有一夫当关万夫莫开之势。显然，这是金牛道最后一道险关。若从成都奔北，则是第一道险关。

　　前面我在《山那边是海》一文中说，蜀道何时才能甩开"锁钥、咽喉、一夫当关万夫莫开"等高频率使用的词语？今天来到送险亭，过了瓦口关，正式告诉大家：坡陀山势渐就平，蜀道之险至此尽。

　　危关险隘都被远抛身后了！

（3）

　　石牛粪金的故事在这里有了结语，且以官方、民间两套话语系统挽结。

　　穿过送险亭，见"赠蜀王妃墓"，即五妇墓。《华阳国志》载："梓潼县，郡治。有五妇山，故为五丁力士所拽蛇崩山处也。"传说五丁开辟蜀道，迎秦国五位美女和石牛入蜀，梓潼树神不忍看蜀王好色亡国，化成蛇与五丁斗，压杀五丁和秦国美女。

　　甘露亭罩着一口清泉，曰"剑泉"，泉清甘洌，冬暖夏凉。传说是五丁遗剑之处。典籍云："五丁开峡路，迎秦女至此，拔蛇，山颓，五丁与秦女俱毙于此。"

《舆地纪胜》还说:"遗剑于路,臾化一泉,每庚申甲子日,其剑一现。故又曰灵泉。"这是官方文化系统的记载。

为什么许多方志都这样记载?一些专家推测,五丁与美女行至此地,巧遇地震发生,贴地爬行的蛇最能提前感知地震。而古人对地震没有科学认知,加之蜀地盛行巫术,所以各大方志记载为五丁拔蛇致使地摧山裂。

如果是地震,"剑泉"就太好理解了。完全有可能是地震之后而水出。"5·12"汶川地震后,四川这种现象不是很多吗?

清代朱帘编《梓潼县志》第63页载:"上亭铺县南三十里,怪石蹲踞如牛。昔人诗云:苔藓作毛随雨湿,藤萝穿鼻任风牵。从来不食溪边草,自是难耕陇上田。今石牛铺即其地。"传说地震压杀五丁和秦国美女,而石牛则惊遁至城南三十里的石堆山一洞口化为了巨石。

石牛铺今为梓潼县石牛镇,驱车前往,只见知县张香海清咸丰八年(1858)所立"古石牛堡"石碑、石牛石雕依旧完好保存。只是石牛的脖子上血迹斑斑,前有香案焚烧香蜡纸烛,像是村民在此牲祭,碑后有石牛庙。

我不解,这头说谎的石牛居然享百姓祭祀,不可思议。一打听方知是当地百姓把这头石牛当牛王祭奠,石牛庙其实是牛王庙,百姓乞求自家的耕牛无病无痛多耕田。显然,百姓并不知道石牛粪金的故事,我又自作多情了。

民间与官方是毫不相干的两个话语系统和文化系统,一路走来,宁强的金字村庄、昭化的牛滚凼和竹垭子地传说等,都是这样。

梓潼县石牛镇古石牛堡(熊芙蓉摄)

回到眼前的五妇墓,"五妇倾国青山有幸;千秋笑柄蜀王无知",这碑联没有落款,墓碑估计为现代打造景区而建。秦王送给蜀王的五位美女尚未到达蜀都就香消玉殒,仍被蜀王加冕为娘娘,同五丁一样在此享受祭祀。可见蜀王真乃一代多情君王。

可是民间信众并不把娘娘庙的五位秦女当蜀王妃来祭拜,而是把她们当送子娘娘来拜。可见民间与官方对金牛道的认识从无交集,各说各话。

像所有旧时代美女一样,五位秦女不过是君王江山棋盘上的几枚棋子。只是美女永远让人怜惜,而蜀王却落下千秋笑柄。五妇墓一如扬州"鉴楼"。然而,自开明帝以后,蜀地君王笑柄依然层出不穷,中原帝王笑柄不绝于耳。秦始皇咸阳建阿房,隋炀帝扬州造迷楼,宋徽宗汴京修艮岳。历代君王为人欲劳民伤财,为享乐天怒民怨,害己亡国。今天,追求人欲的贪享已从帝王扩延至普通人。

尽管后人在扬州迷楼原址盖起"鉴楼",想以史为鉴;法律、宗教、道德、文学都齐扑扑地与人欲搏斗,却收效甚微。古人为我们树立了清心寡欲的榜样,如张良、范蠡、嵇康、阮籍,可鲜少有人向他们学习。"食色性也"本是古代先贤对人天性的尊重,后人却拿古人理论为自己的人欲放纵开脱。

"鉴楼"可曾真正鉴过谁?

人类历史其实就是一部与人欲,即人性弱点的搏斗史,控制加克制,就是平衡器。人与人之间平衡了,人生就赢了;国与国之间平衡了,人类就赢了。可在诱惑面前,活生生的教训刹那间变成了历史教条,这就是人类的悲哀!

(4)

翠云廊也在此画上句号。

水观音寺庙群也如七曲山大庙一样古柏森森。寺庙群中很大一部分庙宇为近现代新建。在修筑庙宇的过程中尽量不损古柏,哪怕一根枝丫也舍不得砍去,为其留足生长空间。五丁庙梯坎墙上专留一圆洞只为古柏的枝丫可以从洞里斜出。可见梓潼跟剑阁一样爱柏成癖。

七曲山风景区经过历代补植,已有两万多株纯柏。我曾拜谒陕西黄帝陵、登封嵩阳书院、山西晋祠、山东孔庙和孟庙的古柏,它们身姿扭捏、纠结,也许生长在缺水少雨的北方,或许不愿在寺庙接受香火,呈现出一副龙钟老态,而翠云廊中也有两三千年树龄的古柏,它们体型高大,生长茂繁,苍劲挺拔,生机盎然,株株尽显青壮年的精气神。前者因其精神高度而颇具神性,后者在山野路旁惠及大众,更具人民性，加之生长在温润的南方，有着天然优势。

七曲山为"三百长程十万树"的翠云廊画上了一个完美的句号。

行走在翠云廊，我格外关注掩映在荒草中的碾子石磨和饮马槽拴马桩；仔细辨认石板的光滑度，马蹄印杵子窝的深浅，防滑带的间隔，减速带的高度，拦马墙的位置、高度以及垒建的黏合原料；石刻、壁画等廊中遗珠更是我重点研读的篇章。任何一丝有损于古柏、古道的行为，都为我所切齿。

诗人说得好，不心怀亘古，没资格路过翠云廊；可我要说，不放眼未来，同样没资格路过翠云廊。

相关资料表明：一棵50年树龄的树，其生态价值累计计算为：产生氧气的价值约20万元；吸收有毒气体、防止大气污染价值约41万元；增加土壤肥力价值约20万元；涵养水源价值24万元；为鸟类及其他动物提供繁衍场所价值20万元；产生蛋白质价值1.6万元；除去花、果实和木材价值，总计创造生态价值超126万元。这还不包括无法计算的调节气候、消除噪音、保持水土、提供宜人的户外空间、疏解人的精神压力、调适人的生活情调、促进人的身心健康等功用价值。如今翠云廊尚有9000棵古柏，成万上亿的新柏，价值几何？

我的身心负累在翠云廊完全卸下，流血的伤口在翠云廊全部愈合。感谢老祖宗，感谢翠云廊。

金牛道从来处来，翠云廊到去处去，大道朝天。

祖宗在上！古柏在上！

第四章 精神海拔

85. 涪江一舞惊鸿雁

进入涪江中游绵阳市。广义上讲，绵阳已进入成都平原。涪江春秋战国时为巴、蜀两国界河；三国时为益、梁两州界河。涪江全长670公里，绵阳市辖418公里，可谓绵阳的母亲河。

绵阳古称"绵州"，地处绵山之南，因名，为四川第二大城市。夏商周秦时为涪津，是为邑聚；公元前201年设涪县。陇蜀古道阴平道在此接金牛道。三水绕，两山护，渡口林立。随着城市格局的变化，现代公路和桥梁的兴起，渡口逐步淘汰。古驿道亦随川陕公路的开通而废弃。

（1）

团队成员作鸟兽散，留下我只身一人，看看今天这日子（2016年11月11日），仿佛由天注定。

早上起床便在手机上摆弄绵阳地图。由北向东南，涪江在我两指间蜿蜒出万千姿态。这位岷山山神雪宝顶的女儿，携带着母亲的清凉和纯净，经松潘、平武（龙州）境内的龙溪、龙池、龙峰、龙岩等一系列龙地，接纳众多小龙女，在平武南坝镇转而向南，冲破兵家重地江油关，于青莲镇李白故里，缓步进入绵州，日渐丰满，在绵州小憩又张开双臂拥抱自西而来的安昌河和自东而来的芙蓉溪，三姐妹在此回旋出170多平方公里平原。然后南出经三台（古梓州）、射洪（陈子昂故里）、遂宁、重庆市潼南、铜梁，在合川城南钓鱼城下投入嘉陵江怀抱。

把屏幕定格在绵阳市区，涪江被框进一个由京昆高速、渝遂高速、西绵高速构架而成的三角形内。我忽然发现，涪江在三角形内的姿势定格为一个完整的舞美身姿，宛若唐代"惊鸿舞"经典造型：头，胸，腰，臀一应俱全。三水是其舞动的绿色飘带。她身形健美，舞姿激情；昂首弯腰，翘臀提腿，轻盈飘逸柔美，充满青春活力；体态婀娜，韵味悠长……

难道是龟山之巅越王楼（唐太宗李世民第八子越王李贞任绵州刺史时所建）上歌舞日夜不息，天长日久的倒影？

风情万种的龙女，为何如此激情为绵州而舞？

东山和西山如一对孪生兄弟，隔涪江深情相望。兄弟俩各有别名：富乐山、凤凰山。前者因故事而起，后者因山形而名；一个实在，一个浪漫；一个满是人间烟火味，一个颇具神仙气息。东山从剑门山系逶迤而来，西山傍龙门山而飞。

金牛道从东山脚下向南，阴平道自涪江峡谷而下，行至绵州与涪江水道交汇。绵州便成为水陆枢纽，古称"剑门锁钥"，又称"涪水关"。

在送险亭我就宣布再无锁钥再无关，怎么又出现了？其实，这里根本就不是什么"危关险隘"，只是地理位置重要而已。被称为"绵州第一山"的富乐山最高处海拔仅600多米，且山势平缓。

跨过芙蓉溪，来到东山，与全国市县三国文化研究机构第三届学术会议撞个满怀，绵阳学术界人士大多汇集于此，于是我与他们为伍，从认识东山开始认识绵阳。

（2）

东山已深深打上刘备的烙印。宋《方舆胜览》载：汉建安十六年（211）冬，昭烈入蜀，刘璋延至此山，望蜀之全盛，饮酒乐甚，欢曰："富哉！今日之乐乎！"从此，东山又称"富乐山"。

刘备带大队人马从荆州入蜀，在富乐山与刘璋欢饮百日。二人虽各怀心事，但都很开心。刘璋想刘备可以帮他抵御外敌，讨伐张鲁，益州无忧；刘备则想怎样立足益州，统一全国。刘备是有备而来的，刘璋看出刘备的野心了吗？看出来又能怎样？

东汉末年，朝廷大局不稳，百姓流离失所，益州内忧外患，张松力劝刘璋与曹操断绝往来，与刘备结盟，共同抗曹。刘璋哪听得进去，几次派遣使者与曹操交好，如日中天的曹操对刘璋使者爱理不理。汉中张鲁又对他虎视眈眈，谁能真心帮他？刘璋郁闷，再派张松北上讨好曹操，谁知曹操把张松乱棍打出。

西山蒋琬墓（熊芙蓉摄）

眼看刘备气象升腾，刘璋这才忙派法正前往荆州与刘备交好（法正与张松密谋暗中拥戴刘备为主），此举正中刘备下怀。刘备率"步卒数万人入益州"，沿长江而上经巴郡涉嘉、涪到达东山，刘璋率几万步骑专从成都赶到涪县为刘备接风洗尘，史称"涪城会"。宴址在富乐山富乐寺，即今天的富乐堂。

"涪城会"本是庞统、法正策划的新版鸿门宴，富乐阁的壁画，特别是富乐堂的一组雕塑栩栩如生地描绘了这一幕：席中刘璋刘备席地而坐，正把酒言欢。法正、刘循、张任；庞统、黄忠、魏延分列两边。魏延手按宝剑，伺机在席间逮捕刘璋。刘备深知自己恩信未树，立足未稳，说"此大事也，不可仓促"，给予制止。

但刘备入蜀的初衷并未动摇，他远眺北方踌躇满志。得到刘璋相赠的粮草马匹后，以讨鲁的名义进驻葭萌却不立即讨鲁，而是招收兵马、广树恩德，这就是刘备的高明所在。

蜀汉的兴、继、灭、绝都与涪县密切相关。刘备兴；蒋琬继［蜀汉延熙七年（244）进驻涪县，三年后病逝葬于西山，蒋琬墓与子云亭相对］；邓艾灭［曹魏景元四年（263）从阴平邪径破江油关趋涪至绵竹斩诸葛瞻父子灭蜀］；姜维绝（姜维奉命在此假意投降钟会）。富乐山集中承载了这些历史，俨然一个三国历史文化博览园，蜀汉是主体，"涪城会"是主题词。刘备刘璋相依相携的画面随处可见，成为富乐山一个标志性文化符号。

后人的诗词题刻大多围绕二刘以及蜀汉政权的得失功过而展开，有"富果怀仁，仁者不忧"的劝勉，也有"乐当思蜀，蜀中长治"的警语。历史鉴语虽多为文人弄墨，却饱含深情与哲理，真能做到就能推动人类进步，流芳百世。刘备的成功是极为鲜活之例。

涪江清，涪江碧，涪江为刘备而舞。

适逢富乐山第29届菊展，园林山水，亭台楼阁，连同三国文化裹挟着我们，与流连忘返的游客一同跌入菊花的海洋。

86. 西蜀子云亭：扬雄的两次华丽转身

（1）

在西山凤凰山顶，提前遇见扬雄。

按计划，我应在古蜀旧都郫都遇见他，但此时，古雅别致蔚为壮观的"西蜀子云亭"已经猝不及防地矗立在我眼前。

行走就是这样，有很多不确定性，有些东西提前根本计划不了。

扬雄（古本里称"杨雄"，前53—18），字子云，蜀郡成都（今属四川）人，少好学，口吃，西汉官吏、学者。王莽时任大夫，校书天禄阁。青少年时曾寓居涪县求学，后来去京师途中，在涪县凤凰山滞留读书写字。后人在此画扬雄真像，并建子云亭纪念。

西蜀子云亭（熊芙蓉摄）

像南阳卧龙岗一样，刘禹锡《陋室铭》恭敬地镌刻于子云亭入口。

记得我上初中时读到"南阳诸葛庐，西蜀子云亭"时，聪明地把"子云"对诸葛，以为是三国人物赵云（字子龙）。之后几乎忘记扬雄，直到寻访蜀道这一计划出炉，因《蜀王本纪》《蜀都赋》，才满腹遗憾地重新开始关注扬雄。郫都区友爱镇扬雄故居的"子云宅"早已不见踪影，清代迁建于友爱镇扬雄墓侧的子云亭只剩一座土台。刘禹锡笔下的子云亭是不是我眼前的子云亭已经不重要了。

在秦地，我专程拜谒了司马迁；在蜀地，我特地要拜谒的学者就是扬雄和常璩。在这里提前遇见扬雄，再好不过。

绵阳西山有新旧两个子云亭。旧亭位于凤凰山左翅，20世纪70年代在毁坏的基础上重建六角小亭，即"扬雄读书台"，与洗墨池遗址相距不远。岩石前端有摩崖浮雕"扬子云真像"和扬雄传略。

新的子云亭矗立凤凰山凤头，四层仿清建筑，亭台楼阁气势雄伟，由政府于1987年重建。崭新，近几年应该进行过重新刷漆装饰。宋朝这里就有修葺子云亭的记载。绵阳礼拜先贤、崇文尚艺之风有着悠久传统，并非旅游跟风。登越王楼，拜李杜合祠，瞻蒋琬祠墓等古迹，均显示历代有修葺保护，有的还正在修缮之中。

《蜀王本纪》中所记历代蜀王生平简略、模糊，但这里独具匠心的陈列却让古蜀历史清晰起来。毕竟，扬雄是完整书写古蜀国蚕丛、柏灌、鱼凫、杜宇、开明五个王朝历史的第一人。中原语境中，早年蜀地历史记载较为稀缺，扬雄的记载，意义更不一般。

《蜀王本纪》怎么就散失了呢？（扬雄的《蜀王本纪》《广骚》《畔牢愁》《训纂》均佚）今天我们看到的《蜀王本纪》是明朝郑朴搜求散见于《史记》及诸类书中引用的《蜀王本纪》文字，辑集而成的版本。要知道，引用和原著是有区别的，引用者往往会根据自己的理解和需要，在不违背本意的情况下有所增删。就"石牛粪金"来说，我对照了几种引用版本，每个版本都只是意思相同，细节有异。而我对地名、时间却非常较真，总想对照地形找出疑似秦王与蜀王打猎相遇的地方，置石牛、金子的地方，为此招来同伴的讥笑："那不过就是一个传说而已，何必当真？"

当我在这子云亭看到扬雄手握书卷高坐庭院，胡须飘扬，炯炯双目似遥望远方又似仰望苍穹的样子，便把有关《蜀王本纪》的所有疑问一股脑地抛给他……

"歇马独来寻故事，文章西汉愧扬雄"，陈列室门联说的是他与司马相如，二人均为西蜀才子，均以辞赋见长而被皇帝召见，入长安为官并称"马扬"。其实，扬雄的辞赋与他在美学、自然、哲学、天文、政治等方面的综合成就与贡献相比，不过九牛一毛。

《汉书·扬雄传》说扬雄早年服膺司马相如，"每作赋，常拟之以为式"。《甘泉》《羽猎》诸赋，皆模拟司马相如《子虚》《上林》而写，兼寓讽谏。后来扬雄发现，辞赋更多是粉饰太平，为皇权歌功颂德，偶有讽谏也只是讽谏了而已，并未发挥应有的作用。他厌倦了这种华丽的句式铺排，从批判自己开始批判辞赋，说作赋乃"童子雕虫篆刻""诗人之赋丽以则，辞人之赋丽以淫"。从此"壮夫不为"，转而研究哲学，从辞赋家华丽转身为哲学家。

他认为屈原文采好过相如，读之未尝不流涕也，但他不赞成屈原自杀。他认为君子应顺势、顺时而为，明哲保身，完全没有必要去投江，因此作《反离骚》。他直接拎出《离骚》中的句子，用《离骚》的表现手法诘问屈原，像屈原在《离骚》中怨楚王朝那样，在《反离骚》中表达对屈原之怨。当然，他的这种怨是对屈原深切的爱与痛。字里行间把楚国与他的大汉朝随意置换，构建起自己独特的文化心理结构，流露出西蜀才子骨子里的那份真诚率性，灵动恣肆。

（2）

　　敢于检讨自己否定自己，敢于挑战权威，在两千年前着实难得，今天也着实少见，需要的不仅仅是勇气……

　　他模仿《论语》创作《法言》，承先秦诸子优点，语约义丰。反对方士巫术，对人类能成仙而长生不死明确否定，反对生而知之，强调后天的学、习、行。如此唯物，如此忠于科学，对无神论思想的发展应该是一剂强心针。

　　他模仿《易经》作《太玄》，提出以"玄"作为宇宙万物根源之学说。这一思想源于老子之道，他把玄作为最高范畴，并在构筑宇宙生成图式、探索事物发展规律时，以玄为中心思想。汉代对道家思想的继承和发展，扬雄功不可没。历代有很多大家把巴蜀人文、古蜀仙道思想与中原文化融会，但扬雄是第一位。

　　扬雄的模仿，不是照搬，而均有自己的独创，被学界称为"创新和发展"式模仿。

　　之后他致力于方言调查研究工作，著《方言》《训纂》。《训纂》已佚，《方言》流传下来，成为中国乃至世界上最早的方言学著作，成为今天人们研究汉语言必不可少的典籍。

　　这是扬雄的又一次华丽转身。像一个生存性悖论，一个天生口吃者，最终成为著名的语言学家。

　　像扬雄这样敢于自拟经典的学者，在中国文化史上并不多见。尽管当时并不被人理解，甚至被嘲笑，但扬雄有一个秘密武器：自嘲。蜀人深知这一武器的强大，特别是我，至今保留使用这种武器的传统，不等别人嘲笑出来，先自嘲一番。扬雄曾作《解嘲》来回应别人的嘲笑。

　　天禄阁是他勇气和智慧的来源？不，只是诱因。早年师从西汉道家学者、思想家严君平时，师父的言传身教便在他心中埋下了思想的种子。

　　《汉书·扬雄传》说他"口吃不能剧谈，默而好深湛之思，清静亡为，少耆欲，不汲汲于富贵，不戚戚于贫贱"。

　　口吃是扬雄的先天生理缺陷，这必然导致另一些器官组织功能的强大，理论上称之为"代偿"。无疑，扬雄"深湛之思"的代偿功能是强大的，加之受严君平"节操清奇"、著书立说的影响，天禄阁就成为他发酵的温床。未央宫的天禄阁，是西汉时期存放国家文史档案和重要图书的典籍之府，扬雄在此校书，开阔了视野，拓宽了领域。在这片温厚的书床里，种子便开始发芽、生长，直到结出硕果。

天禄阁成就了扬雄，也见证了他晚年的苦闷（受甄丰事件影响，致使"扬雄投阁"）。值得称道的是扬雄没有在失意之中沉沦，而是在徘徊和绝望之中涅槃，以崭新的姿态和卓越的贡献升华了自己。

他主张文学应当宗经、征圣，以儒家经书为典范。他一生著述，宗孔孟，倡儒学，纯道统，丰富儒学思想，捍卫孔子儒学的纯洁性。王充说他有"鸿茂参圣之才"；韩愈赞他是"大纯而小疵"的"圣人之徒"；司马光更推尊他为孔子之后，超荀越孟的一代"大儒"。"五子者，有荀扬（扬雄）。文中子（隋代大儒王通），及老庄。"《三字经》把他列为"五子"之一，其余四子为荀子、文中子、老子、庄子。凡上过几年学的都晓得另外四子，却很少有人知道扬子扬雄。扬雄是名副其实的大儒，中国文化史上的一座丰碑，蜀文化史上第一位具有全国性历史影响、百科全书式的文化巨星，却没有与之匹配的知名度。他的价值被后人低估了，我都为他叫屈。

"蜀地自古出异人。绮丽的历史叙事为蜀地涂抹了一层层深重的赤红，就像四川盆地铺天盖地的红壤与愤怒的桃花，成了久远历史的一种暗喻。"蒋蓝的这种比喻大多来自扬雄。扬雄独树一帜，无愧蜀地文宗，统摄西蜀才子。蜀地以他为圆心，历代才子层出不穷：李白、欧阳修、陈子昂与他同饮涪江水，近在咫尺；子云亭在此，注定谈笑有鸿儒，往来无白丁，"唐宋八大家"中，四川居然占了四位。

近现代，世纪老人巴金被誉为中国式卢梭；郭沫若，新中国文化巨人……

山不在高，有仙则名。子云亭矗立凤头，随时可以载着蜀人起飞，像当年扬雄从这里起飞一样。李白"绣口一吐，就是半个盛唐"；陈子昂"首倡高雅冲淡之音，一扫六代之纤弱"；欧阳修"浩如江河之停蓄；烂如日月之光辉"；苏轼"文章妙天下，忠义贯日月"……

在子云亭的感召下，西蜀才子起飞的声音，响彻寰宇。

87. 戏剧江油关

（1）

溯涪江而上，在江油市青莲镇参观李白纪念馆以后，我以为这些三国文化学者会继续北上造访三国蜀汉名关江油关，他们却转回绵阳市，在铁牛广场天青苑川剧团观看新编首演的历史川剧《红颜劫》，从川剧中感受江油关以及蜀汉灭亡的必然命运。

在关中没遇上秦腔，在汉中未看汉剧，在四川若再不遇上川剧，该有多遗憾。幸好我是昭化人，常看戏剧化石射箭提阳戏。戏剧是蜀道上重要的文化元素，其艺术形式"以歌舞演故事也，得意而忘形"。作为中国传统戏曲剧种之一的川剧，起于唐成于清，变脸、顶灯、吐火等激变而强烈的表现形式，总是让观众叹为观止。

在应该遇见的地方恰到好处地遇见，可遇而不可求啊！

绵州是涪江水道、阴平道、金牛道枢纽，三道共同承载、汇聚了许许多多重大历史事件。特别是三国蜀汉的兴灭继绝颇具戏剧色彩。最不起眼又最为险峻的阴平道更具戏剧性，诸葛亮、姜维屡次北伐都未曾走过的羊肠小道，魏将邓艾居然偷渡成功，一举灭蜀；更为戏剧的是军事要塞江油关，本应重兵驻守，却形同虚设，守将马邈虽据天险，却不战而降。

历史本就是一台多幕剧大戏。蜀汉灭亡这件影响中国历史走向的历史事件本身就是戏剧，现实性冲突超越了戏剧性冲突。蜀汉灭亡必然性中的偶然性、巧合、骤变，各类人群的内心冲突，集中在这一时空爆发性上演。

魏元帝景元四年（263），魏分三路进攻蜀国：征西将军邓艾率兵三万，自狄道向沓中牵制姜维。雍州刺史诸葛绪率三万多人马，自祁山向武都、阴平桥头，断姜维回救归路。镇西将军钟会率主力十余万人，分别从斜谷、骆谷进军汉中，拿下汉中后再与邓艾、诸葛绪合围姜维。企图将蜀汉主力全歼于关城（阳平关）之外，剑门雄关将无兵可守，灭蜀顺理成章。

汉中因为姜维的战略调整，防守空虚，被钟会轻松拿下，但邓艾在阴平沓中也没控制住姜维，诸葛绪中姜维之计，没有截住姜维。姜维摆脱邓艾，调动了诸葛绪，巧妙跳出了魏军包围圈，与北上来援的廖化、张翼、董厥等部队会合，退守剑门关。

魏与蜀的第一个回合，赢了汉中，输了沓中。邓艾欲与诸葛绪合兵南下，诸葛绪却执意领军渡白水向钟会靠拢。钟会诬告诸葛绪畏敌不前，将其押回治罪，收其三万大军，被姜维阻于剑门关。姜维凭险据守，钟会久攻不下，无计可施，眼看军粮不继，钟会只得考虑退兵……

这边，邓艾担心自己是诸葛绪第二，急了。于是偷渡阴平的冒险之策出炉——显然是把自己置之死地而后生的一步险棋。邓艾上书钟会：如今贼寇大受挫折，应乘胜追击。请允许我从阴平沿小路、经汉德阳亭，奔赴涪县。涪县距剑阁百余里，距成都三百余里，派精悍的部队直接攻击敌人的心脏。如此，姜维一定得引兵救援涪县。你正好乘虚而入。如果姜维死守剑阁而不救涪县，那么，涪县兵力极少，我可攻其不备，出其不意。攻其空虚，一定能胜。

钟会同意并配合实施这一计策，派田章西出剑阁秘密接应。十月，邓艾率军自阴平沿景谷道东向南转进，翻越摩天岭，出其不意直抵江油关，守将马邈不战而降。蜀将诸葛瞻（诸葛亮子）在涪县贻误战机撤回绵竹关，列阵以待。双方交战，邓艾大军击败蜀军，直逼成都，后主刘禅接受投降派建议，出城投降，蜀汉灭亡。

（2）

偷渡阴平是魏灭蜀之战中一次决定性的军事行动。邓艾也因此名扬千古。

邓艾进入成都能够约束部下不烧杀抢掠，却不能约束自己的居功骄傲之心；能放眼未来优待刘禅以便日后吞并东吴，却看不清魏国眼前诡谲的政治风云，以及包藏祸心的钟会，落下口实被钟会诬为谋反。九死一生偷渡阴平，立下奇功，却被朝廷装进槛车押往洛阳。邓艾父子刚至绵竹就被田续追杀，一代灭蜀英豪，建如此奇功，怎么也不该落得如此结局。

其实，真正图谋反叛的是钟会。钟会算计了诸葛瞻，又算计了邓艾，军权重握，欲凭借剑门天险据蜀自立为王。他与姜维共谋，矫诏起兵，以郭太后遗命之名讨伐司马昭。姜维被蜀后主刘禅传旨投降，本就窝火，不得已假意投降钟会，于是便顺水推舟，想趁机恢复蜀汉。各人心里有本账，都在为自己盘算。谁知二人密谋消息泄露，魏兵思家心切，群起哗变，钟会葬送四十岁美好年华，姜维一家也被乱兵所杀。

真是螳螂捕蝉，黄雀在后。叹一代英豪，一个个落得如此下场。

蜀汉灭亡后，有人诘问，如果汉中防御如初，如果阴平有重兵驻守，如果摩天岭上中下三屯不撤，如果江油关马邈誓死抵抗，如果诸葛瞻在涪县占据险要位置，在绵竹关如父亲般沉着冷静……

可历史没有彩排和预演的机会，历史更没有如果，只有结果和后果。邓艾大军如神兵天降，一切都猝不及防……

所有的诘问都指向一个人——蜀汉第二代最高统治者刘禅。

川剧《红颜劫》虽是文学艺术作品，但却忠于正史，从本质上回答了一系列诘问。剧中的两个男人刘禅和马邈，两个女人丽妃和李氏，两对夫妻之间的矛盾冲突，字字血声声泪地控诉了蜀汉腐朽没落的政治气象。

蜀宫只有声色逸乐，没有国事，一切军国大事由内宠黄皓把持。姜维在得知司马昭要进攻蜀汉时，意识到了阴平的重要性，上报刘禅请求驻兵阴平，如此重要的奏折居然被黄皓压下，导致阴平在关键时刻竟然无兵马驻守。阴平如此重要尚无兵驻守，何况三屯及最后要塞江油关，零碎兵马早被田章消灭得干干净净，邓艾行军还要边走边修栈道，如此大的动静，蜀国居然不知。马邈的投降纵然有千个不得已，万个无奈何，却没有勇气（更可能是不愿意）像诸葛瞻一样做最后抵抗，天时地利可人不和啊！

人心向背，蜀汉统治集团腐朽堕落到如此地步，灭亡还等哪一天？邓艾成功偷渡阴平，不过是压垮蜀汉政权的一根稻草而已。

自罗贯中《三国演义》起，江油关就被文学和戏剧拿来说事，被文学化的"江油关"经川剧、秦腔、汉剧、京剧等历代各种戏剧推波助澜的演绎，马邈贪生怕死开关投降，马邈夫人李氏晓以大义，苦口劝谏不成愤而自尽的戏剧情节早已代替历史真相，深植人心。

光绪二十六年（1900）八国联军进入北京之际，川剧《江油关》就开始鞭挞投降卖国者。曾在清朝为官的川剧剧作大师黄吉安把剧情设计为邓艾入关后斩马邈以祭奠李夫人。有人问及何以与史实不符时，他愤慨地说："马邈投降变节，不忠不义，连自己的老婆都看不起他，邓艾不杀他，罗贯中不杀他，我要杀他，不杀不足以平民愤，不杀不足以辨忠奸！"该剧后来经多次修改，成为川剧中的经典剧目。

抗日战争时期，川剧《江油关》成为鼓舞全国抗战的"活报剧"，是"打倒卖国贼！严惩汉奸！"的有力武器。1935年，著名京剧表演艺术家程砚秋改编《江油关》为《亡蜀鉴》，一句"愿国人齐努力共保神州！"成为直面现实的呐喊。

《江油关》已然是蜀汉灭亡的代名词，以史为鉴的红颜劫，荡气回肠的蜀汉悲歌，经久不衰的亡蜀鉴。经历代艺术家演绎，《江油关》总是在民族存亡的当口上演，唤起人们保家卫国、抵御外侮的坚强信心。

88. 造访江油关

阴平道是汉晋时自阴平郡入蜀的陇蜀通道，本不在我的秦蜀古道寻访之列，但自邓艾偷渡阴平灭蜀以后，阴平道闻名于世，金牛道在绵阳之后的遗迹与邓艾息息相关，寻访势在必行。于是组团自绵阳沿涪江逆流而上，寻访当年邓艾灭蜀行踪。

广义的阴平道以甘肃天水为起点，经甘肃礼县、宕昌、武都至文县（古阴平郡），从文县分出两条路：一条从文县循白龙江至碧口入川，在白水关接石牛道再进平武；另一条则从文县东南经丹堡、刘家坪翻越摩天岭入川直达平武，从平武经江油至绵阳，与石牛道合而为一。

前者称"阴平正道"，即官道，为当年诸葛绪投奔钟会所走之道；后者为阴平斜（邪）道，即阴平小道，为当年邓艾灭蜀之道。由南向北，大致为绵阳—中坝—江油武都—涪江六峡—平武响岩—江油关—高村—青川房石—马转关—靖军山—唐家河阴平古道—摩天岭—文县。具体路线大多远离现代公路，荒无人烟，扑朔迷离。我只有锁定江油关—马转关—青溪—摩天岭等几个重要点位进行寻访。

第一站直抵蜀汉江油关。

"涪江六峡"（挖金峡、牛鼻子峡、藏王寨峡、喇叭峡、平驿峡、石门关峡）南起武都镇白石沟，北至平武县响岩煽铁沟南泽坝，全长约20公里。武都水库被称为第二个都江堰，历时30年建成，此段很多地方被淹，因风景秀丽成为国家水利风景区，著名旅游景点。我们决定绕过六峡直奔响岩。

驱车沿205省道经绵阳、江油平原，在江油、北川、平武交界处的桂溪镇（属北川）跨桂溪大桥进入105省道，沿涪江东岸蜿蜒北上，直接进入龙门山深处响岩镇境。

绵阳专家蒋志对阴平道进行实地考察后提出：邓艾占领江油关后，分兵两路到达涪城。一路沿涪江而下，经响岩、煽铁沟、平驿铺、倒马坎（即二郎峡）、白石铺、武都、青莲到涪城，其间涪江峡谷一段极其险峻，特别是二郎峡栈道，上万人马很难通过；而另一队人马则从马阁山分兵，经养马坝进入潼江河谷，避开险路，到涪县会合。邓艾当年是父子领兵，兵分两路趋涪完全有可能。

自响岩镇南泽村开始，涪江再也没有离开过我们的视线。也就是说这一段绝对就是当年邓艾父子所走线路，没有任何疑义。

春和景明，流水淙淙，一座座大山次第压来。

我用意识抹去这条公路，抹去涪江两岸现在居住的人家，想象着1700多年前涪江两岸的模样：山势险峻，杳无人烟，没有路径，邓艾大军只有沿涪江两岸一路南下。冬十月，枯水季，涪江留给他们的极少极窄的泥沙沉积，就是他们的行军道路。

响岩镇古称"鸣崖山"，江边的老场镇是明清驿站。北出响岩三十里来到平武县南坝镇——江油古关所在之地。

江油关原名"江由关""江由戍"，因"（涪）江由此出"而名，西魏改为"江油"。江油关是刘备入川以后，于东汉献帝建安二十四年（219）于刚氐道腹地建立的军事要塞。

设江油关的目的是进可以取径阴平道北上越摩天岭与曹魏军事集团争夺武都、阴平、陇西等地,进而夺取关中和中原;退可以充分利用摩天岭天险以江油戍作为军事桥头堡,确保川蜀无虞。由此也可看出江油关与剑门关同等重要的地理位置。剑门山系为龙门山系的前山带,如果把剑门关看作蜀门前门,那么江油关则为后门;陇蜀界山摩天岭如同大剑山七十二峰。

新建的江油关(熊芙蓉摄)

如此天堑本该挡住却没有挡住北面来敌,让人不胜唏嘘。

今天的江油关被两座汉阙拱卫,关楼巍峨,气势恢宏肃穆,但已经不是当年紧系蜀汉命运的江油关,而是在"5·12"汶川地震后,由援建单位唐山市重建的南坝文化之魂,坐落于南坝中轴线上。南坝,新的龙州故地在河北省唐山市的援建下涅槃重生。

登上关楼,但见涪江在此接纳石坎河,两水冲击出一个山间平地——半月似的南坝镇,三山合围,两水傍流。这块土地不大,却因涪江的滋养而诞生无数传奇——唐脉牛心山,古戍明月渡(涪江始航渡口)、清风渡、凤翅山尽收眼底,先后为县、郡、州的行政中心,古龙州代名词。阴平古道和松(潘)龙(古龙州)古道、涪江水道在此交会,现代公路105省道、205省道在此交会,新的江油关一关锁五道。

"看地势,今天的江油关更像古代的江油关。"南坝镇副镇长谭海波与我有同感,他说,"蜀汉江油古关原址在此地沿涪江而上一公里处。"根据古籍描述,江心有一块陆地,而蜀汉江油关就位于江心的陆地上,进可攻退可守。但是今天,此地经过两千年的地质变化,已经看不出任何当年迹象。平武地处龙门山地震断裂带,地震频发,对于这一点,我毫不质疑。

关楼、碑廊如同博物馆,本地专家胥兴和将我们带入古龙州历史长河遨游,如数家珍。他指着那幅邓艾灭蜀线路图把邓艾从白水流域斜插涪江流域,出奇制胜破关灭蜀的故事讲得绘声绘色。

夜宿平武县城,每一个街标,每一个装饰,尽显龙的故乡,就连火锅店前厅、火锅锅沿都镶嵌着龙头。

89. 报恩寺欲说还休

今天首站参观平武县城全国重点文物保护单位——报恩寺。

（1）

团队成员提出疑问：邓艾当初灭蜀是否过此？

肯定不过。现在的平武县城在南坝上游50公里处，明代的龙安府。别说这里，就是古城镇（公元201年置刚氐道，南坝上游35公里处）当年邓艾也不会过，诸葛亮所设上中下三屯虽废，但刚氐道是行政机关，肯定有驻军。《三国志·邓艾传》有一句关键语："艾自阴平道行无人之地七百余里。"邓艾奇袭江油关，肯定会避开驻军之地。昨天看到江油关关楼上的那幅邓艾行军图了吗？邓艾是经广元青川马转关在平武礁窝梁突然转向西南直逼江油关的，即从白水流域斜插涪江流域，也就是专家口中的"斜径"。

治所迁变频繁，阴平道历经两千年历史演变，已成道路系统。涪江流域在唐宋时期成为重要的政治经济文化走廊，今天的平武县城，当然也属阴平道范畴。

（2）

报恩寺始建于明英宗正统五年（1440），历时20年修建完工，距今已有579年历史。由明代龙州宣抚司世袭土官金事王玺、王鉴父子奉圣旨主持修建。报恩寺名声远播，若不亲临参观，则不能了解和理解其丰富的内涵与魅力。仅山门就有解读不完的文化元素，寺外偷望一眼，就被寺内的参天古木、凌空飞檐和金碧辉煌所震慑。入内参观钟楼、天王殿、大悲殿、华严藏、大雄宝殿、碑亭、万佛阁等主体建筑，每每目不暇接，听完导游的讲解后，惊得你半天回不过神来。寺院坐西向东，占地面积2.5公顷，建筑面积3518平方米。仿照北京故宫布局设计，有"深山故宫"之称。

报恩寺硕大的楠木转轮经藏（熊芙蓉摄）

显然，报恩寺是一座集科学、历史、宗教、艺术价值为一体的艺术殿堂，且具有浓郁的地方特色：藏传佛教寺院，汉式建筑风格，非常典型。平武周秦时期为氐羌民族聚居之地，是氐人所建白马国的一部分。今天境内仍有汉、藏、羌、回等20个民族，25个乡镇中就有13个民族乡。寺庙文化也具有多民族特色。

报恩寺楠木"当今皇帝万万岁"木雕（熊芙蓉摄）

清一色楠木、千手观音、转轮经藏、一万条龙、斗拱、壁画为寺庙六绝，号称全国独一无二。其实，寺院的立体雕塑也颇具特色，至少我是首见，被中外建筑专家誉为"明初罕见之遗构"，世间罕见的艺术珍品，名副其实。

（3）

参观完毕，一些问题久久萦绕在脑际。

一是如此庞大的建筑群，居然没有使用一根铁钉，六百年来应该经历了无数次地震，特别是"5·12"汶川地震，依然无恙，古人的木构技术何等了得，简直可以申遗。

二是大雄宝殿的泥塑背光（屏风），其技术含量令人叹服。三世佛像连台通高7米左右，佛像后面的泥塑背光薄薄的，仅10厘米左右，但却又高又宽（直径8米，高10米），且顶有弧度，也经历了八级大地震检验，难以想象其力学的结构原理，难怪清华大学将这里作为建筑系的实习研究基地。

三是偌大的寺庙用料为清一色楠木，震惊。瞬间联想到两个地方：北京和青川。青川毗邻平武，青川县城乔庄郝家坪的楚国墓葬，其棺椁均为楠木，出土的珍贵文物"秦田律"就书写于楠木木牍之上，这就是引爆世界考古界的"青川木牍"，其书写时间为公元前309年。说明两千多年前，这一带的楠木比比皆是。

北京故宫正殿标牌介绍该殿楠木"采自青川"。故宫完工20年后，这里就竣工了一座"深山故宫"，不由让人唏嘘。说明600年前，青川平武一带深山仍有许多

·295·下部：南栈春秋

楠木，或许已出现濒危势头。

　　楠木喜湿耐阴，质地细腻坚硬，多用于造船和宫殿，生长期长，成材至低500年，像报恩寺主殿立柱所用楠木应该需1000年才能长成。对于王玺当初建造该寺的初衷，众说纷纭，我想他身为地方官，心疼本地楠木留而不住，找个理由留住楠木是其原因之一吧。多少年以后，报恩寺不仅成为多民族聚居地的文化艺术活化石、建筑活化石，还是楠木活化石。

　　四川本为楠木故乡，龙门山断裂带为主产区，可今天还有几人见到过楠木的影子？它早已被列为濒危物种，国家二级保护植物。

　　四是寺院里共雕刻有9999条龙，加上九龙牌位，共有一万条龙。这不能不让人浮想联翩。平武地处龙门山断裂带，古称"龙州"，明代为龙安府，涪江上游所经过的地名至少有20处带有龙字。我不由得想起葬于江油关龙心山的李龙迁。相传南朝梁末，镇守四川的武陵王萧纪命令氐族豪强李龙迁在牛心山筑城，《方舆胜览》载："龙州城，梁李龙迁所筑。"让人以为平武称龙州可能从李龙迁开始。但经证实，在李龙迁之前的"梁天监四年（505），北魏据蜀后，改北阴平郡为阴平郡，并新设龙州"。说明与李龙迁没多大关系。

　　龙，一直是王者的代名词。联想到这似庙似宫又非庙非宫的深山古寺，僭越的"深山故宫"，绝等高级的技术含量、巧夺天工的建造技艺、精美绝伦的艺术表现，以及流传在民间关于修建者王玺和这座寺庙之间那些扑朔迷离、亦真亦幻的故事，一万条龙的报恩寺真是让人欲说还休！

　　欲说还休——龙门山深处，涪江上游，蒙昧与文明的又一精彩悖论！

　　临走时再次回望报恩寺，在心里默默感叹——历史，只有历史才是创造奇迹的巨手！

90．神秘青溪

（1）

　　自平武县上青平路。青平路即青溪至平武的乡道，大致（注意，是"大致"）为邓艾从白水流域斜插涪江流域的偷袭线路，地方志多有记载。

　　草木含苞，虽是春天，但眼里更多的是冬天的荒芜，只有零星的油菜花黄得格外精神，像撕碎的黄绸子一片片从我们车窗前飘过。

　　过百草村、青杠村、公主沟、代坝村，显然邓艾必经的高村已经远离青平路，导航显示代高路从代坝村向北直至高村乡。青川房石、刘家崖等邓艾当年必经之地，青平路也不经过。

行至平武青溪交界一个山头转弯处，"青溪欢迎您"——温州援建纪念碑像一位迎宾使者迎面伫立！阴平道著名的马转关（又作"马鬃关"）就在附近。古老的马转关已经消失，这座纪念碑必将为新的马转关代言。我特地测了一下海拔：1476米。从这里直下便是青溪古城。

新马转关（熊芙蓉摄）

当年邓艾偷袭并未经过青溪古城。建兴七年（229）的广武县治在青溪境内的关虎（今唐家河游客中心一带），但此地有廖化屯田戍守。邓艾前方探子探得此地有驻军，便从落衣沟上鲁班岩，从青溪后面的靖军山经马转关斜插江油关。

自北魏正始元年（504）青溪古城置马盘县至今，千余年来青溪古城成为阴平道一个重要的文化点位，也是去唐家河摩天岭的必经之路。午饭安排在青溪东桥村农家乐虎氏山庄，回族人家的清真铜火锅。饭后参观青溪古城。

穿过青竹江（白龙江支流）的木制廊桥，进入小东街，浓郁的伊斯兰风情扑面而来，包着头巾戴着白帽的男男女女或悠闲或忙碌，恍然进入异域。伊斯兰教起源于西亚大漠，为何穿越千年不远万里流传到这幽僻之地，与汉人相融共生，这是神秘之一。

穿过小东街进入星月广场，豁然开朗。星月广场过去为官方屯兵教场，如今是回汉民族举行盛大节庆活动的场所。广场西头的半圆形城垛，即青溪古城瓮城。城型独特，可谓少见。有团队成员不懂瓮城的概念和意义，那就边走边体会吧。十年前我长住这里采访灾后重建，对青溪历史做过研究，自然充当导游。

所谓瓮城，即两侧与城墙连在一起建设，设有箭楼、门闸、雉堞等防御设施。瓮城城门通常与居民所住的城门不在同一直线上，当地人以攻城槌等武器进攻时，城里居民会安然无恙。当敌人攻入瓮城时，将主城门和瓮城门关闭，城楼上的守军即可对敌形成"瓮中捉鳖"之势，将敌军消灭在瓮城内。

西安瓮城、青溪古城就是标准的瓮城形制，只是青溪瓮城规模较小。

一级一级踏上东瓮城弯曲的入城通道，弯转进入第二层通道。城墙高于头顶，

清溪瓮城（青川委县提供）

仰望只能见天，前望只见弧形城墙，可视范围不到一米，长长的通道倾斜弯转，神秘而幽深。此刻你有如临深渊、请君入瓮的一丝恐惧没有？

"嗯嗯，真有。"

假如我们这一伙是侵略者，若有预防，城墙上的守军马上会把我们消灭在这条通道里；城墙若无防守，在只有一米的可见范围内，怎么判断敌情？不心慌吗？古人在建筑中融入了心理学，运用心理战术先败其锐气，把敌人的嚣张气焰消磨在进入瓮城的一刹那。

瓮城有两道城门，第一道城门为拱卫第二道城门，过了第二道城门才真正进入城里。兜兜转转进入第二道城门，街道一览无余，像众多古城居民一样，从事旅游服务是其生活的重要组成部分。所不同的是，这里回汉居民和谐相融，从穿着上看泾渭分明。

登上高高矗立的钟鼓楼，向外眺望，晚清学子袁汝萃描写的"青溪八景"（石牛寺、马鞍山、高桥寺、玉花泉、鱼洞砭、关虎石、醍醐塘、九龙包）全收眼底，所以此楼又称"八景楼"，对应青溪"美食八绝"。

俯瞰城内，一泓清清溪水从古城中央潺潺流过，注入青竹江，给人"城在水里，水在城中"的美妙感觉。这一泓清泉跟其他古城的水景观相比，欢快许多，古城街道自西向东有一个不易发现的倾斜度，这一水景是设计者的匠心独运，也是青溪古城的灵魂。

清真寺前那棵大树，似乎在告诉人们伊斯兰教的信仰和秘密吧。经过小南街、小北街、小西街，从西瓮城出城，大家颇为感慨。

国内现存瓮城并不多见，在阴平道遇见，是我们的幸运。显然这是青溪古城的神秘之二。

青溪古城地处台地，青竹江左环，渭南河右绕，形成"二龙戏珠"的风水格局，显然也是龙地。这是古城的神秘之三。

传说明初洪武六年（1373），龙州知州薛文胜一行人到达青溪，随军擅长风水龙脉之术的幕僚对古城周围地形进行了认真考察，发现这一带龙、凤、龟、马等脉象齐具，且藏风聚气，又处在阴平古道上，甚为惊异，立即向薛文胜禀报："此地乃龙脉福地，建龙州衙门更为祥瑞。"薛文胜大喜，不惜动用人力物力，将龙州治地迁往青溪古城。直到洪武二十三年（1390），由于征战需要等原因，龙州府衙才由青溪迁至龙安府（现平武县城）。历代王朝都派将把守，在此修池建廊；不仅如此，地方势力也常与王室争夺这块宝地，兵革不息。

在我国历史上，瓮城建筑一般兴盛于战乱年代。辽代瓮城建筑兴盛，而明代特别重视城市的防御。我想，战乱是青溪古城以瓮城格局建造的主要原因吧。

（2）

古城的神秘还不仅仅如此，因其位于摩天岭脚下，川、甘、陕三省五县交界处，因此又称"边城"。还有"靴城""所城"之称，全国更不多见。这是古城的神秘之四。

"靴城"是因为台地形状似靴，故名。山东信阳曾称"靴城"，为汉大将军韩信所筑。据说是当年韩信伐齐至此与齐楚联军对垒，为激励将士杀敌立功，韩信下令仿照靴子的样子修城，有"靴踢长安"之意，表明其横扫三秦、攻克长安的雄心。人为的信阳靴城，天然的青溪靴城，一北一南，丰富了华夏文明几多内涵。

"所城"之称源于明初对边疆的军事移民。明初沿边境线设置大量卫所，1120名军士为一所，5所共5600人为一卫。明洪武四年（1371），正千户朱铭改土城垣建筑砖城，即所城。清顺治十年（1653），怀远昭义将军特授龙安营参将，白丹衷复建城池，历经三载竣工。沧海桑田，青溪古城几经废置修复。今天的青溪古城是"5·12"汶川地震后按明清格局恢复重建的。

从古城出来，还有点时间准备去看石牛寺。团队中有位新疆美女看到这里成片的油菜花，极不淡定。她说，她还是三十年前见过油菜花，迫不及待地要去与油菜花共舞一回。

阴平村（青川县委提供）

其实，我早就不淡定了。外界油菜花早已凋谢，这里却开得正盛。长恨春归无觅处，不知转入此中来。不仅如此，我发现青溪的油菜花相比外界，黄得更加深沉、浓厚，且香味浓郁，格外干净。于是我们像几只蝴蝶一样扑进油菜花丛。

青溪的油菜花长得太入镜了。有的壮观，有的小巧；有柳丝珠帘的装饰，有红白花枝的映衬。不晓得是农民的有意布置还是无意播撒，移步换景，怎么拍都美不胜收，怎么拍都有意想不到的效果，怎么拍也拍不够。就这样，我们忘情地享受着青溪赐给我们的第二个春天，去石牛寺的事早已抛诸脑后。

青溪的天黑得格外早，刚还踩着太阳的尾巴，一下子就被挣脱了。抓紧时间去游览了与阴平古道一江之隔的阴平村。该村是我在"5·12"汶川地震后亲眼看着涅槃重生的，在疮痍中逐渐成长为一个新农村示范点，集生态、文化、特色、大爱、低碳、智慧、和谐、小康于一体，获得无数荣誉与美誉的，一个以农家乐为主要产业的新村。

走过悠悠吊桥，听着驼铃声声，我们仿佛从古代穿越而来。进入田园交错、花果成林的阴平村，踏上方砖铺就、清泉汩汩伴流的村道，那份惬意让人流连忘返，于是大家一致决定当晚下榻村里。我有意识地挑选了"景谷人家"入住，老板姓杜，我问老板："你在邪道上挂正道之牌何意？"他蒙了。

夜晚的青溪在这个季节还有些冷，围着火炉，我给团员们"补课"。讲石牛寺，讲华严庵，讲青溪的辉煌与没落，讲十年前的灾后重建。当然首先是讲景谷县、景谷道的方位与历史，与阴平道与白水关与青川县的关系。景谷道因景谷县（昭化一章有讲）而名，景谷道其实就是阴平正道，当年邓艾与诸葛绪在阴平拦截姜维失败后，诸葛绪沿景谷道投奔钟会，而邓艾偷袭线路称"斜径"，即我们今天的寻访路线。此道荒芜，历史上多为川、甘两省匪人私贩相通往来，又称"邪径"。这种"邪氛围"千年来恍如山间云雾一样笼罩着青溪古城。

在邪道上挂正道之牌，颇具哲学意义。

石牛寺五棵神秘的古柏分布在前、中、后三院，三四人合抱，植于何时，无从考证。站在下面各个方位仰望，眼里都只有三株，此为第一奇怪现象；更为神奇的传说，居然记载于《龙安府志》："清嘉庆十七年士民因修寺，约期伐树，售钱助工。是夜全城闻柏香，次早观之，满树黄花，形如兰而瓣差小，枝节亦有兰花之繁，更盛于叶，人咸惊异，遂不取伐，至今犹存。"此后再也没人敢提砍树的事情。石牛寺几经毁建，但古柏被保存下来。

沿青溪古城南面杂木沟逆流而上7.5公里处的林壑幽深处，有一个山间小台地，台地上有一座小庙，当地百姓称作"老庙子"。传说是明朝落难皇帝建文帝朱允炆隐跸之所。青溪留下了许许多多关于建文帝的传说。这个传说来自庙中康熙八年（1669）广佛碑记载："……启自元时，此庵属吾蜀龙州青城之名刹，故建文帝来华严庵避难……"

几百年来，这里先庵后寺，时庵时寺，神神秘秘。最为神秘的就是华严庵所处地理位置：21座莲花瓣的山峰簇拥合围着海拔1200米的华严庵，华严庵藏于其中，不易被发现。但站在华严庵，却能放眼天下，青溪古城也看得一清二楚。易守难攻，是躲藏的好地方。

6年前在一位村民的带领下，我前往考察。"九五方圆塔"专家猜测为"九五之尊"碑（四方五圆，方比圆大，塔顶为锥体，很像一顶明朝的官帽，无图案和文字记载。专家说不排除为建文帝陵寝，果真如此的话，这里就是明十四陵）。我去时，塔已在地震中垮塌。破旧的小庙摇摇欲坠，无人看守。但有一点可以肯定，莲花座地形千真万确，我还专门拍了一张后山山顶形如莲瓣的照片。如果要拍全景，只有借助无人机了。

历史上青溪与甘肃文水，陕西南郑，绵阳平武、梓潼共同为治，多为州、郡、县、所的政治中心。1951年青川县城迁往乔庄，青溪结束了她1700年的县域政治中心使命。

宋元时期的52年间，青溪成为"兵乱废地"，"治无所"。也就是说青溪在历史上有52年成为政治真空地带，这在中国历史上确属鲜见。

"比蒙娜丽莎的微笑还神秘。"团队中有人说。

报恩寺欲说还休，青溪神秘莫测，但却有异曲同工之妙。就像涪水与青竹江虽处两个不同流域，但却殊途同归，最终汇入嘉陵江。

我们在心里默默对龙门山肃然起敬！对阴平道肃然起敬！

91. 摩天岭的精神高度

阴平村过青竹江北上唐（家河）青（溪）线，驱车7公里过落衣沟，10公里至唐家河关虎游客中心歇车，换乘保护区观光车，沿唐青线过写字岩，在红军桥转红摩线直驱摩天岭保护站，准备徒步攀登摩天岭。

（1）

阴平道必须翻越摩天岭。此道数百里荒芜险峻，很少行人。因山径险窄，自北而南，担在左肩不得易右肩，又名"左担道"。

今天清明。清明节应该做两件事，一是祭扫祖宗，二是出门踏春。此时我们正在踏春路上。

唐家河是第四纪冰川爆发时，上帝留下的挪亚方舟，大熊猫、金丝猴、扭角羚等许许多多的生灵在这里成功避难，从此以后就爱上这里。与大熊猫生活在同一时代的动物如剑齿虎、恐龙等，在冰川纪没有躲过劫难而成为化石，而大熊猫却孑遗至今，并保持原有的古老特征，这对于研究跟它本身和与它同时代的动物都有很高的科学价值，因而被誉为"活化石"。

大熊猫唯我国独有，而在我国的分布范围已十分狭窄，仅限于秦岭南坡、岷山、邛崃山、大小相岭和凉山局部地区。这样古老的动物，以其极为稀少的数量侥幸存世，自然引起了人们的深切忧虑和关注，而大熊猫的家园唐家河的命运也就牵动着亿万人的心弦。

记得"5·12"汶川地震发生后，青川在很长一段时间与外界失去联系。与唐家河有合作研究课题的科研单位、专家，以及与唐家河毫无关系但关注大熊猫命运的单位与个人纷纷通过网络或卫星电话从各个渠道了解唐家河受损情况，以及大熊猫的生存状况。直至摩天岭区域发现大熊猫母子俩（其幼体大熊猫在震后出生），通过对其粪便DNA检测，发现其"幸福指数很高"，人们才放心地舒出一口气。

显然，唐家河在今天已成为人类的挪亚方舟。

人类进入唐家河很晚，有文字记载是公元229年在关虎新置广武县开始管理该区域；公元263年魏将邓艾伐蜀，军至摩天岭以毡裹身，推转而下；明洪武、清道光直至近代，一直为兵家必争之地。

千多年来，都不曾有打扰其间生灵的记载。

1963年10月1日，青川伐木场建立，在此砍伐14年。

好在人类并没有赶尽杀绝，逐渐懂得要和自然和谐相处。1978年唐家河被保护起来。1985年，唐家河301人迁出。人类用退让的方式把生命家园还给自然。唐家河自然保护区古老的珍稀动植物是在第四纪冰川活动期间幸存下来的，是上天留给人类的一笔宝贵财富。区内有高等植物3100多种，珍贵树种十几种；有脊椎动物430种，其中属于国家重点保护的有72种。于是，唐家河就有了"中国的黄石公园""天然动植物基因库"这些美称。为了保护西南高山林区自然生态系统和大熊猫等珍稀动物，摩天岭南北唐家河、白水江自然保护区被世界自然基金会划为A级自然保护区。

我来过唐家河多次，每次都有不同的视听收获。今天的唐家河红不肥，绿更瘦，灰为主色。梨花、大叶杜鹃肆无忌惮地怒放，像是对唐家河漫长冬天的示威和呐喊，但在这张偌大的灰网中显得那么力不从心；点点新绿在艰难地扩大浸染范围；紫荆树已含苞吐蕊，仿佛明天就会盛开；整个唐家河都憋着一股劲儿，使劲儿地分娩着夏天。

"你看啊，这树死了都好看。"团队成员中的新疆美女一路都在赞叹，"哎哟，这山啊！哎哟，这水啊！哎哟，这石头哟！你看像不像个大蛤蟆？"是啊，新疆女子出门就是无际旷野，哪里见过这样的奇山秀水、奇风异景啊！

忽见路边一群猴子悠然自得，一点也不害怕观光车。一只母猴怀抱小猴的情状特别有爱，司机非常配合，主动停车让我们拍了个够。这个季节，动物与山体植物差不多一个颜色，司机常在保护区开车，非常有经验，每次都是他先看到林间的珍稀动物，然后停车指给我们看。扭角羚、麂子、野猪，还有那些叫不出名字的动物，很多很多。

"今天运气真不错，我几次到唐家河都没看到扭角羚，这次看到三头，看样子得跟熊老师走蜀道。"团队中的另两位是广元人，他们也经常到唐家河，但从未有今天这样高的动物遇见率。

到达摩天岭保护站时，密集的雨滴突然从天空砸了下来。

山里气候就像小媳妇发脾气，刚才还阳光灿烂，一刹那改变颜色。雨似珠帘，岚烟四起……

红摩线止于摩天岭保护站。我们在保护站借了雨伞，徒步摩天岭。保护站平时人不多，雨伞有限，我们两人共用一把。走过黑鹰潭、碧云潭，到阴平古道石碑处便有些气喘，看来是平时缺乏锻炼。

从这个石碑开始，阴平古道有两条线路到达摩天岭顶，木牌上标示得很清楚：

阴平古道（熊芙蓉摄）

北线到达摩天岭关，问天台和红军战壕即甘肃花石关方向；西北线到达摩天岭大草堂。两条道为当年邓艾父子各领一支人马所走线路，然后在这里会合，一同趋江油关灭蜀。北线为邓艾之子邓忠领兵线路，西北线为邓艾领兵线路。暂且搁置一边，先看这两条线今天的模样。

北线古称"左担道"，是今天青川县重点打造的徒步旅游线路，很窄，如果肩挑扁担，肯定左肩换不到右肩，但硬化了路面，两边的植物经过修剪，徒步行走是很安全的，即便从未走过山路的，也能顺畅前行。一路有亭台楼阁，供行人休息，观山望景。为了表现邓艾灭蜀的这一重要历史，上面建有邓艾庙、裹毡亭、裹毡岩这些文化符号。如果你真以为邓艾当年就是从这里裹毡而下，那你就太天真了，至少小看了邓艾。

但是，这条道为甘、川两地百姓相往来的阴平古道是没错的。史书记载，宋隆兴元年（1163），"孝宗初，开清塘岭（摩天岭）栈道，记十二程，为川甘通道，以利商贾"。明洪武二年（1369）颍川侯付友德率军效仿邓艾，由阴平入蜀，元龙州宣慰使率众迎降，肯定走这条线。红军也从这条路入川。正所谓"阴平古道，吊两国兴废"，真实不虚。

再看另一条上摩天岭大草堂的线路，即当年邓艾所走线路。从石碑处沿土路前行，过沟就爬山，一直往上爬，根本没有平路，经黄羊坪、野牛岭、董家岩、四角弯、倒梯子、小草坡、棒槌岩到大草堂。听听这些地名，就能大致推测出地形地貌，属山高坡陡的无人居住区，今为唐家河的科考巡护小道。黄羊坪听起来是坪，其实为一个稍缓的斜坡。倒梯子至小草坡一段为金丝猴野外研究基地。

两条道十多年前我都走过，且徒步到达顶峰。今团队中两位广元人只走过北线，没走过西北线。而今天在雨中，走西北线是不可能的，因为这条科考线路是不允许随便进入的；即便允许，很多地方要手脚并用，路滑且有安全隐患，我作为组团人，不敢冒此风险。

于是，我们决定陪新疆女士走一段硬化了的北线，不预设目标，意思意思，感受一下而已。她问能遇见大熊猫不，她太喜欢大熊猫了，看见一个大熊猫雕像都爱不释手，要抱回家的样子。我说基本不可能，能遇见大熊猫粪便就算幸运了。就算

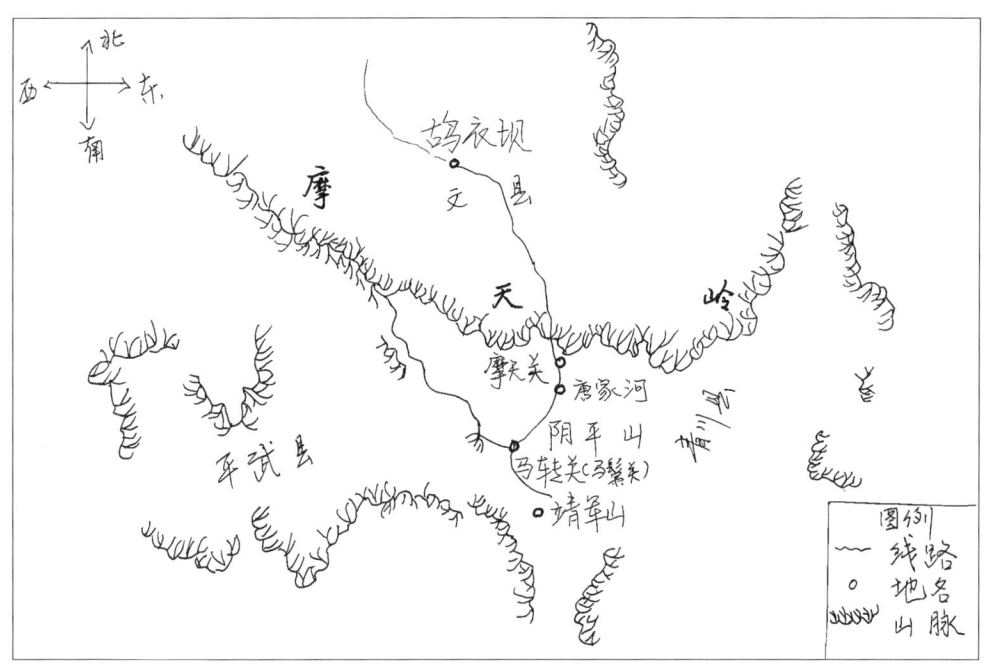

邓艾翻越摩天岭示意图（元夫制作）

在另一条科考线路上也不一定能遇见大熊猫。在唐家河能遇见大熊猫的往往都是巡山的保护区职工、科研工作者和摄影师，游客遇见大熊猫的概率非常小。但是，除大熊猫外的其他动物遇见率是非常高的。

果然，走出去不到十分钟，一只漂亮的锦鸡就横穿阴平古道；不一会儿，一只松鼠又横穿阴平古道；前行，又一只不认识的动物横穿⋯⋯虽然走出去半个小时我们就折回，但都感觉不虚此行。

"5·12"汶川地震前，我沿此道上达摩天岭，那时的阴平古道没有硬化，是非常原始而破碎的石板路，植被茂密，窄小而荒芜，尽显沧桑，川、甘交界处都没有界碑，更没有今天供游人休息的设施，没有人为打造的小景点。那时本人虽为记者，但关注点不同，对于邓艾灭蜀线路、裹毡而下的具体地方，没做专题研究。

"5·12"汶川地震发生后，我全程跟踪关注青川地震与灾后重建，出版"地震三部曲"之后，对青川历史有初步涉猎，对邓艾灭蜀的历史和所走过的阴平道较之前有了浓厚兴趣。

2009年6月5日，我与来自全国各地的，致力于野生动物保护的志愿者、专家等历时7小时攀爬摩天岭最高峰大草堂，在上帝的花园里亲自见识了，在冰川纪作为挪亚方舟的那些最古的老岩石和冰川遗迹，最奇特、最珍稀的古老植物、生灵，以及人间难得一见的无限风光，并悄悄寻觅当年邓艾的足迹，暗自揣摩当年邓艾在摩天岭裹毡而下的勇气来源⋯⋯

（2）

　　回转的路上，向团队成员"回放"了2009年6月上旬我历时两天的摩天岭大草甸行程，即今天的西北线，当年邓艾领兵路线。

　　野生动物摄影师奚志农，一生致力于用影像保护野生动物，自扛着"长炮筒"走进唐家河，发现灰冠鸦雀的那一天起，唐家河的野生动物就是他的心肝。看到唐家河野外作业时露宿的"老站"条件之差，深为忧虑，一直想利用民间力量为唐家河建一个科考站，免除保护区干部以及科技工作者夜晚露宿岩洞之苦。"5·12"汶川地震发生后，奚志农义卖摄影集《野性中国》筹措资金，邀请台湾乡村建筑设计师谢英俊先生免费设计，联合"野性中国"、世界自然基金会，牵手绿色江河在全国公开征集建站志愿者。几路人马于2009年6月5日齐聚唐家河，启动建站。我被邀为随团采访记者。

　　当天在摩天岭保护站举行了一个简短的启动仪式。这一刻唐家河更像个国际符号。仪式上我赠送每人一本《东河口绝恋》，与来自全国各地的志愿者在一面绿色旗帜的引领下，向摩天岭出发。尽管建有科考小路，但很多地方还得手脚并用，攀枝而上。到达海拔2700多米的院场坪，有人用了5小时，有人用了7小时，我属后者。这也是我记者生涯中唯一一次恳请先生相陪的采访。

　　我空手前行，气喘吁吁，屡屡想打退堂鼓，但是大草堂、羚牛、绿尾虹雉、邓艾太具诱惑力了。看看身边的志愿者，他们背着几十公斤重的露营设备，怀揣能量棒，还有工作人员背着一背篼一背篼的米面蔬菜，我实在不好意思退出。

　　一位叫马文虎的唐家河职工，背着一满背篼食物，始终以我的速度前行，一路上用他的植物知识、动物知识为我解闷，那时手机没有"识花君"，我第一次看到五味子、灵芝长在山坡上的模样，第一次认识金丝猴，虽未遇见大熊猫，却认识了这宝贝的粪便。

　　到达目的地，发现青川本地木匠已经搭好了彩条布棚，我倒头便睡，志愿者到达目的地稍做休息便开始干活。一觉醒来，天色已晚，我乘机采访了奚志农和一些志愿者。当晚帐篷露营。

　　所有人最大的念想是亲眼看到扭角羚和绿尾虹雉。奚志农对它们的活动规律非常清楚，答应第二天早上带我们去大草堂。

　　清晨5点，被鸟儿叫醒。奚志农端着他的"长炮筒"，穿一身桦树皮似的衣装，向我们交代了注意事项：不能穿红色衣服，不能大声喧哗，不能靠动物太近。

我将橘红色冲锋衣翻转来穿，向着海拔最高的大草堂——摩天岭最高峰，出发！

沿着羚牛小道，走过箭竹林，攀缘至摩天岭山脊。山脊只有一尺宽，没有植物，没有土壤，两边的植物像老人的发际线一样向后退出一个锐切面，像一把斜放的刀，刀刃向天，仿佛要将蓝天割出血来。山脊上有

大草甸羚牛（邓建新摄）

块巨石，远看像一个冲锋的战士，近看像手风琴被压缩的风箱，周围散落着片状页岩，也许这就是摩天岭的骨骼纹理，被强大的力焊合如铁，如铜，如钢，什么也不能将其分割、侵害。

山脊为川、甘两省分界线。脚踩山脊，一脚踩两省，还踩着1800年前邓艾的脚印呢，我心潮澎湃！这刀刃一样的山脊是摩天岭脊梁、川甘脊梁、中国脊梁！期盼大草堂，期盼与羚牛和绿尾虹雉相遇。为此，我们每人准备了三千心跳。邓艾就先放一放吧！

继续攀登。锐切面消失，大草甸铺天盖地而来，像一张从天而降的绿毯，被摩天岭稳稳地接住，绵延起伏。红色川赤芍，黄色伊贝母、驴蹄草等碎碎点点的小花，把草甸的底色装扮得五彩斑斓。最高峰那光秃秃的石头处，就是第四纪古冰川遗址。

草甸静谧。果然，一群羚牛出现了。这些高山奇兽瞪着铜铃般的大眼睛、顶着弯弯的犄角正在草甸上悠然闲逛。羚牛不远处，5只美丽的鸟儿正在悠闲觅食，这就是绿尾虹雉。在上帝的家园里同时见到两种珍稀动物，激动啊！我借来摄影师的"长炮筒"拉近距离观看，晨光初露，只见绿尾虹雉的羽毛散发出彩虹般的光芒。

不知何故，羚牛突然在草甸上狂奔起来，那气势如万马奔腾，我的三千心跳成几何倍数增长，恨不能大声与它们呼应，这些稀有精灵啊，快憋坏我的小心脏了！

原路返回时，我在山脊线上左顾右盼，开始琢磨邓艾。

左边是甘肃白水江自然保护区，密密矮矮的浩渺冷杉林；右边是唐家河的流石滩绝壁。左缓，右陡。冷杉林中有许多成为植物烈士，死而不倒，仍是一架通天的云梯；即便倒伏、断裂于地，也骨节硬朗，保留着树魂。另一边叫不出名字的灌木，一丛丛，结结实实长在悬崖上。山脊两边植物虽种类不同，但却都如铁一般硬实。显然，表现邓艾英雄气概的主要在唐家河，这边山势壁陡。

人们对邓艾的理解，来自陈寿《三国志》那一句经典记载："艾以毡自裹，推转而下。"这一句奠定了邓艾的英雄气概，也成就了摩天岭的精神高度。摩天岭最

高海拔不到4000米，在中国浩如烟海的山系中，算不上翘楚，但却因为邓艾的精神本质而陡增精神海拔。这就是历史与文字、英雄与文字结合的力量。

邓艾当年站在这道山脊上在想什么呢？当他从鸪衣坝经窄峡子、切刀背一路餐风宿露，不，那是寒冷的十月，应该是餐霜饮雪到达摩天岭，那时的山脊肯定被冰雪覆盖，当他站在这道山脊俯瞰天下的那一刻，也许会生出山高我为峰的豪气与霸气，以及誓死灭蜀的勇气，但他肯定还没敢想轻轻松松就能拿下蜀国，当然更不会想到灭蜀之后的事。此时，在他的脑子里晃荡的估计只有钟会、诸葛绪、姜维、刘禅，至于钟会的监军卫瓘、他手下的田续，他压根儿也不会去想。不管他此时想什么，当年他站在我今天站立的这道山脊时，历史已经进入改向倒计时，剧情即将进入高潮。

邓艾从哪里上来，又从哪里裹毡而下，具体路线不是重点，重点是邓艾必须要翻过这道山脊。想想来路，再看看眼前，感觉陈寿《三国志·邓艾传》中的描述是那么准确："将士皆攀木缘崖，鱼贯而进。"是的，凭古人体力，以灌木为梯，攀木缘崖而下没任何问题。至于"艾以毡自裹，推转而下"，我的理解，只有倒梯子一段的小草坡可以为之，其余地方滚不下去啊！（千万不要被《三国演义》电视剧给骗了，那不是在这里拍摄的）

来一趟摩天岭，靠近了邓艾一步，靠近了历史一步。这是多么了不起的收获。至少，我会对有些言论进行辨别、判断。但历史的真相，永远只会停留在邓艾和士兵那里，永远也不可能是我的理解，那些专家的考证与分析也只能是靠近真相。

下山路上，我在想邓艾的被杀，钟会策划，卫瓘授意，田续操刀，比戏剧还戏剧的结局，让人不胜唏嘘。

92．白马关：最后的小咽喉

（1）

进入德阳市境，都江堰灌区。第一站罗江县。

罗江历史上多数时间属绵州治地，清顺治十六年（1659）划归德阳县（今德阳市）。罗江县调元镇为清代著名文学家李调元故里，兄弟同入翰林，为罗江县留下"一门四进士，兄弟三翰林"的美誉。

白马关（熊芙蓉摄）

小时候听父亲讲过这样一个故事：李调元父亲李化楠出上联："曹子建七步成诗"，让小调元对下联，调元对不出，便说："李调元一时无对。"不料他父亲大喜，说："这不对得挺好吗？"

几十年之后在蜀道寻访途中相遇，有他乡遇故知的感觉。

今天的重点不在李调元而在金牛古道的最后一道关隘白马

白马关金牛道雕塑（高洵摄）

关。李调元曾为白马关作诗："江锁双龙合，关雄五马侯。益州如肺腑，此地小咽喉。"怎么还有一个小咽喉啊？你不早在送险亭就告诉我们没有关隘咽喉了吗？

别急，我也是怀揣这样的疑问来到白马关的。

在今天互联网+卫星时代，要弄清这个问题很简单，打开罗江县卫星地图，一目了然。原来，在成都市东面，有一列跟金牛道平行的、身材极为窈窕的山脉——龙泉山脉（又称"鹿头山"，长200千米，宽10千米）。它北起绵阳安州区，南至乐山，把个偌大的四川盆地分为东西两川，是成都平原与盆中丘陵的天然分界线。山脉北段罗江县至成都市金堂县一段刚好呈南北走向，与东北—西南走向的金牛道刚好在罗江县相交，交点就是白马关，小咽喉就这样形成了。

事实上，剑门关以南的所有关隘咽喉，都不足以用"险"字形容了。汉代以来，白马关属于剑南五关的最后一关。

之所以被称为"小咽喉"，是因为这山在此地不高也不险，跟秦岭、大巴山、岷山中的"危关险隘"不能相提并论。

平常我们说某水逶迤于两山之间，这里得换个说法——"鹿头山逶迤于两水之间"，山脉东麓有绵远河（古称"绵水江"），西麓凯江（上游为罗纹江），这大概就是"江锁双龙合"的含义了。

历史上，白马关曾三次易名。东汉时，因地处古绵竹城（今德阳市旌阳区黄许镇）东北，所以称"绵竹关"；唐代因关楼地处鹿头山改名为"鹿头关"；公元907年，朱全忠于长安篡夺唐朝政权以后，盘踞四川的王建，乘机在成都建立了大蜀政权，他移鹿头关到黄许镇的绵远河畔，依水建立关隘，随之借用历史上汉高帝

白马关金牛道（高洵摄）

骑白马路过此地，而将此关正式定名为白马关。现在人们熟知的白马关，即鹿头关。三国古迹庞统墓祠位于此地。

此时，我正立于巍峨的关楼前，灰暗的穹庐下，青瓦黄砖的关楼，城墙更显"灰黄"，森森古柏也罩上一层灰纱，关楼门上方"白马关"三字以苏轼的名义清晰着。

金牛古道从关门蜿蜒而出，从我身后延伸而去。路面中间有一道深深的独轮车辙，像小火车的铁轨凹槽，估计是先民为了让独轮车稳固，在路面中间先凿一道凹槽，久而久之愈来愈深。罗马古道也有"刻痕以导车"的记载。顺古道前行，马蹄印、防滑带比比皆是，却没看到杵子窝，这也许就是古道在平原与山区的区别。平原居民早早地就解放了肩背，普遍使用独轮车，杵子自然不用了。

鹿头山应该是五丁开山所遇到的第一座山。先秦开始便有了此道，司马错的脚步就算第一次没有到达此地，之后几次出入蜀地应该也留下了脚印。东汉开始，这条道便马蹄声急了。

据说刘备当年为庞统亲选墓地于此，是看上这里"南临益州开千里沃野，北望秦岭锁八百连云，东观潼川层峦起伏，西眺岷山银甲皑皑"之地形，葬于这里有利于汉室兴复。也许我来得不是时候，正赶上雾霾，没有这样的视角。导游说在碧空万里时，登上北面张飞点将台，能找到这种感觉。

我疑惑，刘备为何选墓地于大道旁，不让庞统清静，方便盗墓贼吗？在地方史料中看到，原来，金牛道唐朝改道时才经过这里。没人能说清楚之前的路在哪儿，地势决定应该相距不远。

（2）

庞统在绵州"涪城会"中已经出场，当时的"鸿门宴"计策刘备未采纳，但到葭萌后给刘备取蜀的上中下三计却很出彩。上计：选拔精兵日夜兼程，直接偷袭成都，一举拿下益州；中计：刘璋心腹名将杨怀、高沛，各凭精兵镇守白水关，诱杀之，然后收降其军队，进军成都；下计：退守白帝、荆州，缓图益州。

刘备采纳中计，一路势如破竹，刘璋部下有的放弃抵抗直接投降。当顺利攻下涪城、绵竹城，据绵竹城进攻雒城（今广汉）时，庞统却付出了生命代价。雒城守将刘循为刘璋亲子，据城死守，双方相持一年之久。"十九年（214）夏，庞统率众攻城，不幸中流矢，卒，年36岁。"36岁，智慧韶华，刘备是何等心痛啊！

庞统专祠中有个二师殿，共祀卧龙凤雏。五代后汉时初建，清代又重建。大概后人觉得庞统孤单，把生前好友请来相陪，与绵阳清代所建李杜合祠异曲同工，成为金牛道上独有的文化现象。

殿里的楹联、凤雏碑廊大都围绕龙凤二人说事，连两棵古柏的树冠虬枝也按照人们的意愿长成龙凤状，为游客增添一分天人合一的惊奇。

"卧龙、凤雏，得一人可安天下"，刘备幸得两人，为蜀汉肱骨，不可偏废，"汉季之兴，因得武侯；汉季之衰，因殁靖侯"。此说法的理由是，庞统不死，则亮不必入川；孔明不来，有人制衡关羽则荆襄不至失守，就不会有刘备伐吴、夷陵惨败等连锁反应。在他们看来，庞统战死雒城似乎已经注定了蜀汉必然灭亡的命运。

把历史潮流和趋势系在几个英雄人物身上，认识论有问题吧！细究作者身份，大多为地方官员，他们不乏政绩颇有文采，论述看似严谨，但在我看来，却没有跳出英雄史观的藩篱，心无人民大众，在这点上，他们差刘备甚远。事实上，蜀汉灭亡，脱离人民群众，不注重培养（重用东州、益州）两大集团人才也是致命原因之一。

祠堂后面是庞统陵墓。"汉靖侯庞士元之墓"碑为康熙四十八年（1708）所立。跟绵阳西山蒋琬墓形似，为八角形复钵式建筑，但精致许多，墓顶为石雕镂空宝顶，下压八角凤尾，墓顶寸草不生。

整个墓祠三进四合，古朴敦厚、肃穆庄重。历代匾联、碑刻、字画等大量珍贵文物史料，有些为现代补书，但更多的是原件，包括"示我周行"石碑，怕游客不能辨认字迹照做了一块新碑，漶漫的原碑依然矗立原地。

白马关的龙凤柏（熊芙蓉摄）

一路走来,大多古迹遭损毁而后新建,气场和感觉大打折扣,而这里却例外。见我疑惑,宣传部小代告诉我,这里的碑刻、楹联在20世纪六七十年代被人用白灰涂抹之后写上毛主席语录,遂得以保全。而后刮掉白灰,文物重见天日。

相比之下,尧氏贞节牌坊就没那么幸运了,被捣毁得七零八落。清道光六年(1826),罗江尧氏丧夫守节不嫁,捐家产维修古驿道,知县请旌奉文在白马关为其建坊表贤。残存部分依稀可见当年气势。

罗江县境内尚存4.7公里青石板古道。庞统祠经落凤坡到五丁谷的金牛古蜀道长约2公里。告别庞统祠走过这段保存完好的古道,只见破碎的青石板被抛上一层时光之釉,俯身触摸,不胜唏嘘。

93. 绵远河畔寻诸葛

出庞统祠驱车向西南10公里直达汉晋绵竹城遗址。

汉晋绵竹城遗址在绵远河西岸,今德阳市旌阳区黄许镇的龙安、江林两村交界处。旌阳区文管所所长邓丽为我们向导。

(1)

绵竹故城已融于乡村田园,我只有凭地势来感知历史烟云,想见当年诸葛瞻与邓艾对峙的大概情形。

城址北面紧靠绵远河,地势明显比周围高,经过两千年岁月的洗礼,中心区域仍然高出河面10米左右,名曰"土将台",南面非常宽阔。

这就对了,古人选择高处建城,一为方便瞭望,二为方便拒敌。显然,土将台就是当年绵竹城的中心城楼。

跟绵竹故城有关的记载很多,广为人知的是214年刘备据绵竹攻雒;263年邓艾破诸葛瞻于绵竹,筑台以为京观。京观即平蜀台,就是把尸体收集一处堆成很高的土丘,外面封土,以此炫耀战功。早在春秋战国时期,楚庄王就认为筑京观有伤仁德,据说邓艾在这里筑京观,把自己战死的部下都埋入其中,可见他已按捺不住炫耀自己的骄傲之心了。

我浑身发紧,在翠云廊里得到疗愈的心灵,又被冷不丁补刺一刀,痛至骨髓!

我在土将台树林来回穿梭,仿佛看到刘备在城楼紧蹙眉头,庞统中箭之后他大惊失色的面孔;四十年后诸葛瞻父子打败了邓忠与师纂的第一轮冲锋,第二轮冲锋时，不听众人劝阻，非要冲入敌阵。当年诸葛瞻37岁，诸葛尚19岁，血气方刚，父子俩有些急躁了。

你爷俩在急什么呢？你们已经打败了邓忠、师纂的左右包抄，粉碎了邓艾的第一轮进攻，说明你们有着居高临下的优势，只要坚守不出，邓艾的疲惫之师又岂能奈何？先帝刘备当年攻打雒城，刘循死守，不也耗了将近一年吗？你们也死守啊，耐心等待姜维从剑阁回援，形成对邓艾的夹击合围之势，蜀国或许尚保啊！

可是历史没有也许。

邓艾还在城下给魏军士兵演戏，做出要杀败阵而归的邓忠和师纂，主要矛头对准自己的儿子邓忠："生死存亡，在此一举，有什么不可以的！"此时邓艾势在必得的气场太强大了。

姜维回援短时不可能，钟会的十五万大军压境，姜维怎敢轻易离开剑门关？

而成都这边，更无一兵一卒。邓艾兵临江油关，刘禅慌乱之中召集群臣议事，居然面临无人领兵出征的尴尬，无奈之下才请出诸葛瞻。诸葛瞻临危出征，统领的是一支什么样的军队啊？御林军！无实战经验，连打前锋的将士也挑不出一个。也许自那一刻起，诸葛瞻已经报定死的信念。哪料马邈降得如此之快，诸葛瞻才赶至涪城，前锋已破，匆忙退守绵竹城（我眼前的土将台）列阵以待。有专家说诸葛瞻不听黄崇占领险峰拒敌，阻止邓艾大军进入平原的建议，错失战机。这样的部队占领了险峰就能挡得住邓艾吗？

也许从江油关失守的那一刻起，诸葛瞻以及整个蜀汉朝廷已从心里败给了邓艾。

面临邓艾发起的第二轮强势攻击，他再也难以如父亲般沉着冷静，撂下这样的话："吾内不除黄皓，外不制姜维，进不守江油，吾有三罪，何面而反？"（《元和郡县志》）于是冲入敌阵。

血气方刚的诸葛尚见父亲战死，叹曰："父子荷国重恩，不早斩黄皓，以致倾败，用生何为！"（《华阳国志》）冲入敌阵更是义无反顾。张遵（张飞之孙）、黄崇（黄权之子）、李球（李恢之侄）也各率一队人马杀入敌阵，奋力拼杀。

这些被记录下来的遗言，内藏蜀汉晚期政治、军事的无穷密码，留给后人无尽猜想和各种各样的解读。

老壮派与少壮派、土著与荆州帮、荆州帮与刘邦旧部东州帮、宦官与大臣之间到底有着怎样的钩心斗角？剑阁、江油、涪城、绵竹为什么不能首尾相顾？

历史的真相只有一个，个中详情已无从得知，后人的猜测与解读只能靠近历史

双忠祠（绵竹市文旅局提供）

真相而不是绝对的历史真相。但有一点是绝对的：诸葛瞻父子以及英二代、英三代们在绵竹关全部光荣牺牲，捍卫成都平原的最后关隘失守，刘禅彻底崩溃，蜀汉王朝的历史，以刘禅投降正式宣告终结。

绵竹之战成为蜀汉灭亡的最后一战。

诸葛瞻自小聪明，擅长书画，记忆力好。诸葛亮屯兵五丈原时，瞻才8岁，17岁成为刘禅的驸马，官至军师。

瞻的成长一直笼罩在父亲的光环之下。据说蜀地一有德政仁政施行，百姓都要说是诸葛瞻建议的，瞻"压力山大"啊！

"瞻今已八岁，聪慧可爱，嫌其早成，恐不为重器耳"，亮在五丈原给兄诸葛瑾的信中既欣慰又担忧，恐其早熟，难成大器。在蜀汉晚期如此不堪的局面下，面对强敌压境，诸葛瞻严词拒绝邓艾的招降，无一丝畏惧，凛然迎敌，还有比如此大义更"大器"的吗？亮泉下有知，做何感想？也许他还会认为瞻未能保住蜀汉，未能保住刘禅，未有他之"大器"，是不肖之子？

"国破难将一战收，致使疆场壮千秋。相门父子全忠孝，不愧先贤忠武侯。"（成都武侯祠诗碑）亮祖孙三代虽未能帮刘备父子完成复兴汉室宏愿，但为了蜀汉江山前赴后继驰骋疆场，折戟沉沙，舍身成仁，留下诸葛满门忠烈的美名。

可是，黄许镇包括旌阳区却没有相关的纪念设施，我很不解。邓所长说专祀诸葛瞻父子的"双忠祠"在绵竹市。

文献记载，诸葛瞻父子在此战死后"并葬于城西"，怎么就西出20多公里之外的绵竹市去了呢？

（2）

绵竹关、绵竹城、绵竹县、绵竹市，像一团乱麻缠绕心头，理不出头绪。刚在鹿头山把白马关、绵竹关的来龙去脉刨弄清楚，这绵竹故城与今绵竹市又缠绕一起了。

直到拜谒了双忠祠、考察了玉妃故里,找到绵竹县志,才从这困局中走出。

县志记载,绵竹县因地滨绵水、沿途多竹而名。绵水即绵远河,沱江正源,发源于绵竹九顶山。汉高祖六年(前201)置绵竹县,"故城在今德阳县之黄浒镇,鹿头关内绵水西岸",即"土将台"之处。当时辖境为整个绵水流域,即今德阳、绵竹两地。东晋隆安二年(398),绵竹城移治今绵竹市所在地。1984年经国务院批准,绵竹县由绵阳地区划归德阳市管辖;1996年国务院批准撤销绵竹县,设立绵竹市(县级)。

总算把古今绵竹城、关、县、市的概念搞清楚了。

《绵竹县志》载"北赴成都必先经此""此"指黄许镇土将台,"成都恒借此城与绵水鹿头为屏障以卫大平原,故历世为军事重镇"。也就是说,绵竹故城与绵竹关(白马关)在历史上一直依山凭水共同为关,为秦蜀古道上拱卫成都平原的最后一道关隘。

此次,我的主要任务是造访绵竹市"双忠祠",顺带考察绵竹市遵道镇玉妃故里。蜀王玉妃故里,在现在的绵竹市遵道镇,古代的武都县,九顶山下,绵远河上游,这里有个古龙洞玉妃泉,清澈甘冽,剑南春酒据说用此泉水酿造,这里先按下不表,到成都市武担山再说。

这里确实多竹,街上到处都有人在卖新鲜肥美的竹笋,宾馆、农家乐餐桌上至少有两个以上竹笋配菜:鲜竹笋热炒或凉拌,干竹笋炖鸡,竹笋好像是绵竹人的主菜。在这人间极致的四月天,吉祥的绵竹年画氛围里氤氲着一个玉泉仙女的美丽传说,升腾着剑南春酒香,我们被熏得不知天上人间。

第二天中午时分,阳光正明媚,我们赶往绵竹市城西拜谒"双忠祠"。路上我猜想,"双忠祠"不过是后人缅怀诸葛满门忠贞而建立的纪念性设施吧,毕竟诸葛瞻父子的大义凛然和精忠报国是绵竹的精魂所在。

到了才发现双忠祠刚被修葺一新,一些地方还被线绳围着不让进。前祠后墓,红墙黛瓦、雕梁画栋、飞檐斗角,蔚为壮观。双忠祠主要祭祀诸葛瞻父子,但"诸葛一门,三代忠贞",故启圣殿专祀诸葛亮、黄月英夫妇。历代书法题韵布满各殿,均为鼎鼎名人,有张爱萍将军题写的"汉室忠烈",有曹禺先生题写的"魂壮绵竹关"牌匾,还有军艺创始人魏传统的题词题书……

据说清代双忠祠占地五十亩,建有乐楼、牌坊、钟鼓楼,碑刻琳琅,花竹摇曳,比如今的双忠祠更盛一筹。

几重大殿之后便是诸葛瞻父子墓,比勉县诸葛亮墓气派多了。

前刻"后汉行都护卫将军平尚书事诸葛瞻子尚之墓",边款刻"康熙六十一年绵竹邑令陆箕勇立",后刻"光绪七年重立"。可见历代修葺,呵护有加。

许多市民在此品茶、下棋,陪伴着诸葛瞻父子。我走向一老者问这是诸葛瞻父子真坟吗,他很肯定地点头说是。

我不信,把所有的疑问抛向他,他一一反驳、对答,阐述严密。他说这墓是绵竹城迁来这里后,诸葛瞻的次子诸葛京(先为眉县令,后为江州刺史)从绵竹故城西迁移过来的。他肯定的语气和态度让我不容置疑。此时,如果我还要继续辩论下去,就是我的无知了。绵竹人心中的这份坚定的认定,这份对诸葛一门的真心爱戴何其珍贵啊!

"十日绵竹县,九日诸葛祠",旁边另一位随口背出了李调元的诗。绵竹人民对诸葛一门的崇拜,对三国历史的熟悉程度超出了我的想象,令我颇感欣慰。

后来,我在《绵竹县志》中发现,诸葛双忠祠始建于清乾隆三年(1738),为时任知县安洪德据墓立祠。破土修建时,发现有古屋基,据此分析可能为祠宇基建,因史料缺乏不可深考。在网上查询,有专家说诸葛父子真坟石碑湮灭于历史烟尘,难以查考。全国其他地方尚未发现诸葛瞻父子墓,推测此墓为真坟,估计为诸葛京收葬。

不管是真坟还是纪念标志,毋庸置疑的是诸葛瞻父子舍生取义的凛然气概,为绵竹这一方水土注入了无穷的精神营养。从晋代开始,绵竹就有"忠臣孝子纲常地"的美誉。南宋以后绵竹又出现了抗金名将张浚及其子理学家张栻。诸葛一门忠孝的文化基因对这片土地的滋养,得到了最有力的见证。

今天绵竹对外的宣传语是"忠臣孝子纲常地,大将真儒父母邦",诸葛氏加张氏,忠、孝、儒共同组成了绵竹文化的DNA。一方水土养一方人,绵竹的文化基因根深叶茂,绵竹的未来无可限量。

三国在我国浩瀚的历史长河中不过是一波小浪,力量最为弱小的蜀汉则是更为微小的一朵浪花,然而在群雄争霸的战乱岁月中颇具特色,加上历史小说《三国演义》的文学演绎,对中国人价值观的形成影响极其深刻,在蜀道上的印迹更是可歌可泣——从诸葛亮的策划开始,以其祖孙三代付出生命代价结束;从仁爱开始,以忠勇结束;善始善终,虽败犹荣。

我的蜀道行走,尽管还要经广汉雒城、成都武侯祠等跟三国有关的遗迹,但有关三国故事的讲述,我决定在双忠祠画上句号,以此表达对诸葛一门的敬仰。

94. 梦幻旌城

流光溢彩是城市夜晚的模样，德阳也不例外。

旌湖克隆出一个水下德阳，为夜色笼上一层柔软纱帐。微风吹皱湖面，人间和龙宫便一同醉了，醉在这梦幻般的纱帐之中。

德阳别称"旌城"，距成都58公里，为我国重大技术装备制造业基地，绵远河从城中缓缓流过，为"重工之都"平添温婉。

到底是平原，宽阔大气，不同于山区城市的窄逼，又有别于大都会的喧嚣与拥挤，疏朗通透，且能近距离吮山水之味，清清甜甜的。这一点跟咱广元相似，因此住在这里，没有显得格外落寞。

德阳之名的来历有几种说法：一说据《华阳国志》"有剑阁道三十里，至险，县名盖取在德不在险之义"；一说在德水之阳；一说西晋道教仙人许逊任旌阳县令，因其能点石成金救济贫困、祛除瘟疫有德于民，大德如羊、德政如阳，朝廷诏改旌阳县为德阳县。

我莫衷一是。

共聚晚餐时，见德阳人温文尔雅颇具儒士风范，也没逮着机会问。晚宴毕，出门溜达时搭讪一散步的中年人："德阳何以称德阳？"他停了停说："古时候绵阳一位牧羊人牧了三只羊，一只羊跑到我们这来了，我们无故捡得一只羊，所以称'德阳（得羊）'。"哈哈哈，我大笑，他却不笑，稳稳的一副幽默到底的样子，我被这种气势所镇，觉出自己作为客居者少了应有的矜持，立即斩断笑声放肆的尾巴。

我说我想去最能代表德阳的地方看下德阳夜景，他建议我去文庙广场，并为我指了方向。

广场舞酣畅淋漓，与每个城市一样。径直穿过时却在中途发现了孔子塑像，一边是古色古香的万仞宫墙。"万仞宫墙"是论语典故，比喻孔子学问高深，后人用万仞宫墙表达对孔子的崇敬，成为孔庙建筑标配。

我以为文庙广场就是在以前文庙所在地建立的一个广场而已，没想到还真有文庙在此，且不像是新建。于是靠近宫墙，借霓虹灯光看到大门外石碑碑刻：始建于南宋，明洪武元年（1368）重建。

文庙、武庙、城隍庙是古代县级以上的城市标配，但是在"五四"前后的新文化运动和"文化大革命"的"破四旧""批林批孔"运动中，几乎毁灭殆尽。一路走来，只有韩城和德阳的城市标配至今均在，金牛道中点昭化古城只剩一个旧壳，里面均是新装。于是，我想起了韩城。

韩城孔庙幸存，也许有毛主席为司马迁点赞之因。德阳文庙何以幸存？

欲进孔庙寻找答案，无奈"德配天地""道冠古今"两扇大门已经关闭，侧边小门也关了。网上查询得知，德阳孔庙是我国西南地区保存完整、规模最大的一座孔庙。全国重点文物保护单位。占地面积20800平方米，有南方特色的古建筑20余处……在全国文庙中独一无二。万仞宫墙（照壁）长30米，高11.64米，比北京孔庙照壁高大，属国内地县孔庙中最高大的万仞宫墙……

询问，搜索，无果。几经周折，在很多天以后，终于有人回复我：德阳孔庙因"文化大革命"期间作为打米厂，所以没遭破坏。其实，没有被破坏与当时作什么用并无多大关系，与一个地方人们内心深处的某种坚守、敬畏和遵从有关。能够在浩劫中幸存，已经说明一切。

围绕宫墙转悠，发现与广场交界处，设有透明的自动借阅书屋，书籍种类繁多，扫描身份证、输入图书编号便可借阅书籍。新鲜。我以为这书屋仅此一间，设立孔庙旁以引导市民读书尚文之风气。问一市民才知道，市内街道、车站等人口密集之地都设有这样的自动借阅图书馆，24小时不打烊，且全城联网，市民可以在任一机器上借还书籍。多好的城市福利啊！一路走来头一回遇见，由衷滋生一份欣喜。要不是明天就得离开，我都想借本书看。

王勃在《为人与蜀城父老书》中对蜀人的评价"冲襟渺识，人多江汉之灵；丽藻华文，代有云渊之气"在德阳已见一斑。

陕西韩城是我蜀道行走的第一站，孔庙仅次于北京和曲阜，号称全国第三；德阳孔庙号称西南第一，全国"独一无二"。韩城—德阳，一个居关中平原东北，一个位成都平原东北；一个是黄河文明之头，一个是长江文明之源。虽相隔秦岭巴山，方位、人文却如此惊人地相似。

秦蜀古道两个端点已开始相互照应——地理的照应、文化的照应。秦地春之霾，蜀地霾之秋；秦腔《三滴血》，川剧《红颜劫》；韩城龙门古渡，德阳绵竹古关；韩城"一母三进士一举一贡生"，德阳"一门四进士、兄弟三翰林"；韩奕坡上司马祠，凤凰山顶子云亭；渭河岸边五丈原，绵远河畔双忠祠；韩城的人文渊薮让天下震撼，德阳的云渊之气让世界称奇……

翻山越岭络秦蜀，涉水过溪联河江。今晚的际遇似乎在提醒我，应该开始整理和梳理了——有关大山，有关江河，有关平原，有关文明，到底怎样在关联……

水可以克隆景物却不能克隆时间,旌湖可以克隆夜色,却不能克隆夜晚。夜的脚在走向深处,我得回我的卧榻了。抛一枚石子在水里,搅乱现实与梦幻的界限,让它们在我身后自然融通……

95. 幸好有个三星堆

幸好有个三星堆,不然古蜀还是"不晓文字,未有礼乐"的蛮夷,还是封闭自守的塞国。

(1)

在我心中,"三星堆"是一个童话。叩响三星堆文明的燕道诚、燕青父子,他们的姓氏和银锄一直在我的童话里飞。

在导游口中,三星堆是一个神话。传说玉皇大帝从天上撒落三把泥土,落在广汉湔江之畔后形成了三座大土堆,突兀地立于平原之上,犹如一条直线上分布的三颗金星,故名三星堆。

航空视角下,三星堆是一个俊美家园。古老的马牧河从村中盘桓而过,河之南有三座人工堆积的黄土堆(祭祀台),形似天上的三颗星星;河之北,有一弧形高地形似弯月人称"月亮湾",三星堆与月亮湾遥遥相望,构成"三星伴月"的秀美景观。

大多数人认为三星堆是一个神秘存在。三星堆遗址位于北纬30度,东经104度。有人说这条神秘纬线,隐藏着地球与人类的密码。地处同一纬度带的巴比伦王国、玛雅文化、埃及金字塔等文明跟三星堆一样,创造了奇迹又奇迹般地消失,神秘而来,神秘而去,只留下谜语供人猜想。

1929年春,当地农民燕道诚父子在淘沟时偶然发现一坑玉石器,开启了三星堆持续70多年的考古发现之旅。一个在地球上消逝5000年的古蜀文明开始一点一点地复活。燕道诚父子怎么也想不到,他们亲手叩开了一

三星堆青铜面具(熊芙蓉摄)

扇古文明大门，铁锄撞击玉石的声音竟然轰动世界。

第一次参观三星堆博物馆只看了青铜馆（三星堆二、三期）。专家们云遮雾绕的结论以及扑朔迷离的那几大谜团弄得我一头雾水，我杏眼圆睁也看不清它的来路与去路。当时年轻，无知无畏地认为这里就是古蜀王都高层官员们带有异域色彩的、与蜀地神巫宗教融会的一场化装舞会，逐渐演变为祭祀活动。或许那时的三星堆就像唐时长安，是中国西南国际文化交流中心，有许许多多外国人。始作俑者或许就是某个好事的外国人，他手持粉本来到三星堆，成功游说了鱼凫王。进入青铜时代后，鱼凫便把一次性面具按粉本铸成青铜模型，日渐成为某种象征。后，或因战争或因内乱或因迁徙，或因厌恶了这种定期举行的活动，便集中焚毁、坑埋。

（2）

本来，我天生喜欢月亮比喜欢太阳多一点，对人与事的认识喜欢止于朦胧，但寻访蜀道出发时，却因惧怕古蜀文化太过朦胧——《蜀王本纪》的荒诞夸张，三星堆的神秘莫测，而将车头朝北，直奔关中。今天走到这里，再也绕不过去，只有像古人闯关一样硬着头皮往里闯，祈望在迷茫中抓住一丝明晰。

一位闺蜜曾对我说，她特别不喜欢看博物馆，她说进博物馆就如同走进坟墓死了一回，尽管走出博物馆有着死而复生的瞬间快感，她却不愿用短暂"死亡"的痛苦来换取更为短暂的快感。

而在博物馆畅游却是我的一大嗜好，再也没有比在缪斯的神庙（西方最早的博物馆）里更能直观地了解那些逝去的人、事、物。她说我喜欢"享受死亡"。有时我会对着一件感兴趣的物件久久地发呆，她一见我这样就急，拽着我飞快地离开。这种致命的分歧导致我们从此后再没一同旅游过。

此时此刻，我又开始发呆了。

在一号馆门口就对着那12个不同写法的"蜀"字发呆。中间那个大"蜀"，第一眼被看成一个倒写的"巴"，虽然这一错误只持续了半秒，可这一错觉却久久萦绕脑际挥之不去。

"巴蜀同囿"，巴蜀各自崇拜的蛇、蚕（象）两种动物，你能阻止它们相互串地吗？地域的相近性导致了文化的相似性，这也许就是错觉的译码。

博物馆储存着历史的天空，是穿越的天堂，但首先得感谢光。

光是生命源头，光创造了生命，在馆内，又发挥原始本能，将死亡复活，蕴含象征和隐喻，给人心理暗示，让人灵性爆发。于是，我眼前的金、铜、玉、石、陶、骨、象牙、海贝,以及它们身上的图案、符号在不同背景下的光与影、明与暗中,开始自说自话。

于是,蚕丛、柏灌、鱼凫"三代各数百岁,皆神话不死"真实起来,他们从岷山石室顺江而下,从营盘走来,从桂园桥走来,从瞿上走来,从宝墩走来,从郫邑走来,不断迁徙发展,扩张兼并,再吸收外来先进文明,聪明的大脑配以勤劳的双手,开创了一个多彩幸福、恢宏而辉煌的三星堆王国,和平繁荣八百多年。长江文明在这里结穴、生长,顺流而下楚湘、吴越……

这些残破的物件经过专业修复,和着情绪,黏着心智,厚厚的玻璃也难以阻挡他们透出的体温,让人想起一个叫"洋溢"的词……

虽然,我不能破解每件文物密码,但在光影营造的时空隧洞中,意识流动非常顺畅,在秦文明入主成都平原之前,三星堆人的物质和精神文化生活场面在我眼前像《清明上河图》那样徐徐展开:他们驯养可爱的家禽,烧制很乖的酒器,养蚕,织布(甚至缫丝)制衣;与老外做起生意来谈笑风生;制漆、切玉、冶铜,并赋其繁复工艺;绘制金杖、玉璋上的图案、纹饰、齿符(巴蜀图语)更是一丝不苟;练习祭祀礼乐,精益求精……

透过这些物件,我看到了古蜀人民的幸福和微笑、情趣和情怀;冶炼技术的精湛,鱼凫王朝的辉煌;尊重自然、热爱太阳、人天合一的宇宙观……

(3)

《左传》说:"国之大事,在祀与戎。"三星堆文明最突出的特点是"祀"而不"戎",和平发展800年,多么难得多么罕见。更为可贵的是,在三星堆整套礼乐制度和祭祀章程中,没有血腥屠杀,没有人牲(人殉)。与同时代的中原商周奴隶殉葬与人牲活祭文化相比,是多么了不起的人性彰显。

如果说三星堆、金沙出土的象牙可能是成都平原的本土大象,那海贝毫无疑问一定来自海洋。"海贝"彻底颠覆了中原语境中对成都的传统定义。它不是塞国,不封闭自守,而是率先开放的内陆城市。

"古蜀文化是开放交流的文化",这是所有巴蜀文化学者的共识,我想他们大多基于这些海贝吧。

三星堆一期—宝墩—三星堆二、三期(青铜时代)—金沙、十二桥—成都唐宋街坊遗址,古蜀文化一路走来,直至前316年司马错灭蜀融入汉文化圈,在这条历史脉络的粗线条中,三星堆青铜文明这个细节的到来和消逝却很突兀:来时如电视剧中插播广告一样，冷不丁吓人一跳——中国大地此前就没见过如此风格、造型迥异的青铜器；去时如一泓流动的清泉突然出现漩涡，陡然把三星堆卷入历史暗河。

在一号馆那株花10年时间才成功修复的青铜神树下，我的思维开始回旋打结。

"这株青铜神树比我国所有青铜器国宝更具特色"，铸于"神山之巅"，树分三层九枝，上栖九只神鸟，运用当时最先进的分段铸造工艺做成，集青铜工艺之大成，古蜀人就这样沟通天地人神……

什么扶桑、若木、建木？

看着这蛇和鸟，思维老是岔开导游的讲解，走向异域的宇宙树。

斯拉夫神话中的宇宙树，是长在布扬岛中间的一棵四季常青的橡树。岛上汇聚了大自然所有的创造力量、世间所有的奇异之物：树上有未卜先知的人面鸟，树旁有块神奇灵石，灵石下暗藏全部地力；灵石四周盘绕着加拉腓纳蛇，谁向动物和飞鸟下手，它就咬谁。

斯拉夫人也崇拜太阳。"巴蜀图语"中的"⊙"即"日"，金沙遗址的那个惊艳而充满动感的太阳神鸟金箔，也是太阳。它们有着相同语境：鸟是人类抵达太阳的载体。

同行的人跟着导游走了，我又在青铜神树前发呆。神树崇拜所折射的是远古文明的宇宙观，西方《圣经》、古印度《吠陀经》等常常载承这种记忆。古印度神话的宇宙树、古埃及的天树，都象征登天之梯。青铜神树是世界文明范围内神树崇拜的青铜实物标本——从这个意义上说，古蜀早就融入甚至引领世界先进文化了！

（4）

"太阳一直不曾明白它是何等伟大，直到它射到一座房屋的侧面。"美国现代建筑师路易斯·康曾有这样的顿悟。其实，人类早就明白了太阳的伟大、光的奇秘。

进入青铜馆。忽明忽暗的光与影，再次把三星堆独立迥异的青铜器展示在我面前。虽百思不得其解，但是却百看不厌，我静静地看着他们发呆——在那林林总总、神秘诡异的青铜人、青铜神面前……

凝望他们夸张的相貌，惊异于他们或巨大或微小的体量，欣赏他们写实与写意相结合的艺术手法，体悟他们穿越时空的艺术魅力，想象他们人神沟通的庄严浪漫，祭祀场面的辉煌、隆重、温和……

每一次对视，似觉他们曾于我的梦境中出现；每一次凝望，我都会在心里微笑：古蜀人是多么浪漫多么典雅多么前卫啊！

"伟大的文明就应该有点儿神秘,中国文化记录过于清晰,幸好有个三星堆。"据说这话是余秋雨说的,我想借用这个角度,说说"幸好有个三星堆"的另一些意义。

幸好有个三星堆,古蜀历史不再是缥缈荒诞的神话,而是神秘博大、源远流长的信史。

幸好有个三星堆,作为长江文明的重要源头,古蜀地区至迟在5000年前就拥有独具特色的文化。它把成都的城市化文明向前推进了2000年;把古蜀人饲养桑蚕及制作丝绸的历史向前推进了2000年;大立人燕尾式王服证明,三星堆人可能是世界上最早穿上布衣和丝绸的人群。

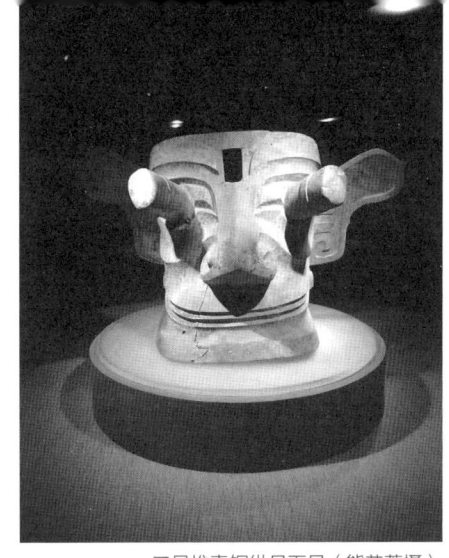

三星堆青铜纵目面具(熊芙蓉摄)

幸好有个三星堆,古蜀不再是"不晓文字,未有礼乐"的蛮夷,而是有着区别于中原的另一套复杂而优雅的"礼乐"制度。

幸好有个三星堆,雄辩地证明了南丝路比张骞开辟的北丝路早一千年;古蜀不再是传统语境中的封闭保守,而是开放包容,具有海纳百川的气度,百科全书式的丰厚文化内涵。

"三星堆文明无疑是辉煌的、举世瞩目的,是古蜀先民的一大杰作,是中华文明的一大骄傲。"历史学家隗瀛涛先生的话语在耳边清晰回响。

96. 偷望武担山

(1)

古蜀文化一向朦胧,但开明王朝却在成都平原留下一个清晰背影,这就是武担山。

武担山位于成都市区西北角北较场,成都军区(现西部战区)大院内,成都平原唯一的人工山,相传为古蜀王开明王妃的墓冢。《华阳国志》:"武都有一丈夫,化为女子,美而艳,盖山精也。蜀王纳为妃。不习水土,欲去。王必留之,乃为《东平》之歌以乐之。无几,物故。蜀王哀之,乃遣五丁之武都担土为妃作冢,盖地数亩,高七丈,上有石镜,今成都北角武担是也。"

春秋时期，开明王朝处于鼎盛，听说武都有一位美貌如花的女子，便派人招来做王妃。蜀王对其宠爱有加，命臣下写一首《东平》之歌取悦她，但她到他乡后水土不服，又思乡心切，忧郁成疾，一病不起，不久就香消玉殒。蜀王悲痛，三日不食，焚香烧烛，祷告上苍，大呼："还我妃来！"下令五丁去王妃家乡武都担来泥土为其建墓。蜀王不仅亲自掩埋，还作《臾邪歌》《龙归之曲》哀悼。

王妃的家乡武都，《华阳国志》刘琳注释版是这样解释的：绵竹县北三十里之武都山（紫岩山），并非甘肃武都县。武都山屹立龙门山脉山踝，即现在的遵道镇境内。

我曾在绵竹遵道镇玉妃故里看到玉妃泉，剑南春酒取该泉水酿酒。当地关于玉妃是这样传说的：古蜀王的玉妃生于此地，幼时被庶母弃于洞内，遇母鹿侍养，浴饮古龙洞泉水不死，长成后，冰肌玉肤，美艳无比，蜀王开明纳为王妃，赐名玉妃，"玉妃泉"由此得名。这里没有什么山精啊变性人之类的传说，只有人与酒的故事。

一个是传说，一个是记载，我只能偏重于记载了。

显然，武担山因"武都担土"典故而名，因山上有石镜，又名"石镜山"。历史长河中，关于石镜的记载与描述车载斗量。

据说，彼时蜀王思念王妃时，便到王妃墓前流连忘返，后来又在蜀王宫内修了一座望妃楼。《成都古今记》曰："望妃楼亦名西楼，开明妃墓在武担山，为此楼以望之。"

开明王朝存在于约公元前666—前316年，三百多年历十二世。这位王妃到底是哪一任蜀王的妃子呢？是被司马错杀死在彭山的最后一代蜀王芦子霸的王妃吗？《华阳国志》没有记载这么具体，只说开明王朝八代都郫，九世（一说五世）迁都至成都。那么，这位王妃只能是开明王朝晚期的九（五）至十二世的某位王妃，更大可能是十二世王妃。重要的是，武担山不仅是古蜀王宫一个悱恻凄美的爱情故事承载地，也是蜀王多情好美色的见证，为"石牛粪金"平添了可信度。

常璩在《华阳国志·蜀志》的记述顺序为："望帝啼鹃""自梦郭移，徙治成都""褒斜遇秦，石牛粪金""武都担土""秦许嫁五女""司马错灭蜀"。从中可窥秦的步步为营和苦心经营，而蜀却无丝毫察觉，最终导致秦一举灭蜀。

石牛道的开通和形成就在这一个有心和一个无意之中。这也是我在成都平原必须现场踏勘武担山的理由。

在关中平原寻找秦惠文王和司马错的踪迹，寻到了周陵，得到的结论就像那棵象征性的阴阳柏一样模棱两可。成都平原的武担山就在眼前,它会给我什么样的结论呢?

资料显示,秦汉时期,武担山即成为成都重要地名,从南北朝时期开始香火绵延,成为成都平原名山;《后汉书》就有书面记载,李贤的注谓"武担山在今益州成都县北二十步";《三国志·蜀志·先主传》记载"(刘备)即皇帝位于成都武担之南";南朝宋裴松之注曰:"武担,山名,在成都西北,盖以乾位在西北,故就之以即阼。"清代地图上标注有武担山街,山上有武担山寺,武担山为成都的一处闻名遐迩的风景名胜。据说,彼时武担山呈长形,中凹东西凸出,东西两端为东台、西台;东台有一塔,名芙蓉塔,六角七级,在当时登塔可俯瞰成都之郫、检二江及蓉城全景。

关于武担山的诗词文章浩如烟海,文人仕宦中唐代文学家苏颋的《武担山寺》五律,可谓上乘:

  武担独苍然,坟山下玉泉。
  鳌灵时共尽,龙女事同迁。
  松柏衔哀处,幡花种福田。
  讵知留镜石,长与法轮圆。

陆游《行武担西南村落有感》:

  骑马悠然欲断魂,春愁满眼与谁论。
  市朝迁变归芜没,涧谷谽谺互吐吞。
  一径松楠遥见寺,数家鸡犬自成村。
  最怜高冢临官道,细细烟莎遍烧痕。

明朝曹学佺《蜀中名胜记》将此诗列入成都的"北门之胜"述之:武担山曾被"武陵王萧纪掘之,得玉石(棺),棺中美女,容貌如生,体如冰。掩之而寺其上。"说武都王妃坟墓在南梁武陵王萧纪(508—553)时期被盗掘过,存于石棺里的武都美女落得一个全尸,实属万幸。

王妃墓的墓顶之处,还有五丁塔。据说此塔高约与十层楼房相齐,到20世纪80年代以前,一直是成都市区之巅,登塔远眺,平原景色尽收眼底。

今天的武担山是什么样子呢?我有些迫不及待。

(2)

我已在成都逡巡一周,几乎把成都的古迹看遍,就剩武担山了。手持介绍信去成都市委宣传部报到时就提出我需要他们帮助的一些事项，包括进入军区踏勘武担山。

他们表示其他事项按程序来，但查勘武担山无能为力，部队不同于地方，什么记者证、介绍信等人家都不买账，让我自己想办法。

采访谭继和、袁庭栋两位专家时，没好意思给谭老师提要求；对袁庭栋老师讲了一下，他说一直未能看成武担山，也是他的遗憾。

晚上我开始求助网络，在百度上截图发朋友圈，请求圈友为我进入军区大院亲睹武担山支着儿……

今早起床一看，有许多回音，办法大多不可行。其中有位朋友说，裘山山老师就住在军区大院，她是省作协副主席，你打电话给她，让她想想办法。我觉得这办法不错。

裘山山老师的作品我读过，但从未谋面，贸然打搅会不会太唐突？但至目前，尚未有其他好办法，于是辗转省作协办公室要到了她的电话号码。试探性地发短信交流，简单自我介绍后说明意图，山山老师说她现在已经从军区大院搬了出来，表示遗憾。见山山老师回话，我追问了一句："您确信是人工堆积的土山而非自然之山？"她回答说："当然！是人工堆积之山！"并说有人考证过，山之土与平原之土不一样。

太感谢了，即便进不去亲睹，也可心安啦！山山老师见我认真执着，让我稍等，她遣一值班卫兵拍张照片传给我。不一会儿传过来两张武担山照片。

感谢变感动，心暖暖的。到底是著名作家，善解人意且尽最大努力帮助一个素不相识的文学晚辈。

了却一桩心事似的轻松，准备开始下一步工作。在朋友圈看到蒋蓝老师出了新书，打电话索要一本签名本。他正好在单位，于是相约见面拿书，我向他道出这两天遭遇回望历史的艰辛。他也正想去看看武担山，于是相约一起去，我都知难而退准备放弃了，他说没问题一定能进去，如此甚好，说走就走。

至军区大门，被站岗士兵挡在门外。掏出记者证，也不让进，估计蒋蓝在成都第一次遭遇这种被挡在门外的情形吧，而我觉得在预料之中。趁他继续与哨兵周旋时，我在外围查看地形，看能否爬到某一建筑楼顶，向里张望张望武担山也行，看到"武担楼"三个红色大字矗立一座楼顶，估计为军区招待所，"武担"二字已经让我心满意足。回转，见蒋蓝老师还在与哨兵磨嘴皮，我想告诉他，不让进就不进吧，咱找个高处视角张望一下好啦！

蒋蓝离开哨兵，开始打电话。须臾，告知我，从另一大门进去，我俩便围绕军区大院绕行。原来，蒋蓝找到好友卢一萍，让其家属以朋友身份领我们进去。

至另一大门，一位穿白大褂的美女将我们迎了进去。

我们仨像朋友聊天那样在操场转悠。虽然武担山也被操场的围墙隔着，但能见八分山体。目测，武担山与常璩所记"盖地数亩，高七丈"是有差距的，毕竟近三千年了。此山曾遭受严重毁坏，据说周边居民曾经在此取土筑房，致使其面积缩小。十层楼高的七层五丁塔，也变成一个六角小亭坐落山顶，被茂密的树冠掩映其间。还好，那张七层塔图片永远留在了网上，以供人们回望当年胜景。呈凹型的东台西台，好像也消失殆尽，只剩一个高台（不排除看不全）。

就今天所见，土丘依然颇有气势，不亚于关中平原那些帝王墓。虽至寒冬，但山上草木葳蕤，红色芙蓉葵把一个郁郁葱葱的武担山开出了几分绚烂。底部为石条垒砌，严丝合缝，看起来很坚固，五丁担来的武都土不会有丝毫遗失，有小路蜿蜒通至小亭。

说实在的，武担山的幸存，真还得感谢军区的保护。

操场有士兵迈着正步巡逻，不许拍照是部队硬性规定，如果被发现，要没收相机，当场删掉。从我的角度看，此山与山山老师传来的图片并无二致。当然看图片与现场亲见，是有很大差别的，特别是心态与感觉。

蒋蓝告诉我很多有关武担山的历史信息：比如五丁担（石），虽已损坏，但民国时期四川省博物馆藏有从武担山收集的残石一块，石质为石灰石，长80厘米，周围140厘米，上有后人书写的8个字："如弦之直，如称（秤）之平。"显然，武担山的五丁担与石镜暗合蜀人对数字"五"、对大石崇拜等蜀文化元素。

蒋蓝对武担山的了解和考证非常之多、非常之细，武担山对于他来讲，意义非凡，立体而多元，特别是武担山的文化与文学意义。在他的眼里，武担山石镜，就是华夏语境里最早的"石头记"；"丈夫化为女子"就是最早的变性人记载；望妃楼是"西楼"意象发源地。随便切进一个角度，都让人耳目一新。

"武担山一如夕光之下的乌木。"我很喜欢蒋蓝这个句子，他用这一句来比喻武担山在爱情意义上的长存，这也许就是作家与政治家的区别。当然，在政治家眼中，武担山也许还有"鉴楼"之意，一如西安的秦二世陵。

"死了，就像水消失在水里。"三星堆和金沙遗址发掘之前，古蜀文明的消逝就是这样。而开明王朝却留下了一个冰肌玉骨的妃子墓冢，以及那么多关于开明王对她钟情的文字记载，这些都足以证明蒋蓝观点：爱情长存于权力，长存于政治。

然而我对于武担山的追寻和瞻望目的却很单一，仅为与秦惠文王、与关中平原、与秦文化相对应。

毕竟，蜀王的贪财好美色只是蜀道成为官道的诱因，他的军队五丁和蜀地人民才是开辟蜀道的主力。

后　记

或许，你从未见过像我这么无能的人，一次蜀道踏寻，居然用了整整五年，从"十三五"开局走到"十四五"开局，从奥巴马经特朗普走到拜登。写这后记文字时，窗外绿柳如绦、海棠绽艳，春和景明的第六个年头已经开始了。

一

就在我蜀道寻访第二年的2017年，土行孙挑战孙悟空，西成高铁这条新蜀道史无前例地以250公里时速穿越秦岭，连通关中—成都两大平原，把蜀道几千年的筑路史瞬间蒙太奇似的推入历史黑洞，将蜀道线路缩短为658公里，西安至成都3小时即达，并如公共汽车一样对开，沿途站点密集，蜀道又开启新纪元——进入高铁时代。

这样的便捷，让西安羊肉泡馍与成都火锅可以在同一天成为上班族的早晚餐，也为不会开车的我在西安与成都以及沿线任何一个点位往返，提供了无限方便，不用组团亦可单独行动，让我得以在这条线路上自由穿梭，在历史与现实之中来去自如。（2016年将蜀道全程粗拉一遍，之后几年一直不定时地在这条线上查漏补缺、反复踏寻）

长安是个形容词，承载着十三朝帝都对天下长治久安的期寄；成都是个动词，承载了人们对都市繁荣的展望。两大城市在不同时代都有着对这个初衷不同程度的回馈，却从未有今天这样的满意度。

五年来，我总是在成都琢磨西安，在西安打望成都。在兵马俑回望三星堆；在都江堰眺望郑国渠；在青羊宫寻思楼观台；在望丛祠回望周陵；在秦二世陵想起武担山；在灞桥折柳，在万里桥辞行；在未央宫天禄阁取一撮黄土，在西蜀子云亭掬一抔清泉；在永陵地宫望昭陵六骏；在大慈寺追忆大雁塔；面对百花潭的木芙蓉怀想大唐园的水芙蓉……

每当此时，两座城市的相似与相异豁然明朗：

西安更像一个形容词，夜幕降临准时回到长安，依然鲜衣怒马，每一缕光线都染上欢腾，透出冲天的霸气；成都更像一个动词，野径与火烛消逝在纵横的霓虹深处，更加诗意盎然，温润红湿的晨光如蜀锦般丝滑。

我其至在西安大唐西市洞穿河西走廊，等待那一行赶着骆驼的波斯商人，用羊皮袄夹藏夜明珠沿河西走廊来到长安；在成都平乐古镇卓文君与司马相如的私奔码头，远眺古身毒道，目送蜀商载满邛竹杖与蜀布的商船，沿南丝路经印度前往大夏国、地中海、罗马……

我借来张骞的眼、蜀商的脚、张骞的马、蜀商的船，围绕大地阶梯第三级画了一个不规则闭合圈。在圈内爬上世界屋脊珠峰鸟瞰全球：与"雄鸡"几乎在同纬度的那些古老文明，如今已然消亡，一些最早产生文明的土地如今不时饱受极不文明的待遇：战火、流离……

"雄鸡"像一艘巨型方舟停靠亚洲，依然行稳致远。

二

与北丝路、南丝路不一样，蜀道是一条连接它们的内陆通道，是早期中国的民族融合统一之路，纯中国脚步走出的纯中国道路，偶有几个外国人出现，但毕竟不是主流。

我特别提醒大家注意两个数字：2252、2133。

第一个数字：公元前316年石牛道成为官道，至1936年川陕公路建成，古蜀道持续2252年之后开启新蜀道使命。

这一时段蜀道线路也随着生产力水平的提高，以及县级以上行政中心的变化而不断变迁，其基本规律是由易到难，由迂回到便捷；主道与辅道时而异位，时而同时通行；同一地（驿）名在不同时期、不同朝代异位也很常见。虽然书中这块文字所占比例不大，但却是我的基础性研究，线路变迁往往跟历史变化紧密相关。有时我会点出一些地名，那其实就是古蜀道线路所经，只追求故事的读者可能会认为多余，但于部分读者却非常重要，我得来也颇费一番工夫，相对较为准确。

这一时段的中国，经历了一头一尾两次重大变革。"一头"指周秦之变，秦统一天下，是中国历史上少有的数千年未有之大变局，中国走入2133年（前221—1912）的帝制时代；"一尾"是指辛亥革命推翻帝制，同样是几千年未有之大变局。这就是第二个数字的来历。

  周秦之变的时间节点为公元前221年，其量变过程应从战国算起；中国最后一位皇帝溥仪退位中华民国建立为1912年，量变过程应从1840年鸦片战争算起。把握住这一历史脉络，就把握住了中国历史的脉搏，从而才能看清改造中国的未来方向。而我的寻访囊括了这两次历史大变局，前后略有超出（前有新石器时代遗存，后有少量红色遗迹和当今历史现场）。所以，有时在特定场合我也略微夸张地说"一条古蜀道就是一部中国史"。朝代越往后，蜀道遗存与记录越多，比如三国故事竟占1/6，体量最大的当属唐宋及其以后。故，"一条古蜀道，半部中国史"没任何夸大成分。掐头去尾，我所寻访的古道基本在帝制时期。古蜀道其实是皇朝权力的拓展，或曰帝王眼、手、足的延伸。

  帝制时期的最大特点是"治乱循环"，治与乱均因皇权，打与杀均为皇位。皇帝轮流做，明年到我家；虽然每个新朝都对前朝有批判，但却没有实质性突破，最终又循环至初。治得兴许用心，乱得却很随意，有时翻脸就像翻书，打打杀杀就像小孩过家家。这一切在蜀道的演绎充分而深刻。每每我会不自觉地串起西安—广元—成都三点一线，蜀道的功能、意义与作用便凸显出来：交流、沟通友好往来；对峙、割据互不理睬；侵略、杀戮斗智斗勇；和平统一笑逐颜开。没有是非没有成败甚至没有真理，只有人世精彩，因而留下大量的文学精彩：汉赋唐诗、宋词元曲、小说戏剧，无一不把蜀道故事作为书写对象。

  鲜血与白骨不过是悍人和强人的游戏，唯诗人眼中那滴即将滚落的热泪中存有痛感和悲悯，留下永恒的温暖。

三

  两千多年，中国在封建帝制下循环得太长太久。

  长久稳固循环造就了这片土地上人们文化心理、意识形态、价值观念的趋同，比如大一统国家模式成为社会主流形态、永恒的价值观，即便那些分裂的小朝廷，也将统一作为终极目标。这也是宋朝经济、文化到达顶峰却不被冠以"盛"字的主要原因。

  长久稳固循环，导致视野不宽，看不清世界形势，故步自封、骄傲自大，即便疆土广大、体量庞大，也会像鸦片战争时期那样被动挨打。

  当然，长久稳固循环更多的是优秀文化的层累式继承和发展：比如上善若水的道家境界、修齐治平的儒家传统、横渠四句的天下担当、先天下之忧的家国情怀、和而不同的民族融合、视死如归的民族气节；中医、美食、礼仪的精细，私塾、乡贤的社会功能，等等。当今中国"构建人类命运共同体""大国担当"正是这些中国精神的延续。

而蜀道作为中国最早沟通南北的人工"运河"，这一切都在流淌范围之内；作为中国最早一条重要动脉，这一切都在输送之中。由于中央—地方放射体系，由北向南的输入自然强势，所以在蜀道上就出现各种文化的流变现象：方位平面的流变，时间纵深的流变；中央—地方的流变，官方—民间的流变。流变表现出本身的规律性——像今天传输图片一样，尽管点了原图，但数据仍有损耗和丢失。比如佛道儒三家学说的流变，再比如"石牛粪金"文化的流变等。这里值得注意的是"石牛粪金"文化现象，官方的纵深流变与其他文化流变一样不出意外。只是官方—民间既无平面流淌，也无纵深交集，即便近在咫尺，也像隔着一堵柏林墙，各说各话，自始至终互不影响；道路平面也无流变，各个点上都自说自话，显示出各地的独创性与原创性（我在宁强、昭化、梓潼有详细阐述）。这是一个意外，也是蜀道颇值研究的一种独特的文化现象。

各种流变的经纬交织、平面交织、层累交织，构成了蜀道的丰厚性与复杂性。要将这些经线、纬线一条条捋清，绝非易事，所以我只能在行走中见子打子，以道路为经，以遗存为纬，通过碎片化拼接来连通道路、打通历史、衔接文明、观照生态、贯通意绪，企图用笨拙而简单的加法来合成一部或半部中国历史，以期引导读者开启自己的才智、悟性及想象力，与我共同完成蜀道承载的中国性——中国文化、中国思想、中国传统、中国精神，以及古圣先贤的中国式人格。

我尽量对得起韩城之行，司马迁记述历史的文学性、互文见义等写作方法过去屡试不爽，此次成为我做加法的主要手段，在近百篇文章中，我尽量让每篇的角度、视点、内存有不同承载，使这道加法算式不致太过拙劣，不排除是我为自己知识缺乏、篇幅所限而耍的一点小聪明：比如《鲤鱼跃龙门》是我用来集中呈现黄河（儒家）文化的，三星堆是我用来承载古蜀文明及现代博物馆的，牛头山承载蜀道哲学，钟鼓楼承载蜀道美学，报恩寺承载蜀道建筑之美，傥骆、子午道承载蜀道风光之美，唐家河、翠云廊承载蜀道生命之美，等等。

至于剑门关，蜀道地标精华在此，张载、李白等各位前辈在上，我自然要用来集中表达我的思想观点以及我对人类未来的祈祷、期求、展望，至于其地理、军事、社会等突出意义，我则选取鲜为人知的苦竹寨之战来承载，并互为补充，而家喻户晓的姜维、钟会经典对垒，只是作为我思想表达的小素材而被一笔带过……

很多时候我在想：道路是什么？什么是道路？

"道"是形而上的，"路"是形而下的，一个在天、一个在地，一个在云、一个在泥，两者结合才成其为"道路"。那么，"道路"就应该尊天道、尊自然之道、尊人道，顺"道"者昌，逆"道"者亡。这也是我全书贯以始终的意绪，散落于各篇之中的第三落点（尽管意绪不止一脉，第三落点不尽相同）。剑门蜀道段表达最为充分，剑门关是高点，我自己都没想到，竟与蜀道本身如此吻合。

故宫学研究所学者、作家祝勇说："故宫无论怎样完整，都改变不了它的废墟性质。"也就是说，皇宫随着帝制的消亡已成历史遗产，无论怎样人满为患，都是失去了主体的空城，本质是死亡。长安周秦汉唐四大盛朝的宫殿丰镐二京、咸阳宫、未央宫、大明宫更是如此。而同是帝制时期的"路"却始终与人民大众发生着有机的联系，尽管形式和路径改变，有些路段已经从历史中剥离出来，成为历史标本，但山还是那山、水还是那水，道路只是改变了容颜。道路，可以不朽！

四

本书稿在2017年底就完成了80%，2018年春注册"元夫"微信公众号推出了几期反响不错，随即在《广元日报》开设《问道秦蜀》专栏连载。除外界约稿、投稿，接受有关蜀道文化的各级各类采访外，剩下的时间几乎全用来伺候疼痛的肩颈。可肩颈不领情，后来我干脆放弃出书的想法，压力顿小，肩颈似有好转。

然，外界总是时时传来期盼之声、督促之意。也许，自己心里一直并未真正放下。今年春节，我家小帅使劲捶着我的肩背说："娘亲，出书吧，只有把书出版了，才能从心底彻底放下，您这肩颈才会彻底好转。"于是我开始整理书稿，权当为自己卸压，对外界略做交代。

五年来，我多次组团进出秦岭、小巴山、大巴山，跨川陕甘三省。足迹所到之处（未记入甘肃）：

渭南、韩城（副地级市）、西安、咸阳、宝鸡、汉中、广元、绵阳、德阳、成都（副省级城市）10个地级市；富平、雁塔、莲湖、曲江、碑林、新城、未央、鄠邑、周至、长安、眉县、秦都、渭城、灞桥、乾县、渭滨、陈仓、祁山、凤翔、太白、凤县、眉县；佛坪、洋县、西乡、城固、宁强、勉县、汉台、留坝、朝天、利州、苍溪、旺苍、昭化、剑阁、青川；梓潼、江油、平武、涪城、游仙；罗江、广汉、绵竹；彭州（县级市）、郫都、武侯、金牛、青羊、锦江、成华、都江堰（县级市）、崇州、邛崃、大邑、新津等60余区县；乡镇、村社不计其数。总行程2万余公里。

查阅古籍、现场踏勘、采访当地专家、钻研地图是我蜀道寻访的四要素。每一个时间、朝代、典故、史实、线路、人名、地名、驿名的引用，都是我通过四种渠道多方考察、广泛比较、深入论证之后才予以采用的。这也许是部分读者认为阅读有些难度、一些学者认为我此书具有学术性的原因吧。

深深感谢广元市委宣传部为我开具介绍信，广元日报社给予我可自由支配的时间；沿途市、县、乡各级政府，市、县外宣、文化、旅游行政部门领导，你们的协调与向导是我寻访成功的重要保证；各地、各高校致力于蜀道研究的专家、学者，是你们让我的踏寻、研究、写作得以站在巨人的肩上前行。

同时要感谢热爱蜀道文化的社会各界人士：梁宗勤、梁栋、陈洋、王光甫、陈嘉瑞、熊柱举、王剑平、王尚敏、兰天波、张馨月、赵克林、毛新平、杨慧、熊彦林、毛娅、梁宗伟、沈洁、徐翠琼、王国兵、杨泽、谭翔、赵永武、何松海、蒲坤、张志军、郑崇舰、李雄杰，以及川北幼儿师范高等专科学校先秦栈道研究课题组成员李成保、宋清君、杨曙光、邱分子、王仁芬，你们不计报酬、不论得失的陪同、服务，使我得以顺利完成寻访。

感谢四川省作家协会将此书列为省重点扶持作品，并纳入"文学川军——百场改稿进基层"项目，邀请赵永武、李春雷两位专家提出修改意见，让我进一步敦促自己修改完善文稿。

感谢广元市文旅局、广元千佛崖博物馆的大力支持。

在此，我向你们深深鞠躬！

书稿写作时参阅、查阅《四库全书》部分书籍、《二十四史》、蜀道驿程道路专著、地理专著，有关县市方志、文史资料等三五百册，在此恕难一一列举。

元 夫
2021年3月